KB271153

연애라는 표상

Representation of
'Yeon-ae'

지은이 김지영(金芝英, Chi-young Kim)은 고려대학교 국어국문학과를 졸업하고, 동 대학원 국어국문학과에서 박사학위를 받았다. 미국 UCLA와 University of Michigan에서 초빙연구원, 고려대학교, 한림대학교, 한경대학교, 상명대학교에서 강사, 고려대학교 레토릭 연구소에서 연구교수 등을 역임했으며, 현재는 서울대학교 BK21 한국어문학세계화교육연구단에서 BK조교수로 재직중이다. 주요 논문으로 「계몽적 연애의 탄생」, 「『무정』에 나타난 '사랑'과 주체의 근대성」, 「순정만화의 멜로적 형식과 감성의 정치학」 등이 있으며, 공저로 『미노타우로스의 눈』(동국대한국문화연구소, 2006), 『대중서사장르의 모든 것 1-멜로드라마』(공저, 이론과실천, 2007)가 있다.

연애라는 표상
한국 근대소설의 형성과 사랑

1판 1쇄 발행 2007년 12월 20일
1판 2쇄 발행 2008년 8월 15일

지은이 / 김지영
펴낸이 / 박성모
펴낸곳 / 소명출판
등록 / 제13-522호
주소 / 137-878 서울시 서초구 서초동 1621-18 (란빌딩 1층)
대표전화 / (02) 585-7840
팩시밀리 / (02) 585-7848
somyong@korea.com / www.somyong.co.kr

ⓒ 2007, 김지영

값 17,000원

ISBN 978-89-5626-285-7 93810

Representation of 'Yeon-ae'

연애라는 표상

한국 근대소설의 형성과 사랑

김지영 지음

소명출판

이 책은 '연애' 곧, 근대적 사랑이 어떻게 처음 시작되었느냐에 대해 다루고 있지만, 사랑에 관한 보편타당한 원칙이나 이론을 찾는 일과는 무관하다. 사랑의 본질 혹은 이상적인 사랑의 방식을 찾아내는 일은 이 책이 의도하는 것과 거리가 멀다. 오히려 이 책은 사랑의 의미와 사랑의 방식을 상대적인 것으로 조건화하는 일에 더 관련이 있다. 사랑의 보편타당한 본질을 묻기보다는 오늘날 우리가 생각하는 사랑의 근간이 된 연애, 즉 식민지 초기 한국사회에서 논의되고 표현되었던 연애가 얼마나 특수하고 비본질적인 것이었는지를 밝혀보는 것이 이 책을 시작하게 된 동기였다.

학위논문의 주제로 식민지 초기 연애담론을 다루어보면 어떨까라는 생각을 처음 한 것은 미국에서 잠시 연수하던 시절이었다. 어릴 때부터 꼭 한번 해보고 싶었던 유학생활 경험에서 얻었던 가장 큰 소득은 아이러니하게도 내 안에 뿌리박힌 식민주의적 근성을 확인한 일이었다. 제국에서의 이방인 생활은, 서양 것이 더 진보한 것이라고 보는 습성, 주체적으로 고민하기보다는 더 진보한 것으로 간주되는 타자에게 배움으로써 당면한 삶의 문제를 극복하려는 습성이 무의식 깊은 곳에 자리 잡고 있었다는 사실을 깨닫게 해주었다. 그런 자신의 발견은 당황스럽고 부끄러웠지만 유익했다. 내가 사물을 판단하는 많은 기준들이 근대 초기에 고안된 것이며, 그 같은 기준들을 자발적으로 내면화하도록 우리가 훈육되어 왔다는 사실이 지식이 아니라 체험으로서 절실하게 받아들여졌다. 이 같은 깨달음은 근대적 사유체제가 처음 형성되었던 식민지 초기에 대한 관심으로 자연스럽게 진전되었고, 다른 많은 근대 관념들 중에서도 특히 '연애'가 흥미롭게 느껴졌다. '사랑도 훈육된다고 할 수 있는가'라는 의문이 일반적인 것과 개별적인 것의 갈등이라는 측면에서 문제를 더 복잡하게 만들었고, 복잡하게 느껴지는 만큼 풀어보고 싶다는 의욕을 강하게 불러일으켰다. 지도교수 송하춘 선생님으로부터 자주 들었던 『무정』이란 제목의 모호한 의미, 자유연애라는 소재가 지녔던 혁신적 성격 등이 머릿속에 각인되어 있었던 탓도 클 것이다. 가능하면 많은 사람들이 고민하는 삶의 문제를 같이 고민할 수 있는 문제들, 내 삶과 직접적으로 관계되는 문제들을 연구하고 싶었고, 연애는 그런 욕망에 적절히 부합하는 테마이기도 했다.

이 책의 논의들을 이끌어낸 기본적인 전제는 연애가 근대사회의 고안물이라는 사실이다. 사랑은 인류가 생존하기 위한 조건이나 마찬가지다. 고대나 중세사회라고 해서 사람들이 사랑을 하지 않았겠는가. 인간사회가 존재하는 곳엔 어디서나 사랑도 존재한다. 사랑의 이 같은 보편성은 사랑의 역사성을 이해하는 데는 장애로 작용한다. 그러나 사랑을 사유하는 방식은 사랑의 본질과는 일정한 차이가 있다. '사랑 그 자체'는 어디서나 이루어진다 하더라도 '사랑이 사유되는 방식'은 역사적으로 변화되어 왔다. 전자가 보편으로서의 사랑을 전제한다면, 후자는 사랑을 상대적으로 관념화시킨다. 근대사회가 상정한 사랑의 특정한 방식을 일컫는 이름이 '연애'이다. 한국사회에서 '연애'라는 개념어는 일본에서 영어 'Love'를 번역하기 위해 고안된 신조어가 유입되면서 처음 쓰이기 시작했다. 그런데 연애라는 어휘는 낯선 신조어였음에도 불구하고 사랑을 가리키는 다른 표현들을 이겨내고 빠른 속도로 식민지인들의 삶 속으로 틈입해 들어갔다. 연애라는 어휘의 패권과 유행은 당대인들이 사랑을 사유하고 실천하는 방식에 근본적이고도 거대한 전변을 불러일으키고 있었다. 이 책의 관심을 촉발한 것은 이 같은 변화를 불러일으킨 힘과 조건들이며 이 변화가 지녔던 의미와 효과들이다.

'연애표상'이라는 용어를 사용하게 된 것은 이 때문이다. 인식·성찰·의식 등과는 다르게, 표상은 어떤 추상에 대해 인간이 떠올리는 가장 즉각적이고 일차적인 이미지와 관련이 깊다. 따라서 개념이나 관념 등 좀 더 안정되고 확정된 의미를 내포하는 어휘들보다는, 표상이 아직 공동의 합의와 일반적 교감을 충분히 얻기 이전의 상태에서 시대적 유행을 불러일으켰던 어휘를 설명하는 데 더 적합하다고 느껴졌다. 궁극적으로 이 책이 연애표상을 통해 살펴보고자 한 것은 연애의 유형이나 양상이 아니라, 사람들이 연애라는 언어를 통해 떠올렸던 사랑의 특정한 이미지나 방식, 연애라는 어휘가 함축했던 새로운 삶의 환상과 그 안에 은폐된 다층적인 지식권력의 움직임, 소설이 연애를 그려내는 데 동원되었던 전략과 관습, 그리고 그로부터 빚어진 표상의 전유와 균열의 과정이다.

한국 근대소설의 자율화 과정과 연애표상의 분화과정은 긴밀한 관련을 맺고 있다. 우리 문학사에서 연애라는 관념이 유입되고 전유되고 균열되는 과정은 한국 근대소설이 처음 성립하고 자율적 영역을 마련해가는 과정과 절묘하게 중첩된다. 「어린 벗에게」, 『무정』을 필두로 한 춘원의 작품들과 1920년대 동인지 문학에서 연애는 초미의 관심사였고, 초기 문단에 참여했던 많은 작가들이 연애와 신문명적 삶에 대한 소망을 토로하면서 작품활동을 시작하였다. 연애는 근대소설이 표방하는 계몽의 정신을 상징하는 소재였고, 소설이 연애를 표상하는 방식은 작품과 계몽담론의 밀착 정도, 달리 말하면 소설의 자율화 정도를 반영하고 있었다. 특히 흥미로운 것은 연애의 문제를 다룬 많은 초기 근대소설에서 사랑은 서사적 상황보다는 서사 밖에서 미리 규격화되고 있던 인식의 방법에 의해 접근되고 있었다는 사실이다. 소설이 표상하는 연애의 의미가 이상적으로 공고화될수록 소설의 형식 또한 특정한 유형으로 구조화되어갔다. 한국 근대소설이 자율적이고 독립적인 형식을 찾아가게 된 것은 정형화된 연애의 모델이 의심받고 균열되면서부터였다. 소설과 사랑의 근대화과정에서 발견되는 이 같은 동시성에 주목하면서, 이 책의 후반부에서는 소설이 연애를 표상하는 방식, 연애가 정형화되는 양상과 소설의 자율화 정도가 지니는 상관관계, 연애표상과 근대 주체의 관련 양상 등을 살펴보았다.

부끄러운 원고를 내놓는 일이 아직도 많이 망설여진다. 그러나 한 사람의 연구자로서 세상 속에 뛰어드는 일을 더는 미룰 수도 없는 노릇이다. 오랫동안 기다려 주신 부모님께 이 책은 작은 증명이자 위로가 되어드릴 것이다. 그리고 송하춘 선생님, 김인환 선생님께 감사드리고 싶다. 늘 생각하는 일이지만 나는 최고의 환경에서 공부했고, 그런 점에서 누구보다도 운이 좋은 연구자이다. 앞으로도 성실하게 공부하는 것만이 그분들께 보답하는 길이리라. 부족한 원고에 관심을 가져주신 소명출판의 박성모 사장님께도 고마움을 전한다.

사랑도 훈육된다. 다른 무엇보다도 순수한 자발성의 준칙에 따르는 것처럼 보이지만, 사랑의 감정 또한 개인이 살고 있는 사회의 이념과 사유체제, 문화적 관습의 영향 아래서 움직인다. 그러나 사랑은 정말로 개인적인 욕망의 산물이기도 하다. 똑같은 문화적 조건 아래서도 그 조건을 어떻게 사고하고 어떻게 그것과 소통하느냐에 따라 사람들은 서로 다른 방식으로 사랑하고 살아간다. 그러므로 사랑을 진정 개인적인 일로, 자기 자신만의 고유하고 본원적인 사건으로 만들어나갈 수 있는 능력은, 주체가 자신에게 주어진 문화의 이념과 메커니즘, 작동방향, 변화양태 등을 능동적으로 이해하고 그것과 적극적으로 소통할 때라야 가능할 수 있다. 이 책이 그 같은 소통의 향상에 작은 보탬이 될 수 있기를 기대해본다.

2007년 10월
김지영

| 차례 |

제1장··· 서론

1.

이 책은 1910년대 말에서 1920년대 전반까지의 소설들에 나타난 연애의 표상[1])에 주목함으로써, 연애담론의 관점에서 식민지 초기 근대소설의 전개과정을 고찰하는 것을 목적으로 한다. 연애표상을 중심으로 이 시기 근대소설을 다시 읽는 일은 문학의 근대화가 추동했던 새로운 인간상의 특질을 밝히고 근대적 사랑의 의미를 역사적으로 재구성하는 작

---

1) 표상이란, 어원에서 볼 때, 존재하는 대상을 '자기 앞에 세우는 활동'이다. 다시 말해 표상활동이란, 인간이 '의식'을 소유한 주체로서 자신이 바라보는 대상을 의식에 비치는 하나의 객관으로 삼아, 자신(인간)의 의식활동 속에 편입시키는 것을 의미한다(서동욱, 『차이와 타자』, 문학과지성사, 2000, 7~27면 참조). 따라서 '연애표상'이라고 할 때 이 말이 가리키는 것은, 연속적이고 통일적인 개념으로 정립되지 않았던 '연애'라는 대상을 주체가 자신에게 뜻있는 것으로 종합하여 의의를 부여한 하나의 의미라고 할 수 있다.

업이 될 것이다.

한국 근대문학은 한일병합으로 인해 지식인들이 정치적인 실천으로 나아갈 수 있는 길이 차단되고, 애국 계몽기부터 꾸준히 계속되어 온 실력 양성운동이 문화적인 개량운동으로 이동할 수밖에 없었던 특수한 시기에 태동하였다. 외부적인 정치활동이 제약될 수밖에 없는 시대적 상황 아래서, 개혁과 개량의 움직임은 필연적으로 인간 그 자체에로 초점을 이동하기 시작했다. 이광수·김동인·염상섭 등의 청년 지식인들이 문학이라는 양식에 관심을 집중하고, 근대소설의 문체와 구조를 확립해 나갔던 것은 이와 같은 시대적 배경 위에서 일어난 일이었다.

문학의 근대화란, 더 이상 유교 이념의 지배 아래 귀속된 삶의 안정성 안으로 포섭되지 않는 새로운 삶의 감각, 이념, 체험들을 담아낼 수 있는 새로운 글쓰기의 형식을 찾아내는 일이었다. 주지하다시피 한국인에게 이 새로운 형식의 탐구는 일본을 통해 유입된 서구문학과의 접촉에 의해 구체화되고 정착되었으며, 그런 의미에서 우리 문학의 근대화란 서구적인 문학형식의 능동적 전용을 지칭하는 것이라 해도 좋을 것이다. 이처럼 새로운 삶의 감각과 이념 그리고 서구적인 문학형식의 촉발로 시작한 한국 근대문학이 그 첫 관심의 대상으로 삼은 것이 '연애'였다.『무정』을 필두로 하여 초기 한국 근대소설들은 대부분이 남녀 간 사랑의 감정과 갈등을 다루고 있었으며, 이러한 경향은 1920년대 중반 사회주의운동이 지식인사회 전반에 광범위하게 세력을 펼쳐나가게 될 때까지 계속되었다.

연애가 이처럼 근대문학의 출발을 정초하는 핵심적 소재가 되었던 이유는 무엇일까? 여기에는 연애와 관련된 갈등이 독자의 흥미를 끌어들이는 독보적 소재라는 사실을 넘어서, 당대 현실의 지평 위에 펼쳐졌던 복잡한 상황과 조건의 그물망이 관여하고 있다. 연애가 최초의 문학소재로서 폭발적인 잠재력을 지녔던 이면에는, 국민국가 건설의 좌절, 정치적 좌절과 맥을 같이 하는 문화운동의 태동, 신교육의 세례를 받고 대두한 신지식인의 지적 헤게모니, 외국문학작품과의 접촉, 사회진화론을 필두로 한 유사과학의 유입 등 상이한 계열의 요인들이 교차하거나 결합하고 있는 것이다. 이처럼 다양한 요인들이 복잡하게 얽혀 움직이던 당대의 역사적 특수성 속에서 문학담론에 나타난 연애의 표상에 주목함으로써, '연애'를 최초의 문학소재로 부상시켰던 새로운 인식의 성격과 특질을 규명해내는 것이 이 책의 첫 번째 관심사이다. 그리고 식민지 초기 근대소설이 연애를 형상화해낸 방식을 분석함으로써, 소설이 성·사랑·결혼을 둘러싼 새로운 사유의 방식과 길항하는 양상을 살피고, 이를 통해 이 시기 소설들이 지향했던 근대적 개인과 근대적 사랑의 성격을 역사적으로 조건화하는 데 이 책의 궁극적인 의도가 있다.

사랑은 상고시대의 시가에도 나타나는 아주 오래된 문학소재이다. 어느 시대 어느 사회에서나 남녀가 관계 맺고 출산하고 종족을 이어가는 일은 계속되어 왔으며, 그런 의미에서 사랑은 초역사적인 것이라고 할 수 있다. 그러나 사랑하고 출산하는 일 그 자체는 동일한 것일지라도 그것이 실제로 실행되는 방식은 사회적·역사적 조건에 따라 달라진다. 예를 들어, 결혼제도가 각 사회마다 서로 다른 양식으로 나타나는 것은, 각 사회가 성과 생식에 부과하는 금기와 규율의 형태가 다르기 때문이다.[2] 제각기 부과하는 금기와 규율의 형태에 따라 각 사회는 서로 다른 성·사랑·결혼의 형식을 지닌다. 사랑에 대한 사회의 결정력은 비단 사랑의 형식뿐만 아니라 감정 그 자체에도 영향을 미친다. 사회가 사랑을 규정하는 방식이 감정의 유로에 특정한 방향을 부여하며, 특정한 형태의 감정을 고무시키고 조장하기 때문이다.[3] 이 같은 사회적 결정성 때문에 사랑은 하나의 '사회적 코드'[4]로 지칭되기도 한다.

---

2) 재클린 살스비, 박찬길 역, 『낭만적 사랑과 사회』, 민음사, 1985, 11~34면.
3) 발터 리제 쉐퍼, 이남복 역, 『니클라스 루만의 사회사상』, 백의, 2002, 52면.
4) Niklas Luhmann, *Love as Passion*, trans. Jeremy Gaines and Doris L. Johnes, California : Stanford University Press, 1998, pp.8~9. 여기서 코드란 하나의 사회적 관례와 규약, 혹은 체계 내적 관점을 의미한다. 루만은 사랑이 전적으로 개인의 감정에 귀속되는 것이 아

우리 사회에서 '연애'의 등장은 사랑을 규율하는 사회적 코드의 변화를 직접적으로 가리킨다는 점에서 특히 주목을 요한다. 한국에 근대적 의미의 문학이 막 뿌리를 내리려고 하던 즈음, '연애'는 재래의 사랑과 구별되는 새로운 사랑의 방식을 표상하는 하나의 '문화적 고안물'[5]로 처음 등장했다. '연애'는 서구적인 사랑을 의미하는 번역어로서, 이 시기 처음으로 독립된 어휘로 사용된 언어였다. 유교질서의 자장 아래 있던 조선사회는, 일반적으로 감정으로서의 사랑과 본능으로서의 성을 공식적 언표의 장에서 배제하고 있었다. 열정으로서의 성과 사랑을 언급하는 일이 기피되었던 문화적 풍토 위에서, 서구적인 사랑의 방식을 전달하는 용어로 등장한 '연애'는, 전통적인 사유의 방식으로는 이해하기 어려운 관념이었다. 이 시기 '연애'가 구세대와 신세대가 가장 첨예하게 부딪히는 문제적 사안으로 부각되었던 것은 이 때문이다. 이 책이 주목하는 것은 사랑이 이처럼 '연애'라는 명칭을 얻으면서 발생했던 '변화'이며, 근대적 사랑의 형식으로서 '연애'가 과거의 사랑과 변별되는 것으로 표상되었던 '방식'이다.

사랑이 '연애'라는 어휘를 통해 새롭게 표상되면서, 성리학적 유교 윤리를 지배적 삶의 원칙으로 삼았던 우리 사회는 성·사랑·결혼을 둘러싼 인식과 관계에 총체적인 전환의 계기를 맞았다. 이 전환이란 사회와 문화의 근간이 되는 가족구조의 변혁을 통해 인간을 성과 생명 재생산의 차원에서부터 재조직하는 새로운 배치의 시작을 의미한다. 그런 의미에서 이 시기 연애에 대한 관심은, 감정의 차원에서부터 인간을 새롭게 관찰하고 훈육함으로써 과거의 인간과는 구별되는 새로운 인간을 육성하고자 하는 움직임과 필연적으로 연관된다. 애국 계몽기, 서구문명의

니라 하나의 사회적 코드로서, 그것이 속한 사회체계에 영향 받으며, 따라서 시간과 공간에 따라 다르게 나타난다는 점에 주목했다.

5) Uchang Kim, "The Extravagance of Romantic Love", *Korea Journal*, Seoul : Korean National Commission for UNESCO, Winter 1999, p.68.

자극에서 출발하여 제도개편과 사회개량을 통해 근대적 국민 국가로 문물을 재편하고자 했던 식민지 근대화 권력은,[6] 이제 인간의 내부로 파고들어 인간을 그 육체와 마음의 차원에서부터 분석하고 개량하여 새로운 사회에 적합한 인간형으로 구성하는 데 관심을 모으고 있었던 것이다. 연애는 이 지식과 권력이 결합한 담론의 대상이자, 담론 간 투쟁의 장소였으며, 근대화를 추동했던 새로운 사유의 틀을 반영하는 동시에, 그 안에 내재하는 모순을 은밀하게 함축하는 소재였다.

'연애'가 사회구조의 변혁을 의도하는 권력장치의 하나로 부각되었던 시대적 상황을 염두에 둘 때, 연애가 우리 문학의 첫 관심의 대상이었다는 사실은 적지 않은 의미를 지닌다. 한국 근대문학이 '연애'에 대한 관심과 더불어 출발하였다는 사실은, 이 시기 문학이 감정을 지닌 존재로서 인간이란 무엇인가를 질문하는 동시에, 특정한 방향으로 근대 주체로서의 인간을 기획하는 이중의 차원에 연루되어 있었음을 가리킨다. 초창기 근대 문인들이 '연애'라는 사랑의 문제에 초점을 맞춘 것은 이들이 감정과 욕망을 통제의 대상으로만 바라보았던 유교적 인간관에서 벗어나 새로운 시각에서 '인간'에 대한 탐구를 시작했음을 암시하는 사건이었다. 인간이란 근본적으로 어떤 존재이며 어떠한 방식으로 개인이 스스로를 정립해야만 전통의 속박에서 벗어나 신문명을 건설하고 향유하는

---

6) 이 글에서 말하는 권력은, 일제의 식민 통치 권력이나 전통적인 지배 권력을 지칭하는 것이 아니라, 서구문명의 자극을 받아 조선사회를 근대적인 것으로 재편하고 개량하려 했던 지식인들의 활동을 통해 형성되었던 권력을 가리킨다. 이러한 의미에서 쓰이는 권력이란 용어는 억압하고 금지하는 것을 가리키는 것이 아니라 생산하고 창조하는 능동적인 힘으로서, 힘 관계가 작용하는 것, 곧 상이한 힘이나 세력이 대치하는 전투 상황을 의미한다(미셸 푸코, 이규현 역, 『성의 역사』 1, 나남, 1990, 106~116면; 양운덕, 『미셸 푸코』, 살림, 2003, 13~24면 참조). 신문물의 접촉과 일본 유학, 신교육의 확산 등을 통해 형성되었던 개화와 개량의 움직임은 그 자체로 일정한 권력을 형성했으며, 여러 갈래와 층위를 지님으로써 비록 단일하게 활동하지는 않았지만 민족주의라는 명분 위에서 개화기 이후 한국사회에서 유력한 위치를 점유했다고 생각된다. 한국적 근대화란 이 계몽의 권력의 활동이며, 그것이 식민지 상황 속에서 일본 제국주의라는 물리적 권력과 대립하고 결탁했던 과정이 우리 근대의 특수한 질곡일 것이다.

새로운 삶의 지평을 열 수 있는가 하는 것이 문학과 '연애'에 대한 관심을 불러일으킨 근본적인 동인이었던 것이다. 그런 의미에서 연애의 형성과 근대소설의 형성은, 감정과 의지를 지닌 주체로서의 인간을 세계의 중심으로 상정하는 인식틀의 전환을 시도한 역사적 운동이라는 동일한 맥락 위에 놓인다고 할 수 있다.

근대소설이 형성되고 있던 공간은 사회·개인 등과 같이 낯선 어휘들이 처음 유입되고, 미·자연·존재 등 전부터 있었던 용어들이 서구적인 관념으로 변형되어 우리의 삶을 재구성하고 새로운 상징질서를 창출하던 변화의 공간이었다. 새로운 관념으로 구성된 상징질서의 창출은 우리의 전통과 현실에 토대를 둔 것이 아니었기에 혼란의 과정을 겪을 수밖에 없었다. 연애는 경험적 현실에 기반을 두기보다는 외적으로 부과된 것에 가까웠던 이 새로운 상징질서의 일부였고, 때문에 소설에서 과장되고 부적절한 장면들을 자주 연출했다. 식민지 초기 근대소설에 나타난 연애는 오늘날의 감각으로는 이해하기 어려울 정도로 터무니없고 황당한 순간들을 자주 보여준다. 가정교사로 남의 집에 기거하는 여인이 이유 없이 나체로 자리에 들기도 하고, 첩의 아들이라는 이유로 청혼을 거절당한 청년이 거절의 이유에 진심어린 경의를 표하기도 한다. 신여성을 사랑하여 멀쩡한 아내가 죽기만을 기다리다가 정말로 아내가 죽었다는 전보를 받고 뛸 듯이 기뻐하며 애인에게 달려가는 기혼남을 반어적 인물이 아닌 정당한 주인공으로 삼은 소설이 있는가 하면, 자살한 연적에 대한 의리를 지키기 위해 자신의 칼에 죽기를 바라는 애인의 '참사랑'에 감동하여 실제로 그녀를 칼로 찌르는 인물을 주인공으로 삼은 소설도 있다. 이처럼 오늘날의 상식으로는 이해하기 어려운 엉뚱하고 부적절한 이야기들과 과장되고 직설적인 감정의 표현들이 소설의 이름을 얻어 발표될 수 있었던 것은, 서구적인 상징질서와의 접촉에 의해 개발된 삶에 대한 과도한 기대 지평이 실질적인 현실의 경험 지평과 균형을 맞추지 못한 결과라고 할 수 있다.[7]

1910년대 말에서 1920년대 전반까지의 기간은 이처럼 부자연스러운 장면과 과장된 감정의 토설을 포함한 소설답지 못한 소설들, 소설의 수준에 달하지 못하는 소설들이 문학작품으로 잡지에 실리고 읽히던 특수한 시기였다. 동시에 이 시기는, 우리 소설이 이념과 기대에 경도된 불완전한 이야기 구조나 관념의 직설적 표현들을 극복하고, 새로운 삶의 감각을 적절히 수용할 수 있는 내용과 형식을 탐구하고 모색함으로써, 안정되고 완결된 허구의 형식을 찾아가고 있던 시기였다. 우리 문학사에서 이 과정은 '연애'라는 낯설고 이질적인 사랑의 개념이 현실 토대와의 상관작용을 통해 구체적인 의미를 찾아 안착되어 가는 과정과 다르지 않았다. 즉 우리 서사 양식이 근대소설에 값하는 서사적 자질을 획득해나가는 과정은, 낯설고 이국적이며 추상적이던 '연애'의 관념이 삶의 현장과 길항함으로써 현실에 안착해가는 과정과 동일하게 진행되는 것이다. 달리 말하면 한국 근대소설은 '연애'의 의미를 구체화하는 과정을 통해 자신의 정체성을 형성해나갔다고도 할 것이다. 이러한 맥락에서 이 책은 『무정』과 「어린 벗에게」가 발표된 1917년경부터 사회주의 이데올로기 등에 의해 연애열이 경박하고 부차적인 현상으로 치부되기 시작한 1925년경까지의 시기를 연구대상으로 삼고 이 시기를 근대문학 형성기로 명명하고자 한다.

형성기의 근대소설은 사랑에 대한 인식의 변화를 적극적·직접적으로 반영하고, 연애에 대한 강조와 부각을 통해 과거와 구별되는 새로운 인간상을 제안하는 계몽의 장치 가운데 하나였다. 당시 낯설고 생경한 어

---

7) 빈스방거는 삶에 대한 수직적인 기대 지평이 수평적인 경험 지평과 균형을 이루지 못하고, 지나치게 높이 올라갈 때 과도하고 터무니없는 자아의 상태가 발생한다고 본다. 그는 수직적인 기대 지평과 수평적인 경험 지평이 적절한 조화를 이루는 상태가 인간학적으로 균형 있는 상태라고 설명하면서, 여기에 실패하여 불균형한 상태에 있는 것을 'Extravagance(과도함)'라고 명명했다. Ludwig Binswanger, "Extravagance", *Being -In-The-World*, trans. Jacob Needleman, New York & London : Basic Books Inc., 1963, pp.342~349.

휩였던 '연애'는 다양한 언어들에 의해 그 의미가 재구성되는 담론적 구성물이었고, 근대소설은 다른 어떤 것보다도 전위적인 연애담론의 매체였다. 소설은 여타의 사회적 담론 매체들과 더불어 새로운 사랑의 형식을 형성하고 전파해가는 데 적극적으로 기여했다. 연애가 당대 모순의 중첩지로서 근대성과 식민성과 젠더와 섹슈얼리티의 문제가 혼재된 장소였다면, 소설은 그와 같은 연애를 둘러싼 정치적 관계들과 권력작용들을 그대로 노출하는 장소였다. 소설은 또한 지배적 담론의 허위성을 들춰내고 담론의 규제와 제한을 극복하고자 하는 욕망들이 권력과 싸우는 전쟁터이기도 했다. 즉 형성기 근대소설은, 인간과 사랑과 가족에 대한 새로운 사유의 틀을 형성하는 데 적극적으로 기여하는 동시에, 이 새로운 사유의 틀이 내재하고 있었던 결함을 노출하고 지적함으로써 그것의 고정화작용에 저항하는 새로운 가능성을 추구하는 공간이었던 것이다. 따라서 형성기 근대소설을 연애담론의 관점에서 살펴보는 일은, 연애를 둘러싼 지배적 담론의 흐름을 조명하는 일인 동시에, 지배담론의 동일성으로부터 이탈하여 독자적인 세계를 구축하고자 했던 문학적 노력의 흔적들을 찾아가는 일이 될 것이다. 이는 또한 식민지 초기 우리 문학인들이 생각했던 근대적 사랑과 근대적 인간의 의미를 역사적 맥락 위에서 상대화하는 일이기도 하다.

이처럼 '연애'라는 특정한 하나의 표상을 중심으로 하여 형성기의 근대문학을 다시 읽어냄으로써, 이 책은 계몽주의나 낭만주의 등 특정한 서구 사조적 개념을 기준으로 연구의 결과를 귀결시키는 일련의 연구방식에서 탈피하고자 한다. 형성기 근대문학에 대한 기존의 문학사 서술은 많은 경우, 서구 사조를 중심으로 하여 우리 문학사의 흐름을 구성하거나, 서구적인 의미의 근대성을 보편의 기준으로 삼아 우리 문학의 발전 정도를 평가해 왔다. 사조사의 흐름에 끼워 맞추기 위해 우리 문학작품이나 작가들을 특정한 사조적 발전단계의 틀에 끼워 넣는 일이 작가의 문학관이나 작품의 실질적 의미를 종종 왜곡해왔다는 것은 주지의 사실이다. 마찬가지로 서구적인 근대성에 부합하는 특정한 양식들을 우리의 '자생적 힘'으로 '선취' 혹은 '성취'했다는 논리 역시 서구 보편주의로 회귀한다는 점에서 여전히 문제적이다. 서구를 보편의 기준으로 보는 사고 안에서 우리의 근대는 왜곡되거나 일그러진 형태로 표상되며, 항상 뒤처지고 열등한 것으로 각인될 수밖에 없다. 서구적 근대를 보편의 목표로 삼는 관계 설정의 관습 안에 있는 한, 우리의 근대성에 대한 논의는 그것이 자생성을 강조하든 외래성을 강조하든 열등한 자신의 위치를 확인하는 일로 귀결될 뿐이다.

따라서 우리의 근대성을 올바르게 규명하는 일은, 근대성이란 과연 무엇이냐를 질문하거나 우리의 근대가 서구적 근대의 자극과 영향권 안에서 시작되었다는 사실을 '부정'하는 데에 집중하기보다는, 현재 우리 삶을 구성하고 있는 근대의 요소들이 어떠한 과정을 거쳐 오늘날에 이르렀는지를 되짚어 보는 데서 다시 시작해야 한다고 생각된다. '자생적인 것으로서의 근대'나 '궁극적 목표로서의 근대'가 아니라 '우리 근대의 특수성'이라는 차원에서 우리 근대성의 '형성과정'을 보아야 한다는 것이다. 그것은 오늘날과 같은 사유의 체계와 방식들이 어떻게 구성되어 왔는지 그 계보를 묻는 일이며, 궁극적으로 '나' 자신의 기원을 묻는 일이다. 참과 거짓의 차원이 아니라 구성의 차원에서 '나'에 접근할 때, 우리는 비로소 방법상의 왜곡을 거치지 않고 '나'에 다가갈 수 있는 길을 발견할 수 있을 것이다.

새로운 가족과 사랑의 감각은 일반의 삶 속으로 침투하기 이전에 일본 유학과 신교육을 통해 일찍이 신문물을 접하게 된 청년 지식인들 사이에서 가장 먼저 언급되고 실험되었다. '연애'라는 새로운 사랑에 대한 관심은, 우선 경제적으로 특권이 있고 정치적으로 지도하는 위치에 있는 계층—여기서 식민 제국주의 지배계층은 일단 논외로 한다—에서 가장 집중적으로 나타났으며, 신지식과 담론의 증식을 통한 성에 대한 통제와 지배 역시 이들 계층 사이에서 가장 먼저 적용되었기 때문이다.[8]

신문학 초기 발간된 잡지들의 표지

이 책이 특히 관심을 가지고 있는 소설들은 이들 청년 지식인들이 자신의 개인적 고민과 갈등을 털어놓은 작품들이다.[9] 신문명을 건설하고자 했던 지식인들이 자신의 정체성을 확립해 나가는 과정에서 연애를 표상했던 방식은 오늘날 우리를 지배하고 있는 성·사랑·결혼 감각의 근간에서 여전히 작동하고 있다. 이 책은 연애문제를 둘러싼 우리 근대성의 특징을, 지배적 인식틀의 형성과 증식 및 그 안에 내재했던 결함과 새로운 가능성의 차원에서 살펴보고자 하며, 따라서 근대화의 과정에서 상대적으로 소외되었던 하위계층의 삶을 다룬 작품이나 여성 작가의 작품들은 중점적인 논의의 대상에서 제외한다.

주요 텍스트는 『창조』·『백조』·『폐허』·『폐허이후』·『조선문단』 등의 문학잡지들과 『소년』·『청춘』·『학지광』·『개벽』·『신여성』 등 해당 시기에 비교적 커다란 사회적 영향력을 지녔던 기타 잡지들이다. 이광수·나도향·염상섭의 해당 잡지 외 발표소설의 경우는 전집을 이용하

---

8) 푸코는 가족구조와 사랑의 방식에 대한 근대 부르주아지의 관심은, 타락한 귀족과도 다르고 저급한 프롤레타리아들과도 구별되는 자기 계급의 정당성을 확인하고자 하는 의도에서 시작되었다고 말한다. 근대 부르주아지의 계급의식을 형성했던 가장 중요한 근거 가운데 하나가 도덕적인 육체, 곧 규율된 성의 확립이었다는 것이다. 미셸 푸코, 이규현 역, 앞의 책, 117~144면 참조.

9) 사실상 초기 근대소설 작품들은 대부분이 청년 지식인들이 토로하는 사랑의 번민과 갈등을 다루고 있었다. 이 시기의 작품들이 예술가 소설 혹은 사소설이라는 이름으로 불리기도 하는 것은 이 때문이다. 이 같이 명명한 대표적 선행 연구로는 다음 논문을 들 수 있다. 이혜령, 「한국 근대소설의 섹슈얼리티 연구—1920~30년대를 중심으로」, 성균관대 박사논문, 2001.

였으며,10) 기타 '연애'라는 어휘를 포함하고 있는 각종 신소설들과 『독립신문』·『매일신보』·『동아일보』 등의 신문자료들도 보조자료로 활용하였다.

2.

'연애'가 신문학 형성기 소설의 대표적인 소재였음은 김동인의 「조선근대소설고」11) 이래 지속적으로 문학사에서 지적되고 있는 사실이다. 김동인은 춘원의 소설들이 자유연애를 주창한 이래, 초기의 "그 만흔 소설의 구할구분이 자유연애를 주장한 것이 아니면 신자유도덕의 갈등을 주지로 한 것"12)으로 춘원의 영향권 아래 있었다고 기록하였다. 자유연애라는 소재의 문학사적 의의를 최초로 밝힌 것은 백철의 『조선 신문학 사조사』13)이다. 이 책에서 백철은 청년 남녀의 애정 문제가 이 시대 신문학의 새로운 주제로서 획기적인 의미를 가진 문제였음을 지적하고, "근대문학이 근대인이 개성에 눈뜨기 시작한 것과 함께 시작되고 발전된 것인데 그 개성의 해방이 먼저 연애감정이라는 감정 형태로 시작되었다"14)고 기록함으로써 소략하게나마 자유연애라는 소재의 문학사적 의미를 밝혔다. 백철의

---

10) 단, 『무정』의 경우는, 다른 판본들과 비교하면서 『매일신보』에 실린 원전을 재수록한 『바로잡은 『무정』』(김철 校註, 문학동네, 2003)을 기본 텍스트로 삼았다. 이하 본문에서 『무정』의 인용은 이 책에 실린 『매일신보』 발행 당시의 판본을 기본으로 하며, 타 판본이 필요한 경우에는 각주로 표시하였다.

11) 김동인, 「조선근대소설고」(초판은 『조선일보』, 1929.7.8~8.16), 『김동인 평론전집』, 삼영사, 1984, 62~83면.

12) 위의 글, 71면.

13) 백철, 『조선 신문학사조사』, 수선사, 1948.

14) 위의 책, 129면.

지적 이후로 자유연애는 춘원의 소설이나 1920년대의 문학의 특징을 이루는 소재이자 근대적 인간관을 반영하는 소재로 다루어져 왔다. 대표적인 예가 송하춘과 서종택의 연구이다. 송하춘의 「한국 현대소설에 나타난 작중인물 연구」[15]는 서구적 자유연애라는 소재의 문제적 성격에 주목하고, 『무정』과 1920년대 소설들에서 진실한 사랑의 자각이 인물들의 성격을 변화시키는 시대적 요구로 나타나고 있었음을 분석하였다. 서종택은 완고한 유교사회의 윤리질서와 새로 대두한 근대적 인간관의 충돌이 자유연애라는 신사상을 매개로 하여 소설에서 성에 대한 표현으로 형상화되었다고 보고, 「제야」·「불」·「물레방아」 세 작품에서 성(性)이 서사 구조에 개입하는 방식을 분석, 성 윤리의 파멸적인 전개가 이 시기 소설들의 특징이라고 평가했다.[16]

이처럼 자유연애는 1990년대 중반까지 한국문학사에서 근대소설의 기원을 이루었던 핵심적인 소재이자 특히 춘원문학이 개척한 새로운 영역으로 평가받아왔다. 그러나 백철의 평가 이래로 대부분의 연구들에서 '연애'는 최초의 근대문학소재라는 사실에 대한 지적 이상의 본격적이고 집중적인 고찰의 대상이 되지는 않았다. 연애는 주로 통속성과 흥미성의 측면에서 다루어졌다.[17] 정한숙은 『현대한국소설론』에서 남녀 간의 애정을, 흥미를 유발하는 대중소설의 주요 재료로 보고[18] 식민지 시기 대중소설들을 분석하였고, 최원식은 돈이냐 사랑이냐라는 애정 갈등의 원형을 『장한몽』에서 찾아[19] 한국문학에서 연애 서사의 계보를 마련하였다. 김윤식·정호웅의 『한국소설사』[20]는 이념성과 흥미성이라는 두 계

---

15) 송하춘, 「한국 현대소설에 나타난 작중인물 연구-1920년대 소설의 경우」, 고려대 박사논문, 1980.
16) 서종택, 「한국 근대소설 작중인물의 사회갈등 연구」, 고려대 박사논문, 1981, 123~148면.
17) 이 계열의 대표적인 저서로는 대중문학연구회가 편찬한 『연애소설이란 무엇인가?』(국학자료원, 1998)가 있다.
18) 정한숙, 「대중소설론」, 『현대한국소설론』, 고려대 출판부, 1977, 97~148면.
19) 최원식, 「『장한몽』과 위안으로서의 문학」, 『한국근대문학사론』, 한길사, 1984, 244~267면.

열을 기준으로 신소설부터 『무정』에 이르기까지 소설사의 전개과정을 살피고 있다. 이들과는 다소 시각을 달리하여, 한승옥의 「『무정』의 계보고」는 '영채전'이라는 관점에서 애정 갈등을 기초로 한 고전소설 계보의 연장선상에서 『무정』을 비교 고찰한 연구를 보여주기도 했다.[21]

연애를 흥미성과 통속성의 측면에서 다루는 일련의 연구 경향과는 시각을 달리하여, '연애'를 '근대적인 사랑의 형식'이라는 측면에서 본격적으로 고찰하는 연구들이 1990년대 후반부터 활발하게 이루어졌다. 1990년대 후반부터 최근에 이르기까지의 연구들은 크게 세 부류로 나누어볼 수 있다. 첫째, 애정관과 애정 서사의 유형을 살펴본 연구들, 둘째, 니클라스 루만, 앤서니 기든스 등이 정리한 '낭만적 사랑'의 개념을 바탕으로 우리 문학에 나타난 사랑의 근대적 의미를 밝힌 연구들, 셋째, 한국적 근대의 기원에 대한 관심에 입각하여 당대의 역사적 특수성 속에서 사랑이 지녔던 역사적 의미작용이나 문학적 형상의 양상들을 검증한 연구들이다.

첫 번째 경향에 속하는 연구로는 이미향의 『근대 애정소설 연구』[22]가 있다. 이 연구는 애정 갈등을 서사의 주요 매개로 한 근대소설들을 근대애정소설이라고 명명하고, 1910년대와 1920년대, 1930년대의 대중적인 연애소설들의 서사 유형을 고찰하였다. 소설 속에서 드러나는 애정관의 차이점에 초점을 맞춘 이 논문은 자유주의·민족주의·사회주의·성욕주의로 애정관을 변별적으로 분석해내었으나, 근대적인 사랑이 전통적인 사랑과 어떻게 다른지에 대해서는 별다른 관심을 보이지 않았다. 애정 갈등의 유형에 대한 연구는 특히 고전소설 쪽에서 활발히 이루어졌다. 대표적인 예로는 박일용의 『조선시대의 애정소설』과[23] 송성욱의 「혼사

---

20) 김윤식·정호웅, 『한국소설사』, 예하, 1993.
21) 한승옥, 『한국현대장편소설연구』, 민음사, 1989, 53~74면.
22) 이미향, 『근대 애정소설 연구』, 푸른사상, 2001.
23) 박일용, 『조선시대의 애정소설』, 집문당, 1993.

장애형 대하소설의 서사문법 연구」[24] 등이 있다.

두 번째 경향에 속하는 연구로는 서영채의 「한국 근대소설에 나타난 사랑의 양상과 의미에 대한 연구」[25]와 최영석의 「근대 주체 구성과 연애 서사」[26]가 있다. 서영채의 논문은 니클라스 루만의 낭만적 사랑의 개념을 활용했다. 이 논문에 의하면, 전근대 사회에서 분리된 영역으로 존재했던 사랑과 결혼을 결합시키는 '낭만적 사랑'의 이념은 필연적으로 주체의 의지와 무관하게 작동하는 보편적 힘으로서의 열정을 근본적인 파토스로 지니게 되며, 이 열정을 어떻게 처리하느냐에 의해 글쓰기의 주체가 어떤 의식을 지니는지가 드러난다. 이러한 관점 하에 서영채는 이광수·염상섭·이상(李箱) 세 작가를 각각 지사적 주체, 장인적 주체, 미적 주체로 변별해 냈다. 세 작가의 문학세계 전체를 아우르는 광범위한 통찰을 보여준 이 논문은, '낭만적 사랑'이라는 연역적 개념을 분석의 방법으로 삼고 있다는 점에서, 낭만적 사랑이라는 서구의 개념이 처음 유입되고 우리의 토대 안에서 재구성되는 과정에 주목한 본저와는 관점과 맥락을 달리하고 있다. 최영석의 논문은 낭만적 사랑의 이데올로기가 계몽의 성격과 결합한 '계몽적 연애'의 요소가 『무정』·『적도』·『고향』·『삼대』에서 형상화된 양상을 고찰한 논문이다. 최영석은 이 논문에서, 낭만적 사랑의 구성 요소인 숭고의 요소와 열정의 요소가 결합하는 방식에 따라 이들 작품의 연애 서사가 특징적으로 구분됨을 보여주고, 이 같은 연애 서사가 계몽의 목표였던 근대적 주체의 성립에 핵심적인 역할을 해내고 있음을 주장하였다. 그러나 이 논문 역시 낭만적 사랑이나 근대 주체 등의 개념을 연역적으로 사용하고 있다는 점에서 서영채의 논문과 마찬가지로 본저와는 연구의 방향을 달리한다고 하겠다.

---

24) 송성욱, 「혼사장애형 대하소설의 서사문법 연구」, 서울대 박사논문, 1996.
25) 서영채, 「한국 근대소설에 나타난 사랑의 양상과 의미에 대한 연구」, 서울대 박사논문, 2002.
26) 최영석, 「근대 주체 구성과 연애 서사」, 연세대 석사논문, 2002.

위 두 논문들과는 성격을 달리하여, 식민지 초기 소설들에 나타난 낭만적 사랑이라는 소재가 현실 토대와 유리되어 사회적 부적합성을 드러낸다는 사실에 주목한 글로 김우창의 「낭만적 사랑의 허황(虛荒)된 성격 (The Extravagance of Romantic Love)」27)이 있다. 이 글은, 에릭슨의 정체성 형성 모델에 착안하여, 기준점으로 삼아 동화되어야 할 집단적 결정 요소가 부정적 한계로 나타나는 식민지적 현실 속에서, 가능한 정체성 형성의 방법으로 급진적 부정의 형식을 택할 수밖에 없었던 청년들이, 낭만적 사랑이라는 문화적 고안물을 흡수한 결과가 초기 근대소설에 나타난 낭만적 사랑의 과도하고 허황된 성격임을 주장하고 있다. 이러한 가설 아래 『무정』, 「김연실전」, 「해바라기」 등의 작품을 간략히 분석하고 있는 이 논문은, 비록 당대 현실에 관련한 사실 검증보다 이론적 전제에 의거하여 논의를 진행하고 있지만, 낭만적 사랑이라는 소재가 지녔던 역사적 특수성을 적절하게 지적한 논문으로 많은 시사점을 준다.

세 번째 경향에 속하는 연구들은, 다시 세 계열로 나뉜다. 첫째, 1900년대에서 1910년대까지 사랑의 자유에 대한 논의가 국민국가 건설이라는 의무 속으로 귀속되고 있음을 밝힌 연구들, 둘째, 동인지 이후 1920년대 문학에서 사랑과 연애가 형상화된 특수한 양상을 검토한 연구들, 셋째, 양 시기를 통합한 연구들이 그것이다. 첫 번째 경향에 속하는 것으로는 고미숙의 『한국의 근대성, 그 기원을 찾아서ー민족, 섹슈얼리티, 병리학』,28) 구인모의 「『무정』과 우생학적 연애론ー한국의 근대문학과 연애론」,29) 권보드래의 「열정의 공공성과 개인성」, 이영아의 「이광수 『무정』에 나타난 '육체'의 근대성 고찰」30) 그리고 김동식의 「연애와 근대성」31)이 있다.

---

27) Uchang Kim, op. cit., pp.61~89.

28) 고미숙, 『한국의 근대성, 그 기원을 찾아서ー민족, 섹슈얼리티, 병리학』, 책세상, 2001.

29) 구인모, 「『무정』과 우생학적 연애론ー한국의 근대문학과 연애론」, 『비교문학』 28호, 비교문학회, 2002, 179~198면.

30) 이영아, 「이광수 『무정』에 나타난 '육체'의 근대성 고찰」, 『한국학보』 28권 1호, 일

고미숙은 1900년 전후부터 시작된 자유결혼에 대한 주장이 사실상 자유로운 개인적 선택으로서의 사랑이 아니라, 국민국가 건설이라는 시대적 요청을 이행하기 위한 수단으로 주창되었음을 『독립신문』·『제국신문』·『대한매일신보』와 같은 신문자료를 통해 증명해주었다. 김동식의 「연애와 근대성」은 『혈의 누』에서부터 춘원의 자유연애론까지를 대상으로 하여, 연애라는 새로운 사랑의 형식이 생물학적인 패러다임으로부터 교육학적 패러다임으로의 이동을 의미하는 새로운 인간학의 등장과 관련되고 있음을 지적하고, 학교·기차·신문이라는 근대의 물질적 문명 장치들이 사랑 형식의 변화에 영향을 미쳤음을 밝혔다. 구인모·권보드래·이영아의 세 글은 각기 연구대상과 관점을 조금씩 달리하고는 있지만, 계몽기에 있어서 열정이란 언제나 공적인 파토스를 의미했고, 철저히 이성적인 통제 아래 예속되어야 하는 것이었음을 증명한다는 점에서 고미숙과 같은 논의의 선상론에 미친 영향에 주목, 이광수의 결혼 이데올로기에 있다. 특히 구인모와 이영아는 엘렌 케이의 사상이 이광수의 자유연애 담긴 사회진화론적 일면을 지적했다는 점에서 이 책의 논의와 부분적으로 같은 관점을 지닌다. 그러나 이 논문들은 연애의 사회적 측면에만 착안하여 춘원의 논의에서 '정'이 지니는 의미를 충분히 고려하지 않음으로써 춘원의 자유연애론을 1910년대 중반까지의 자유결혼론과 변별하지 않았다는 문제점을 남기고 있다.

동인지와 1920년대 문학에서 사랑과 연애가 형상화된 특수한 양상을 검토한 것으로, 이 책의 관점과 연관된 연구들로는, 이혜령의 「한국 근대소설의 섹슈얼리티 연구—1920~30년대를 중심으로」[32]와 정혜영의 「'연애'에의 동경과 좌절—김동인의 「약한 자의 슬픔」과 「마음이 옅은 자여」

지사, 2002, 132~162면.

31) 김동식, 「연애와 근대성」, 『민족문학사연구』 18호, 민족문학사학회, 2001, 299~326면.

32) 이혜령, 「한국 근대소설의 섹슈얼리티 연구—1920~30년대를 중심으로」, 성균관대 박사논문, 2001.

를 중심으로」,33) 최현희의 「『창조』지에 나타난 ‘자아’와 ‘사랑’의 의미 연구」,34) 김미지의 「염상섭 소설에 나타난 연애의 의미 연구」,35) 등이 있다. 이혜령은 1920년대부터 1930년대까지의 소설을 성 욕망이 형상화되는 양상과 그 근저에 숨어 있는 사회적 관계망을 중심으로 살펴보았다. 방대한 작품들을 아우르고 있는 이 논문은 1920~30년대 소설에 나타난 섹슈얼리티의 양상과 그 사회적 의미들을 거시적 안목 속에서 정치하게 분석하고 있는데, 적극적인 성 욕망의 묘사를 가능하게 했던 근대적 사랑 형식의 발생과정을 생략했다는 점에서 아쉬움이 있다. 최현희는 『창조』지에 나타나는 ‘사랑’의 의미를 『창조』 동인들이 생각했던 ‘자아’의 특수성과 연관 지어 고찰했다. 이 논문은 ‘자아’ 속에 있는 ‘자연’을 의미하는 『창조』 동인들의 ‘사랑’ 개념이 절대적 진리로 귀속되지 않는 자유로운 ‘자아’의 가능성을 마련해주었지만, 관계 속에서 육체를 부인하는 정신성을 추구함으로써 자아의 가능성에 결정적인 제한을 가하고 말았다는 새로운 주장을 펼쳤다. 그런데 이 글은 포괄적인 감정으로서의 ‘사랑’과 남녀 간의 ‘사랑’을 구분하지 않고 사용했다는 점에서 연애담론의 관점에서는 일정한 한계를 노정하고 있다. 정혜영의 논문은 연애의 의미를 정신과 육체의 구분을 바탕으로 한 정신성 지향의 사랑으로 규정하는 데서 출발한다. 그런 의미에서 연애의 지향은 근대에의 지향이며, 「약한자의 슬픔」과 「마음이 여튼 자여」의 주제가 자유연애에 대한 긍정으로 나가지 못한 것은 작가의식의 전근대성 때문이라는 것이 위 논문의 요지이다. 이외에도 정혜영은 ‘연애’가 시대 개혁적 소재였다는 관점 아래 1910년대와 1920년대의 개별 소설들을 분석한 일련의 소논문들을 발표하였는데,36) ‘연애’의 근대성이란 정신적 사랑의 지향이라는 동일한

---

33) 정혜영, 「‘연애’에의 동경과 좌절—김동인의 「약한 자의 슬픔」과 「마음이 옅은 자여」를 중심으로」, 『현대소설연구』 11, 한국현대소설학회, 1999, 107~126면.
34) 최현희, 「『창조』지에 나타난 ‘자아’와 ‘사랑’의 의미 연구」, 『한국현대문학연구』 15호, 한국현대문학회, 2004, 190~221면.
35) 김미지, 「염상섭 소설에 나타난 연애의 의미 연구」, 서울대 석사논문, 2001.

관점을 고수하면서 개별 작품들에 이 관점을 적용·분석하고 있다는 점에서 아쉬움이 있다.

1920년대 동인지 문학시대와 이전의 시대에 각기 주목한 위 연구들은 서로 다른 시대 인식의 토대 위에서 사랑과 '연애', 혹은 결혼의 개념이 지녔던 특수한 의미작용을 검토했다. 때문에 이 연구들은, 1910년대와 20년대의 사랑 혹은 연애의 의미 사이에서 흐르는 연속성에 대한 명확한 의식 없이 각각의 시대나 개별 작가들에 집중함으로써, 두 시대 사이의 차이만을 부각시키는 개별적이고 단편적인 지적들에만 머물렀다는 한계를 지닌다. 1910년대와 20년대를 아울러 보고 있는 글들로는 최혜실의 『신여성들은 무엇을 꿈꾸었는가』,[37] 신수정의 「한국 근대소설의 형성과 여성의 재현 양상 연구」,[38] 김미영의 「1920년대 여성담론 형성에 관한 연구」[39] 그리고 권보드래의 『연애의 시대』[40]가 있다.

최혜실·신수정·김미영의 연구는, '불평등한 근대'라는 근대의 모순에 착안하여, 근대성의 지배담론들이 여성에게 불리하게 작용했음을 집중적으로 조명하였다. 이들 연구는 주로 여성들의 글쓰기와 담론에 초점을 맞추고 여성적 글쓰기가 가지고 있었던 혁신적인 성격과 여성 주체의 근대성이 지니는 특성을 밝히고 있다. 단, 최혜실의 연구는 평등한 인간이라는 이념과 신분제의 파괴라는 근대화의 원리에서 가족제도의 변형과 자유결혼 요구가 자연스럽게 나타났다는 연역적 관점을 제기함으

---

36) 정혜영, 「근대를 향한 시선—이광수 『무정』에 나타난 '연애'의 성립과정을 중심으로」, 『여성문학연구』 3호, 한국여성문학학회, 2000, 37~59면; 「기생과 문학—김동인의 「눈을 겨우 뜰 때」를 중심으로」, 『한국문학논총』 30집, 한국문학회, 2002, 247~264면; 「김동인의 소설과 평양이라는 도시공간」, 『현대소설연구』 13, 현대소설학회, 2000, 95~115면; 「나도향과 환영의 근대문학—장편 『어머니』를 중심으로」, 『어문논총』, 한국문학언어학회, 2002, 297~315면.
37) 최혜실, 『신여성들은 무엇을 꿈꾸었는가』, 생각의나무, 2000.
38) 신수정, 「한국 근대소설의 형성과 여성의 재현 양상 연구」, 서울대 박사논문, 2003.
39) 김미영, 「1920년대 여성담론 형성에 관한 연구」, 서울대 박사논문, 2003.
40) 권보드래, 『연애의 시대』, 현실문화연구, 2003.

로써, 근대성을 그 '형성'의 관점에서 검증하고자 하는 일련의 연구들과
는 다소 계열을 달리한다고 할 수 있다. 권보드래의 『연애의 시대』는 각
종 신문자료와 잡지·그림·광고·소설들을 망라하여 1910년대 말에서
1920년대까지 '연애'를 둘러싼 사회문화를 흥미진진하게 서술하고 있다.
'기생과 여학생', '구여성과 신여성', '연애와 독서', '연애편지의 세계상',
'육체와 사랑', '연애의 죽음과 생'이라는 개별 항목으로 구성되어 있는
이 책은, '연애'가 유행하던 시기의 문화적 풍경을 꼼꼼한 검증 작업을
통해 풍요롭게 드러내 주었다. 그러나 이 책은 풍속사의 관점을 취하고
있으므로, '연애'라는 표상이 특히 문학담론과 소설 내에서 작용했던 의
미들에 주목하고 담론과 인식의 흐름을 소설적 형상화 양상과 결부지어
고찰하고자 하는 본저와는 서술적 관점의 차이가 분명하다고 하겠다.

이상에서 살펴 본 연구사의 문제점은 세 가지로 요약할 수 있다. 첫째,
연애를 단순히 흥미를 끄는 소재로 취급하거나 오늘날 우리가 생각하고
있는 연애의 개념을 바탕으로 식민지 초기의 근대소설에 접근하는 연구
의 태도에는 한계가 있다는 점이다. 당대 소설들이 드러내는 연애에 대
한 지극한 관심과 '신성'화의 태도에 비추어 볼 때, 연애를 단순한 통속
적 소재로 보는 관점은 이 시기 소설의 의미를 올바르게 규명하는 방법
이 될 수 없다. 마찬가지로 오늘날 우리가 가지고 있는 연애에 대한 감
각을 바탕으로 이 시기의 '연애'에 접근하는 것도 바람직하다고 볼 수
없는데, 이는 현재의 우리가 연애를 표상하는 방식과 식민지 초기의 그
것 사이에는 현격한 거리가 있기 때문이다. 애국계몽기와 식민지 초기의
공간은, 오늘날 우리가 자명하게 생각하는 개념들이 역사적으로 구성되
고, 외국에서 유입된 새로운 관념들이 전통의 그것들과 상호경쟁하면서
현재와 같은 사유 방식의 기초를 형성하는 현장이었다. 사랑이라는 지극
히 개인적인 일을 고민하고 실천하는 일을, 시대를 개혁하는 일처럼 언
급하고 강조했던 당대 소설들의 의미는 이 같은 시대의 특수한 인식 구
도 안에서 조명될 때라야만 충분한 이해를 얻을 수 있을 것이다.

둘째, 우리 근대성의 기원이라는 측면에서 연애의 문제를 바라볼 때, 1910년대 후반과 1920년대 전반의 상황을 연속성 위에서 고찰할 수 있는 일관된 시각이 필요하다는 사실이다. 2000년대에 이르러 근대성의 기원과 형성이라는 관점에서 문학 속에 나타난 사랑의 문제에 착안한 연구가 활발하게 이루어지고 있는 상황이지만, 이 연구들은 대부분 개별적인 작품 해석을 중심으로 한 단편적인 언급에 그친 경우가 많고 또, 동인지 문학 이전과 이후의 시기를 나누어 봄으로써 두 시기에 논의된 연애의 차이와 단절만을 부각시키는 경향이 짙다. 두 시기를 아울러 본 몇몇 연구들도 풍속사 혹은 페미니즘적 시각에 치우치고 있어, 사랑과 결혼에 관한 시대적 인식의 연속적 흐름을 문학 제도와의 관련성 속에서 규명하는 데 관심을 기울이지는 않았던 것으로 보인다.[41] 그러나 사랑에 대한 인식의 변화가 근대소설이라는 새로운 장의 성립과 밀접한 관련을 가지는 것은 그 저변에 문학의 근대화와 사랑의 근대화를 접속시키는 일관된 인식의 흐름이 있었기 때문이었다는 사실에 주목할 필요가 있다. 한국 근대소설이 형성되던 공간은 사적이고 낭만적인 사랑의 관념이 공적이고 합리적인 계몽의 이념과 무리 없이 화해하고 하나의 논리로 결합할 수 있었던 특수한 공간이었다. 동인지시대부터 1920년대 중반 사회주의 사상이 팽배하기 직전의 시기까지 청년 문인들은 대부분 춘원의 자유연애론에서 강조되었던 이념들을 반복인용하고 있었으며, 연애의 시대 개혁적 의미를 공유한 토대 위에서 계몽의 이념과 사랑의 문제를 서

---

41) 예를 들어 권보드래는, 영적인 사랑을 지향했던 춘원식의 논리가 1920년대 중반 영육일치의 사랑으로 변화한 이유를 추론을 통해 구성한다. 춘원이 1910년대에 영적인 교류를 생략한 전통적 혼인 양식에 반대하여 육체적 관계를 배제한 순결한 사랑을 주장했으나, 사랑이란 근본적으로 육체적인 관계를 배제할 수 없는 것이기에 1920년대 중반에 이르면 육과 영이 결합된 사랑의 실현태로 '스위트홈'이라는 이상이 만들어진다는 논지가 그것이다(위의 책, 150~164면). 이러한 추론은 춘원의 자유연애론이 처음부터 영육의 일치를 지향하고 있었다는 사실을 간과하고 있다. 이와 달리 본저에서는 1910년대 말부터 영육일치론과 진화론적 관점을 토대로 사랑의 육체성과 성의 문제가 언급되어 왔다는 데 주목하고, 그것이 정신적 우월성을 강조하는 신종족의 관념과 갈등하고 길항했던 과정에 관심을 갖는다.

로 연결지어 이해하고 있었다. 연애는 계몽주의와 낭만주의라는 기존 문학사의 이분법을 초월하는 공통된 인식적 토대를 반영하는 소재였으며, 사회적 계몽의 이념과 문학의 낭만적 이상을 절묘하게 결합시키는 동시에 새로운 갈등과 분기의 가능성을 함축하고 있는 문제적 요소였다. 따라서 '연애'라는 표상을 중심으로 우리 근대소설의 형성과정을 고찰하는 일은 계몽주의와 낭만주의라는 서구 사조사의 연역적 분석기준을 극복하고 우리 자신의 특수한 역사 속에서 우리 근대성의 독자적 의미를 찾아내는 작업의 일부가 될 수 있다. 이 같은 방법을 통해 근대문학의 형성을 추동했던 개별적 계기들이 문화적 상황과 시대적 인식 특성과의 관련성 속에서 자료의 귀납적 분석을 통해 구체적으로 규명될 때, 우리 문학의 근대화과정은 서구 근대의 이식적 성격을 부정하지 않으면서도 독자적 의미를 지니는 '차이 있는 반복'으로서 올바르게 자리매김 될 수 있을 것이다. 춘원과 동인지 문학 사이를 관통하는 연속적인 사유와 인식의 토대를 추적하는 일은 또한 우리 문학의 근대화를 추동했던 새로운 세계관과 인간상의 역사적인 성격을 밝히는 단초가 되는 동시에, 또한 역으로 춘원과 그를 이은 세대 간의 차이점을 올바르게 규명하는 작업의 기초가 될 수 있을 것이다.

셋째는 한국문학의 정전으로 불리는 이광수·김동인·염상섭 등의 작품들뿐만 아니라 그동안 논의에서 소외되었던 수준 미달의 소설들, 미완성의 소설들도 연구의 대상에 포함시킬 필요가 있다는 사실이다. 연애가 지녔던 당대적 의미를 충분히 이해하고 식민지 초기의 소설들을 다시 읽을 때, 구조와 문체가 충분히 안정되지 못한 방인근·이일·주요섭 등 군소 작가들의 소설들 역시 의미 있는 작업들로 문학사의 범주 안에 새롭게 배치할 수 있다. 연애담론의 관점에서 근대소설의 형성과정을 재구성해 볼 필요가 있는 것은 이 때문이다. 미완성, 혹은 수준 미달의 작품들까지를 문학사의 범주에서 충실히 고찰할 때, 연애 열풍이 추동했던 근대적 사랑과 근대적 주체의 의미는 지배적 인식으로 귀속하려는 인식

적 경향과 그에 저항하려는 인식적 경향의 길항과정 및 그것이 미학적
성과와 맺는 관계 안에서 고찰될 수 있을 것이다.

　이와 같은 작업을 위해 이 책은 무엇보다도 당대에 연애라는 어휘가
지녔던 특수한 의미에 먼저 주목한다. 1910년대 후반부터 1920년대 전반
에 이르는 시기는 "서구식 소설 개념이 소개되고 그것이 기존의 어의를
대체하는 한편, 우리에게는 그 원관념이 존재하지도 않았던 다양한 근대
적 개념들이 번역됨으로써 말과 사물의 새로운 질서가 형성되던 시기"42)
였다. '연애'는 이 시기 태동했던 새로운 상징질서의 일부로서 식민지 사
회에 최초로 사용되기 시작한 어휘였으며, 오늘날과는 다른 인식적 지평
위에 놓여 있는 언어였다. 따라서 본론의 첫 장인 제2장은 '연애'라는 말
이 어떤 의미로 어떻게 처음 쓰이기 시작했는지를 조사하고, 다른 어휘
들을 이기고 '연애'가 사랑을 가리키는 유력한 어휘로 부상하게 된 배후
에는 어떤 힘과 정치적 관계들이 움직이고 있었는지를 밝히는 데서부터
출발하고자 한다. '연애'의 언어적 패권을 가능하게 한 정치적 힘의 역학
관계는 신문명적 사랑의 의미가 어떤 방식으로 구성되고 제어되었는지
를 규명하는 작업의 단초가 될 수 있을 것이다.

　제3장에서는 연애가 근대문학의 첫 관심의 대상이 된 이유를 추적한다.
근대문학이 처음으로 기획되고 실험되었던 식민지 초기의 공간에서 연애
에 대한 담론은 문학 근대화의 담론 속에 깊숙이 침투하고 있었다. 문학
의 독립을 선언했던 춘원의 논의와 새로운 미의식을 표방했던 동인지문
학인들의 논의는 연애에 대한 논의 속에서 서로 교차하고 중첩된다. 따라
서 이 장에서 춘원의 근대문학론과 최초의 창작들 그리고 『창조』·『백조』·
『폐허』·『폐허이후』의 동인지문학에서 나타나는 새로운 미의식을 조명
함으로써, 문학 근대화의 논리가 연애 자유의 논리와 어떻게 겹치고 있는
지를 조사하고, 근대문학의 기획 속에서 연애가 어떻게 자리매김되고 어

---

42) 신수정, 앞의 글, 1면.

떤 방식으로 작동하고 있었는지를 규명하게 될 것이다.

　제4장에서는 『무정』에서부터 1920년대 전반까지의 소설들 속에서 연애가 재현된 양상들을 살피고자 한다. 이 작업은 제4장 1절 1항에서 춘원의 자유연애론을 검토하는 데서부터 출발한다. 춘원의 논의는 1910년대 후반까지 지식인들이 보여주었던 신문명적 사랑과 결혼에 관한 생각들을 논리적으로 집대성하여 그것을 일정한 모델로 정형화하는 기초를 제공함으로써, 이후 소설들에 나타나는 연애표상의 기반을 형성한다. 제4장 1절 2항에서는 『무정』과 동인지의 문학작품들이 정형화된 연애의 모델을 어떤 방식으로 투영, 재생산하고 있었는지를 고찰한다. 특히 『무정』은 자유로운 사랑에 대한 자각과 실천이 개인을 근대적 주체로 바꾸어준다는 믿음을 구체적 형상으로 작품 속에 재현할 때 춘원이 부딪히게 된 자기모순과 그 해결의 방식을 보여줌으로써, 서구모델에 따른 주체 형성 이념의 취약점을 명확히 드러내 주게 될 것이다. 아울러 이 장에서는 소설이 정형화된 이념과 상관하는 양상을 통해 외적이고 사회적인 담론이 소설의 내적 문체나 구조적 완결성 및 자율성과 어떤 방식으로 길항하는지를 따져 보게 될 것이다.

　제4장 2절과 제4장 3절은 정형화된 연애의 모델이 소설로 재현된 양상을 각기 문화 제도적 풍속 및 성 인식과의 관련성 속에서 고찰한다. 정형화된 연애의 모델은 연애결혼의 이념으로 제도 속에 뿌리내리기 시작하고, 제국주의의 상업주의적 침투에 부응하면서 이전과는 확연히 차이 나는 신 풍속을 만들어 나간다. 제4장 2절에서는 연애라는 문화현상이, 서구 제국주의의 자장 아래 자본주의화되고 있던 식민지 조선사회에서 어떤 서사적 갈등들을 만들어 내었으며, 신문명적 인간의 특징을 어떻게 변별지어 나갔는지를 풍속과 소설의 변주 속에서 밝혀보고자 한다. 제4장 3절에서는 특히 성에 대한 인식과 관련하여 근대소설이 연애를 둘러싼 지배적인 인식과 길항하는 양상에 주목한다. '연애'의 유행은 '성'에 대한 새로운 관심을 촉발하고, 단순히 주어진 것이 아니라 인간이 결정하고 선

택하는 문제로서 성을 새롭게 인식하는 계기가 되었다. 동시에 '연애'의 이념은 성을 사유하고 실천하는 특정한 방식을 조장함으로써 근대적 개인이 일정한 규율 속에 자아의 위상을 확립해내도록 작동하고 있었다. 이 장에서는 식민지 초기 근대소설이 성을 어떤 방식으로 반영하고 있었으며, 성에 대한 자각과 성찰 속에서 우리 작가들이 연애의 이념을 어떤 방식으로 능동적으로 변용하고 있었는지를 살펴보게 될 것이다.

제2장 ··· '연애'라는 신조어

최초의 근대소설이라 불리는 춘원의 『무정』은 자유연애를 주창한 소설[1]이라고 일컬어졌지만, 실제로 이 소설에는 오늘날 우리가 '연애'를 두고 의미하는 바와 같이 자유의사에 따라 서로 사랑하고 교제하는 남녀가 등장하지 않는다. 박영채와 이형식은 이야기의 첫날 잠시 만나 하던 말도 못 맺은 채 헤어졌으며, 김선형과 이형식의 관계는 김장로의 청으로 이루어진 약혼관계였다. 이형식은 김장로가 맺어주는 대로 그 때까지 두 번 과외 공부를 가르쳤던 김선형과 얌전히 약혼하고 순종적으로 유학 준비를 해 나가는 인물임에도 불구하고 자유연애를 주창한 소설의 주인공이 된다. 소설의 스토리가 드러내는 실질적 내용과 그것을 일컫는 어휘의 불일치는 작품 해석상의 문제와도 관련되지만, 또한 오늘날 우리가

---

1) 김동인은 『무정』과 「어린 벗에게」를 필두로 한 춘원의 작품들이 소설을 "연애물어(戀愛物語)"로 오해하게 만들고 이후로 "그 많흔 소설의 구할구분이 자유연애를 주장한 것이 아니면 신자유도덕 갈등을 주지로 한 것"으로 전락시킨 원천이라 비판한다. 김동인, 「조선근대소설고」, 『김동인평론전집』, 삼영사, 1984, 69면.

사용하는 '연애'와 『무정』이 발표될 당시에 쓰였던 '연애'라는 어휘의 차이와도 무관하지 않다. 우리 사회에서 '연애'라는 독립된 단어가 쓰인 것은 겨우 백 년이 될까 말까 한 짧은 역사를 지니고 있을 뿐이며, 이 단어는 1910년대에 최초로 사용된 후로 오늘날과 같은 의미로 변화하기까지 짧은 기간 여러 가지 굴절의 과정을 겪어야 했다. '연애'라는 신조어가 유입되고 그것이 토착어와의 경쟁에서 승리하며 정착되는 과정은, 전통적인 규범 질서에서 벗어나 새로운 상징질서를 창출하는 과정에서 우리 사회가 겪어야 했던 질곡과 깊은 연관을 맺는다. 이 장에서는 1910년대와 1920년대 전반을 중심으로, '연애'라는 어휘가 유입되고 전용되는 과정을 집중적으로 조명함으로써, 이 어휘의 정착을 가능하게 했던 사유와 인식들의 길항과정을 살펴보고자 한다.

1. '자유연애'와 '자유결혼'의 동질성과 이질성

혼인의 형식은 개화기 조선사회에서부터 개혁을 주장하는 계몽주의자들의 주요한 관심의 대상이었다. '과부 재가 허용'이라는 갑오경장의 개혁 항목에서 보듯 혼인제도의 시정요구는 일찍부터 제기되고 있었으며, 『독립신문』에는 서구의 혼인 제도를 소개하면서 조선의 혼인 제도가 지니는 불합리성을 비판한 사설들이 종종 실리곤 했다. 혼인제도의 개혁을 요구하는 사설들의 주요 공격대상은 조혼과 중매혼 그리고 과부의 개가를 금지하는 여성차별 제도였다. 이 사설들은 개혁의 본보기로서 종종 서구의 결혼 문화를 소개하였는데, "남의 나라에서는" 등으로 시작하는 이 국적 불명의 혼인 모델들은 대부분 프로테스탄트적 결혼의 풍습으로서 특히 결혼 당사자의 자발적이고 충분한 관찰 및 신중하고 합리적인 선택을 강

전통혼례 풍경(조선총독부, 『시정25년사』, 1935 소재)

조하는 내용이었다.[2]

계몽주의자들이 혼인의 형식에 관심을 가졌던 이유는, 혼인이 근대적

---

2) 일례로 다음과 같은 글을 들 수 있다. "남의 나라에서는 사나이와 여편네가 나이가 지각이 날 만한 후에 (…중략…) 만일 사나이가 여편네를 보아 사랑할 생각이 있을 것 같으면 그 부인 집으로 가서 자주 찾아보고 서로 친구같이 이삼 년 지내보아 만일 서로 참 사랑하는 마음이 생길 것 같으면 그때는 사나이가 부인더러 자기 부인되기를 청하고, 만일 그 부인이 그 사나이가 마음에 맞지 않을 것 같으면 아내 될 수가 없노라고 대답하는 법이요, 만일 마음에 합의할 것 같으면 허락한 후에 몇 달이고 몇 해 동안을 또 서로 지내보아 영영 서로 단단히 사랑하는 마음이 있으면 그때는 혼인 택일하여 교당에 가서 하나님께 서로 맹세하되 서로 사랑하고 서로 공경하고 서로 돕겠노라고 하며, 관허를 맡아 혼인하는 일자와 남녀의 성명과 부모들의 성명과 거주와 나이를 다 정부문적에 기록하여 두고 만일 사나이든지 여편네가 이 약속한 대로 행신을 아니 하면 그때는 관가에 소지하고 부부의 의를 끊는 법이니라."(『독립신문』, 1896.6.6) 『독립신문』에 실린 혼인개혁론에 대해서는 다음의 연구들을 참고하였다. 고미숙, 『한국의 근대성, 그 기원을 찾아서―민족·섹슈얼리티·병리학』, 책세상, 2001, 79~126면; 최혜실, 『신여성들은 무엇을 꿈꾸었는가』, 생각의나무, 2000, 21~119면; 이승원, 「근대적 신체의 발견과 위생의 정치학」, 『국민국가의 정치적 상상력』(이승원·오선민·정여울 공저), 소명출판, 2003, 17~125면.

인 '국가'를 지탱할 '국민'을 생산하는 장치이기 때문이었다. 국제정치의 압박 아래서 근대적인 국민 국가 형성을 긴급한 역사적 과제로 인식했던 계몽주의자들에게 자유로운 혼인의 결정은 어디까지나 '국가'에 충성할 '국민'이 되기 위한 선택이었으며, 또 미래의 '국민'을 낳고 교육할 수 있는 기본적 소양을 갖추는 일이었다. '국가'라는 압도적인 표상의 지배 아래서 사사로운 열정이나 개인적 욕망은 오히려 철저하게 관리되고 억압되었다. 욕망의 일탈은 가족과 국가 전체를 위협하는 위험한 것으로 간주되었으며, 첩이나 기생 등 일탈적 성의 대상들이 비난의 표적이 되는 반면 아내의 지위는 공고해졌고, 정절의 미덕은 더욱 강조되었다. 1900년대의 '자유결혼'론은 이처럼 욕망의 거세를 담보로 하는 선택의 논리였으며, 개인을 국민으로 편입시키는 근대 권력의 포획장치 속에서 움직이는 담론의 하나였다. 따라서 '자유결혼'론은 부모의 강제에서 벗어나 당사자의 의사를 존중하는 혼인을 강조하였지만, 이 선택은 자유로운 감정과 욕망이 아니라 '국가'에 대한 기여라는 명분에 귀속되어야 했다.[3]

　『혈의 누』에서 옥련과 구완서가 혼약을 결정하는 장면은 자유결혼론의 이 같은 속성을 극명하게 반영하고 있다. 옥련의 아버지 김관일은 딸을 찾은 후 딸의 은인 구완서를 찾아가 감사의 뜻을 전하고 정혼의 의향을 비친다. 구완서는 김관일이 혼담을 시작하자, "우리가 입으로 조선말을 하더라도 서양 문명한 풍속이 젖었으니 우리는 혼인을 하여서도 서양 사람과 같이 부모의 명령을 좇을 것이 아니라 우리가 서로 부부될 마음이 있으면 서로 직접 하여 말을 하는 것이 옳은 일이다" 하며, 김관일을 젖혀 두고 옥련에게 직접 "영어로" 청혼의 뜻을 전하는데, 그 청혼의 내용이란 "옥련이가 구씨와 같이 몇 해든지 공부를 더 힘써 하여 학문이 유여한 후에 고국에 돌아가서 결혼하고 옥련이는 조선 부인 교육을 맡

---

3) 이상의 내용은 고미숙, 최혜실의 위의 책과, 권보드래의 「열정의 공공성과 개인성─신소설에 나타난 '일부일처'와 '이처'의 문제」(『한국학보』 99집, 2000년 여름)를 참고하여 구성하였다.

아하기를" 바란다는 것이다. 이에 옥련은 "조선 부인 교육할 마음이 간절하여 구씨와 혼인 언약을 맺"게 된다.[4] 이 혼약은 형식적으로 혼인 당사자의 자유의사에 맡겨져 있지만, 감정이 아니라 국가에 대한 봉사의 의무에 의해 성립한다. 구씨가 청혼하는 이유에도 옥련이 허락하는 이유에도 오직 '학문'과 '교육'을 통해 국가에 헌신하고자 하는 의지만이 나타나 있을 뿐이다. 그럼에도 불구하고 구완서와 옥련의 결혼은 자유로운 결혼이 되는데, 이는 이 혼약이 혼인 당사자들의 직접적인 의사표현을 통해 이루어졌기 때문이었다.

남녀관계와 사랑의 문제는 이처럼 결혼 개혁이라는 제도적 장치의 문제로 최초로 제기되었으며, 그 구체적인 형태로서 혼인 결정의 자유를 주장하는 자유결혼론이 등장하였지만, 개인적 감정으로서의 사랑은 공식적인 논의의 자리에 모습을 드러내지 못하고 국가에 대한 헌신이라는 공적인 명분의 힘을 빌려야만 표현될 수 있었다. 사적인 감정은 교육과 지식이라는 계몽의 모토 아래 귀속되어 아직 독립적 가치로서 주목받지 못했던 것이다. 사적인 열정이 독자적인 의미를 부여받게 된 것은 '연애'라는 새로운 어휘가 공론적 담론의 표면 위로 떠오르기 시작하면서부터였다.

갑오경장의 시기까지 거슬러 올라가는 자유결혼론은 1910년대 초반까지도 활발하게 진행되다가 1910년대 중반에 이르러 '자유연애'라는 어휘에 슬그머니 자리를 내 주기 시작한다. 자유결혼론의 연속으로서 자유연애론은, 혼인개혁이라는 사회개량운동의 차원에서 처음 대두되었고, 그 실천적 의미는 자유결혼론의 내용과 다르지 않았다. 즉 '자유연애'란 부모가 결정하는 결혼에 대한 안티테제로서 배우자 선택의 자유를 의미하는 말로, 사실상 '자유결혼'과 이음동의의 관계에 있었던 것이다. 그러나

---

4) 『혈의 누』의 청혼 장면은 최혜실의 위의 책(53~54면)과 김동식의 「연애와 근대성」(『민족문학사연구』 18호, 민족문학사학회, 2001, 308~309면)에서 이미 연구된 바 있다. 전자는 서구문명을 모방한 희극적 구혼의 연출이라는 측면에서 이 장면을 지적했고, 후자는 생물학적 패러다임에서 교육학적 패러다임으로의 이동을 통한 새로운 '연애결혼'의 의미라는 점에서 이 장면을 분석했다.

결과적으로 그 실천적 의미는 같다 하더라도 일단 '결혼'이 '연애'라는 어휘로 대치되면서, 결혼의 자유에 대한 논의 속에는 국가에 대한 의무로만 귀속되지 않는 새로운 가치에 대한 관심이 드리워지게 된다.

> ① 第三, 强制戀愛의 打破와 自由戀愛의 鼓吹니, 戀愛는 至誠이며 事實이니 人生一代의 苦樂의 源泉이요 社會萬般에 盛衰의 關鍵이라, 이 엇지, 靜思探究ᄒ며 重視詳論홀 大問題가 아니리요 (…중략…) 然하면 强制戀愛를 打破홈은 自然的 眞理요 人事上의 正路라. 是以로 吾人은 玆에 自由戀愛를 鼓吹코져 ᄒ노니 元來, 戀愛는 理論이 아니요 情熱이며 客觀이 아니요 主觀이라 由是로 貧富의 限界가 無ᄒ며 貴賤의 階級이 無ᄒ며 土地의 遠近이 無ᄒ며 知識의 比較가 無ᄒ느니 換言ᄒ면 萬金의 富가 戀愛를 橫斷홀 수 업스며 三軍의 威가 戀愛를 爭鬪홀 수 업스며 白屋의 貧이 戀愛를 變改할 수 업스며 千里의 遠이 戀愛를 疏隔홀 수 업스며 知識의 力이 戀愛를 解剖홀 수 업느니 此는 宇宙의 神秘요 人情의 機微라 萬一, 食飮을 强効치 못홀진디 戀愛도 强制치 못홀지며[5]

인용문은 1915년 『학지광』에 발표된 송진우의 「사상개혁론」의 일부다. 이 글은 다섯 가지의 항목에 걸쳐 종래 조선의 유교적 윤리관을 비판하는데, 이때 세 번째 비판 항목에 해당하는 것이 '자유연애'의 상대 의미로 쓰인 '강제연애'였다. 송진우는 재래의 결혼 방식을 '강제연애'라는 이름 아래 철저히 비판한다. 그 근거로 그는 계급 간의 통혼 금지가 인정(人情)에 어긋난다는 점, 어린 나이의 결혼이 요절과 청상과부 산출, 축첩 및 그 밖의 불건전한 혼외관계의 원인이 된다는 점 등을 들고 있다. 이러한 논리는 앞서 있었던 자유결혼론의 논리와 조금도 다르지 않다. 즉 송진우가 말하는 '강제연애'는 부모의 명령에 의한 결혼을 의미하는 '강제결혼'의 다른 이름인 셈이다. 이 경우 '연애'는 '결혼'의 동의어이거나 적어도 '결혼'과 직결되는 말이 된다.

---

5) 송진우, 「사상개혁론」, 『학지광』, 1915.5, 5~6면.

그러나 결과적으로 실천적인 의미는 같다 하더라도, 혼인의 자유에 대한 주장은 '연애'라는 어휘와 더불어 논의되면서, 국가를 위한 국민으로서의 의무로 귀결되어야만 했던 당위의 틀을 벗어나게 된다. 국가에 대한 헌신이나 지식과 교육을 통한 계몽의 의무라는 외적 명분 대신에 '연애'라는 말 자체에 넓고 심오한 가치가 주어지기 때문이다. 이처럼 '연애'가 심오한 의미를 지닌 가치로 나타남으로써 강조되는 것은, 혼인의 자유 그 자체의 고귀함이다. 다시 말해 혼인

『학지광』의 회원이었던 송진우는 3·1운동 지도자의 한 사람이었고, 1921년부터 1940년까지 『동아일보』의 사장, 고문, 주필로 활동했다.

의 자유는, '연애'라는 말의 숭고성에 의해, 외적인 명분과 결합하지 않고도, 그 자체로서 하나의 가치를 실현하는 일로 이해되기 시작한 것이다. 이러한 관점에서 볼 때, '자유결혼'론에서 '자유연애'론으로의 이동은, 의무를 지닌 국민으로서의 개인으로부터 권리를 지닌 주체로서의 개인으로 관심의 초점이 이동하였음을 의미하는 일이었다. 그것은 '~로부터의' 자유라는 소박한 단계를 넘어서 '~로의' 자유라는 적극적 의미의 자유에 대한 탐색의 시작을 의미하며, 인간의 욕망과 가능성에 대한 새로운 질문과 실험들을 불러일으키는 새로운 시대의 시작을 가리키는 사건이었다.

여기에서 한 가지 더 주목할 것은, 숭고한 가치를 지니는 것으로 간주되고 있는 '연애'에 대한 기술들이 대단히 불분명하고 추상적이라는 사실이다. 인용문에서 '연애'는 다른 가치에 의해 훼손되지 않으며 그 무엇도 침범하지 못하는 신비하고 절대적인 '어떤 것'으로 기술되고 있다. 사실, 연애가 다른 외적인 가치들의 힘을 빌지 않고도 스스로 숭고의 위치에 오를 수 있었던 것은 바로 이 모호성과 불투명성에 의해서였다고 할 수 있다. 왜냐하면 전통적인 감각에서 볼 때 연애가 단순히 남녀 간의 사귐을 가리키는 어휘였다면, 그처럼 높고 숭고한 가치를 지니는 것으로 받아들여질 수 없었기 때문이다. 연애라는 어휘가 내포했던 모호성과 숭

고의 분위기는 새로운 사랑의 개념을 전달한 서구와 일본, 그리고 그것을 받아들이는 조선의 역학관계를 반영한다. 따라서 이 어휘의 유입과 전용의 과정은 근대화의 노력 속에 숨어 있는 식민화와 탈식민화의 양가적 과정들을 함축하게 된다.

2. '연애'라는 새 말과 감정 해방의 전략

1) '연애'와 '감정'으로서의 사랑

'연애(戀愛)'는 '연(戀)'과 '애(愛)'라는 한자어를 합성한 신조어였다.6) 한자어 '연(戀)'과 '애(愛)'는 각기 넓은 의미의 그리움과 사랑을 뜻하는 동시에 남녀 간의 사랑을 가리키는 글자였는데, 용례를 통해 볼 때 '연(戀)'에 그리움의 뜻이 강했다면 '애(愛)'에는 성적인 사통의 의미가 더 강했던 듯하다.7) 그 밖에도 '연(戀)'과 '애(愛)'를 이용한 조어로서 '애경(愛敬)', '애고

---

6) 서구 근대의 영향을 받아 번역의 과정을 통해 형성된 신조어에는 세 가지의 종류가 있었다고 한다. 첫째는 기존 한자의 의미를 바꾸지 않고 조합해서 쓴 경우이고, 둘째는 '자유'와 같이 이전부터 있었던 한자어의 의미를 바꿔서 사용한 경우, 셋째는 '부동산'과 같이 완전히 새롭게 만들어낸 경우이다. '연애'는 이 가운데 첫 번째 종류의 신조어에 해당한다. 마루야마 마사오·가토 슈이치, 임성모 역, 『번역과 일본의 근대』, 이산, 2000, 106면 참조.

7) 『악부 시집』의 "春別猶春戀, 夏還情更久[봄에 이별하니 더욱 그리워지고, 여름에 돌아오니 정이 다시 오래다]"라는 구절에서 보듯 '戀'은 남녀 간의 그리움을 나타내는 단어로 자주 쓰였다. 한편 『전국책』 第冊三에는 "孟嘗君舍人有與君之婦人相愛子. 高誘注：愛, 猶通也[맹상군의 사인 가운데 그 군의 부인과 더불어 서로 愛하는 자가 있었다. 고수 주에 愛는 사통이라고 한다]"라는 구절이 있는데 여기서 '愛'는 성관계를 의미하는 동사로 쓰였다. 이상 남녀 간의 사랑을 가리키는 한자어에 대해서는 『漢語大辭典』 7권(한어대사전편집위원회, 三聯書店(香港)有限公司, 1992)과 『敎學大漢韓辭典』(교학사, 1998)에 실린 '愛'와 '戀' 편들을 참고하였다.

(愛顧)’, ‘애련(愛憐)’, ‘애연(愛戀)’, ‘애모(愛慕)’, ‘애민(愛悋)’, ‘애열(愛悅)’, ‘애
총(愛寵)’, ‘애행(愛幸)’, ‘애호(愛好)’, ‘연모(戀慕)’, ‘연연(戀戀)’, ‘연애(戀愛)’ 등
이 사랑을 지칭하는 말로 두루 사용되었다. 이때 ‘연애(戀愛)’는 ‘애연(愛
戀)’보다 드물게 쓰였던 것으로, 물론 ‘사랑하다’, ‘그리워하다’의 뜻을 지
니고 있었지만, 하나의 관념을 형성하여 쓰이던 독립 어휘는 아니었다.

남녀 간의 사랑을 가리키는 용어 ‘연애’는 영어 ‘Love’를 번역하기 위
해 고안된 일본의 신조어에서 유래한 것이었다. 당대의 소설들이나 기타
자료들에서 드러나는 문인들의 번역 혹은 일문 소설 독서의 경험은, ‘연
애’라는 단어와의 최초의 접촉이 주로 외국문학과의 만남을 통해 이루어
졌음을 알려준다.8) 『번역어 성립 사정』의 저자 야나부 아키라에 따르면,
일본에서 ‘Love’가 ‘연애’로 번역된 것은, 불결한 연감을 일으키는 일본
통속의 문자들과 영어 ‘Love’를 구별하기 위해서였다고 한다. 원래 일본
의 전통 속에서 남녀 간의 사랑은 육체적 결합과 분리되지 않았다. 『만
엽집』과 같은 문학작품집에서 불리는 사랑의 노래는 일단 서로 만나 성적으로 결합한 이후 헤어진 남녀의 그리움을 노래한 것이 일반적이었으며, 이러한 사정은 우리나라의 경우도 마찬가지였다. 남녀의 사랑이라고 하면 곧바로 성적인 결합으로 연결

신소설 『국의향』 표지

신소설 『쌍옥루』 표지

---

8) 연애와 독서의 관련성은 권보드래의 「연애의 형성과 독서」(『역사문제연구』 7호, 역사
문제연구소, 2001.12)에서 최초로 논의된 바 있다. 김동식의 앞의 글, 구인모의 「『무정』과
우생학적 연애론—한국의 근대문학과 연애론」(『비교문학』 28호, 한국비교문학회, 2002,
180면), 그리고 이경훈의 「오빠의 탄생」(『오빠의 탄생—한국 근대문학의 풍속사』, 문학
과지성사, 2003, 57면)에서도, 비록 단순한 지적에 그치기는 했지만, ‘연애’가 번역어에서
유래했다고 언급되었다.

되었던 사유의 방식 속에서, 성적인 접촉을 기피하거나 생략하고 상대로부터 멀리 떨어진 곳에서 영혼의 사랑을 바치는 서구의 기사도식 사랑 등은 이해되기 어려웠고, 그렇기 때문에 그러한 사랑을 표현하는 말은 기존의 남녀 간 사랑을 가리키는 표현과는 달라야 한다고 생각되었던 것이다. 일본에서 1870년대에 최초의 용례가 발견되는 번역어(신조어) '연애'는, 1890년대에 이르러 하나의 유행을 형성하고 치열한 찬반 논쟁의 대상이 되기도 하면서 점차 정신성을 강조하는 쪽으로 관념화되어 갔다.9)

한국어에서 남녀 간의 사랑을 지칭하는 의미로 '연애(戀愛)'가 처음 등장한 시기는 1910년대로 추정된다. 그러니까 조선에 '연애'라는 용어가 하나의 개념으로 처음 쓰이기 시작한 시기는, 일본에서 이 용어가 우여곡절을 거치면서 이미 활발하게 사용되고 있었던 때인 셈이다. 현재까지 알려진 바에 의하면, 우리 사회에서 '연애'라는 어휘가 처음 사용된 것은 1912년 『매일신보』에 발표된 조일제의 『쌍옥루』이다.10) 이 소설의 초반에는 2~3면에 걸쳐 '사랑', '연애', '편애'라는 어휘가 서로 경쟁하듯 펼쳐져 있는 부분이 발견된다.

②이 남주는 편이라 ᄒᄂᆞᆫ 것은 즉 육욕이라 ᄒᆞ며 더욱이 의학상의 지식으로 육욕 이외에ᄂᆞᆫ 편이라 ᄒᄂᆞᆫ 것슨 업다고 쥬챵ᄒᄂᆞᆫ 사ᄅᆞᆷ이니 신셩ᄒᆞ며 ᄯᅩᄂᆞᆫ 고상ᄒᆞᆫ 취미가 그 ᄉᆞ이에 잇슴은 모르ᄂᆞᆫ 연고로 결빅ᄒᆞᆫ 남의 녀주의 몸을 더럽혀 놋ᄂᆞᆫ 거시 곳 그 심령에 다시 씻지 못ᄒᆞᆯ 흔젹이 되ᄂᆞᆫ 줄은 조곰도 모르ᄂᆞᆫ 터이

---

9) 야나부 아키라, 서혜영 역, 『번역어 성립 사정』, 일빛, 2003, 93~107면 참조

10) 권보드래 역시 '1910년대 중반까지 '연애'는 물론 '사랑'이라는 단어도 그리 두드러지지 않았다'고 지적하면서, '연애'라는 어휘가 발견되는 최초의 경우로 『쌍옥루』를 들고 있다(권보드래, 『연애의 시대』, 현실문화연구, 2003, 12면). 그러나 이 책은 『쌍옥루』가 '연애'라는 어휘가 사용된 최초의 예인 듯하다는 사실만 지적했을 뿐 구체적으로 이 어휘의 의미와 용례를 살펴보지는 않았다. '연애'라는 어휘가 지니는 의미와 용법의 역사적 특수성에 천착하지 않았기 때문에, 이 책에서 권보드래는 '연애'가 감정을 나타내는 어휘인 '사랑'과 구분되는 의미에서 '관계'를 가리킨다는 현대식 어휘 용법에 이의를 제기하지 않고 논지를 전개하였다.

라 (…중략…) 오정당은 (…중략…) 청년남여의 연이라 ᄒᆞᄂᆞᆫ 것은 극히 신성ᄒᆞᆫ
일이라고 가르쳐 주어 아모조록 경ᄌᆞ로 하여곰 남녀의 인정이라 ᄒᆞᄂᆞᆫ 뜻을 ᄭᅢ
닷도록 힘을 쓰니 셔병삼과 오정당 두 사롬 사이에 ᄉᆞ로잡힌 비 된 가련ᄒᆞᆫ 리
경ᄌᆞᄂᆞᆫ 임의 함정에 ᄲᅡ진 몸이라 졸연히 ᄲᅡ져나오기 어렵게 되얏더라 / 의심스
럽고 밋을 슈 업ᄂᆞᆫ 것은 남여 간에 사랑이라 이것을 비유ᄒᆞ건디 물 우에 뜬 부
평초 갓ᄒᆞ야 (…중략…) 이것을 싱각ᄒᆞ고 져것을 싱각ᄒᆞ야 장리까지 싱각ᄒᆞᆯ ᄯᅥ
ᄂᆞᆫ ᄇᆞ라는 ᄆᆞ음이 점점 더ᄒᆞ고 질거운 마음이 지극ᄒᆞᆷ을 마지 못 ᄒᆞᄂᆞ니 이럼을
인ᄒᆞ여 쳥년남녀의 편이라 ᄒᆞᄂᆞᆫ ᄆᆞ음이 비로소 일어남이라. (…중략…) 리경ᄌᆞ
ᄂᆞᆫ 더욱이 이와 ᄀᆞ튼 상상이 만은 사롬이라 그런 고로 심중에ᄂᆞᆫ 임의 **고상ᄒᆞᆯ**
편이를 리상ᄒᆞ며 편이라 ᄒᆞᄂᆞᆫ 거시 극히 신성ᄒᆞᆫ 일인 줄로 밋고 의심치 안이ᄒᆞᆫ
다.11)

‘연애’와 ‘사랑’과 ‘편애’라는 어휘가 어지럽게 펼쳐져 있는 위 인용문
은, 당시 ‘연애’라는 어휘가 충분히 독립된 의미를 형성하지 못하고 있었
음을 입증해준다. 위 인용문에서 ‘연애’와 ‘편애’는 거의 같은 뜻으로 쓰
였고, ‘편애’가 빈도 상 우위에 서 있다. ‘연애’나 ‘편애’라는 어휘에는
‘고상’·‘신성’ 등의 높은 가치를 표상하는 어휘들이 따라다닌다. 그러나
‘편애’를 육욕으로 생각하는 음험한 의학교 학생의 존재에 의해, ‘편애’
의 정당성은 아직 확정되지 않은 상태에 있다. 조일제는 다음해인 1913
년 『매일신보』에 『장한몽』, 『국의 향』을 이어 연재하는데, 드물긴 하지
만 역시 ‘연애’라는 어휘를 사용한 구절을 간혹 발견할 수 있다.

③련이(戀愛)라 ᄒᆞᄂᆞᆫ 것은, 신셩(神聖)ᄒᆞᆫ 물건이라, 이 ᄯᅢ에, 슌이의 가슴 가
운디에 잇ᄂᆞᆫ 견과 ᄀᆞᆺ치 비루ᄒᆞᆫ 희망은 ᄌᆞ초도 업셔졋스니, 그 어엽분 눈에ᄂᆞᆫ,
다른 물건은, 보이ᄂᆞᆫ 것이 업고, 다만 리슈일의 잠든 얼골을 향ᄒᆞ야, 부와 귀와,
ᄯᅩ지 리욕의 ᄆᆞ음은, 그 무릅에 ᄭᅵ닷ᄂᆞᆫ ᄯᆞᆺ듯ᄒᆞᆫ 긔운에, 룩아 업셔지고, 황홀히
ᄭᅮᆷ결 ᄀᆞᆺ하야, 취ᄒᆞᆫ 듯 ᄭᅵᄂᆞᆫ 듯, 안자 잇다. 그 녀ᄌᆞ의 제반 망상(妄想)은, 봄 히
에 눈 록듯 업셔지고, 한 집안 한 방안에, 다만 두 사롬이 이 셰상의 홀올노 광

---

11) 조일제, 『쌍옥루』上, 普及書舘, 1913.1, 13~15면. 이하 인용문에서 강조는 인용자.

명(光明)을 엇음 굿다12)

④ 처음으로 잇는, 자유결혼(自由結婚)을, 리현섭이라 ᄒᆞ는 남ᄌᆞ 학싱과, 미
졋더라, 그 남녀 두 사름 ᄉᆞ이에, 불꼿 이듯 ᄒᆞ던 련ᄋᆡ가, 몇 히를 지니지 못ᄒᆞ
야, 어름ᄀᆞ치 식엇스니, 한 번 식은, 련ᄋᆡ가 어나 곳으로브터, 다시 더워지리오
(…중략…) 국향의 어름ᄀᆞ치, 식엇덧 련ᄋᆡ는, 이제 다시 렬렬(熱熱)ᄒᆞ 긔원을 회
복ᄒᆞ얏더라13)

『장한몽』 표지

『장한몽』의 일부분인 ③은 '연애'를 "신성한 물
건"으로 규정하고, 그 작용을 기술함으로써 『쌍
옥루』에서 보였던 '고상한 편애'의 의미를 더욱
긍정적으로 확정하고 있다. 김중배를 만난 후 그
의 물질에 현혹되어 솟아오르던 심순애의 제 망
상들은 "신성한 물건"인 '연애'에 의해 "봄 해에
눈 녹듯" 없어지고 있는 것이다. '연애'에 대한
언급에 수반되는 이 같은 기술들은 또한 송진우
의 「사상개혁론」(앞의 예문 ①)에서 보았던 것과 같
이 연애에 불분명하면서도 고상하고 심오한 가치
의 그림자를 드리우고 있다.

'연애—신성'의 짝과 더불어 한 가지 더 주목해야 할 것은, 위 ③·④
의 인용문들에서 '연애'가 '관계'보다는 '감정'을 나타내는 어휘로 읽힌
다는 사실이다. 오늘날 한국사회에서 '연애'는 일반적으로 남녀가 서로
의 열정을 바탕으로 하여 일정 기간 만나는 일을 지칭한다.14) 그런 의미

---

12) 조일제, 「장한몽」, 『매일신보』, 1913.5.21.
13) 조일제, 「국의 향」, 『매일신보』, 1913.11.24.
14) 국립국어연구원에서 출판한 1999년판 『표준국어대사전』 중(두산동아, 1999, 4,359면)
   에서 '연애'는 "남녀가 서로 애틋하게 그리워하고 사랑함"이라 풀이하고 동사 '연애하
   다'를 별도의 항목으로 따로 설명하고 있는데, 이는 한자의 어의에 충실한 설명으로,
   실질적으로 쓰이는 '연애'의 의미와는 다소 차이가 있다고 생각된다. 1980년에 발간된

에서 '연애'는 곧 '교제'[15]에 다름 아니다. '교제'의 차원에서 연애는 '관계'[16]의 문제가 된다. 이 경우 '짝사랑'은 '연애'에 속할 수가 없다. 그러나 1910년대에 쓰인 '연애'는 '관계'보다는 '감정'을 가리키는 경우가 더 많았으며, '관계'를 의미할 때에도 관계의 '형식'보다는 관계를 형성하는 '감정' 쪽에 더 비중이 두어져 있었다. 김동인의 「약한 자의 슬픔」(『창조』 1호, 1919)에서 주인공 강엘리자벳트가 통학길에 마주치는 H의숙의 청년을 '짝사랑'하면서 "연애라 하는 거슬 자각"[17]할 수 있었던 것은 이 때문이다. "혼인에 득(得)하는 행복이라 함은 개인으로 보면 연애와 원만한 가정의 두 가지오"[18]라는 주장이나 "결혼 전의 연애는 제일막과 갓고 결

신기철·신용철 편저, 『우리말 큰사전』(삼성출판사, 1980, 2361면)에서는 "남녀 사이에 이성으로서 사랑을 느끼어, 의식적으로 따르고 그리워하는 행동, 또는 그러한 상태에 있는 관계"로 풀이하여 동사적 의미와 '관계'로서의 측면을 강조하였다. 1953년에 발간된 문세영, 『우리말 큰 사전』(삼성출판사, 1953, 716면)에서는 "서로 사모하는 남녀의 애정. 그 실정은 매우 복잡한 것이나 종극 목적은 성적 정욕이라 함. 사랑"이라고 풀이하여, 식민지 시대 '연애'가 사랑의 동의어이자 감정을 뜻하는 어휘였다는 추측을 뒷받침해준다.

15) '교제하다'는 1900년대에는 '사귐'이라는 일반적인 의미로 국가 간이든 개인 간이든 사귐의 주체나 대상에 제한이 없이 사용되었으나, 식민지 시대에 이르러서는 개인 간의 사귐을 주로 지칭하다가, 그 중에서도 특히 남녀의 사귐을 뜻하는 용어로 어의가 축소되어, 오늘날에는 '연애하다'와 같은 의미로 많이 쓰인다. 오미정, 「현대 국어 어휘의 의미 변화」, 『현대 국어의 형성과 변천』 3(홍종선 외), 박이정, 2000, 193~194면 참조.

16) 선행 연구들에서 '연애'는 주로 '관계'를 의미하는 것으로 다루어져 왔다. 권보드래, 앞의 책, 258면; 서영채, 「한국 근대소설에 나타난 사랑의 양상과 의미에 관한 연구─이광수, 염상섭, 이상을 중심으로」, 서울대 박사논문, 2002, 1~6면; 김동식, 앞의 글, 300면.

17) "엘니자벳트가 每日 通學할 때에 N통 썩거진 길에서 H義塾 制帽를 쓴 엇던 靑年과 맛나게 되엿다. 맛나기 시작한 지 닷새에 좀 情답게 생각되고, 열흘에 그를 맛나지 못하면 섭섭하게 생각되고, 二十日에 戀愛라 하는 거슬 自覺하고, 一朔만에 그 靑年의 일홈을 探知하엿다. '그도 나를 생각하겠지' 하는 생각과 '웬걸, 내게는 主意도 안 하더라' 하는 생각이 그 後부터는 恒常 그의 마음속에서 爭鬪하고 이섯다. 戀愛를 하는 사람은 아모도 그러커니와 엘니자벳트도 戀愛─짝사랑[便戀]이던─를 안 후브터는 벗들과 함끠 이슬 쌔는 아모치도 안치만 혼차 이슬쌔는 厭世의 생각과 喜悅의 생각이 함끠 마음 發하여 空然히 心臟을 쒸놀리며"(강조는 인용자). 김동인, 「약한 자의 슬픔」, 『창조』 1호, 1919, 54면.

18) 이광수, 「혼인에 대한 관견」, 『학지광』 12호, 1917, 375면.

혼 후의 연애는 제이막과 갓흐니 연애는 결코 제1막만으로 완성되는 것이 안이요 그 반면에 일막 업시 이막이 성립된다는 것도 쓸데업는 소리다”[19]라는 주장이 나타났던 것도 이러한 사정과 무관하지 않다. 무엇보다도 '연애'를 개인의 '정신'에 위치한 것으로 표현한 용례들은, '연애'가 '관계'보다는 '감정'을 가리키는 어휘에 가까웠음을 가장 명확하게 뒷받침하는 사례가 된다.

⑤ 오인이 연애의 담화나 서적에 흥미를 감함은, 즉 오인 각인의 정신에 연애의 부분이 유함이며[20]

⑥ 이 날에 그 규수는 비로소 됴흐면 평싱의 힝복이 되고 흉흐면 싱명ᄭ지 일는 불보다 쓰겁고 물보다, 위퇴흔 련의(戀愛)라 ᄒᆞ는 것을, 씨닷게 되얏더라. 그후브터는 죠필환이라는 싱각이, 흉샹 머리 속에, 머물너 잇슴으로, (…중략…) 이 갓흔 싱각이, 흉샹 쩌나지 안이홈은, 뉘가 그런 싱각이 들도록, 그 귀에 들려줌도, 안이오, 그 눈에 보여줌도 안이오, 다만 ᄌᆞ긔 마음에서, 근원된 련의로 말미암아, 나는 싱각이라 (…중략…) 오룬년 사이에, 거의 ᄭᆞᆫ일 사이 업시, 죠필환을 흠모ᄒᆞ던 싸인 싱각이, 급기 동경에서 도라와, 수년만에 다시 그 용모를, 친히 보고, 그 음성을 드를 째에, 련의라는 졍회가 그 정신에 감촉됨이니, 그 째 그 련의를 씨다름은 진실로 여러 히, 눈과 비로, 모혀 이룬 놉흔 산에 큰 연못이, 급흔 소나기로, 인ᄒᆞ야, 한못통이가 터져셔, 물이 쏘다짐과 ᄀᆞ흔 것이오, 결코 시쇽 경박흔, 녀ᄌᆞ와 ᄀᆞ치, 잠시 보고 드른, 남ᄌᆞ의 용모와 언어에 미혹홈은 안이러라[21]

---

19) 이은상, 「어록이십」, 『조선문사의 연애관』, 설화서관, 1926.4, 25면(강조는 인용자). 다음의 인용들 역시 결혼 후의 부부 간 '연애'를 강조한 예들이다. “엇더한 結婚이던지 거긔 戀愛가 잇스면 그것은 道德일다. 假量 어쩌한 法律上에 手續을 經한 結婚이라도 거긔 戀愛가 업스면 그것은 不道德일다.” 노자영, 「여성운동의 제일인자 엘렌케이」, 『개벽』 8호, 1921.2, 52면; “부부되기 전에ㅅ 것만 연애가 아니라, 부부가 되여서 성숙하는 것이다.” 최학송, 「전생명의 요구는 아니다」, 『조선문사의 연애관』, 설화서관, 1926.4, 111면.

20) 이광수, 「문학이란 하오」(원본은 『매일신보』, 1916.11.10~13), 『이광수 전집』 1, 삼중당, 1962, 508면.

21) 이상협, 「눈물」, 『매일신보』, 1913.7.23.

"각인의 정신"에 위치하고, "마음에서 근원되며", "정신에서 감촉"되는 '연애'는 '관계'의 형식이 아니라 '감정'일 수밖에 없다. '감정'으로서의 연애는 그것을 유발하는 타인의 존재를 전제하지만, 그럼에도 불구하고 철저히 개인 '내면'의 테두리 안에 제한된다. 그러니까 '사랑은 감정이요, 연애는 관계이다', '사랑은 이상이요 연애는 현실이다' 등과 같은 오늘날 의 표현들은 1920년대 초의 청년들에게는 상상할 수 없는 것이었다. 외 적 행동과 구분되는 '인간'의 내면적 정서를 가리키는 말로서 그 의미가 강조될 때, '연애'라는 어휘의 부상은 심리적 존재로서의 '인간'에 대한 새로운 자각을 촉발하게 된다.

2) 이국적 사랑의 소문과 신조어의 전략성

'연애'라는 어휘가 사용된 가장 이른 용례들이 신소설에서 발견된다는 사실은, '연애'와 일본문학의 밀접한 관련성을 암시해준다. 잘 알려진 바 와 같이 신소설은 일본문학작품들의 영향을 많이 받았으며, 1910년 당시 일본에서는 연애 이야기를 다룬 문학작품들이 활발하게 번역·창작되고 있었다.22) 『장한몽』이 일본소설 『금색야차』의 번안소설임은 기지의 사실 이다. 그런 의미에서 『장한몽』의 작가 조중환(조일제)의 작품에서 '연애'라 는 어휘가 가장 먼저 발견된다는 점은, '연애'가 일본소설의 독서 경험을 통해 유입되었을 것이란 가설을 뒷받침해주는 또 하나의 증거가 된다.

1910년대 전반, 신소설 이외의 글들에서 '연애'의 용례가 발견되는 것 은 앞서 송진우의 글과 같은 논설이나 외국에서 일어난 특별한 사건을

---

22) 일본에서 '자연주의'와 '사소설' 계열의 작품들은 인간의 내면을 있는 그대로 파헤 쳐 내고자 하는 가운데 남녀의 미묘한 감정의 문제를 자주 다루고 있었으며, 그 밖에 도 연애는 근대화 이후 일본문학에서 가장 활발하게 창작되었던 소재였다. 가토 슈이 치, 김태준·노영희 역, 『일본문학사서설』 2, 시사일본어사, 1996, 361~452면 참조

전해주는 기사문들이었다. 1914년 7월 2일자 『매일신보』에 실린 「연애의 오국(墺國) 황제」와, 같은 신문 1915년 3월 2일에 실린 「개[犬]와 규수화가(閨秀畫家)의 연애담(戀愛談)」은 신소설을 제외한 글에서 '연애'라는 어휘가 쓰인 가장 빨랐던 예에 해당한다.23) 「연애의 오국(墺國) 황제」라는 기사는 1차 세계대전 발발의 원인이 되었던 사라예보 사건의 주인공 오스트리아 황태자의 일화로, 황태자가 신분 높은 여성과의 약혼을 거절하고 상대적으로 낮은 신분의 여성과 사랑하게 되어 결혼에 이른 에피소드를 전해주고 있다. 그런데 이 기사의 제목에 쓰인 '연애'라는 어휘는 무엇을 수식하는지도 무엇을 가리키는지도 명확하지가 않다. '연애'는 다만 '연(戀)'과 '애(愛)'라는 자극적인 글자의 결합으로, 기사 제목의 첫 머리에 위치함으로써 통속적인 흥미를 유도하고 있을 뿐이다. 기사 안에서는 '연애'라는 말이 쓰이지 않았기 때문에, 제목에서 사용된 "연애의"가 궁극적으로 무엇을 의미하는지는 결국 알 수가 없다. 정작 기사 본문에서 황태자가 한 여성과 서로 좋아하는 '관계'가 되었다는 의미로는 '상사(相思)'라는 단어가 사용되었다.24) 신분 높은 외국인의 순수하고 곡절 있는 사랑이야기를 전하면서 그 사랑의 이름으로 덧붙여진 '연애'라는 이름은, 이처럼 명확한 의미 영역을 확보하지 못하는 그대로, 이국에서 일어난 고상한 사랑을 표시하는 기호로서 그러한 사랑에 대한 막연한 동경을 함축하는 하나의 '분위기'를 형성하고 있었다. 「개[犬]와 규수화가(閨秀畫家)의 연애담」이라는 기사에서도 사정은 비슷하다. 이 기사는 한 미국 여성 화가와 그녀가 그리는 개 사이의 특별한 애정을 기술하면서 둘의 관계에 명확하게 '연애'라는 이름을 달았다. 개와 인간의 사랑이 특별하고

---

23) 이 두 기사는 권보드래의 『연애의 시대』에서도 1910년대 '연애'라는 어휘가 사용된 예로 그 제목이 언급된 바 있다.

24) "태공비의 딸 「짜부리엘」이라는 공쥬가 잇슴으로 뎐하와 깁혼 언약이 미져 반다시 빅년히로ᄒ눈 됴혼 졍ᄉ롤 이르실 줄은 당사로리의 황뎨가 ᄆ음에 깁히 고디ᄒ던 바이러니 의외에 뎐하눈 그곳 빅작의 ᄯ올 소피아 코덱크와 샹ᄉᄒ시눈 사이가 되얏스나" (「戀愛의 墺國 皇儲」, 『매일신보』, 1914.3.6).

생경하게 전해졌을 것임은 두말할 것도 없다.

　여기에서 알 수 있듯, '연애'라는 어휘를 추동했던 주요한 동력의 하나는 생활의 구체와 유리된 먼 나라의 이야기나 생소한 사랑이었다. 위의 두 기사에서 '연애'는 낯선 사랑의 방식에 대한 호기심을 유발하고, 알고자 하는 욕망을 작동시키는 기호로 사용된다. 이국의 사랑 이야기는 구구한 설명과 정당화를 위한 장치 없이도 떳떳하게 개진될 수 있었다. 이국적 사랑은 그 자체로 충분히 이색적이었기 때문에 '신성한'이라는 수식어를 따로 동반하지 않아도 남녀관계에 대한 발화가 주는 꺼림칙함을 극복할 수 있었던 것이다. 이러한 사랑을 가리키는 '연애'는 글자 그대로 번역된 연애였으며, 생경하고 이국적인 사랑 풍속에 대한 동경과 호기심을 함축하는 추상적 기표였다.

　이처럼 '연애'는 1910년대 초반에 처음 지면에 등장하기 시작했지만, 그러나 1910년대 중반까지도 여전히 낯설고 생경한 어휘였다. 그러다가 1910년대 후반의 글들에서 '연애'는 점차 '애(愛)'·'애정(愛情)'·'친애(親愛)'·'상사(相思)'·'사랑' 등과 경쟁하면서 사용이 빈번해지기 시작했고,[25] 1920년대에 이르면 하나의 유행어로 굳건히 자리 잡는다. 그 때까지 '연애'와 가장 가까운 뜻으로 사용된 우리말은 '사랑'과 '상사(相思)'였던 것으로 보인다. 재미있는 것은 '사랑'과 '상사'가 모두 근본적으로 '생각하다'라는 의미를 지녔다는 사실이다. '사랑하다'라는 우리말의 고어 '사랑(思量)하다'는 '생각하다'의 뜻을 지닌 말이었다. 또한 한문으로 집필된 조선조의 문학작품 속에서도 남녀가 서로를 그리워하고 사랑하는 마음을 나타낼 때 가장 많이 쓰인 글자는 '생각하다'는 뜻을 지닌 '사(思)'자였다. 남녀 간 열정을 가리키는 말로서 '사(思)'의 흔적은 '사모(思慕)', '상

---

25) 따라서 "연애라는 어휘는 (…중략…) 1910년대를 통틀어 『매일신보』에서도 단 한 번밖에 등장하지 않았다"는 「한자·외래어 사용실태조사(1910~1970년대)」(『조사자료집』 2)의 기록(국어연구소, 1987, 260면. 구인모, 「『무정』과 우생학적 연애론―한국의 근대문학과 연애론」, 『비교문학』, 한국비교문학회, 2002, 180면에서 재인용)은 반드시 수정되어야 한다.

사병(相思病)’ 등의 어휘 안에 오늘날까지 남아 있다. 그러나 ‘상사’는 ‘연애’가 세력을 확대하면서 점차 용례가 줄어들었고 1920년대에 이르면 ‘연애’와 ‘사랑’이 이성애를 가리키는 데 가장 많이 사용되는 용어가 된다. 1920년대 중반까지 ‘연애’는 사실상 ‘사랑’과 거의 동의어로 쓰이고 있었다.26)

그렇다면, 1910년대 중반까지만 해도 잘 쓰이지 않던 ‘연애’가 이처럼 가장 유력한 어휘로 살아남게 된 이유는 무엇일까? 무엇보다도 그것은 ‘연애’가 남녀 간의 사랑을 정당화하는 기능을 할 수 있는 어휘였기 때문이었다.

> ⑦ 독쟈제군중, 진정ᄒ 련이(戀愛)라는 것을 경력지 못ᄒ 청년 남녀는, 조필환이가 일기 빈쳔ᄒ, 셔셩으로, 쥬인집 규슈를, 사모ᄒ며, 량가의 쳐자로 규중에 잇는, 몸이 외람히, 청년 남쟈를 사모홈이, 각기 픔힝에 온당치 못ᄒ 일이라고, 반다시 타미ᄒ리로다, 그러나 빈부의 관계와 귀쳔의 차별은 잇슬망졍, 사롬의, 졍은 일반이오 특히, 청년남녀 사이에는, 련이라 ᄒ는 졍이, 극히 강홈으로, 그 졍이 한 번 향ᄒ는 곳은, 산과 물로도, 능히 막지 못ᄒ는 바오, 명예와 지산, 심지어 싱명으로도 능히 익이지 못하는 바이라. 죠필환과, 셔협판집 규수가, 임의 셔로 그 위인을 흠모ᄒ야 셔로 이져바리지는 못하는 마음은, 비록 간졀ᄒ나, 신분과 명예 즉 샤회의 제지(社會制止)로 인ᄒ야, 셔로 졍의를 통치는, 못홀지라도 피ᄎ 셔로, 련이ᄒ는 디경에는 임의 이르럿고, 다만 그 련이ᄒ는 의사가, 셔로 쇼통치만 못ᄒ얏슬 뿐이라. 두 사롬의 련이는, 슌결(純潔)ᄒ 련이요, 츄잡ᄒ 련이가 안이며, 신셩(神聖)ᄒ 련이요, 비루ᄒ 련이가 안이라, 텬디신명의게 디ᄒ야도, 량심(良心)에 붓그러올 바이 업스며, 사회공중에 디ᄒ야도, 타인의 치쇼를 밧을 리유가, 업거늘, 다만 슯흔 바는, 우리 사회에셔 아직도 슌결신셩ᄒ 련이를 츄잡ᄒ고, 비루한 련이와 갓치, 넉이니, 엇지 옥과 돌이 함끠 타는

---

26) 노자영은 『조선문사의 연애관』(1926)에 실린 「인간에 참다운 세계를 차자」라는 글에서 "한 사람으로 이삼 인의 애인을 가진다면 그를 엇지 **사랑**[戀愛]이라 하랴!"라고 쓰고 있는데, ‘사랑’이라고 쓰고 그 풀이로 ‘戀愛’를 괄호 안에 넣어 쓴 것은 사랑과 연애를 동의어로 사용하고 있었던 당시의 관습을 알려주는 예가 된다.

유감이 없스리오[27)

위 인용문은 1913년 『매일신보』에 발표된 이
상협 작 『눈물』의 일부분으로, ⑥번 인용문에
연속해 있는 부분이다. 작가는 ⑥에서 지체 높
은 서협판댁 규수가 고학생인 조필환을 연모하
게 된 사연을 '연애'가 발생하는 심리적 과정의
측면에서 길게 설명한다. 그리고 ⑦에 이르러
서는 남녀가 사랑의 감정을 품었다는 사실을
정당화하기 위해서 연애에 대한 언급의 정당성
을 직접 주장하고 나선다. 그 요지는 자신이 이
야기하고 있는 '연애'는 인정의 자연스런 발화
이며 순결한 감정이므로, 세속에서 남녀 간의

신소설 『눈물』

일을 상상할 때 일상적으로 떠올리는 추잡하고 비속한 관계와는 다르다
는 것이다. '남녀 사이'라는 말만 들어도 저속하게 여기거나 기피하는 과
거의 풍토에서 벗어나, 순수하고 순결한 감정에 의미를 부여해줄 필요가
있다는 논리다. 이러한 논리로 작가는 남녀 간의 은밀한 사정을 소설로
이야기하는 자신의 정당성을 주장하는 동시에, 남녀 간의 열정을 공식적
인 담론의 영역으로 이동시킨다.

이상협이 지적하고 있는 것과 같이, 유교 윤리의 지배 아래 있던 조선
사회에서 성과 사랑은 공적 담론에서 언급되기 어려운 대상이었다. 성이
나 사랑을 이야기하는 것을 점잖지 못한 행위로 간주했던 문화적 풍토
안에서, 이성에 대한 열정이 담론의 대상으로 떠오르기 위해서는 특별한
장치가 필요했다. 그런데 새로운 어휘의 생경함은 성(性)과 열정을 이야
기하는 데 수반되는 거부감을 줄여준다. 그리하여 예전에는 자주 쓰지

---

27) 이상협, 「눈물」, 『매일신보』, 1913.7.24.

않았던 '연애'라는 말이 새로운 사랑의 형식에 대한 동경과 열망을 결집하면서 유력한 후보로 부상한 것이다. 사랑을 의미하는 한자어 조합으로 구성된 '연애'라는 어휘만으로는 부족하여 '신성'이라는 가치 부여 장치가 자주 덧붙여졌던 것도 이러한 사정과 무관하지 않다. 이러한 맥락에서, '연애'라는 용어의 부상은 『춘향전』류의 전통적 문학 장르들에 나타나고 있던 정치적 성향을 계승했다고도 볼 수 있다. 즉 『춘향전』과 같은 고전소설들이 남녀의 자유로운 사랑이라는 소재를 통해 지배 질서의 맹점을 노출시키고, 유교사회의 안정성에 균열을 일으켰던 바로 그 지점에서, '연애'는 그와 같은 전략을 집약한 새로운 표상으로서 서서히 떠오르고 있었던 것이다. '연애'라는 신조어는, 비공식의 영역 속에 숨어있던 이성애적 감정을 공식의 영역으로 해방하는 전략적 장치인 동시에, 구사회의 금기를 극복하고 욕망의 표현을 정당화해주면서 사랑에 대한 새로운 상상력을 촉발하는 전략적 장치였다.

3. '신성한 연애'의 공식화와 그 배경

1920년대 초반까지 '연애'는, 일부에서 경계의 목소리가 있기도 했지만, 전반적으로 긍정적인 의미로 사용되었고, 그 긍정의 의미가 강조될 때마다 '신성'이라는 말이 동반되곤 했다. '신성한 연애'는 하나의 공식처럼 1920년대의 글들에서는 거의 상용화되었다. "연애는 신성하다"[28]라거나 "「사랑」이라는 거슨 신성한 것"[29] 혹은 "엇더한 경우와 사정 속에 움돗는다 하더라도 련애 그것은 신성한 것이라 하엿다"[30] 등의 표현이 곳

---

28) 김영보, 「失題錄」, 『조선문단』 10호, 1925.7, 22면.
29) 장춘(전영택), 「운명」, 『창조』 3호, 1919, 53면.

곳에 등장하며, "생명의 내용인 연애",[31] "련애라는 것은 한우님보다 더 신성하고 숭고하며 존경을 바들 것인 줄을 밝히 깨다라야 할 것입니다"[32] 혹은, "연애는 인생 생활의 최고최선의 도덕이다"[33] 등등 연애에 최고최상의 가치를 부여하는 진술들이 나타났고, 그러한 기술들이 이렇다 할 맥락도 없이 마구 쓰여도 그 자체로서 통용이 될 수 있을 만큼, '신성한 연애'는 하나의 시대적 유행으로 번져가고 있었다. '연애의 시대'는 '신성한 연애'라는 표상의 패권으로 가능했다고 할 수 있다.

여기에서 한 가지 지적해 두어야 할 것은, '신성한 연애'에는 두 가지의 의미가 복합되어 있었다는 사실이다. 연애에 최고최상의 가치를 부여하는 위와 같은 언급들을 염두에 둘 때, '신성한 연애'는 '연애'의 동의어였다고 할 수 있다. 즉 '신성한'은 '연애'의 성격을 서술하는 말로서, '연애'라는 것 그 자체를 숭고한 대상으로 찬양하는 의미를 지녔던 것이다.

그러나 다른 한 편으로 '신성한'은 '연애'를 한정하는 제한적 조건의 의미를 띠는 것으로 받아들여지기도 했다. 이 경우, '신성한 연애'는 육체적인 관계를 배제한 정신적인 사랑만을 가리키는 어휘였다. 이런 의미의 '신성한 연애'는 특히 김동인의 글에서 자주 나타나는데, "연애를 한대두 신성한 연애를 해라. (…중략…) 남녀가 육교를 하지 않고 사랑만 하는 게 신성한 연애지. 말하자면 서로 마음과 마음이 통해서 사랑하구 사랑받구 하는 게 신성한 연애가 아니냐"[34]라고 연실을 가르치는 『김연실전』의 인물,

『김연실전』 표지

30) 한병도, 「그날밤」, 『조선문단』 4호, 1925.1, 89면.
31) 염상섭, 「만세전」(원본은 고려공사 발행판본, 1924), 『염상섭 전집』 1, 민음사, 1987, 26면.
32) 주요섭, 「결혼에 요하는 삼대 조건」, 『신여성』 5호, 개벽사, 1924.5, 18면.
33) 김영보, 앞의 글, 23면.

명애에게서 가장 명확한 용례를 확인할 수 있다. 그러나 이 용례는 1941년의 것이다.[35] 1920년대 전반까지의 '신성한 연애'는 정신적 사랑을 나타내는 제한적 의미보다는 연애란 것 전반을 지칭하는 서술적 의미를 띠는 경우가 더 많았다.[36] 그러다가 1920년대 중반 이후, '연애' 유행의 부정적 결과들이 점차 주목받기 시작하면서, '신성한 연애'는 제한적인 의미만을 지니는 용어로 점차 어의가 축소되어 간 듯하다.

그렇다면, 1910년대까지도 일반인들 사이에서 "추관계(醜關係)와 죄악을 연상하여 이마를 찌푸리"게 하고 "군자의 입에도 담지 못할 것 같이 생각"[37]하던 남녀 간의 열정이 '연애'라는 이름을 얻으면서 '신성'한 것으로 받아들여지게 된 이유는 무엇일까? 여기에는 여러 가지 서로 다른 맥락의 문제들이 복합적으로 작용했던 것으로 보인다. 앞 장에서 본 것과 같이 전근대적 유교질서로부터 감정을 해방하고자 하는 전략이 그 하나에 속한다. 그러나 전통사회 내에서 배태된 내적 요구가, '연애'가 열렬히 환영받는 사회적 조건을 마련한 것은 사실이지만, 그 요구로부터 직접 '신성한 연애'라는 새로운 표상이 고안된 것은 아니었다. '연애'라는 새로운 사랑의 기호를 성립시키고 여기에 '신성'의 의미를 부여한 것은 외래의 영향이 먼저였다고 할 수 있다.

'연애'가 신성한 것으로 받아들여진 것은, 첫째, '연애'라는 어휘가 일본에서 번역어로 정착하는 과정에서 특히 '고상한' 사랑을 가리키는 것으로 여러 차례 강조되었다는 데서 그 이유의 하나를 찾을 수 있다. '연애'가 일본의 번역어를 따른 것이었던 만큼 조선으로 이 어휘가 유입될

---

34) 김동인, 『김연실전』(원본은 『문장』 1941년 5 · 7 · 12월호에 각각 발표된 「김연실전」 · 「선구녀」 · 「집주름」), 『한국문학대전집―김동인편』, 태극출판사, 1983, 468면.
35) 실제로, 1920년대 전반까지의 김동인의 글에서 제한적 의미의 '신성한 연애'는 발견하기 어렵다.
36) 1921년 엘렌 케이를 소개한 노자영의 글에서는 육체적 사랑을 배제한 정신적 사랑을 '영적 연애', '정신 연애'라는 용어로 지칭하고 있다(노자영, 앞의 글, 50면).
37) 이광수, 「혼인에 대한 관견」, 『학지광』 12호, 1917.4, 30면.

때도, '고상한' 사랑의 의미가 그대로 강조되었던 것이다. 둘째로, '연애'라는 낯선 사랑의 방식을 구체적인 삶의 모습 속에 구현해 보여주었던 외국문학작품들에 대한 경도도 '연애'에 높은 가치를 부여한 원인의 하나가 되었다고 할 수 있다. 이광수와 김동인 등의 기록에 의하면[38] 1910년대에 이미 톨스토이·도스토예프스키·모파상 등의 작가들과 괴테·바이런·투르게네프 등의 시인들이 조선인 문학청년들에게 알려져 있었고, 그들의 작품 속에 나타나는 이국적인 사랑 이야기는 '연애'라는 이국의 산물에 대한 낭만적 향수를 불러일으키고 있었다. 1910년대에 발표된 춘원의 「금경」에서는 기노시타 나오에(木下尙江)의 「불의 기둥[火の柱]」을 통해 "주의의 고상한 감미(甘味)와 분투의 욕망과 연애의 순미(醇味)"를 배웠다는 소년이 등장한다.[39] 밤을 꼬박 새워 소설을 읽었던 벅찬 감동을 이 소년은 가슴에 "고열한 불바다"가 이는 감격으로 기록하고 있다. "세계에 일홈난 연애소설 가운데 일어로 번역된 자는 대개 보왓다. 그리고 그 소설 가운데 연애에 성공한 자는 나로 치고 성공치 못한 자는 나의 사랑의 원수로 치고 마럿다"[40]고 밝히는 청년에게 소설은 연애를 가르치는 교과서와 마찬가지였다. '연애'에 지고한 가치를 부여했던 시대적 인식의 근저에는 이 같은 문학의 경험이 중요한 일부를 차지하고 있었다.

　셋째로는 기독교의 영향을 들 수 있다. 서구 제국주의의 팽창이 기독교의 포교활동과 동시에 이루어진 것과 같이, 우리 사회로 서구 문물이 전래되는 과정도 기독교의 영향을 제외하고는 생각할 수가 없다. 새로운 사랑의 방식이 시작된 데에도 기독교는 지대한 영향을 미쳤을 것으로

---

38) 이광수의 「金鏡」(『이광수전집』 1, 삼중당, 1962, 538~546면)은 톨스토이·고리키·모파상·괴테·바이런에 대한 독서의 기록을 보여주며, 김동인의 「자긔의 창조한 세계」(『창조』 7호, 1920)는 톨스토이와 도스토예프스키에 대해 평가하고 있다. 러일 전쟁 이후 일본에서는 러시아문학이 많이 번역되었는데, 체홉·투르게네프 등도 많이 읽혔다고 한다.
39) 이광수, 「금경」, 앞의 책, 540면.
40) 김동인, 「마음이 여튼 자여」, 『창조』 3호, 1919, 29면.

추측된다.[41] 교회는 등하교 길이나 기차 안, 산책로와 더불어, 젊은 남녀가 만나서 이야기를 주고받을 수 있는 유력한 공간이었다. 또한 교회는 서양 선교사와 접촉하고 온갖 이국적 이야기들을 전해 들을 수 있는 유력한 매개처이기도 했다. 잘 알려진 바와 같이 기독교는 모든 것을 포용하는 신의 사랑이라는 섭리를 전파하는 종교이다. '사랑'에 대한 전통적인 감각이 교회가 역설하는 신의 사랑에 의해 변화되었을 것임은 어렵지 않게 짐작되는 사실이다. 물론 교회가 가르치는 사랑은 남녀 간의 사랑과는 뚜렷이 구별되는 이질적인 성격의 사랑이다. 그러나 번역어 '연애'가 '숭고'와 '신성'의 의미를 띠게 되는 과정에는 신의 사랑이라는 새로운 감각도 개입한

신여성 1932년 4월호에 실린 우생학과 산아제한 관련기사

것이 분명해 보인다. 일례로 종교적인 의미의 여러 감정도 '연애'를 경험한 사람에게서만 발생하는 것이라고 기술한 다음의 인용은 종교와 연애를 관련시킨 사례라고 할 수 있다.

---

41) 가라타니 고진에 의하면, 일본에서 연애는 교회의 내부와 주변에서 확산되어 있었다. 물리적으로 교회는, 젊은 남녀가 교회에 모인 것이 신앙 때문이었는지 연애 때문이었는지 구별하기 어려울 정도로, 유망한 연애의 장소였다. 또, 고진은 연애의 현실적 공간을 형성하는 사람들은 교회를 대신해서 문학에 영향을 받은 사람들이었지만, 서양의 문학이라는 것 자체가 전반적으로 볼 때 기독교적인 고백의 제도에 의해 형성된 것이므로, 기독교를 믿든 그렇지 않든 문학에 감염되는 사람들은 감염의 순간부터 바로 기독교 안에 편성되어 버리는 셈이 된다고 보고, 그런 의미에서 결국 연애는 기독교의 영향력 아래 있었다고 피력했다. 박유하 역, 『일본 근대문학의 기원』, 민음사, 1997, 109~113면 참조.

⑧그의 한 말에 「宗敎的의 諸 感情은 다못 큰 戀愛에 依하야 깁히 影響을 밧는 사람에게만 生하는 것이다」 한 것이 잇다. 이 말을 들을지라도 그의 戀愛觀이 어쩌케 崇高한 것을 알 수가 잇다. 그리하고 그는 一切 道德의 基礎를 이 戀愛 우에 둔 것이다.[42]

넷째는 진화론과 우생학이다. 기독교의 영향이 간접적이었다면, 진화론과 우생학은 '신성한 연애'에 실질적인 논리적 근거를 부여했다고 할 수 있다. 1918년 『학지광』에 실린 다음의 글은 당대의 지식인들이 연애 신성론의 논리적 근거를 어디에서 찾고 있었는지를 잘 보여주는 예이다.

⑨戀愛의 힘이 아니면 男女相近이 不可能이오 男女相近이 아니면 男女間의 關係가 絶하고 男女間의 關係가 絶하면 後孫이 絶할지오 後嗣가 絶하면 小則 一家가 一代에 亡하고 大則 國家 民族이 一代에 盡할 것이다. 戀愛는 이 意味로 보아 果然 神聖하다 할 것이로다. (고로 전기 戀愛神聖說과 갓히 肉的 關係를 쩌난 戀愛는 本來 업슬 것이다마는 설역 잇다 하더라도 肉의 關係를 버서난 戀愛는 진정한 意味의 戀愛라 할 수 업다. 또, 肉에 關係하는 戀愛일지라도 그 目的이 한갓 肉感 放縱에 不過하면 이는 戀愛가 아니라, 즉 간단이 말하면,) 가장 多能多才한 아들딸을 낫키 爲하야의 戀愛가 아니면 이는 眞正한 意味의 戀愛가 아니다. 故로 曰 余는 兄弟되는 諸君의게 勸告하노니 戀愛는 聰明强壯한 子女를 낫키 爲하야의 唯一한 手段方便이라 하는 點으로 보아 最貴한 것이오 神聖한 것이다.[43]

인용문에 의하면, 연애가 신성한 이유는 그것이 자녀를 생산하는 일이기 때문이다. 그리고 자녀의 생산은 '국가 민족'을 이어가기 위해서 중요한 일로 간주된다. 이러한 관점은 자유결혼을 역설했던 계몽의 기획을 계승한 것으로, 남녀관계를 민족 번영이라는 의무 아래 귀속시키는 논리로 포섭된다. 그러나 인용문은 남녀 간의 접촉과 육체적 관계를 논의의

---

42) 노자영, 「여성운동의 제일인자 엘렌케이」, 『개벽』 8호, 1921.2, 52면.
43) 서상일, 「「문단의 혁명아」를 讀하고」, 『학지광』 15호, 1918.3, 66~67면(괄호는 원문).

중점에 부각시키고 있다는 점에서, 혼인의 자유를 강조하면서도 국가에 대한 의무를 내세워 성에 관해서는 더욱 보수적인 입장을 취했던 자유결혼의 담론들과는 결정적인 차이를 보인다. '다재다능'하고 '총명강장'한 우수한 자녀의 생산을 강조하고, 생물학적 관점을 논의에 끌어들이고 있는 점은 진화론과 우생학의 영향을 짐작하게 한다. 당시 진화론은 식민지 침략을 강행했던 서구 제국주의에 의해 전략적으로 이용되면서 가장 유력한 과학적 지식으로, 피식민지와 식민 통치국 양쪽 모두에 강력한 영향을 끼치고 있었다.[44] 19세기로의 전환기 유전에 대한 분석이 이루어지면서, 서구사회에서 성(性)은 인류라는 종족에 대한 생물학적 책임이 있는 것으로 부각되었고, 종족에 관련된 모든 병리학적 자산의 근원으로 간주되기 시작했다. 여기에서 결혼·출산·생존을 국가적으로 관리·조직하려는 의학적이고 정치적인 기획이 유래했는데,[45] 식민지 조선의 근대화 기획 역시 이 같은 지적 자장의 영향권 아래 놓여 있었던 것이다. 이와 같은 진화론과 우생학의 관심은 생물학적인 성의 문제를 삶의 근본적인 토대로 부각시킴으로써, '연애'에 의미와 가치를 부여하는 주요한 원동력이 되었다. 그 결과 위 글에서 직접적으로 드러나듯, 성 문제의 중요성이 연애 신성의 논리적 근거로 전유된 것이다.

　진화론적 관점은, 당시 한국·중국·일본 전체에 걸쳐 크게 관심을 모았던 엘렌 케이의 이론을 통해 보다 직접적으로 연애 신성의 주장에 영향을 미치기도 했다. 엘렌 케이(Ellen Karolina Sofia Key, 1849~1926)는 스웨덴 출신의 여성운동가로서 1915년경부터 일본에 그 사상과 활동이 소개되기 시작한 인물이다. 1920년에 대표적 저서인 『연애와 결혼(Love and

---

44) 메이지 유신 이후 일본에서는 스펜서의 사회 진화론이 크게 관심을 모았고, 한국의 경우 중국과 일본의 양쪽으로 진화론이 유입되면서 그 우승열패의 논리를 실력 양성을 통한 부국 강병론으로 전유하여 흡수하고 있었다. 윤홍노, 「개화기 진화론과 문학사상」, 『동양학』 16호, 단국대 동양학연구소, 1986, 67~103면; 전복희, 『사회진화론과 국가사상』, 한울아카데미, 1996, 97~184면 참조.
45) 미셸 푸코, 이규현 역, 『성의 역사』 1, 나남, 1990, 117~144면 참조.

1926년 5월 2일자 『시대일보』에 실린 엘렌케이의 기사

Marriage)』(1911)이 번역되면서 일본에서 엘렌 케이의 열기는 절정에 달했고,[46] 식민지 조선에서도 1921년 『개벽』 8호에 노자영의 「여성운동의 제일인자 엘렌 케이」가 실린 이후로 1940년까지 비슷한 내용의 글이 여러 차례 신문·잡지의 지면에 올랐다.[47] 엘렌 케이의 연애론은 한마디로 '사랑에 바탕을 둔 결혼의 주장'이라 할 수 있는데, 그 논리의 배후는 역시 진화론이었다. "개인의 행복은 종족의 발전을 위해 가장 중요한 조건"[48]이며, "진정한 말뜻 그대로의 완벽한 종족은 사랑에 의해서 창조될

---

46) 엘렌 케이의 연애관이 조선사회와 특히 춘원의 연애론에 미친 영향은 구인모의 앞의 논문에서 자세히 소개된 바 있다.

47) 엘렌 케이를 소개한 글로는 다음과 같은 것들이 있다. 七寶山人, 「엘렌 케이의 연애관」, 『신여성』, 1926.1; 권영빈, 「엘렌 케이 女史의 別世日을 당하야 그 思想을 紹介한다」, 『시대일보』, 1926.1; 外觀生, 「女性運動의 어머니인 엘렌 케이 女士에 對하여」, 『신여성』, 개벽사, 1926.6; 「母親과 兒童保護의 뜻」, 『동아일보』, 1927.4.23; 이헌구, 「엘렌 케이 사상적 진폭」, 『조선일보』, 1936.4.28; 채정근, 「생명의 사도 엘렌 케이」, 『여성』, 조선일보사, 1940.9.

48) Ellen Key, "Development of Sexual Morality", *Love and Marriage*, trans. Arthur G. Chater,

수 있다"[49]라는 주장에서 볼 수 있듯이, 엘렌 케이는 연애의 궁극적인 목적을 인종의 개량에 두고, 우수한 인종으로 나아가기 위해 연애의 자유와 영육(靈肉)이 일치되는 결혼을 주장했다.[50]

"성의 문제는 인생의 문제이요 사회 행복의 문제인데 이 문제에 비하면 기타 인생에 잠재한 모든 문제는 전혀 무의미한 문제라고 하리만치 중대한 문제이다"라는 노자영의 소개에서와 같이, 사랑과 성을 인간 삶의 근본 문제로 역설한 엘렌 케이의 주장은, 연애에 대한 논의에 또 하나의 정당성을 부여해주었고, 연애 신성론의 논리적 근거로 이용되었다. "연애는 총명강장(聰明强壯)한 자녀를 낫키 위(爲)하야의 유일한 수단방편이라 하는 점으로 보아 최귀(最貴)한 것이오 신성한 것이다"라는 주장이나 "우리는 우리의 생명을 영구히 보존키 위하야 이성(異性)의 결합을 구하는데 연애를 전제로 한다. 그럼으로 연애는 신성하다"[51]라는 주장은 이와 같은 맥락에서 가능했다.

이상에서 살펴본 바와 같이, '신성한 연애'라는 낯설었던 기호에 의미와 논리를 부여하고, 이 개념에 힘을 실어줌으로써 그것의 능동적인 작동을 촉발한 것은 서구와 일본의 근대라는 외적인 영향이었다. 신문명의 전파와 더불어 유입된 '신성한 연애'의 유혹은 멀리서부터 들려오는 소문의 유혹과도 같은 것이었다. 그런 의미에서 '연애'는 생활의 구체와는 유리된 하나의 불분명한 추상일 뿐이었다. 그러나 '연애'의 소문은, 유교 사회의 금기가 낳은 불행을 극복하고자 했던 내발적 동기와 결합하여 욕망을 해방하는 기폭제가 되었다. '신성한 연애'라는 기호는 일단 성립되고 나자 1920년대 전반 식민지 조선사회에 하나의 신화처럼 퍼져 나갔다.

New York & London : Knickerbocket Press, 1911, p.55.

49) Ibid., p.55

50) 엘렌 케이를 소개한 글들은 대개가 비슷한 내용을 담고 있는데, 식민지 조선에 크게 영향을 미친 엘렌 케이의 주장은 크게 '영육일치의 연애', '성 문제의 중요성에 대한 강조' 그리고 '자유이혼'의 세 가지로 요약될 수 있다.

51) 김영보, 「失題錄」, 『조선문단』 10호, 1925.7, 22면.

‘연애’는 그것에 대한 이해 이전에 이미 열렬한 소망의 대상이었다. 『무정』을 전후한 시기부터 1920년대 전반까지의 소설들은 대부분 연애에 대한 열망의 기록이라고 해도 과언이 아니다. 청춘남녀들은 자신도 빨리 ‘연애’라는 새로운 경험을 향유할 수 있기를 간절히 기원했고, 이성애적 열정을 감각할 때마다 ‘신성한 연애’라는 하나의 표상을 떠올림으로써 자신의 감정을 정당화했다. 그리하여 이국의 정서를 담은 ‘연애’라는 새로운 사랑은 식민지 조선이라는 장소와 조선 청년들의 삶에 적극적으로 ‘적용’되기 시작했다. 달리 말하면 그것은 조선청년들의 삶을 연애라는 신문명의 언어에 ‘적응’시키는 일이기도 했다.

이 같은 문화적 ‘적용’ 혹은 ‘적응’의 관점에서 ‘연애’의 어휘적 패권은 다시 한 번 주목될 필요가 있다. ‘연애’라는 어휘가 그토록 단기간에 쉽게 ‘애’·‘상사’ 등의 전통적인 어휘들을 이겨내고 사랑을 가리키는 중심 어휘로 자리 잡았다는 사실, 더욱이 지고한 가치를 지니는 기호로 정착했다는 사실은, 이 개념을 수용하는 언어와 원본 언어 사이의 관계가 정치적으로 중립적이지 않았다는 것을 암시한다. ‘연애’의 패권은 사랑의 관념과 형식에 대한 조선과 외국의 문화적 차이를, 단순한 차이로 이해하지 않고, 우등과 열등의 위계적 차이로 환치시키는 식민주의적 사고를 반영하고 있는 것이다. 낯선 풍토와 문화적 환경 속에 살아가는 원주민들과 접하면서, 그들의 이질적인 문화에 대한 자신들의 공포와 불안을, ‘원주민들은 우리와 다르기 때문에 열등하다’는 믿음으로 환치시키고, ‘그들은 열등하므로 반드시 우리식으로 계발되어야 한다’는 논리로 전환하는 것이 식민 제국주의자들의 일반적인 자기 정당화의 과정이다. 이질적인 문화에 대한 불안과 두려움이 우등과 열등의 논리로 투사되고, 그리하여 ‘차이’는 위계화되는 것이다.[52] 이와 같은 우열의 감각은 강자의

---

52) 이상, 식민주의의 심리적 과정에 대해서는 더글러스 로빈슨의 『번역과 제국』(정혜욱 역, 동문선, 2002, 101~138면)과 Ann Mclintok의 *Imperial Leather*(New York & London : Routledge, 1995)를 참조함.

힘에 의해 식민지로 이전된다. 즉 강자의 위계적인 사고방식은 강자의 선전과 강요 및 힘의 과시를 통해 강자를 닮고자 하는 약자의 논리로 복사되는 것이다.

> ⑩朝鮮人은 男子도 無我, 女子도 無我, 男子도 姑息, 女子도 姑息 —다 갓치 無我姑息이외다. —雙痴외다 雙痴의 男女가 神聖高尙한 戀愛를 말할 資格이 잇슴니가 (…중략…) 聰明한 外國 사람들은 일즉 여성을 理解한 故로 男女平等으로 되엿소이다. 男女平等인 故로 男子가 女子를 交際함에는 「彼 女는 女子이다」 하는 野蠻人의 槪念으로 對치 아니하고 「彼女는 情만코 愛 만코 玉 갓고 꼿 갓튼 友人이다」 하는 文明人의 觀念으로 對하나이다. 이러케 互相間 人格을 알아주며 肝膽이 빗치우는 異性 間에 니러나는 一種의 高尙 優雅한 熱情뭉치가 號曰 戀愛지오 外國人은 임의 女性을 人으로 잡앗는 故 로 戀愛가 생긴 바오 戀愛가 생긴 故로 結婚의 條件이 戀愛외다 朝鮮人은 임의 女性을 人으로 잡지 아니하고 物(女)로 잡앗는 故로 戀愛가 업슨 바오 戀愛가 업슨 故로 結婚의 條件이 倫理외다 이것은 彼我間에 相異한 最大特 徵이로소이다 이제 만일 過去에 업던 戀愛를 새로히 創造하려할진대 爲先 過 去에 업던 새 男女를 要할 것이외다 (…중략…) 저는 하로밧비 現代의 男女를 改造하야 戀愛 말슴을 理解하게 함이 最上策일까 하노이다.[53]

1920년 『학지광』에 실린 이 글은 식민 제국주의자들의 우열 의식이 식민지 조선의 지식인에게로 그대로 복사되고 있음을 예증해준다. 이 글의 필자는 '연애'를 하나의 성취되어야 할 이상으로 보고, 그것의 실현을 위해 남성과 여성의 관계에 대한 새로운 이해와 '나(我)'라고 하는 개인성의 자각을 요구하고 있다. 이러한 사실은 '연애'라는 표상이 개인의 욕망보다는 유교 이념의 당위를, 여성보다는 남성을 우선으로 생각했던 전통의 질곡을 떨쳐내는 계기로 작용하고 있음을 알려준다. 이런 점에서 '연애'는 감정을 지닌 존재로서 인간을 새롭게 탐구하고, 동등한 자격의

---

53) 桂麟常, 「舊殼을 버서요!」, 『학지광』 18호, 1920, 42면.

남녀관계에 대한 자유로운 상상력을 펼쳐나갈 수 있는 하나의 가능성을 제공하는 표상이었다고 할 수 있다. 문제는 이 상상력이 나아갈 수 있는 방향이 특정한 인식 방법에 의해 미리 구획되어 있었다는 사실이다. "총명한 외국"과 "야만"의 조선이라는 이분법적 인식이 그것이다. 위 글의 필자에 따르면, 조선인은 여성을 오직 성적인 대상으로만 보기 때문에 연애가 불가능했고, 또 연애를 할 만한 자격도 갖추지 못했다. 그러므로 조선인은 남녀평등을 이룩하고 여성을 "우인(友人)"으로 존중하는 "총명한 외국 사람들을 본받아" 속히 "남녀를 개조"하고 "연애를 이해"해야 했다. 결과적으로 볼 때, 이 '개조'와 '이해'의 과정은, 제국주의 세력과 결탁하기도 하고 그에 저항하기도 하는 싸움의 과정이었다고 할 수 있다. 분명한 것은, 이 과정에서, 전통사회 안에서 움트고 있었던 자발적인 변화에 대한 요구는 스스로 발현되고 역사를 만들어 나갈 수 있는 가능성을 빼앗겼다는 점이다. 이 잠재적인 역사는 간과되고, 억압되고, 그리고 잊혀졌다.

4. 어의 변화와 열정의 포획

1920년대가 깊어질수록 '연애'에 대한 관심은, 성에 대한 관심으로 진전되어 갔다. 육체적인 사랑의 문제가 점차 논의의 초점으로 떠오르기 시작하고, '연애'는 정신보다도 오히려 육체적 욕망에서 비롯된다는 생각이 곳곳에서 대두되기 시작한 것이다. 『조선문단』 10호(1925)의 특집 기사 「제가의 연애관」[54]에서는 성적 애착과 생식작용이라는 유물론적 관

---

54) 이 특집은 수정 보완되어 『조선문사의 연애관』(설화서관, 1926)이라는 단행본으로 발행된다.

점에서 연애를 이해하는 생각들이 중심을 이룬다. 예컨대, 양주동은 연애란 "성욕의 시화(詩化)"이며, 성욕을 온전히 해탈한 특별한 연애가 있다고 하면 그것은 도깨비나 마찬가지의 허상일 뿐이라고 일축했고, 최서해는 "연애는 성적으로 자기를 충실히 하려는 강렬한 애욕에서 나오는 것"으로 "성적 방면에 대한 자기완성의 요구"를 충족시키는 것이라 규정했다. 연애를 육체적 욕망과 직결하는 이 같은 생각들은 "대관절 연애는 무엇입니까 연애는 별 것이 아닙니다. 성욕을 미화시킨 이름에 지나지 못하는 것입니다"[55]라는 주장에서 보듯, 연애에 대한 과도한 가치 부여를 경계하는 논의로 진전되어 갔다. 그리하여 1920년대 후반부터 조선사회는 청년남녀의 연애열에 대해 점차 부정적인 입장을 취하게 된다. 그러나 이처럼 적나라하게 성 문제를 기술하면서 연애에 대한 과도한 관심을 경계하게 된 것도, 그 이전까지 연애 신성이라는 이름의 보호 아래 성적 욕망을 공적으로 언급할 수 있는 새로운 풍토가 형성되었기 때문에 가능한 일이었다.

1920년대 전반까지 연애에 대한 관심은 사랑과 육체적 욕망의 문제를 둘러싸고 다양하게 분화되고 펼쳐져 갔다. "연애의 칼날은 두 사람의 신성과 결백의 줄을 끊어 버리고 은일(淫逸)한 방탕○○간에 규호(叫號)하는 육(肉)의 퇴쇠(頹衰)하는 무도(舞蹈)를 개척할 것이다"[56]라는 연애 비관론이 펼쳐지는가 하면, "나는 이 위에 연애는 맛당히 하여야 할 것임을 말하엿다. 즉 첫째로 생명에 혁명의 불길을 주니 할 것이며 둘째로 마취제가 필요한데 그 임무를 맡아주니 좋은 것이며 셋째로 성(性)의 조화기관(調和機關)이 되니 할 일이라 하였다"[57]라는 식의 쾌락주의적인 성 긍정론이 나타나기도 했다. "연애는 미를 애모하는 인간본능의 발작(發作)으로 헌신적 애(愛)를 이성(異性)에게 경주하는 심리적 작용"[58]이라 하여 연

---

55) 송봉우, 「그 성의와 정열을 살기 위한 싸홈에」, 『조선문단』 10호, 1925.7, 25면.
56) 박영희, 「생의 비애」, 『백조』 3호, 181~182면.
57) 김동환, 「戀是戀非」, 『조선문사의 연애관』, 설화서관, 1926, 67면.

애를 미적 본능과 연관시키기도 하고, "연애란 것은 즉, 성(性)을 달리한 이 두 개의 인격이 서로 결합하랴 하는─이 결합에 의하여 「사람」으로서의 자기란 것을 새롭게 하고 충실케 하고 완성케 하랴는 양성(兩性)의 교향악"59)이라 하여 연애를 인격적 완성의 척도로 삼는 경우도 보인다.

연애 논의가 불러일으킨 육체에 대한 관심은 그 때까지의 상식을 초월하는 이채로운 사유들의 발원지가 되기도 했다. 1924년 「결혼문제호」라는 부제로 발간된 『신여성』 5호에서 김기진은 새로운 사랑이 발생하는 곳에는 늘 새로운 정조가 생긴다는 대담한 주장을 펼친다. "다른 남자와의 사이에 사랑이 싹을 터서 연애가 성립될 때에는 그 사랑의 불길로 그 여자의 정조가 단련"된다는 것, 몇 번을 결혼하더라도 처음과 같이 몸과 마음을 수양하면 정조란 "완전히 재생"된다는 것이 그의 주장이다. 같은 호에 실린 「결혼생활은 이러케 할 것」이란 글에서 주요섭은 결혼이라는 절차 자체를 완전히 거부했다. 결혼하고 싶으면 함께 살면 되는 일이요, 종교의식적 절차란 불필요한 의례라는 것이다. 『조선문단』 3호에 발표된 한병도의 소설 「그날밤」은 "나는 Onlylove를 부인한다. 러─브는 얼마던지 이동하는 것이다. 이동은 진화다"라고 당당하게 선언하는 프리섹스주의자를 주인공으로 내세웠다. "인류의 해방이 완전히 되는 날"을 희구하는 이 청년은, 일부일처제를 거부하고 국가와 사회가 육아를 담당하는 신 사회를 고안해 냈다. 1920년대 전반은 이처럼 연애에 관한 논의가 폭발적으로 증가하고, 그에 따라 '연애'의 의미가 다양하게 분화, 전개되었던 시기였다.

'신성한 연애'에 이어 '영육의 일치'가 새 유행어로 등장한 것도 이 즈음이었다. 영혼과 육체의 사랑을 일치시켜야 한다는 영육일치의 연애론은 1910년대 말 춘원이 집필했던 혼인에 관한 논설들에서 그 발단을 찾을 수 있는데, 춘원의 영육일치론은 엘렌 케이의 그것과 유사한 논리를 구사하

---

58) 최상현, 「연애의 의의」, 『조선문단』 10호, 1925.7, 28면.
59) 김팡배, 「연애는 예술이다」, 『조선문사의 연애관』, 72면.

고 있었다. 다음의 네 글은 영육일치론이 전개된 추이를 잘 보여준다.

⑪勿論 肉的 要求도 잇겟지오―그것이 戀愛의 完成이겟지오 原始的으로
보면 그것이 戀愛의 究竟의 目的이겟지오 그러나 進化호 複雜호 文明과 精
神生活을 가지게 된 人類에 잇서서는 이 肉的 要求는 찰하리 第二義인 듯호
觀이 잇지오 물론 肉的 要求가 不潔호다 홈이 아니지오 靈肉의 合致가 戀愛
의 理想이라 호닛가, 또 靈과 靈의 愛着에 肉과 肉의 愛着이 들어야 비로소
戀愛가 成立되는 것이라 호닛가 肉的 要求를 決코 賤히 녀김이 아니지요 다
만 非文明的 戀愛는 오직 肉의 快樂을 渴求호는 데 反호야 文明的 戀愛는
이것 이외에 (以上인지 以下인지는 모르나 아마 進化호 度를 標準으로 호면
以上이겟지오) 靈的 要求가 잇다 홈이외다. (…중략…) 靈과 靈이 서로 抱擁호
야 飽和호 滿足에 達호 後에 비로소 肉으로쯔지 合호야 戀愛가 이에 完成되
는 것이니, 이것이 卽 婚姻이외다.60)

⑫簡單한 感覺的 戀愛는 所爲 自由戀愛요 또는 簡單한 靈的 戀愛는 所爲
「풀라토닉 러브」(Platonic Love) 精神 戀愛인데 此 兩者는 어느 것이던지 참 意
味로의 戀愛가 아니다. 世上에서 흔히 「풀라토닉」의 戀愛―곳 感覺을 抑壓
한 戀愛로써 高尙한 戀愛라고 하나 그것은 大端한 誤解일다. 참 意味로의 戀
愛는 어대까지던지 靈肉一致의 戀愛가 아니면 아니다. 이러케 「엘렌케이」는
말하엿다. 「엘렌케이」는 戀愛를 以上과 가티 생각하고 그리하고 이 戀愛로써
人生의 精神的 根本的의 것이라고 생각하엿다.61)

⑬感覺만으로 靈魂을 업샐 수 업고 靈魂만으로도 感覺을 업샐 수 업는 디
경에 이르러야만 戀愛는 비로소 꼿을 피고 그 꼿다운 향내를 왼 삶의 밧테다
피울 줄 안다. 영혼을 통하지 안은 감각만의 연애는 그것이 지금 쩌드는 소위
자유연애로서 너머나 방정에 넘치고 蠱毒에 홀너 관능에만 탐닉하는 본능적
연애에 지내지 못하고 싸라서 감각을 통하지 안은 영혼만의 연애는 기독교의
금욕주의에 지내지 못하기 때문이다. 언제나 진실한 연애는 우리의 정신이 요

---

60) 이광수, 앞의 글, 30~31면.
61) 노자영, 앞의 글, 50면.

구하는 것과 감각이 요구하는 것이 사이가 업는 다시 말하면 영과 육이 일치한 아름다운 데에 이르러야만 될 줄 안다.[62]

⑭사람 사회에 결혼이라 하는 말은 곳 한 남자와 한 여자가 육과 령으로 융합하야 하나이 되는 것을 가르친 말이외다. 쏘 이 융합을 가능하게 만드는 중간물 혹은 징검다리는 곳 우리가 흔히 말하는 련애라는 그것이외다. 그래서 고등 동물인 사람에게 잇서서는 결혼이라는 것이 다만 하등 동물들처럼 생식이나 하기 위해서 모두 하는 성덕 관게가 아니라 그보다도 한층 더 드러가서 인생 생활을 미화식히고 정화식히고 쏘 聖化식혀서 人類의 靈的 生活을 擴大하게 하는 것을 의미하게 되는 것이외다. 그리고 이 偉大한 결혼생활의 요소는 두말할 것도 업시 련애 그것이외다.[63]

예문 ⑪은 1917년 『학지광』에 발표되었던 춘원의 「혼인에 대한 관견」으로, 사랑과 결혼에 대한 전대까지의 논의들을 집대성하여 일관된 논리로 엮어낸 글이다. 이 글에서 춘원은 영육의 합치를 연애의 이상으로 논하고 있지만, 어디까지나 영혼을 우위에 두고, 영적인 일치를 통해 육체를 포섭해 낼 것을 주장하고 있다. 이런 점에서 춘원의 자유연애론은 의무론적 관점의 자유결혼론을 계승한 것이었다고 볼 수 있다. 이에 반해, 엘렌 케이를 소개하면서 1921년에 발표된 글인 ⑫와, 1925년 7월 『조선문단』에 실렸던 글 ⑬에서는, 영혼과 육체에 동일한 비중을 부여하였다. 두 글은, 감각적 본능을 억압한 정신만의 사랑 역시 본능만을 추구하는 사랑만큼이나 불완전한 것이라고 규정하면서, 영혼과 육체는 함께 추구되어야 한다고 주장하고 있다. 감각의 미혹을 제어하고 마음의 평정을 찾는 일을 군자의 이상으로 삼았던 유교사회의 이념에 비추어 볼 때, 이와 같은 관점은 대단히 혁신적인 것이었다. 영육일치론에 의해 1920년대 중반에 이르러 육체는, 적어도 사랑의 문제에 관한 한, 영혼과 동등한 가

---

62) 백주(이태수), 「연애를 연애하는 연애관」, 『조선문단』, 1925.7, 49면.
63) 주요섭, 「결혼에 요하는 삼대 조건」, 『신여성』 5호, 개벽사, 1924.5, 15면.

치를 부여받게 된 것이다.

그러나 글 ⑭에서 육체는, 영육의 일치라는 논점 안에서도 미묘하게 영혼 우위 육체 종속의 논리로 다시 포섭되고 있다. 이 글의 필자는 인간의 성은 동물의 그것과 달라서 영적인 정화의 과정을 거치게 된다는 점에 강조점을 둔다. 여기서 '연애'는 영과 육을 중개하는 매개물로서, 동물적인 욕망을 숭고한 것으로 승화시키는 역할을 맡는 것으로 기술된다. '연애'라는 어휘가 의미를 찾아가는 과정에서 자유롭게 풀어져 나온 성에 대한 관심이, 다시 성을 영적인 것으로 정화해주는 매개체라는 '연애'에의 의미부여를 통해, 숭고의 의지 속으로 재포섭되고 있는 것이다. 유교적인 질서의 지배를 뚫고 나와 공적인 논의의 영역으로 옮겨왔던 욕망은, 이렇게 하여 다시 숭고한 '어떤' 가치 안에 포섭되어야 할 제어의 대상으로 바뀌게 된다.

'신성한 연애'가 연애 일반이 아니라 정신적인 연애를 가리키는 제한적 의미로 그 뜻이 축소된 것은 이와 같은 인식의 변화와 맥락을 같이한다. 더 자세한 고찰이 필요하겠지만 1920년대 중반을 지나 1930년대에 이르면, '신성한 연애'라는 말은 쓰임이 적어질 뿐만 아니라, 정신적 사랑을 가리키는 말로 굳어지는 경향을 보인다. '자유연애'의 의미가 바뀌게 된 것은 조금 더 빨랐다. 앞에서 본 것과 같이, 원래 '자유연애'는 '자유결혼'의 다른 이름으로서 부모가 강제하는 결혼으로부터의 해방을 의미했다. 그러니까 이 단어에서 '자유'는 부모 강제로부터의 자유를 지칭했고, '자유연애'는 '자유로운 연애'가 아니라 '연애의 자유'를 의미했던 셈이다. 그러나 1920년대가 흘러가면서 '자유연애'의 '자유'는 연애를 수식하는 것으로 의미가 바뀌기 시작했다. 성적으로 개방적이고, 열정의 유동성에 따라 파트너를 바꾸곤 하는 분방한 연애를 지칭하는 말로 '자유연애'의 의미가 변화하게 된 것이다. 1925년에 발표된 글 ⑬에서 '자유연애'는 "영혼을 통하지 않은 감각만의 연애"이자 "너무나 방정에 넘치고 고독(蠱毒)에 흘러 관능에만 탐닉하는 본능적 연애"로 정의되고 있다.

어의가 변화되면서 '자유연애'의 문제는 결혼의 자유 문제가 아니라 '열정의 변화에 대한 인정'의 문제로 진전되었다.

⑮ 나는 연애의 자유를 주장하고 십습니다. 연애가 업서지며 슬어진다는 것은 연애의 요소되는 영육 두 방면이 업서진다는 것이니, 이곳에는 생명이 업스니, 그러한 째에는 조곰도 유여치 아니하고 호상의 동의로 흐터질 것입니다.[64]

'연애의 자유'를 주장하는 김억의 윗글은 감정의 진정성을 보호하고자 하는 의지를 담고 있다. 이러한 예는 자유연애의 변화된 의미에 대해서도 긍정적인 가치를 부여하는 시각들이 존재했음을 알려준다. 그러나 이러한 시각은 극히 일부에 지나지 않았다. 전반적으로 '자유연애'는 그 의미가 변화하면서 더 이상 추구해야 할 이상적 가치가 아니라 욕망의 무분별한 표출로 규정되어, 제어해야 할 풍속의 하나로 바뀌어 갔다. 그리하여 1920년대 중반을 기점으로, 연애에 대한 시대적 관심은 열광적인 환호의 담론에서 경계의 담론으로 전환된다. 제멋대로 뻗어가는 열정을 일정하게 책임 있는 관계 안으로 포섭하는 일은 사회의 존립을 위해서 반드시 있어야 할 필요조건인지도 모른다.[65] 따라서 1920년대 전반기가 보여주었던 연애에 대한 관심과 그로 인한 욕망의 해방은 다양하게 펼쳐져 나가는 담론들을 통해 표출되고 증식하는 동시에 일정한 승화와 포획의 장치를 모색하고 있었다고 할 수 있다. 문제는 무엇이 그것에 방향과 길을 제시해주었느냐에 있다. '연애'의 부상을 둘러싼 정치적 관계들이 중요한 것은 이 때문이다.

이국적인 언어를 수용하거나 번역하는 일은 제3의 언어 혹은 문화를

---

64) 김억, 「紙上戀愛論」, 『조선문사의 연애관』, 101면.
65) 프로이트는 『문명 속의 불만』에서, 문명은 자신의 존립을 위해 성생활에 쏟아야 할 리비도를 전용해야만 하며, 그래서 문명은 성생활을 제한하는 경향을 지닌다고 주장하였다. 이를 위해 문명은 인간의 삶의 본능과 죽음의 본능을 적절히 조절하며, 갈등과 경쟁을 유도하고, 그에 따른 불안과 죄책감을 야기한다고 한다. 프로이트, 김석희 역, 「문명 속의 불만」, 『문명 속의 불만』, 열린책들, 1997, 241~341면.

창조하는 일이라고 할 수 있다. '연애'라는 어휘의 유입과 변용의 과정은 한국적인 방식으로 '연애'에 의미를 부여하고, 그에 관련된 문화를 형성해가는 과정인 것이다. 신조어를 만드는 일은 변화를 위한 탁월한 방법이다. 왜냐하면 신조어는 외국의 단어를 '지시'하는 동시에 '대신'하기 위해 발명되었으며, 그 의미가 현실과 길항하며 형성되고 정착하는 동안, 언어적 긴장 안에 '결합한 조선과 외국'으로서 자신의 정체성을 새롭게 탐구할 수 있는 장치가 되기 때문이다.[66]

'Love'를 '연애'로 번역하는 일, 혹은 번역어인 일본어 '戀愛(れんあい)'를 한국어 '연애'로 재번역하는 일은, 이국의 사랑에 대한 접근을 통해 사랑에 관한 전통적인 관념의 권위를 해체할 수 있었던 만큼, 사랑이라는 문제를 근본적으로 새롭게 바라볼 수 있는 여건을 조성해주었다. 그것은 전통적인 질서가 사랑에 요구했던 의무와 제약들을 되짚어 보고, 현실 속에 숨어 있는 허위와 모순 및 가능성의 조건들을 성찰하며, 사랑을 어떤 결정적이고도 종국적인 단계까지 추적할 수 있는 새로운 접근을 요구하고 또 가능하게 하는 일이었다.[67] 따라서 '연애'라는 새 말의 유입과 변용은 사랑의 의미와 실천에 관한 하나의 '가능성'을 열었다고도 할 수 있다. '연애'를 둘러싼 호기심과 의혹, 환호와 경계, 다양한 실험의 성공과 실패는 이 '가능성'이 전유되고 투사되며, 도치되고 전복되

---

66) Lydia Liu는 신조어적 상상력에 의해 점령된 중간 지대가 변화의 토대가 되며, 그 변화는 반드시 서구적일 필요도 없고 반드시 비중국적일 필요도 없는 중국의 근대를 가능하게 한다고 쓰고 있다. Lydia Liu, "The problem of language in cross-cultural studies", *Translingual Practice*, California : Stanford University Press, 1995, pp.1~42.

67) 발터 벤야민은 「번역가의 과제」에서 작품의 영원한 삶과 언어의 끝없는 재생에 점화하는 것이 바로 번역이라고 기술하였다. 그에 의하면 번역은 언제나 새로이 언어의 성스러운 성장을 시험해보는 일이다. 번역이 지향하는 목표는 모든 언어적 형상에 어울려서 생기게 될 어떤 언어의 결정적이고도 종국적인 단계이다. 그리하여 원문은 번역을 통해 보다 높고 보다 순수한 언어의 분위기로 상승하게 된다고 한다. 이때 순수 언어란, 원본과 번역을 한꺼번에 신성하게 묶어낸 것으로, 양자가 상보적 관계에서 함께 거주할 수 있는 신의 기억이라는 영역에 속하는 것이다. 그리하여 벤야민은 번역의 궁극적인 목적은 신의 메시아적 부활의 가능성이라고 말하고 있다. 발터 벤야민, 반성완 편역, 「번역가의 과제」, 『발터 벤야민의 문예이론』, 민음사, 1983, 319~333면.

는 과정이었다. 그런 의미에서 '연애'의 의미와 내용을 형성하는 과정, 혹은 번역의 과정은 인간의 욕망과 삶의 조건에 대한 자유로운 탐구와 실험의 과정이 될 수 있었다.

그러나 식민지 초기 '연애'는, 자유롭고 순수한 실험 이전에, 선험적 개념들의 격자에 의해 미리 구획되고 구조화되어 있는 특정한 인식 방법에 의해 접근되고 있었다. 그 인식의 방법은, 제국주의가 앞세웠던 우열의 논리에 의해 방향지워지는 것, 자신의 삶을 둘러싸고 있는 토대에 대한 고려 이전에 식민주의가 제공하는 모델에 먼저 압도되는 것을 의미했다. 그리하여 청년 지식인들이 추구하는 새로운 사랑은 충분한 고려와 성찰 없이도 참되고 신성한 것으로 간주되고, 기존에 있던 사랑의 방식은 무조건 열등하고 모순적인 사랑으로 매도되는 풍토가 발생했다. 피아노와 벽난로를 갖춘 스위트홈을 소망하면서 부모 세대와의 단절을 선언했던 당대 청년들의 요구는 이러한 이분법의 결과였다. 과거의 삶의 형식에 대한 무조건적인 비판과 배격의 태도에 의해, 새로운 사랑에 대한 탐구는 전통적인 사회 내에서 배태된 자발적 요구와 적절하게 연결되지 못했으며, 현실적 여건과의 긴밀한 상관을 통해 당대 사회의 토대 속에서 스스로를 현실화할 수 있는 방법을 찾기 어려웠다. 따라서 '연애'가 다른 토착어와의 경쟁에서 승리하여 이성애를 가리키는 독보적인 용어로 자리잡고 '신성'화 된 것은, 제국과 식민지의 정치적 관계 속에서 특정한 방식으로 유형화되는 근대의 특정한 구조화과정과 분리되지 않는다.

근대문학의 첫 소재가 되었던 연애는 이와 같이 특수한 역사적 지평 위에 놓여 있는 표상이었다. 문학은 '연애'라는 새로운 사랑의 표상에 자극받았으며, 또한 이 표상의 구조화와 확산에 능동적으로 기여했다. 따라서 식민지 초기 근대소설에서 연애는, 근대적 사랑을 특정한 방향으로 구조화하고자 하는 경향과 그러한 구조화 작용으로부터 달아나려 하는 경향이라는 양가적인 과정을 담게 된다.

제3장···근대문학의 기획과 '연애'

    연애가 근대문학의 첫 관심의 대상이 된 것은 단순한 시기적 일치를 넘어서는 의미 있는 사실이다. 연애 개념의 형성 및 유행과 근대문학의 정립은 감정과 욕망을 지닌 개별자로서의 개인에 대한 관심이라는 동일한 맥락 위에서 펼쳐진 역사적 사건이었다. 근대적인 문학 개념을 처음으로 소개했던 이광수가 자유연애 주창의 선두주자였다는 사실, 최초의 문학 동인지들에서도 연애에 대한 논의와 창작들이 주류를 이루고 있다는 사실은, 근대문학의 개념과 자유로운 감정으로서의 연애에 대한 인식이 동시적으로 공식화되었음을 암시하는 일이었다. 근대문학 형성기, '연애'에 대한 논의는 문학에 관한 논의 속에 깊숙이 침투해 있었다. 연애의 담론과 문학의 담론은 서로 교차하고 중첩되는 가운데 '인간'에 대해 사고하고 언술하는 새로운 방식을 창안하였으며, 이들 담론을 통해 의무론적인 전통적 인간관에서 벗어난 새로운 인간학적 관점이 그 구체적인 면모를 찾아갔다고 할 수 있다. 이 장에서는 근대문학을 정초했던 이광수와 동인지 문인들의 문학관을 이들이 연애를 표상했던 방식과 관련하

여 살펴봄으로써, 근대문학의 기획 속에서 연애라는 표상이 어떻게 자리
매김되었으며 어떠한 방식으로 작동하고 있었는지를 규명하고자 한다.

1. 이광수의 문학관과 연애의 계몽성

1) '정'의 양가성과 문학의 자율성

문학이 법과 도덕에 예속되지 않은 독립 영역으로 규정되기 시작한
것은 1910년대에 이르러서였다. 1900년대 계몽의 기획 아래서, 문학은 아
직 독립적 분야로 인식되지 못했을 뿐만 아니라, 민중을 깨우치고 교육
해야 한다는 계몽 교육의 과제 아래 예속되어 있었다. 풍속 개량이라는
시대적 요청으로 인해 1910년경까지 역사 전기류 소설들이 크게 환영받
았으며, 민족적 가치와 정신을 구현해내는 것이 창가와 신체시 등 시가
에 부여된 당위였다. 문학의 자율성이라는 측면에서 보면, 애국계몽기의
문학적 경향은 권선징악적 교훈을 내용으
로 하는 교술 쟝르로서의 조선조 '문(文)'
개념에서 그리 벗어나지 않았다고도 할
수 있다.

문학이 외적인 규정과 의무에서 벗어난
독립 쟝르로 천명된 것은 이광수의 「문
학의 가치」(『대한흥학보』, 1910)와 「문학이란
하오」(『매일신보』, 1916)에 이르러서이다. 이
두 글에서 춘원은 문학을 지·정·의라
는 인간 정신의 영역 가운데 '정'의 분야

이광수

를 만족시키는 활동으로 정의하고, '정'이 '지'나 '의'와 구별되는 것이
자 동등한 가치를 지니는 것이라 규정함으로써, 문학의 자율성을 주장
하였다.

> 文學도 次次 獨立이 되어 其 意義가 明瞭히 되어 詩歌, 小說 등 情의 分子
> 를 包含한 文章을 文學이라 稱하게 至하였으며 (…중략…) 生物이 生存함에
> 는 食料가 必要함과 같이, 人類의 情이 存在함에는 文學이 必要할지며 또 生
> 할지라. 更言컨댄, 人類가 智가 有하므로 科學이 생기며, 또 必要한 것과 같이
> 人類가 情이 有할진댄 文學이 생길지며 또 必要할지라.1)

> 物理, 博物, 地理, 歷史, 法律, 倫理 등 科學的 知識을 記錄한 者는 文學이
> 라 謂키 不得하며, 오직 人으로의 思想과 感情을 記錄한 것이라야 文學이라
> 함을 謂함이로다. (…중략…) 文學은 마치 自己의 心中을 讀하는 듯하여 美醜
> 喜哀의 感情을 伴하나니 此 感情이야말로 實로 文學의 特色이니라. (…중
> 략…) 文學은 某 事物을 硏究함이 아니라 感覺함이니, 故로 文學者라 하면
> 人에게 某 事物에 關한 知識을 敎하는 者가 아니요, 人으로 하여금 美感과
> 快感을 發하게 하는 書籍을 作하는 人이니 科學이 人의 知를 滿足케 하는 學
> 問이라 하면 文學은 人의 情을 滿足케 하는 書籍이니라2)

문학이란 "정의 분자를 포함한 문장"이라고 정의했을 때, 춘원이 말하
는 '정'은 외적인 윤리나 도덕 혹은 정치적 요구로부터 문학의 양식을 독
립시켜 주는 순수한 감정의 영역을 가리킨다. 지(知)와 의(意)의 영역과 정
(情)의 '분립(分立)적 병행론은 도덕 규율의 억압으로부터 문학을 분리시키
기 위한 전제'3)였다. 다시 말해, 정(情)은 문학의 영역을 구획하는 소재로
강조될 때, 사회제도와 도덕의 규율에 종속되지 않는 독립적인 가치로서

---

1) 이광수, 「문학의 가치」, 『이광수 전집』 1, 삼중당, 1962, 504~505면.
2) 이광수, 「문학이란 하오」, 위의 책, 507~508면.
3) 김흥규, 「이광수의 신문학 이념과 반유교주의적 성격」, 『어문논집』 28호(고려대국어
   국문학연구회 편), 국학자료원, 1989, 33면.

문학의 자율성을 담보하는 원리가 되는 것이다. 이 경우 '정'의 의미는 감정에 국한됨으로써 인간 행위의 전체적 연관으로부터 분리된다.[4]

　감정으로서의 '정'을 문학의 영역으로 이해하고, '정'이 추구하는 가치인 '미'의 실현을 문학의 목표로 규정함으로써, 춘원은 인간의 감각적이고 감정적인 삶에 의미를 부여하고 그것을 정당화했다. 그런데, 1910년대 춘원의 글들에서 '정'은 단일한 의미로 통합되지 않고 양가적인 특성을 보인다. '정'은 외적인 도덕 가치로부터 '독립'해 있는 감정의 영역을 특수화하는 개념으로 나타나기도 하지만, 개인이 사회의 도덕과 가치에 자발적으로 복무하도록 만들어주는 내적 동력으로 설명되기도 한다. 「금일 아한 청년과 정육」에서 '정'은 효제충신과 같은 윤리적 덕목들을 개인적 각성에 의해 스스로 수행해내는 자발적 실천의 토대로 강조된다. 춘원이 "정육(情育)을 기면(其勉)하라. 정육(情育)을 기면(其勉)하라. 정(情)은 제의무(諸義務)의 원동력(原動力)이 되며 각활동(各活動)의 근거지(根據地)니라. 인(人)으로 하여금 자동적(自動的)으로 효(孝)하며, 제(悌)하며, 충(忠)하며, 신(信)하며, 애(愛)케 할지어다"[5]라고 했을 때, 정육이란 도덕적 가치들을 스스로의 각성에 의해 자발적으로 실천하는 인격의 수양인 것이다. 이러한 맥락에서 사용된 '정'은 외부적인 도덕 가치를 내면화한 것으로, 문학을 외적 가치로부터 독립시켜주는 자율성의 근거로 논의된 '정'의 의미와 서로 상충하게 된다.

　'情'이 이처럼 서로 모순된 맥락에서 함께 사용되는 이유는 춘원이 이 개념을 계몽의 원천이자 계몽의 대상이라는 이중적인 의미로 파악했기 때문이다.

　　自然(天地萬物 但 人類는 除하고)은 無情하고 冷酷하여 우리야 싫어하든

---

4) 춘원이 정의 의미를 감정에 국한시켜 인간 행위의 전체적 연관으로부터 정을 분리시켰다는 관점은 다음의 연구에서 제출된 바 있다. 조동일, 『한국문학사상사 시론』, 지식산업사, 1978, 333~334면.

5) 이광수, 「금일 아한 청년과 정육」, 『이광수 전집』 1, 삼중당, 1962, 475면.

즐거워하든 잠잠히 있고, 또 그뿐 아니라 其 法則은 極히 嚴峻하야 우리로 하여금 決코 一步도 其外에 나서게 하지 아니하나니, 즉 우리가 슬퍼한대야 慰勞하는 法 없고, 우리가 一分 一秒의 生命을 더 얻으려 하여도 許치 아니하지 않는가. 그런데, 사람이란 動物은 孤獨을 싫어하는 故로 항상 其 「동무」를 求하며 求하여 얻으면 기뻐하고, 幸福되며, 얻지 못하면 슬퍼하며 不幸되나니라. 然而 其 「동무」에 條件이 있으니, 即 「情다운 者」 「사랑스러운 者」라, 萬一此條件에 不合하는 者면 비록 百萬의 「동무」가 있어도, 오히려 無人曠野에 홀로 선 것 같아야 기쁨과 幸福이 없으되, 萬一 一人이라도 此 條件에 合하는 者 있으면 기쁨과 행복이 마음에 充滿하야 全宇宙間에 萬物이 하나도 美 아님이 없고, 하나도 愛 아님이 없나니[6]

인용문에 나타나는 '무정'은 자연의 법칙이며 속성이다. 자연의 법칙은 "일보(一步)도 기외(其外)에 나서게 하지 아니"하는 엄격한 원칙에 의해 운행된다. 따라서 자연의 세계는 과학의 세계며, 냉철한 객관 원칙의 세계이다. 이러한 자연의 원칙과 대립되는 지점에 '유정'한 인간이 있다. '무정'한 과학의 원칙을 따르는 자연의 세계와 구별되는 '정'적인 세계에 인간이 존재하는 것이다. 자연의 원칙이 냉혹하고 무자비한 데 반해, 인간은 정과 사랑을 그리워하고, 정과 사랑의 만족이 있을 때 최고의 행복을 느끼는 동시에 미(美)를 발견하게 된다. 따라서 정(情)은 자연과 대립되는 인간만의 고유한 가치이자 인간성의 증거이다. 이러한 견지에서 볼 때, '무정한 세상을 유정하게' 만드는 일은—이는 장편 『무정』이 그 결말부에서 역설했던 작품의 궁극적인 귀결이며 주제이다—무자비한 자연의 원칙 아래 억류되고 속박된 인간을 진정한 의미에서 인간다운 삶 속으로 해방하는 일이다. 이것은 계몽의 원래적 의미에 다름 아니다. 계몽이란 인간에게서 자연에 대한 공포를 몰아내고 인간을 주인으로 세우는 것이며, 계몽의 프로그램은 세계를 탈마법화시켜 자연의 법칙으로부터 자연을 지배하는 법을 배우고 자연을 이용하는 지식과 기술을 습득하여 인간

---

6) 이광수, 「무정」(단편), 『이광수 전집』 1, 삼중당, 1962, 529~530면(강조는 인용자).

의 삶을 자연의 속박으로부터 해방하는 것을 의미하기 때문이다.[7]

춘원에 따르면, '정'이 없는 사회는 원시적 자연에 지배되는 사회이며, '정'으로 충만한 사회야말로 인간다운 사회, 인간이 지향해야 할 사회이다. '정'이 계몽의 근거이자 대상이 되는 것은 이 때문이다. 인간은 자연과 구별되는 자신의 변별점을 근거로 삼아 그것을 확장하고 계발해 나가야만 인간다울 수 있다. 그러므로 이 변별점, 곧 '정'이야말로 인간이 계몽을 이룰 수 있었던 동력이며, 더욱 계발하여 인간 자신을 고양해야 할 계몽의 대상이 된다. 1910년대 춘원의 글들 속에서 '정'이 동일하고 균질적인 의미로 나타나지 않는 것은 계몽의 동력인 동시에 계몽의 대상이 되는 이 같은 '정'의 양가성 때문이다.

계몽의 대상으로서의 정은 개인과 문명이 발달한 정도를 나타내는 지표이자 "가장 정밀한 인격의 측계"[8]로서, 인간적 가치를 소화한 정도를 표시하는 기준이 된다. 이 '정'은 육체적 욕구나 욕망으로부터 정신적이고 영적인 감정까지의 다양한 스펙트럼을 가진다. 춘원이 "동정은 정신의 발달에 정비례"[9]한다고 보고, 동정이 "넓고 쓰거움"을 기준으로 위인과 범인을 구분하며, 문명의 높음과 낮음을 구분[10]했던 이유를 여기서 찾을 수 있다.[11] 이에 반해 계몽의 원천으로서의 정은 인위적으로 세워진 외적 가치를 초월하는 인간 존재의 고유성과 특별함을 가리킨다고 할 수 있다.

'정'의 양가적 용법은, 춘원이 이해한 '정' 곧 감정이, '이성 / 감정'의

---

7) 아도르노·호르크 하이머 공저, 김유동 역, 『계몽의 변증법』, 문학과지성사, 2001, 21~26면 참조.

8) 이광수, 「동정」, 『소년』 3호, 1914, 59면.

9) 위의 책, 58면.

10) 일례로 춘원은 「동정」에서 다음과 같이 쓰고 있다. "文明 諸國 人士는 同情이 豊富하야 慈善 獻身 寬恕 公益 등 諸 美質이 豊富하되 아직 野蠻未開하거나 精神定度의 低劣한 民族은 偏狹하고 利己되고 無情하야 (…중략…) 偉人이란 同情의 넓고 쓰거움을 니름이니 同情의 뜻이어 참 크고 거룩하도다."(위의 책, 58~60면)

11) 여기서 동정은 '정'이 사회적 의미로 확장된 형태로, 동정이 높을수록 문명인이 되고 문명한 사회가 된다는 것은 그만큼 동정이라는 것이 계발되어야 할 계몽의 대상이라는 것을 의미한다.

이분법에 기반을 둔 서구적인 개념과 일치하지 않으며 이성의 차원과도 관련되는 포괄적 관념이었음을 증명한다. 서구 철학사에서 감정은 이성의 타자로서, 외적이고 육체적인 자극에 대한 수동적 반작용으로 이해되어 왔다. 감정은 언제나 이성과의 관계 속에서 규정되었고, 심지어는 이성이 판단을 잘못하여 저속하고 방종한 상태로 전락한 것이 감정이라고 정의되기도 했다.[12] 계몽의 의미를 '미성숙으로부터의 해방'으로 정의한 칸트[13]적 관점 역시 이성과 감정을 철저하게 구별한다. 칸트에게 계몽된 인간이란 감정을 제어하고 이성의 적절한 활용으로 그의 잠재력을 실현하는 개인이다. 그러나 춘원이 추구했던 인간은 숭고한 감정의 소유자였다. "인도(人道)의 기초는 동정(同情)"이며 "인도의 발달이 인류의 이상"[14]이라는 주장에서 보듯, 춘원이 생각한 계몽된 사회는 인류에 대한 사랑과 깊은 이해를 바탕으로 개인들이 화목하고 평화롭게 정을 주고받는 사회였다.[15] 따라서 춘원이 생각한 감정은 단순한 이성의 타자, 즉 외적 자극에 대한 수동적 반작용이 아니라 적극적으로 추구되고 높은 수준으로 고양되어야 할 대상이자 가치였다. 춘원이 인간 고유의 특징이자 인간의 잠재력이며 인간 정신을 끌어올려 주는 대상으로서 '정'을 논의할 때, 이 '정'은 욕망과 인지와 신념의 차원이 포함된 종합적인 정신작용이

---

12) 감정을 이성의 타락으로 규정하는 것은 스토아 학파의 크뤼시포스의 관점이다. 전반적으로 근대 이전까지 서구 철학에서 감정은 이성의 타자로만 규정되었고, 제어와 극복의 대상으로 인식되었다. 감정을 대상의 자극에 반응하는 주체 내부의 사건으로 간주하게 된 것은 칸트에 이르러서이다. 니체와 프로이트에 와서 육체와 본능이 새롭게 조명되면서 감정은 긍정적인 측면에서 논의되기 시작했다고 할 수 있다. 김상봉, 「감성의 홀로주체성」, 『감각작용과 의미작용』(한국기호학회 편), 월인, 2003.12, 9~50면.

13) 미셀 푸코, 장은수 역, 「계몽이란 무엇인가」, 『모더니티란 무엇인가』(김성기 외편), 민음사, 1994, 342면.

14) 이광수, 「동정」, 앞의 책, 64면.

15) 그렇기 때문에 춘원은 때때로 문명의 발달이 인간성을 훼손하였다는 문명 비판적 태도를 드러내기도 한다. 일례로 「어린 벗에게」의 주인공은 다음과 같이 말하고 있다. "사람들은 소위 「자연을 정복」한다 하야 꼭 천명에 거슬이는 생활을 합니다 그려. 그네는 소위 문명이라는 것이 즉 천명을 거역하는 것이외다." 이광수, 「어린 벗에게」, 『청춘』 11, 신문관, 1917, 135면.

라 할 수 있으며,[16] 그런 의미에서 이성 / 감정의 이분법을 넘어서는 개념이 된다. '지, 정, 의'의 분립론에도 불구하고 춘원의 '정'이 종종 '지'와 '의'의 영역까지도 포괄하는 인간 정신을 표상하는 용어로 읽히기도 하는 것은 이 때문이다.[17]

과학·이지·논리의 습득으로 인습적 도덕의 굴레를 벗어날 것을 역설하면서도, 그와 같은 계몽을 가능하게 하는 방법과 계몽의 궁극적인 목표를 '정'의 확충에 두었다는 점에서, 춘원이 생각했던 계몽은 이성 중심의 서구적 의미의 계몽주의와 일치하지 않는다. '정'에 대한 강조와 감성적 태도에 미루어 볼 때, 춘원의 관점은 오히려 낭만주의적 시각에 가깝다.[18] 낭만주의적 경향은 기술적인 문명이나 이론적 법칙이 아니라 자아의 생명활동 속에서 보편적 진리의 근거를 찾는 태도에서 더욱 두드러진다.

---

16) 감정을 윤리학의 범주 안으로 포섭하고자 하는 시각에서는, 감정이 인지적 신념과 욕구 그리고 정서성의 복합체로 이루어진다는 성분 이론을 지지한다. 예를 들어 우리는 독사를 보았을 때, 독사라고 인식하고 독사는 해롭다고 믿고, 독사에게 해를 안 입으려는 욕구 때문에 소스라치는 감정을 드러낸다. 따라서 감정은 (설령 비의도적이라 하더라도) 인간의 인식과 믿음과 욕망의 종합적인 작용을 통해 펼쳐지며, 그런 의미에서 적절한 감정과 부적절한 감정에 대한 윤리적 판단이 가능해진다. 이러한 관점에서 볼 때, 감정을 이성의 타자로서만 간주하는 시각은 수정될 수 있다(박정순, 「감정의 윤리적 사활」, 『감성의 철학』 대우학술총서 96), 1996, 69~124면 참조.
17) 이와 같은 '정'의 개념은 동양 전통 철학의 '정'이 지니는 의미와 얼마간 상통한다. 전통적인 성정론에 의하면 사물의 이치인 '성'이 기질을 통해 구체적 사건이나 관계 속에서 드러나는 것이 '정'이다. 그러므로 동양 철학에서 '정'이란 사물의 이치라는 논리적 차원과 분리된 정서만을 의미하는 것이 아니라 논리와 정서가 하나로 결합되어 있는 사물의 전체성을 의미했다(최봉영, 「감각」, 『우리말 철학 사전』 3, 지식산업사, 2003, 9~32면 참조). 춘원이 '정'을 사물의 이치가 구체적인 개체 속에 현상하고 구현된 결과로 보는 동양철학의 입장에 서 있었던 것은 물론 아니었다. 그러나 감정을 단순한 이성의 타자로 구별하지 않는 독특한 시각은, 그가 동양적 사유의 전통 안에 있었기 때문인 것으로 보인다.
18) 황종연은 「문학이라는 역어」(『한국문학과 계몽담론』, 새미, 1999, 9~39면)에서 춘원을 계몽주의자라고 보는 기존의 논의들에 이의를 제기하고 춘원의 사상이 지니는 낭만주의적 성격을 강조한 바 있다.

大抵 人生이란 무엇인고? (…중략…) 그러나 아직썻 한아도 人生의 普遍한 不易할 解決은 엇지 못하얏더라. (…중략…) 우리는 生命을 가진지라. 그러고 어뭇가지든지 이를 니어가랴난 本能的 慾望—生存慾이라난 것을 가졋스며 또 그 慾望은 다른 무슨 慾望보다도 굿세여서 이 慾望 압헤는 온갖 慾望이 顔色을 일흐며, 顔色을 일흘쑨만 아니라 屈伏하며, 屈伏할쑨만 아니라 犧牲이 되난도다. (…중략…) 밧게서 엇으랴고 삷히지 말고 안을 보아라! (…중략…) 너희들 안에 잇난 磁針이 어김업시 너희들의 갈ㅅ方向을 가르치리라[19]

무엇으로든 사람의 손으로 사람을 爲하야 된 것 두고야 모다 「生」에서 폴어 나오지 아닌 것이 잇스랴. 「生」이라난 것이 잇기에 善도 잇고 正義도 잇고, 惡이며 不義가 잇난 것이니, 生을 쩌나서는 그런 것들은 모다 업서지나니라, 또 되지도 아니하엿스리라. 그런 故로 標準으로 할 것은 다른 아모 것도 아니오, 오즉 「生」일지니라.[20]

위 인용문들에서 춘원은 삶의 근원적 동력이 '생' 혹은 생명에 있음을 발견, 인간 내면의 욕망을 삶의 지침이자 표준으로 삼아야 한다고 역설하고 있다. 그리하여 시간과 공간에 의해 제한을 받는 역사적·정치적 상황의 한계를 넘어 어떤 경우라도 불변하는 절대적인 삶의 지표로서 "생(生)의 보지발전(保持發展)"[21]이 주창되고, "인정(人情)의 본류(本流)"야말로 "항만세(亘萬世)히 일양(一樣)"[22]인 보편적 가치를 지닌 것으로 조명된다. "항만세(亘萬世)히 일양(一樣)"인 보편적인 가치의 자리, 그것은 '정'이 위치하는 자리인 동시에, 문학이 추구해야 할 미(美)의 위상이었다.

인간의 생명과 내면 안에서 항구 불변의 진리를 찾고자 하는 낭만적

---

19) 이광수, 「여의 자각한 인생」, 『소년』, 1910.8, 17~21면.
20) 이광수, 「朝鮮ㅅ 사람인 靑年들에게」, 『소년』 3년 8호, 1910.8, 37면.
21) 춘원은 위의 글에서 "생의 保持發展은 今日 倫理의 絶對 標準"(39면)이라 정의하였다.
22) 원문은 다음과 같다. "윤리적 교훈은 인생의 일부분에 불과한 것이외다. (…중략…) 교훈은 시대를 짜라 변하지마는 人情의 本流는 亘萬世히 一樣이외다."(이광수, 「현상소설고선여언」, 『청춘』 12, 1918.3, 99면) 여기서 '亘萬世'는 '恒萬世'의 誤記인 것으로 보인다.

사유는 그러나 다시 계몽의 원리로 환원된다. 왜냐하면 그것은 개인을 세계의 중심으로 새롭게 정립함으로써 근본적인 세계 인식의 틀을 전환하고자 하는 계몽의 기획과 다시 만나기 때문이다. 자연의 일부로서의 생명을 내부에 간직함으로써 인위적 규율보다 우선적으로 존중되어야 할 고유한 주체로 상정된 개인은, 세계상을 전환하고 새로운 사회의 배치를 기획하는 원동력으로서 변화의 정당성을 주장하는 근거가 된다. 주체로서의 자아 확립은 사회변화를 추동하는 힘을 개개인의 자아로부터 끌어올리고자 하는 계몽의 시대적 요청이었다.

인간의 생명과 내면에 대한 춘원의 관심은 정치적으로 공공의 자율성이 제한되었던 당대의 역사적 상황과 무관하지 않다. 1910년 일제강점은 개화기 이래 계몽의 기획이 실패하였음을 의미했고, 외적 정치적 차원의 개혁이 불가능해졌을 때, 계몽주의자들은 사적이고 개인적인 차원의 개혁으로 관심을 이동하기 시작했다. 1910년대 지식인들에게 가장 중요했던 것은 '자아'라는 개념이었다. '자기'를 중심으로 세계를 이해하는 것은 재래의 세계상을 근본적으로 혁신하는 일이었으며,23) 따라서 본질적인 계몽의 과제였다. 그러므로 감성을 중심으로 한 춘원의 '정'적 계몽주의는 세계의 중심으로서의 자아에 대한 자각이 시대적 요청으로 이해되었던 당대의 지적 분위기와 동궤에 놓이는 것으로, 당대 역사의 특수성 안에서 구현된 독특한 계몽의 양식이라고 할 수 있다.

춘원이 문학의 자율성이라는 이념 하에 윤리와 제도의 차원으로부터 문학을 분리시킨 것 역시, 미학의 독립에 대한 인식의 표현인 동시에, 정치적 실천이 불가능한 시대상황에 대한 반응의 하나였다. 신문학은 불리한 역사적 여건에 대응하여 정치적 실천의 장에서 물러나 스스로 기능

---

23) 권보드래는 1910년대에서 1920년대 초에 이르기까지 인식의 근본 틀을 형성한 것은, "세계의 중심은 자기이니 자기의 순수한 감정이야말로 중요하다는 생각, 그러나 보편의 안정성을 잃은 자아는 불안과 고독에 시달릴 수밖에 없다는 초조, 이를 치유할 수 있는 길은 공감과 사랑밖에 없다는 다짐들"이라고 쓰고 있다. 권보드래, 『연애의 시대』, 현실문화연구, 2003, 34~36면.

을 억제하면서 독자의 영역을 구성하는 장르로 출발한 것이다. 그러나 이 같은 '기능 억제'[24]는 그때까지의 세계상의 배치 안에 귀속되는 사회적 발언으로부터의 퇴거를 가리킬 뿐이다. 춘원이 "정(情)적 분자를 포함한 문장"으로 문학을 규정한 것은, 단순한 장르 제한에 그치는 것이 아니라, '생'과 '정'이라는 패러다임을 통해 가변적인 정치적 차원보다 더욱 근원적이고 보편적 진리의 차원에서 새롭게 세계를 조명하고자 하는 야심의 표현이었다.

문학을 '정'의 영역으로 천명함으로써, 춘원은 세계를 감각하고 세계를 만들어 가는 주체로서 인간을 사고하고 언술하는 장르로서 문학을 정립하였다. 그와 같은 문학의 정립은 자연과 인간과 사회의 관계를 바라보는 방식의 전환을 반영하는 동시에, 새로운 인간학의 시작을 알리는 일이었다. 이제 인간은 추상적인 윤리의 대행자가 아니라 사랑하고 욕망하는 감정의 소유자이자, 타율성을 거부하고 자신의 내부에서 행동의 지침을 찾아내는 주체로서 접근되기 시작한 것이다. 따라서 독립된 장르로서의 문학에 대한 선언은, 미학의 독립에 대한 선언일 뿐만 아니라, 새로운 인간학과 세계상을 설립하는 전위로서 문학의 정체성을 확립하는 일이었다고 할 수 있다.

그러나 이 새로운 인간학과 세계상은 순수 자유의 영역으로 개방되어 있는 것은 아니었다. 문학의 독립은 그 자체로 인식틀의 전환을 요구하는 것이었기 때문에, 이 새로운 인식틀 곧 계몽적 사유를 적극적으로 전파하는 일이 그가 주장한 문학의 자율성에 모순된다는 사실을 춘원은 인식하지 못했던 것 같다. 그러므로 춘원이 주창했던 신문학은 새로운 근대문명의 가르침을 해석하고 전파하는 일에서까지 자유롭지는 못했다. 오히려 춘원에게 신문학은 계몽의 의미를 구체적인 작품으로 체현하여

---

24) 김동식은 당대에 이루어진 문학의 독립 선언이 시대적 제한성에서 기인한다고 보고, 이를 '자발적 기능억제'라고 명명하였다. 김동식, 「연애와 근대성」, 『민족문학사연구』 18호, 민족문학사학회, 2001, 109~120면.

계몽의 가르침을 널리 전파해야 할 의무를 지니고 있는 것이었다. 문학의 자율성에 대한 이 같은 양가적 관점은, '정'이 독립적인 고유의 가치이면서도 더 높은 차원으로 고양되고 계발되어야 하는 대상이었던 사정과 다르지 않다.

2) 신문명적 인간과 '연애'의 위상

인간의 감성과 본능에 주목하고, 인간이 세계를 감각하고 움직이는 방식에 관심을 기울이는 근대적 문학의 기획을 통해 '감정'은 새롭게 조명되기 시작했다. 춘원과 동시대인들을 기점으로 한 근대문학 작품들에서 감정은 인간의 본성을 드러내는 요소이자 삶의 보편적인 원리를 반영하는 요소로서 의미를 부여 받게 된다. 춘원은 특히 관계의 순수성에서 비롯되는 순도 높은 애정을 높이 평가했다.

> 나는 저 形式的 宗敎家 道德家가 입버릇으로 말하는 그러한 愛情을 닐음이 아니라, 生命 잇는 愛情－펄펄 끓는 愛情, 쌧쌧 마르고 습슴한 愛情 말고 자릿자릿하고 달듸달듸한 愛情을 닐음이니 가령 母子의 愛情, 어린 兄弟姉妹의 愛情, 純潔한 靑年男女의 相思하는 愛情, 쏘는 그대와 나와 가튼 想思的 友情을 닐음이로소이다. 乾燥冷淡한 世上에 千年을 살지 말고 이러한 愛情 속에 一年을 살기를 願하나이다.25)

인간과 인간이 서로를 아끼고 배려하는 애정은, 외적으로 강제되는 도덕적 이념과 같이 건조무미한 것이 아니라, "펄펄 끓고 자릿자릿하고 달듸달듸한" 생명력과 강렬성을 지님으로써 가치 있는 감정으로 소망된다. 이처럼 강렬한 애정은 관계의 순수성에서 비롯된다고 춘원은 보았다. 순

---

25) 이광수, 「어린 벗에게」, 『청춘』 9, 1917.7, 99면.

수한 관계는 사회적 관계보다는 자연적인 관계들에서 발견되었다. 자연
적이고 본능적인 관계들은 이해타산을 초월하기 때문이다. 자연적 관계
에 대한 의미부여는 또한 춘원이 "생(生)의 보지발전(保持發展)"이라는 지
표를 통해 본능적인 삶을 적극적으로 평가했던 데 기인하기도 한다. 그
리하여 춘원은 가장 순도 높고 강렬한 애정은 모자, 어린 형제자매, 순결
한 청년남녀 사이에서만 가능하다고 보았다. 이때 '연애'의 감정은 순수
하고 자연적인 관계에 바탕을 둔 것으로 규정됨으로써 적극적인 긍정의
대상이 되었다.

> 吾人의 忠孝의 念과 兄友弟恭의 念이 天性이라 거룩한 것이라 하면 男女
> 間의 사랑도 勿論 그와 가치 天性이라 거룩할 것이로소이다. 그럼으로 吾人은
> 결코 이 本能—사랑의 本能을 抑制하지 아니할 뿐더러 이를 自然한 (卽 正
> 當한) 方面으로 啓發시겨 人性의 完全한 發現을 期할 것이로소이다.[26]

주목할 것은, 춘원이 다양성의 측면에서보다는 강렬도의 차원에서
'정'을 평가했다는 점이다. 1910년대 발표된 춘원의 초기 작품에서는 감
상적인 감정의 분출이 자주 발견된다. 초기 작품들에서 춘원은 작가 자
신과 비슷하거나 조금 어린 또래의 청년 학생을 주인공으로 삼는 경우
가 많은데, 이들은 대부분 감성적인 성격의 소유자로 애정을 갈구하는
인물들이다. 그런데 이 주인공들이 열망하는 것은 은근하고 진중한 애정
이 아니라 강렬하고 "쓰거운" 애정이었다. 다음은 춘원의 주인공들이 갈
구하고 욕망했던 '정'이 어떤 성격을 지닌 것이었는지를 잘 보여준다.

> ① 사실은 그는 행복하지 않았다. 그는 점점 적막, 고독의 생각을 키워왔다.
> 매일 몇 십인 몇 백인의 사람들과 만나지만 한 사람도 그에게 벗이 될 사람은
> 없었다. 그 때문에 그는 한탄했다. 울었다. 비애의 종류가 많다지만 벗을 갖지
> 못하는 만큼의 비애는 없다는 것이 그의 비애관이었다.[27]

---

26) 위의 글, 106면.

②나는 이 病이 왓삭 重하여져서 體溫이 四十五六度에나 올라가 몸이 불쩡어리와 가티 달아서 살과 피의 細胞와 纖維가 활활 불씰을 내며 타다가 죽어지고 십고 全身의 細胞가 불씰이 닐도록 타노라면 내 生命도 비록 一瞬間이나마 짜씀하는 맛을 볼 것 갓다. 그 짜씀하는 一瞬間이 이짜위 싸늘한 生活의 千年보다 나을 쯧하다.28)

③光浩는 漠然히 人類에 對한 사랑, 同族에 對한 사랑, 親友에 對한 사랑, 自己의 名譽와 成功에 대한 渴望만으로는 滿足지 못하게 되엇다. 그는 누구나 하나를 안아야 하겟고 누구나 하나에게 안겨야 하겟다. 그는 미지근한 抽象的 사랑으로 滿足지 못하고 쓰거온 具體的 사랑을 要求한다.29)

④내 가슴은 자조 쮜나이다. 머리가 훗훗 다나이다, 숨이 차지나이다. 나는 丁寧 무슨 變化를 밧는가 하엿나이다. 「아아 이것이 사랑이로고나!」 하엿나이다.30)

인용문 ①·②·③·④는 춘원의 주인공들이 보여주는 정에 대한 갈구가 흐르고 분출되어 귀결하는 지점을 일련의 순차적 과정으로 나타내주고 있다. ①·②·③·④의 주인공들은 모두 동경에서 홀로 유학생활을 하고 있는 젊은 조선 청년들이다. 이들은 모두 홀홀단신으로 외국에서 생활하고 있으며, 그렇기 때문에 고독을 느끼고 인간의 애정을 그리워한다. ①은 춘원 최초의 창작 일문 단편인 「사랑인가」의 한 구절인데, 이 작품은 홀로 유학하는 조선인 학생의 외로움과 애정에 대한 갈구, 그리고 절망을 작품 전체의 내용으로 하고 있다. 인용된 ①은 주인공 문길의 고독과 애정에 대한 갈구를 보여주는 동시에 그가 애정에 부여하는 가치의 정도를 잘 드러내준다. 애정에 대한 갈망은 종종 가족애나 벗, 혹은 상사(相思)하는 사람에 대한 소망으로 형상화되는데, 그렇게 해서 얻

---

27) 이광수·김윤식 역, 「사랑인가」, 『문학사상』, 문학사상사, 1981, 445면.
28) 이광수, 「방황」, 『청춘』 12, 1918.3, 77면.
29) 이광수, 「윤광호」, 『청춘』 13, 1918.4, 72면.
30) 이광수, 「어린 벗에게」, 『청춘』 9, 1917.7, 105면.

게 되는 애정은 앞에서 본 것과 같이 "펄펄 끓고 자릿자릿하고 달듸달듸한" 강렬성을 지녀야 했다. 생생하고 순결한 애정에 대한 열망은 생명이 들끓는 최고의 순간을 경험하고자 하는 소망으로 진전된다. ②는 어떤 극한적이며 생생한 체험에 대한 소망을 보여주는데, 여기에서 주인공 화자는 '생'의 불꽃을 경험하게 해주는 것이라면 죽음이라도 감내하고 싶다고 할 만큼 열렬한 순간의 경험을 갈구하고 있다. ②의 주인공이 갈망하는 강렬한 생명 체험의 순간, 그 "짜씀하는 일순간"은 시공간적 조건을 초월하여 영원성을 경험하는 절대의 순간이며, 개인의 생명 속에서 무시간적인 영원의 보편성이 발현되는 최고의 순간이다.

순수하고 절대적인 순간을 기대하는 춘원의 주인공들은 작은 온정이나 호의에는 만족하지 못하며 오직 더욱 생생하고 강렬한 애정만을 희구한다. 이 최고의 강렬도를 지닌 애정이 발견되는 자리가 청춘남녀의 사랑, 곧 연애이다. ③에서 보듯, 애정에 대한 주인공의 갈망은 인류·동족·친우과 같은 이성(理性)적인 관계를 뛰어넘어 "쓰거온 구체적 사랑" 곧 성적 욕망을 동반한 사랑을 향해 뻗어나간다. 구체적이고 뜨거운 사랑에 대한 열망은 ④에서 보듯, 사랑의 대상을 만나고 사랑을 자각하는 데서 비로소 자신의 목적을 달성한다. 사랑은 "가슴이 쮜고 머리가 달고 숨이 차지는" 신체 증상을 야기할 만큼 강렬한 감정이다. 그리고 이처럼 강렬한 감정의 체험은 근본적으로 사람을 '변화'시키는 사건으로 간주된다.

춘원에게 남녀 간의 사랑은 이와 같이 '정'이 최고조로 고양된 순간에 위치해 있는 감정이었다. 뜨겁고 강렬한 정 속에서 사회이념과 제도를 뛰어넘는 인간생명의 순수성이 발현되며 이를 통해 진정한 의미의 보편적 진리를 획득하는 일이 가능하다고 믿었던 춘원에게, 청춘남녀의 사랑은 그처럼 순수한 생명을 체험할 수 있는 감정의 하나였던 것이다. 연애는 또한 내면의 고양을 통해, 다른 누구도 아닌 자기 자신의 목소리를 드러내는 계기로 생각되었다. 단편 「윤광호」에서 주인공 광호는 P에 대한 열렬한 사랑을 느끼면서 평소 동경하고 따르던 연상의 조선인 학생

준원의 말에 이의를 제기하고 자신만의 의견을 피력할 수 있게 되는데, 이러한 광호를 보고 "너도 개성이 눈쓰기 시작하엿고나"31)라 짐작하는 준원의 태도는, 춘원이 연애감정을 개성의 자각과 직결해서 생각하고 있었음을 짐작하게 한다. 사실상 사랑의 열정은 특정한 대상만을 향해 분출되는 것이므로 철저히 개인적인 취향에 속하며, 따라서 개인의 특수성과 밀접하게 연결될 수밖에 없다. 사랑의 감정을 깨닫는 일이, 자아가 고유의 개성을 발견하고 발휘하는 일일 수 있었던 까닭이 여기에 있다.

이와 같은 이해의 지평 속에서 남녀 간의 사랑 곧, 연애는 신성하고 정신적인 감정의 표상으로서 대단히 높고 고상한 위치를 점하게 되었다. 강렬하고 본질적이며 순수한 욕망의 발현인 연애는, 인간 안에 존재하는 본원적 진실을 탐구함으로써 근원적이고 보편적인 진리를 구현하고자 했던 춘원의 문학적 이상과 주체적 자아의 정립을 요청했던 계몽의 이념이 만나는 자리에 위치하고 있었다. 따라서 연애라는 감정을 소유하는 일은 주체로서의 자아를 자각하고 정신적으로 성장하는 중요한 계기로 부각되었다. 남녀가 자율적인 선택을 통해 누군가를 사랑하고 그와 같은 감정을 자각하고 표현하는 일이 그 자체로서 근대인으로의 성숙을 의미하는 계몽의 일환이 된 것이다. 이와 같은 인식의 지평 위에서 연애감정의 자각과 실천은 곧 계몽적 삶의 실천으로 직결되고 있었다.

---

31) 이광수, 「윤광호」, 『청춘』 13, 1918.4, 71면.

2. 1920년대 동인지의 미의식과 '연애―예술'의 동일성

1) '자아'의 낭만적 절대화

『창조』를 필두로 하는 1920년대의 동인지문학 역시 도덕적 예속으로부터 문학의 자유를 천명하면서 시작되었다. 김동인은 『창조』 1호의 발간사에 해당하는 「나믄 말」에서 "우리는 결코 도덕을 파괴하고 멸시하는 거슨 아니올시다, 마는, 우리는 귀(貴)한 예술의 쟝긔를 가지고 저 언제던 얼굴을 찌푸리고 게신 도학선생의 대언자(對言者)가 될 수는 업슴니다"[32]라고 선언함으로써 풍속 계량과 계몽 교육의 과제에 속박되어 있던 전대 문학 경향과의 결별을 뚜렷이 표명했다. 동인지문학에서 가장 두드러지는 것 또한 '자아'와 '개성'의 강조였다.[33] 이러한 사실은 『창조』 1호에 실린 네 편의 서사 작품이 모두 주체로서의 자아의 자각을 촉구하는 내용들을 포함하고 있다는 사실에서 뚜렷이 드러난다.

『창조』 1호에 실린 최승만의 희곡 「황혼」은 "자기(自己)라는 「제 스사로」를 너무 그러케 몰시(沒視)해서는 안이 되겟지. 개인개인(個人個人)끼리 제각금 자기의 할 일만 잘 한다 하면, 이것이 사회에 큰 이익을 주는 것이 안이겟나!"[34]라고 주장하면서 조혼한 아내와 이혼하고 신여성과 결혼

---

32) 「나믄말」, 『창조』 1호, 1919.2, 81면. 이하 동인지들의 호수와 발표년도는 다음과 같다. 『창조』 2호, 1919.3; 『창조』 3호, 1919.12; 『창조』 4호, 1920.2; 『창조』 5호, 1920.3; 『창조』 6호, 1920.5; 『창조』 7호, 1920.7; 『창조』 8호, 1921.1; 『창조』 9호, 1921.5; 『폐허』 1호, 1920.7; 『폐허』 2호, 1921.1; 『폐허이후』, 1924.1; 『백조』 1호, 1922.1; 『백조』 2호, 1922.5; 『백조』 3호, 1923.9. 이하 본 장의 각주에서 인용한 동인지의 발표년도는 생략한다.

33) 『창조』·『폐허』·『백조』를 연결지은 동인지의 문학적 경향이 전체적으로 서로 구분되기보다는 서로 연결되고 상호 교차하는 담론의 흐름을 보여주고 있음은 이미 선행 연구에서 잘 지적된 바 있다. 김행숙은 「1920년대 동인지문학의 근대성 연구」(고려대 박사논문, 2002)에서 세 잡지가 시기적으로 볼 때 부분적으로 겹치기도 하고, 몇몇 동인들은 이중적으로 참여했으며, 대립적인 의식 또한 분명하게 표명된 바 없음을 지적하면서, 동인지들을 차이보다는 내적 연관성 속에서 검토할 필요가 있음을 주장하였다.

하는 청년의 이야기를 다룬 작품이다. 김환의 「신비의 막」의 주인공은 "여러분은 몬저 여러분의, 량심의 가라치는 대로 다시 말하여 자유로 밋은 뒤에 부모를 회개식혀야 합니다. 자유는 하나님이 우리에게 쥬신 우리의 생명이외다"라고 하는 선교사의 말을 듣고 "자유! 자유가 무엇인가? 아마 내 마음에 하고 십흔 대로 하는 것이 자유인 게로구나"[35] 깨달음으로써 예술에 대한 의지를 밀고 나간다. 전영택의 「혜선의 사」에서는 "사람의 운명은 제 손으로 개척하기에 달닌 거시다"[36] 하고 누이에게 이혼을 권하는 사촌오빠가 등장하고, 김동인의 「약한자의 슬픔」은 "나는 참 약햇다. 일 하나이라도 내가 하고 시퍼서 한 거시 어듸 잇는가—세상 사람이 이러타 하니 나도 이러타, 이 일을 하면 남들은 나를 엇지 볼가 이런 걱정으로 두룩거리면서 지나스니 엇지 이 지경에 니르지 아나스리오! 하고 시픈 일은 자유(自由)로 해라. 힘써서 긋까지! 거거서 우리는 사랑을 발견하고 진리를 발견하리라"[37]라는 주인공의 깨달음으로 끝을 맺는다. 이처럼 한결같이 자율적 자아의 각성을 촉구하고 있는 네 편의 서사는, 동인지문학이 개인적 주체의 내면으로부터 실천적 행동의 원리를 찾아내야 한다는 공통된 믿음의 기반 위에서 출발하고 있음을 명확히 드러내준다. 동인지 문인들에게 있어 자아를 자각하고 개성과 자유를 실현하는 일은 시대의 요청이자, 계몽된 인간으로서 예술을 할 수 있는 자격을 획득하는 일이었다. 자아는 예술의 원천이었다.

> 古昔부터 偉大한 作家는 다 自己 個性에 依하야 그 生命의 곳을 잘 培養한 者이다. 그리하고 個性의 泉을 깁히 파고 또 그것을 넓히기에 努力한 者이다.[38]

---

34) 최승만, 「황혼」, 『창조』 1호, 5면.
35) 김환, 「신비의 막」, 『창조』 1호, 21면.
36) 전영택, 「혜선의 사」, 『창조』 1호, 47면.
37) 김동인, 「약한자의 슬픔」, 『창조』 2호, 21면.
38) 노자영, 「文藝에서 무엇을 求하는가」, 『창조』 6호, 71면.

詩人은 압 발자국을 짜라서 이를 模倣하려고 하지 말고 맛당히 自我를 模倣하여라. 그리하야 오리지날의 사람이 되어라.39)

近代人에게 個人主義 色彩가 濃厚함은 事實이나, 결코 利己主義와 混同할 바가 아니라, (…중략…) 무엇보다 먼저 自己에게 忠實하라, 그리함이 自己를 含有한 全體에 對하야 忠實한 所以라는 것이 이 主義의 主張이다. (…중략…) 近代人의 自我의 發見이라는 것은, 一般的 意味로는 人間性의 自覺인 동시에, 箇箇人에 就하야 考察하면, 個性의 發見이요, 高調요, 굿센 主張이며, 새롭은 價値賦與라 하겟다.40)

동인지 문인들에게 예술은, 더 이상 고전적인 문(文)과 같이 외면적이고 일면적인 삶의 원리를 대변하는 도구가 아니었다. 예술은 자아의 내부에 간직한 개성을 표출하는 장르였다. 예술은 자신의 생명을 깊이 배양하여 심오한 개성을 키워낸 자의 "오리지날"의 창조 작업이어야 했으며, "자기에게 충실"하여 "인간성을 자각"하고 이를 바탕으로 하여 사물의 질서에 "새롭은 가치"를 부여하는 일이 되어야 했다. 예술의 의미를 자기에게 충실한 자아의 창조적 표현으로 상정함으로써, 동인지 문인들은 고정된 유교질서에 의해 틀 지워진 전통사회로부터 비판적 거리를 유지하고, 윤리적 규범에 묶여 있던 이전의 문학과 자신들의 문학을 확연히 차별화하고자 했다. 그렇기 때문에 동인지 문인들은 과학 혁명보다는 문예 혁명을 의미하는 '르네상스'에서 근대의 기원을 찾고 있었다. 르네상스는 "사람 「제 스사로」가 「제 스사로」의 정신으로 「제 스사로」 깨다른 바 자유에 도달"41)하는 근대정신의 탄생을 의미했으며, 모든 것을 의심하여 일체의 기존 관념을 타파하는 비판정신의 원점이었다.42)

---

39) 秋湖, 「시인 쾨테」, 『창조』 2호, 40면.
40) 염상섭, 「개성과 예술」, 『염상섭 전집』 12, 민음사, 1987, 35~36면.
41) 최승만, 「르네쌍스」, 『창조』 2호, 33~34면.
42) "저 一僧院의 死와 가티 神秘롭은 牢門을 排하고 피 잇고 고기 잇스며, 눈물 잇는 動的 世界, 眞情한 人間답은 生命이 躍動하는 現實 世界에 一大 飛躍을 斷行한 것이,

그런데 동인지 문인들의 '자아'와 '개성'에 대한 강조는, 자아를 세계의 중심으로 정립하는 인식틀의 전환을 요구한다는 점에서 춘원[43]의 주장과 동일한 맥락에 놓이면서도, 또한 뚜렷한 차이를 드러내고 있었다. 춘원의 경우, 자아의 각성은 어디까지나 계몽의 이념에 대한 적극적인 참여를 전제로 하고 있었다. 춘원은 '정'의 발현이 '깬 사람'으로서 자아를 정립하는 일이라고 역설하면서도, 또한 이 '정'이 반드시 '충'·'효'·'예'·'의'와 같은 윤리적 덕목으로 고양되어야 함을 강조했다. 그러므로 춘원의 '정'은, 윤리적 덕목들과 대립하지 않을 뿐만 아니라, 오히려 자발적 적극적으로 윤리를 실천하는 내면적 동력으로 작용해야 했다. 이에 반해 동인지 문인들은 인생의 추하고 악한 면까지 예술적 표현의 대상에 적극적으로 포함시킴으로써 윤리적 덕목과 결별했다.

> 疎雜한 藝術은 生氣가 업다. 우리는 人生의 全幅이 적나라라히 表現된 藝術을 사랑한다. (…중략…) 表現을 要求하는 生命은 異常 非凡한 사람의 生命만에 不限한다. 平凡한 者의 生命이라도 全히 表現을 求하고 잇슴은 現在의 사실일다. (…중략…) 藝術이 生命의 表現인 以上에는 人生 生活의 엇더한 卑惡방면이든지 엇더한 汚秘 방면이든지 그것을 그대로 表現하엿스면 그 任務는 다한 것이다. 惡魔的일사록 그만치 人間 生命에 强적 方面이 나타나 잇다.[44]

예술은 "인생의 전폭을 적나라라히 표현"하는 것이라는 새로운 믿음은, 추악하고 악마적인 것들까지도 예술적 표현의 대상으로 끌어들일 수 있었다. 비천하고 악마적인 것은 도덕적 심판의 대상이 아니라 강렬한 인

이 文藝復興의 運動이요, 自我恢復, 혹은 發見의 偉業이엇다." 염상섭, 앞의 글, 34면.
43) 춘원도 소극적이나마 동인지 활동에 참여했지만, 이 장에서는 춘원과 동인지 문인들의 연속성과 더불어 차별성을 논하고자 하므로, 여기서 논의하는 춘원의 작품과 문학관은 1910년대까지의 활동에 제한한다. 앞으로 이 장에서 다루게 될 춘원은 동인지 문인들의 선배로서 근대문학의 장을 열었던 기획자이자 『무정』까지의 작품의 작가로서의 춘원이다.
44) 노자영, 앞의 글, 70면.

간생명의 표출로서 오히려 적극적으로 탐구해야 할 대상으로 간주되었다. 동인지문학에 와서 예술은 이제 선과 악의 윤리적 이분법을 초월하는 독자적 영역으로 확고히 자리잡은 것이다. 윤리적 판단을 초월하여 예술의 입지를 구축하고자 했던 동인지 문인들은 심미적인 서양의 문예 사조를 적극적으로 소개했다. 김억의 번역 「쯔로베르론」은 "예술적 인격의 발달과 밋힘이 도덕적 전형의 발달과 밋힘에 대하여 만히 반비례가 된"다고 하여 예술과 도덕을 대립적 관점에서 파악하는 미의식을 전개한다. 이 글은 라오쿤 상의 모양과 같이 비극적인 위기에 처한 사람을 볼 때 도덕적, 일상적인 사람은 그들을 도와주려 하지만, 예술가는 냉정한 관찰자로서 그것을 바라보고 거기에서 인생의 중요한 미를 발견한다고 기술하면서, 심미적 관찰과 윤리적 관찰을 뚜렷이 구분했다. 그리하여 이 글은 과감하게도 "천열(賤劣)과 부덕(不德)와가 시인(詩人)의 이매제네이쉔을 유인(誘引)한다"45)는 탐미적인 시각을 제출하고 있다. 김억은 『폐허』 1호에 실린 「스펭쓰의 고뇌」에서도 윤리적 선악의 이분법을 초월한 절대성의 관점에서 예술의 특이성을 주장했다. 프랑스 상징주의를 데카당스46)라는 이름으로 분석한 이 글은, 데카당문학의 특징을 "선(善)의 대조(對照)로서의 악(惡), 악(惡)의 대조(對照)로서의 선(善)도 안인 절대자(絶對者)"47)를 추구하는 것으로 규정하면서, 데카당을 표방하는 예술가들을 "인생을 곳게 인도하려는 열정의 소유자"로 긍정적으로 평가하고 있다. 그 밖에 추호(秋湖)의 「시인(詩人) 꾀테」는 "위대한 인성을 가진 꾀테는 실(實)노 큰 뺘우스트인 동시에 쏘한 큰 메뻬스트이엇다"48)라고 기록함으로써 악마적

---

45) 메레즈코우스키, 김억 역, 「쯔로베르론」, 『폐허』 2, 74면.

46) 동인지문학에서 심볼리즘·데카당·로만티시즘·예술지상·순수예술 등은 뚜렷한 사조상의 구분을 지칭하기보다는 자본주의 초기의 문예사조를 통칭하는 것으로서 넓은 의미의 낭만주의에 포괄되는 개념이었던 것으로 보인다. 조영복, 「동인지시대의 담론과 '내면−예술'의 계단」, 『한국 현대시와 언어의 풍경』, 태학사, 1999, 40면 참조

47) 김억, 「스펭쓰의 고뇌」, 『폐허』 1호, 116면.

48) 秋湖, 앞의 글, 38면.

인 인격을 인간의 초월적인 위대성의 범주 안에 포함시켰다.

이처럼 동인지문학은 추하고 악하고 비윤리적인 것들까지 예술적 표현의 영역으로 적극적으로 끌어들임으로써, 도덕적 예속으로부터 문학의 완전한 독립을 꾀했다. 이는 문학의 자율성에 대한 춘원의 역설을 계승한 것인 동시에 그것을 더욱 극단적으로 밀고 간 결과였다. 동인지문학에서 예술은 더 이상 춘원이 보여준 것과 같이 양가적인 특성을 지니지 않았다. 동인지 문인들은 모든 것은 '변한다'는 '진보'와 '변화'의 관점에서 세계를 파악했고, 이 같은 상대주의적 시각 안에서 특정한 사회질서란 시공간적 제약을 받는 제한된 규범에 지나지 않았다. 이들은 보다 절대적이며 영원한 가치의 기준을 확보하고자 했고, 그것을 '자아'의 의미 속에서 발견하고 있었다. 동인지 문인들이 개별적 존재이자 예술창작의 주체로서 자아의 각성을 촉구할 때, 이 "자기(自己)는 자기(自己)와 함끽 자기(自己) 이상(以上)의 것 절대(絶對)인 것을 포장(包藏)하고 잇"[49]는 자기였다. 즉 동인지 문인들은 예술적 표현의 원천인 자아가 그 안에 선험적이고 절대적인 세계의 진리를 함축한다고 생각함으로써 상대적이고 제한적인 규범 질서로부터 완전히 독립할 수 있는 명분을 얻을 수 있었던 것이다. 오상순의 「시대고(時代苦)와 그 희생(犧牲)」은 동인지 문인들의 이러한 사상적 경향을 뚜렷이 드러낸다.

> 自己는 自己이나 쏘한 自己가 안인 것 갓다. 自己는 自己와 함끽 自己 以上의 것 絶對인 것을 包藏하고 잇다. 이에 偉大한 價値와 悲愴한 運命의 淵源이 잇다. 이 自己 以上의 것은 무엇인가. (…중략…) 그는 分明히 意識됨이 적다. 쏘 明瞭하고 判然하게 認識될 것도 안이다. 特히 모든 것이 그 價値를 轉換하랴고 動하는 時代에 잇서서는 더욱 그럿타. 그러나 그것은 間斷 엄시 動하고 잇다. 時代의 精神을 通하야 不可抗의 力으로 流動하야 잇다. (…중략…) 우리는 우리 以上의 것 즉 永遠한 生命을 愛하기 째문에, 그리고 그 곳

---

49) 오상순, 「시대고와 그 희생」, 『폐허』 1호, 62면.

에 가쟝 自由와 情熱이 充滿한 生活의 永遠味에 透徹하려 願하는 故로 時代
속에, 時代를 위하여, 우리를 惱케 하는 것이 안인가.[50]

이 글의 서두에서 오상순은 "우리가, 이 천지에 주인임을 확실히 알엇
다"[51]고 선언함으로써 춘원의 '정'의 논리가 보여준 것과 같은 자아 중
심적 사고의 틀을 확고하게 드러낸다. 오상순에게 있어 자아를 "천지의
주인"으로 정립하는 일은, "퇴폐하고 부패하고 고루하고 편협하고 침체
하고 정체하고 잔인하고 악독한 모든 인습과 노예적 생활의 양식"[52]을
타파하는 "시대정신"[53]의 실현을 의미했다. 이 같은 관습적 삶의 혁파가
필요한 이유는 "시대의 정신을 통하야 불가항(不可抗)의 력(力)으로 충동
(衝動)하"는 "영원한 생명을 애(愛)하기 째문"이었으며, 또 "가쟝 자유와
정열이 충만한 생활이 영원미에 투철하려 원"하기 때문이었다. '폐허'와
같은 당대 현실을 혁파해야 하는 이유와 목표를 오상순은 "영원한 생명
을 애(愛)"하고 "절대적인 생명을 포장(包藏)한 자아"의 발현에서 찾았던
것이다. 이처럼 동인지 문인들에게 하나의 개체는 영원한 전체의 한 현
상이었으며, 그런 의미에서 자아는 절대적인 영원의 일부였다.[54] 절대적
자아는 인습적 윤리의 제한적 범주를 초월할 수 있었고, 자아의 표현을

---

50) 위의 글, 58~62면.

51) 위의 글, 52면.

52) 위의 글, 54면.

53) 개별적 개체로서 개인을 세상의 중심으로 세우기 위해서는, 관습적 삶의 양식을 전
폭적으로 혁파하고 새로운 삶의 양식을 정립해야 했으며, 오상순은 이를 '시대정신'의
요청으로 역설하고 있었다.

54) 동인지 문인들이 절대와 영원을 말하게 된 이유의 하나는, 시대상황과의 관계 속에
서 파악할 수 있다. 이 시기 동인지 문인들은 춘원과 마찬가지로 모든 것이 변한다는
관점에서 세계를 파악하고 있는데, 이는 전통적인 삶과 새로운 삶의 급격한 차이에서
오는 충격에 대한 반작용의 하나일 것이다. '영원'과 '절대'란 변화 속에서 방향을 설
정할 좌표의 다른 이름이다. '영원'과 '절대'라는 이름 아래 동인지 문인들은 서구적인
근대의 무자비한 틈입으로부터 자신들을 보호하지 못한 전통을 비판하고 또 속악한
현실과 타협하지 않으면서 자신들이 추구해야 할 미래를 예술의 장에서 발견하려고
했던 것이다.

통해 그처럼 영원하고 절대적인 요소를 현현하는 일이야말로 예술에 주어진 임무이자 가치였다.

절대적인 영원과 자아의 비밀스러운 관계는 '생명'이라는 기표를 통해 적절한 표현을 얻을 수 있었다. '생명'은 '신비'를 내포하는 인간 안의 자연으로서 자연의 영원한 진리를 함축하는 자아의 절대성을 표상하는 기표였다. '전폭'·'완전'·'절대'·'전적' 등 모든 것을 아우르고자 하는 어휘들과 종종 함께 쓰이면서 '생명'은, 가장 넓고 깊은 의미에서 삶의 정수를 포착하고자 했던 동인지 문인들의 욕망을 드러내고 있었다. 앞서 예로 든 노자영의 글은 예술은 "우리의 전적(全的) 생명에 말지 아니치 못할 심원(深遠)한 무엇"55)을 찾는 일이라는 전제로 출발하여, "우리는 인생의 전폭(全幅)이 적나라라히 표현된 예술을 사랑한다"56)라는 선언을 거쳐, "예술에서 구하는 궁극"은 "우리 자신의 생명을 가장 완전하게 길너가는 일"57)이라고 확인하는 데서 끝맺고 있다. 「허무혼(虛無魂)의 독어(獨語)」에서 오상순은 "나의 생명의 도(道)"는 "나의 전 생명의 절대적 표현을 요구"58)하는 것이라 단언하며, 「젊은이의 시절」의 주인공은 예술의 길을 가로막는 부모에게 "참 진리와 인생의 극치(極致)를 바라보고 가랴는 나를 왜 못 가게 하서요"59)라고 원망을 표한다. 이처럼 동인지에 실린 글들은 잡지와 필자에 관계없이 "전적 생명", "인생의 전폭", "인생의 극치", "완전한 생명" 등의 어구들을 하나의 구호와 같이 사용하고 있었다. 완전하고 절대적인 것에 대한 소망은 인습적인 삶에 대한 불만과 저항의 표현이었다. 『폐허』1호에서 한 청년은 기차를 타고 고향으로 돌아가는 자신의 심정을 다음과 같이 토로했다.

---

55) 노자영, 「文藝에서 무엇을 求하는가」, 앞의 책, 70면. 강조는 인용자.
56) 위의 글, 71면. 강조는 인용자.
57) 위의 글, 같은 곳. 강조는 인용자.
58) 오상순, 「虛無魂의 獨語」, 『폐허이후』, 117면. 강조는 인용자.
59) 나도향, 「젊은이의 시절」, 『백조』1호, 32면. 강조는 인용자.

나는 모든 實在로부터 멀니에로 써나가는 것 갓흔 생각을 制禁치 못하겟습니다. (…중략…) 만일 우리가 이 모든 因襲을 打破할 쑤가 잇섯드라면, 우리는 얼마나 자랑할 만한 生命을 가진 우리여슬가요. (…중략…) 나는 가려합니다. 世界의 끗을 向하야 나의 矛盾한 因襲을 除하기 爲하야 나의 細胞를 依託하기 위하야 造物主에게 謝罪하기 爲하야 나는 가려 합니다. 물 건너고 山 넘어서 나는 가려 합니다. 내가 아지 못하는 컴컴한 나라! 나를 爲하야 모든 解決을 주려 하는 그 나라! 絶大 自由를 내 압헤 던지려 하는 나라는 隱然히 나를 불음니다.[60]

근대인이 되기를 열망하는 이 청년에게 고향은 향수의 공간이 아니라 인습에 얽매인 과거의 사회에 지나지 않는다. 그에게 고향의 가정은 "엄격한 노부(老父), 냉담한 계모(繼母), 온정을 가지지 못한 안해, 사랑하여 보지 못한 자식"으로 구성된 차가운 공간이다. 화자가 자신의 가족들을 수식하는 어휘들은, 그가 인습적 가정에 일말의 감정적 온정도 용허하지 않는다는 사실을 증명해준다. 이 가정은 그가 추구하는 새로운 삶과 그 어떤 것도 공유하지 못하는 이질적인 공간인 것이다. 인습적 공간에 대한 반발은 그가 가고자 하는 미지의 세계를 절대화시킨다. 인습적인 고향 공간의 반대편에서 그가 가고자 하는 곳은 "세계의 끗"이며, "모든 해결"을 주는 곳이자, "절대자유"를 "던지"는 나라로 지칭된다. 이처럼 절대적이고 완전하며 영원한 것에 대한 동경은 자아의 욕구와 상반되는 현실적 삶의 공간과 그 질서에 대한 그만큼 강렬한 염오와 반발에 토대를 두고 있었다.

'생명'이라는 이름으로 '영원'이 자아 안에 포장(包藏)되어 있다고 상정할 때 중요한 것은 그것을 '표현'해내는 일이었다.

나라 하는 存在 그것이 임이 表現 그것이요, 「나」의 意識 그것이 곳 表現作用 그것이 아닌가. 그러니짜 나는 表現을 要求한다 함은, 나 자신의 持分의 表

---

60) 김보영, 「K형의게」, 『폐허』 1호, 30면.

現을 나는 發揮하고 實現하기를 要求한다는 말이다. 自我實現을 의미한다.
(…중략…) 나와 世界는 表現을 要求한다. 世界는 「나」를 通하야 表現을 要求
한다 强請한다. 世界는 그의 表現을 「나」를 向하야 主張하며 ○○○하며 絶
對로 命令한다. (…중략…) 世界와 나의 創造的 意志, 永遠 實在의 特殊的 活
動, 그것이 곳 表現이 아닌가. / 表現의 方法, 形式의 如何를 不問하고 나는
나의 全 生命의 絶對的 表現을 要求한다. 이것이 나의 生命의 道다. 사는 것
은 表現하는 것이오 表現하는 것은 곳 사는 것이다.[61]

이 글에서 "나"라는 존재는 "표현"과 분리되지 않는다. "표현"이란
"나"의 존재를 증명하는 일이기 때문이다. 동시에 "표현"은 나를 통해서
세계가 자신의 의미를 실현하는 일이기도 하다. "나"와 "세계"는 "표현"
을 통해서 하나가 된다. 그것은 "영원 실재"와 "전 생명"을 드러내는 일
이다. "나"의 표현은 "나의 생명"의 표현이자, 나를 통해 현상된 "세계"
와 "영원"의 표현인 것이다. 이 같은 맥락에서 표현이란, 표현하는 자가
표현하고 있는 본질에 의해 표현당하는 것에 다름 아니다.[62] "나"의 표
현은 "나"의 활동일 뿐만 아니라 "나"가 표현하고 있는 세계가 "나"를
통해 활동하는 일이기도 하기 때문이다. 따라서 "표현"은 자아와 세계의
동일성을 확인해주는 방법이 되며, 자아 안에 숨어 있는 세계의 영원성
을 외현적으로 드러내는 통로가 된다. 이때 자아가 표현하는 것은 미리
주어진 특정한 규범이나 형식에 얽매이지 않는다. 자아는 영원하고 절대
적인 세계의 전체를 순간의 외현체로 현상하기 때문이다. 이 과정은 무
한한 생성과 창조의 과정이다. "표현"을 통해서 자아는 끊임없는 생성

---

61) 오상순, 「虛無魂의 獨語」, 앞의 책, 116~117면.
62) 발터 벤야민은 독일 낭만주의 예술이 보여준 '인식'의 특징을, 성찰을 통한 세계와
    자아의 상관작용으로 설명했다. 그에 따르면 낭만주의적 인식에서 '하나의 본질이 다
    른 본질에 의해서 인식된다'는 사실은 '인식되는 것의 자기 인식', '인식하는 자의 자
    기 인식', 그리고 '인식하는 자가 인식하고 있는 본질에 의해서 인식당하는 것'과 일치
    한다. 발터 벤야민, 박설호 편역, 「독일 낭만주의에서의 예술 비평의 개념」, 『베를린의
    유년 시절』, 솔, 1992, 192~202면 참조.

활동의 주체가 되는 것이다. '창조'가 최상의 가치를 지니게 되는 것은 이 때문이다. 창조의 힘을 자아의 핵심적 능력으로 간주하고 "사람의 령혼이라 ㅎ는 것은, 그의 창조력 그것에 다름이 업섯다"[63]라고 단언했던 김동인의 주장은 이러한 맥락에서 가능했다. 표현에 주어진 막중한 가치에 의해 동인지문학에서 "창작" 즉 예술은 단순히 독립된 삶의 영역이 아니라 최상의 삶을 의미하는 것으로 높이 평가되었다.

> 무엇이라도 하려고 하는 생각만 잇스면 (勿論 참된 生活이라는 말을 前提로 하고) 그 사람의 生命은 살어 잇는 것이라고 하겟고 무엇이라도 차저 내려고 하는 熱情만 잇스면 그 사람의 將來는 光輝가 잇스리라고 말할 수 잇는 것이다. 곳 다시 말하면 創作의 生活가치 貴重하고 價値 잇는 것은 업는 줄 안다.[64]

창작 즉 예술은, '영원'과 '절대'를 함축하고 있는 '생명'의 '표현'을 의미함으로써, 가능한 삶의 형식 가운데서 최상의 자리에 오를 수 있었다. '참 생활=참 예술=참 자기'이라는 공식이 여기에서 가능해진다. 생명이 내장하고 있는 절대적 진리의 신비를 적극적으로 탐구하고 구현하는 삶이 창작의 생활이라면, 그것은 그대로 참다운 예술이자 참된 자기를 만나는 일이었다. 그런 의미에서 "참 자기의 모양을 표현ㅎ고야 말겟다는 예술가"[65]는 자신의 자아 속에 현상하고 있는 영원하고 절대적인 생명을 적극적으로 욕망하고 감각하여 표현하는 인물이었다.

자아의 내부에 '전폭'적이고 '완전'하며 '전적'인 것으로서 선험적인 보편의 진리가 있다고 믿고, 예술적 창조와 표현이 그것을 발견하고 드러내는 방법이라 생각했던 동인지 문인들의 미의식은 독일 낭만주의가 주창했던 낭만적 주관성의 미학과 상통한다. 피히테의 '절대적 주체로서의 자아'의 의미에 철학적 기반을 두고 있는 독일 낭만주의는, '자아를

---

63) 김동인, 「령혼─여자운동을 봄」, 『창조』 9호, 44면.
64) 최승만, 「문예에 대한 잡감」, 『창조』 4호, 48면.
65) 김엽, 「江戶에서 洞庭湖까지」, 『창조』 3호, 231면.

규정된 실재로서가 아니라 스스로 발생하는 행위로 인식하는 동시에 세계에 대한 모든 인식을 가능케 하는 절대적 토대로 간주'66)했다. 자아를 '절대적이며 자유로운 활동성'으로 상정하는 이 같은 사유의 방식은, 일의적이고 명증한 세계를 거부하고, 인간이 지니는 근본적인 기능을, 무엇인가를 추구하고 충족시키고자 하는 무한한 자아의 활동으로 파악한다. 이때 낭만적 주관성이란 개별적 존재의 내면성을 넘어서 세계의 중심에서 말하는 절대화된 주관성이다.67) 자아의 내면에 관심을 기울이고 주체의 의미를 절대화하는 이 같은 사유의 방식은 "인간 내부에 존재하는 자연을 바람직한 삶의 원천으로 간주하면서 그것을 탐험하고 정련하고 표현하는 활동을 통한 인간 각자의 자기표출에 막중한 의의를 부여한 근대 사상의 중요한 흐름의 일부"68)였다.

2) '참 자기'의 표현으로서의 '연애'와 '예술'

'생명'과 '표현'의 관점에서 동인지 문인들은 자아와 개성의 의미를 적극적으로 '감정'과 '욕망'의 관점에서 해석하고 있었다.

> ①과연 사람은 時代의 者일다. 時代의 者인 이상, 그 父되는 時代의 精神을 換言하면 그 두려운 分明히 意識되지 아니하는 不可抗力을 秘藏함은 否定할 수 엄는 사실이다. 이 우리의 本性에 뿌리 깁히 백힌 힘이 어느 時期에는 가쟝 熱烈한 가쟝 猛烈한 가쟝 심각한 衝動的 感情으로, 우리들을 근저로부터 衝上해 온다.69)

---

66) 황종연, 「낭만적 주체성의 소설」, 『김동인문학의 재조명』(문학사와비평학회 편), 새미, 2001, 94면.
67) 김진수, 『우리는 왜 지금 낭만주의를 이야기하는가?』, 책세상, 2001, 45~59면 참조.
68) Charles Taylor, *Sources of the Self—The Making of the Modern Identity*, Cambridge; Mass : Harvard University Press, 1989, pp.374~381, 황종연, 앞의 글에서 재인용.
69) 오상순, 「시대고와 그 희생」, 앞의 책, 58면(이하 인용문에서 강조는 인용자).

②우리는 實際上 生活을 할지라도 藝術에 表現된 그것 갓치 眞實하고 嚴正한 生活을 하지 못한다. 그런 故로 우리들이 閑却히 지나 바린 生活을 藝術家는 넉넉히 自己 所有를 삼아 우리에게 뵈아준다 함은 필경 우리들이 無意識하게 지나 바린 生活의 中心 生命과 또 價値의 포커쓰를 뵈아 주는 것이다. 뵈아 준다는 것보다도 우리에게 너허 준다는 것이 妥當한 것이다. 藝術家의 讚美할 만한 感情은 그의 眞實한 生命이 焦點으로 因하야 우리가 엇게 되는 感謝의 感情일다. 混沌한 우리 生命 固定되기 쉬운 우리 生命에게 自由의 活力과 氣運찬 焦點을 줌에 대한 感情일다.[70]

인용문 ①에서 오상순은 "불가항력(不可抗力)을 비장(秘藏)"한 시대정신이 개인의 본성에 뿌리박고 있으며 그 힘이 "충동적 감정"으로 현현하고 있다고 파악한다. 절대적이고 보편적인 진리를 실천하도록 추동하는 시대정신이 개체 속에 현상하는 방식을 '열렬, 맹렬, 심각'한 감정에서 찾고 있는 것이다. ②에서 노자영은, 평범한 사람들이 일상적으로 놓쳐 버리는 삶의 국면들을 포착해주는 것이 "예술가의 찬미할 만한 감정"이라 보고 있다. 그가 볼 때 단순히 있는 그대로의 생명이란 "혼돈"하고 "고정되기 쉬운" 것이었다. 여기에 의미 있는 관점을 심어 주는 것이 예술적 심미안을 지닌 감정이었다. 생명이 원래적인 의미를 되찾기 위해서는 예술적 심미안을 통해 영원에 맞닿는 생명의 정수를 포착해내야 했고, 그와 같은 정수가 현현하는 것은 '감정'을 통해서였던 것이다. 이때 '감정'이란 외부 자극에 대한 반응으로 형성된 수동적 정념이 아니라 능동적인 자기의식을 의미하게 된다. 그리하여 '참 자기'를 발현하는 예술적 표현은, 능동적·적극적으로 세계를 감각하고 삶을 향유하는 능동적인 자기의식으로서의 감정을 찾아가는 일과 연결된다.

능동적이고 적극적인 자기의식으로서의 '감정'과 '욕망'은 '사랑'이라는 표상을 통해 구체적인 표현을 얻었다.

---

70) 노자영, 「文藝에서 무엇을 求하는가」, 앞의 책, 71면.

이러케 藝術이 생겨날 必要는 잇지만, 「必要」 쑨으로 생겨나지 못한다. 여기는 생겨날 만한 要素가 이스여야 한다. 그러면 그 要素는 무어시냐, 아모 사람의게도 가득차 잇는 에고이즘—卽, 自我主義 이것이다. 極度의 에고이즘이 한 번 變化한 것이, 참사랑—자기 잇고야 나는 참사랑이다. 이것—이 사랑이, 藝術의 어머니다면 어머니랄 수도 잇고, 殆라면 殆랄 수도 잇다. 自己를 對象으로 한 참사랑이 업스면, 自己를 爲하여의 自己의 世界인 藝術을 創造할 수 없다. 自我主義가 업스면 하누님이 지은 世界에 만족하여슬 것이요, 싸라서 藝術이 생겨날 수가 없다.71)

김동인에 의하면, 예술이 가능한 것은 '자연'을 뛰어넘는 자기의 세계를 만들고자 하는 인간의 내면적 자아의 요청이 있기 때문이다. 이 창조의 욕구를 김동인은 "참 사랑"이라고 이름 붙였다. "자기를 대상으로 한 참 사랑"이란 자기세계를 창조하고자 하는 자아의 내적인 감정과 욕망에 대한 자각을 가리킨다. 그렇기 때문에 그것은 에고이즘 혹은 자아주의로 명명되기도 한다. 김동인은, 자아가 근본적으로 창조에 대한 욕구를 지니고 있기 때문에 그와 같은 자아에 대한 자각 곧, 참 사랑이 예술의 원천이 된다고 보았다. 외적인 인습의 명령이 아니라 자아 속에서 행동의 지침을 찾고 있으므로 참 사랑의 획득은 개인을 주체로 만들어 준다. 김동인의 첫 소설이 "강한 자"가 되기 위해서는 "참 사랑"을 깨달아야 한다는 여주인공 엘니자벳트의 자각을 역설하면서 끝을 맺는 것은 이 때문이다.72)

---

71) 김동인, 「자긔의 창조한 세계」, 『창조』 7호, 49면.
72) 이 작품의 주인공 엘니자벳트는 남작과의 불륜에서 비롯된 일련의 시련을 겪은 후 강한자로 깨어나야 할 필요성을 자각하면서 강한자가 되는 방법을 '사랑'에서 발견한다. "「그러치만 강한자가 되려며는? ……」 그는 생각하여 보앗다. 「내가 너희의게 새 계명을 주노니 사랑하라!」(그는 깃븜으로 눈에 빗츨내엿다) 그러타! 강함을 배는 胎는 사랑! 강함을 낫—는 者는 사랑! 사랑은 강함을 나호고, 강함은 모—든 아름다움을 낫—는다. 여기 강하여지고 시픈 者는—아름다움을 보고 시픈 者는—삶의 眞理를 알고 시픈 者는—人生을 맛보고 시픈 者는 다—참사랑을 아러얀다."(김동인, 「약한자의 슬픔」, 『창조』 2호, 21면)

예술적인 창조 행위를 '사랑'이라는 논리 속에서 파악한 것은 염상섭의 글에서도 확인된다.

> 인류의 영원한 깃븜은 사랑(愛)이다. 사랑을 무시하고저 하는 모든 노력은 그 짓과 죄악과 비극밧게 아모 것도 낫지 못한다. 그럼으로 천갈래 만갈래에 난호인 사람의 여러 가지 노력 가운데서 「사랑」이라는 일뎜에 모히는 노력이 잇슬 제 그는 비로소 「내 일」을 어드리라. 웨그러냐 하면 「사랑」에만 참된 생명(生命)이 흘으고 쮜고 충만하기 째문이다. 그럼으로 「내 일」이란 내 생명의 충실과 흘음과 쮬을 원한 노력을 가르침이다. 그러면 내 생명의 충실, 흘음 쮬─그것은 무엇이냐? 창조뎍 생활! 이것을 이름이다. (…중략…) 자기의 생명의 충실 …… 류로 …… 활약 …… 정화 …… 순일 …… 을 위한 노력으로써 인류의 영원한 깃븜인 사랑 = 원융(圓融)을 엇는 일─다시 말하면 쓴임 업는 창조뎍 생활을 의미하는 일이 「내 일」이다.73)

윗글은 1925년 『조선문단』에 발표된 글이지만, 『창조』를 필두로 한 동인지 문인들의 미의식을 그대로 반영하고 있다. "「조선문단사」에서 「창작」하는 데 대한 태도"에 관한 글을 청탁받고 집필한 이 글에서, "내 일"이란 문학적 창작을 가리킨다. 이 글에서 염상섭은 문학 창작을 "생명의 충실과 흘음과 쮬을 원"하는 노력으로 규정하고 있다. 그리고 "참된 생명"이 충만한 창작의 원천을 "사랑"에서 찾는다. 여기서 말하는 '사랑'이란, 남녀의 관계에서 발생하는 이성애적 열정이 아니라, 세계를 포용하고 세계의 움직임에 참여하고자 하는 자아의 능동적인 자기의식으로서의 감정이다. 이 '사랑'은 김동인의 '참 사랑'과 일맥상통한다. 김동인의 '참 사랑'과 「내 일」에서 강조된 염상섭의 '사랑'은 예술 창작의 원천이자, 표현 욕망의 발현이며, 능동적인 자기의식으로서의 '감정'을 의미한다는 점에서 발상의 토대를 공유한다. 이 '사랑'은 선험적이고 보편적인 영원의 진리를 함축하고 있는 생명의 참된 발현을 의미했다. 그리하여

---

73) 염상섭, 「내 일」, 『조선문단』, 1925.5, 107~108면.

동인지문학의 '참 예술=참 자기=참 인생'의 구도 안에 '참 사랑'의 의미
가 첨가된다. 이 구도 안에서 참된 예술 창작의 자격을 얻는 일은, 참 사
람이 되는 일이며, 참 인생을 찾는 일이고, 아울러 참된 사랑을 깨닫고
표현하고 실천하는 일이었다.

여기서 특히 관심을 끄는 것은 동인지의 글들 속에서 이 '참 사랑'의
추상적인 의미가 주로 남녀 간의 열정을 가리키는 이성애적 '사랑'에서
구체적인 형식을 찾았다는 사실이다. '참 사랑'에 대한 소망은 먼저 열정
을 소유하고자 하는 욕망으로 나타났다. 참 사람으로 깨어나서 참 인생을
자각하고 참 사랑을 얻고자 하는 욕망에 의해 예술을 지망하는 청년 지
식인들은 열정에 사로잡힌 삶을 갈망했다. 열정은 자아의 내적 생명이 표
출되는 형식이면서, 자아의 순수성을 확인할 수 있는 지표였다. 수필 「저
수하(樗樹下)에서」에서 염상섭은 "끓는 충동(衝動)이 업슴, 아마 이것이 인
생에게 허락(許諾)한 최고의 고통(苦痛)일가 보다"74) 하고 정열에 대한 갈
망을 드러낸다. 강한 충동과 끓는 열정을 갈망하는 화자는, 죽음을 불사
할 만큼의 강렬한 감정의 상태를 동경하였으며, 이 동경은 사랑에 빠진
남녀의 '정사(情死)'에서 구체적인 형태를 만났다. 염상섭에 따르면 '정사
(情死)'는 "사(死)라는 사실(事實)을 객관화(客觀化)하야 일개(一個)의 관념(觀
念)을 작성(作成)하고", "관념(觀念)에 의하야 형상화(形象化)하여 그 속에서
미(美)와 생명(生命)이 유동(流動)할 때"75) 예술의 이름을 획득할 수 있었다.
예술화된 정사(情死)는 "불가튼 정열의 향할 바를 몰나서 원애앙연(鴛愛鴦
戀)의 남녀가 안거(安車)의 가온데 서로 포옹(抱擁)하고 구예오탁(九穢汚濁)
의 세상을 써나 유유이상(悠悠理想)의 천지(天地)에 놉이 얼마나 아릿다울
가"76) 하는 동경 어린 찬탄을 얻었다. 충분한 성찰과 확고한 의지를 바탕
으로 할 때 '정사(情死)'는 속악한 현실을 초월하는 최상의 정열의 방사로

---

74) 염상섭, 「樗樹下에서」, 『폐허』 2호, 61면.
75) 위의 글, 65면.
76) 위의 글, 66면.

서 예술의 이름을 획득할 수 있었던 것이다.[77] 남녀 간의 사랑을 의미하는 '연애'가 예술에 가까운 형식이자 '참 자기'를 표현하는 또 하나의 통로로 부각된 것은, '참 사랑'에 대한 소망이 이처럼 순수하고 강도 높은 열정에 대한 갈망의 형식으로 투사될 때 일어났다.

이성애적 사랑의 감정은 순수하고 강렬한 열정의 표출로서, '예술'과 더불어, 참된 자아가 드러나고 표현되는 또 하나의 방법이었다.

①사랑은 이 세상 모든 것에서 써나고 쮜여넘은 것이고 버서난 것이라. 文學家가 神의 불으는 靈의 曲을 밧어써 놋는 것이나 音樂家 美術家 俳優들이 그 藝術 속에 化하여 이 世上 모든 것으로붓허 써나는 것과 갓치 경우를 생각하고 時機를 생각하는 것은 참사랑이 안이다. / 瓊愛는 英彬을 사랑한다. 英彬도 瓊愛를 사랑한다고 한다. 瓊愛는 사랑이요 사랑은 瓊愛요 英彬은 사랑이요 사랑은 英彬이라. 사랑과 英彬과 瓊愛는 한 몸이다.[78]

②사랑보다 더 큰 신앙이 이 세상에 쏘 어대잇슬가요. 自己의 生命까지 犧牲하는 것은 사랑이 잇슬 쑌이지요. 사람이 사랑으로 나고 사랑으로 죽고 사랑으로 살기만 하면 그 사람의 生은 참 生이 되겟지요. 그리하나 저의는 사랑을 생각할 쌔마다 마음이 두군거립니다. 처음으 異性에게 사랑을 求하는 者가 누가 주저하지 안은 자가 잇고 누가 가슴이 쩔니지 안는 者가 잇슬가요?[79]

---

77) 이 글에서 염상섭은 "戀愛를 否定하는 나도 情死만은 肯定하랴 한다. 안이다. 안이다. 戀愛의 無意義를 깨닷기 쌔문에 情死의 美를 아는 바이다"라고 기록함으로써 연애 부정론자로 종종 언급되기도 한다. 그러나 이 글에서의 연애 부정론은 연애의 본래적 의미에 대한 부정이 아니라 연애의 본래적 의미를 훼손하는 당대의 연애 세태에 대한 비판, 혹은 연애를 불가능하게 하는 현실에 대한 부정의 의미로 해석하는 것이 옳을 것이다. 제4장 3절 4항에서 자세히 보겠지만, 염상섭의 초기작의 주인공들은 '연애'의 원래적 의미를 가장 순수한 감정이자 관계로 이해하고, 연애에 빠지지 못하는 냉소적 성격을 한탄했다. 염상섭이 볼 때, 당대의 현실에서 예술로의 승화가 가능한 연애의 방식은 '情死'에 의해서만 가능했다. 따라서 그는 "情死를 할 수 잇는 女性, 男子를 愚弄할 能力이 잇는 女子, 異性이 多少의 感興이라도 준다 하면 이러한 女性에게 밧게 期待할 수 잇겟다"고 기술하고 있다. 위의 글, 67면.
78) 나도향, 「젊은이의 시절」, 앞의 책, 29면.
79) 나도향, 「별을 안거든 우지나 말걸」, 『백조』 2호, 18면.

나도향의 「젊은이의 시절」과 「별을 안거든 우지나 말걸」에서 발췌한 두 인용문에서, 화자는 사랑을 "모든 것에서 쩌나고 쮜여넘은" 최고의 가치이자, "사람의 생"을 "참 생"으로 만들어 주는 삶의 방법으로 표현한다. 여기서 말하는 사랑은, 이성애적 감정을 직접적으로 가리키거나 적어도 포함한다. 이는 두 인용문의 화자가 사랑의 절대성을 역설하고, 바로 이어 사랑에 빠져 있는 남녀의

배재고보 재학시절의 나도향

감정을 기술하고 있는 데서 분명하게 확인된다. 이성애적 감정이 최고의 가치를 의미하는 사랑일 수 있는 것은, 그것이 "경우를 생각하고 시기를 생각하는" 이해타산으로부터 벗어나 "모든 것으로붓허 쩌나는" 순수성을 지니고 있기 때문이었다. 그리하여 예술적 표현의 원천으로서 창조적 생명에 대한 각성이자 세계에 대한 능동적인 표현의지를 의미했던 '참 사랑'은 남녀 간의 열정을 중요한 내포로 함유하게 된다. '참 예술=참 자기=참 인생=참 사랑'의 구도는 '참 연애'의 의미를 포함하는 것이다.

'참 사랑'으로서의 '연애'는 동인지문학에서 청년 주인공들이 '예술'만큼이나 열렬히 바라고 소망하는 대상이었다. 김동인의 「마음이 여튼 자여」의 주인공 K는 "바래고 바래고 쏘 바래다가 그만 이런 행복이 내게는 안 올 것이라 단념하고 드듸여 운명을 비방하고 누리를 미워하며 인생을 져주하고 마즈막에는 자기까지 죽이기 시작하던"80) 중에 여교사 Y와 만나게 된다. K는 Y와의 사랑이 육체적 관계로 치닫는 것을 고민하면서, "육(肉)적 속(俗)적인 우리 사랑으로써 신성(神聖)한 이상(理想)적 사랑으로 변하게 하면, 아―그 째는……그 째는……나는, 누리에 대하여 포고(布告)하리라. 「오―나는 너희보담」이라고"81)라고 소망해보기도 한다. K의 소망에서 보듯 이상적인 사랑을 하는 일은, 정체(停滯)된 전근

---

80) 김동인, 「마음이 여튼 자여」, 『창조』 3호, 31면.
81) 위의 글, 『창조』 4호, 13면.

대적 삶의 속박에서 깨어나 진정한 자아의 우월성을 확인할 수 있는 참
된 삶으로의 이입을 의미했다. 「생의 비애」라는 수필에서 학교 수업을
빠지고 산보를 나온 청년 화자는 사랑에 빠져 있는 친구 K와 그의 약혼
자를 바라보며, "아―과연 그들은 감격(感激)의 정점(頂點)에 잇고 신성(神
聖)의 정점(頂點)에 잇고 행복(幸福)의 정점(頂默)에 잇다"고 질투와 감탄을
표한다. 「생명의 봄」에서 전영택은 남편과 아내가 진정을 교류하는 사랑
의 순간을 다음과 같이 묘사하고 있다.

> 영순은 안해의 손에서 짜듯한 溫氣가 자긔 손으로 건너와서 온몸으로 퍼지
> 고, 쮜노는 맥박의 파동이 건너와서 자긔의 心臟으로 드러가 부듸쳐 感應이
> 되는 거슬 깨다랏다. 그리고 兩편 血脈이 連結이 되어 전신을 돌고 兩편 心臟
> 이 서로 調律을 마쳐서 쉬지 아니하고 쮈 째에, 새로운 생명을 노래하는 듯한
> 엇든 미스티칼한 曲調의 合奏를 드럿다. 英善과 눈만 서로 마주 보고, 無我夢
> 中의 狀態로 서 이슬 째에 그는 靈의 交通을 깨다랏다. 靈의 融合! 生命의 合
> 體! 그는 이거슬 確實히 經驗하엿다. ―사랑의 흐름이다. 사랑의 結晶이다. 사
> 랑의 神秘性이 이거시다. (…중략…) 英淳에게서는 모든 거시 다―스러젓다.
> 세상도 스러지고 自己自身도 니저 버리고, 오직 련해 흘너 도라가는 맑은 사
> 랑의 흐름과 그 밋헤 玲瓏한 사랑의 結晶을 意識할 쑨이오, 한 개 새로운 生
> 命이 노래하며 춤추는 거슬 볼 쑨이다.[82]

인용문에서 사랑의 진정성은 손을 맞잡는 육체의 연결과 이를 통한
"영의 융합"으로 현상되고 있다. 맞잡은 손을 통해 두 사람의 신체는 물
리적으로 이어진다. 손이라는 신체의 연결을 통해 둘로 분리된 개체는
"서로 조율을 마쳐서" "새로운 생명"의 예술적 연주를 창조한다. 그것은
"무아몽중의 상태"에서 경험되는 "영의 교통"의 순간, "사랑의 신비성"
이 발현하는 순간으로 그려진다. 사랑은 상대와의 결합에 의해 "자기 자
신도 니저 버리고" "새로운 생명"을 탄생시키는 창조의 감정이자 행위가

---

82) 전영택, 「생명의 봄」, 『창조』 7호, 6면.

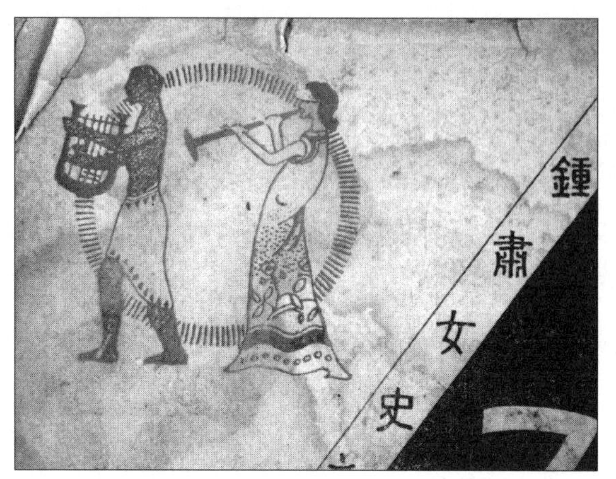

되는 것이다. 여기에서 뚜렷이 드러나듯 동인지 문학에서 남녀 간의 진정한 '사랑'을 표현하는 데 사용되는 수사는 '예술'을 표현하는 수사와 다르지 않았다. 사랑은 예술과 마찬가지로 신비한 참 생명이 발현하는 순간이며 이를 통해 새로운 창조가 이루어지는 순간이

여성과 예술의 이미지는 서로 교차하면서 감각적인 아이콘을 만들어내곤 했다. 사진은 1920년 간행된 『여자시론』 창간호 표지의 일부.

었다. "사랑 갓흔 예술"83)이라는 표현이 가능할 수 있었던 것은 이 때문이다. 궁극적으로 동인지 문인들에게 최상의 삶은 예술적 이해를 가진 연인과 사랑에 빠져 그들의 사랑을 미학적으로 승화시킨 창조적 작품을 만들어 내는 일이었다. 1920년대 초반의 동인지에 실린 작품은 아니지만 1925년 『조선문단』에 게재된 한병도의 「동경」은 이러한 동인지 문인들의 지향점을 가장 직접적인 형상으로 표현하고 있는 소설이다.

> K와 S의 정신은 지금 그림을 통하야 빙빙 도라가는 외에 다른 곳에는 조곰도 새어나지 안엇다. 도시 갈릴 수 업게 한 데 합실리고 만 것이다. 최고의 절정에서 완전한 나라로 조화되여 버린 것이다. 모다 싸라진 것 갓햇다. 아모 것도 업는 것 갓햇다. 하나 모다 싸라진 아모 것도 업는 듯한 데 두 사람이 잇섯다. 오직 하나로 사라 잇섯다. wheri there is nothing there is god(아무것도 업는 곳에 신이 잇다)란 것과 가티—두 사람은 아조 무아무상(無我無想)의 경게에 싸젓다. 두 사람의 손과 손이 서로 맛잡힌 것을 깨달지 못햇다. 언젯가지던 그림만 바라볼 쑨이엇다.84)

---

83) 나도향, 「젊은이의 시절」, 앞의 책, 38면.
84) 한병도, 「憧憬」, 『조선문단』, 1925.5, 54면(영문과 괄호는 원문).

이 소설에서 화가 S는 간호부 K와 사랑에 빠지고 그녀를 그리고 싶다는 충동을 느낀다. S는 K를 모델로 한 달에 걸쳐 그림을 그린다. 그리고 실물과 똑같이 그린 그림이 아니라 사랑의 느낌을 바탕으로 그린 전혀 새로운 종류의 그림을 완성한다. 인용문은 S가 K에게 자신의 그림을 보여주면서 두 사람의 사랑을 확인하는 순간이다. S의 그림을 함께 바라보면서 두 사람은 "최고의 절정에서 완전한 나라로 조화되어 버린" "무아무상(無我無想)"의 완전한 일치를 경험한다. S의 그림이 새로운 형식을 창조한 것과 같이, 두 사람은 과거의 제한되고 속박된 자아를 잊어버리고 완전성에 닿아 있는 절대의 자아를 감각하는 창조적 일치를 경험하고 있는 것이다. S의 그림은 완전한 사랑의 물질화된 상징물이다. 그림은 참사랑에서 우러난 생명의 분출에 의해 형성될 수 있었던 '창조'적 '표현물'로서, 자아 속에 숨어 있는 선험적이고 절대적인 진리를 현현하고 있다. 그것은 S와 K의 완전한 사랑이 두 영혼의 합일을 통해 무아무상의 완전하고 합일적인 상태를 창출하는 것과 동일한 원리이다.

이상에서 본 바와 같이, 동인지문학에서 연애는 예술과 더불어 절대적인 생명의 본질을 발견하고 표현할 수 있는 또 하나의 통로로 표상되었다. 개인의 내적 생명 속에 '전폭'적이고 '완전'하며 '전적'인 것으로서 진리가 있다고 믿었던 동인지 문인들은, 냉철한 이성보다는 강렬한 정열을 열망했고, 이성애적 사랑을 의미하는 연애는 순도 높고 강렬한 정열의 장소였다. 부모 세대가 요구하는 외적 가치들을 일절 부정한 상태에서, 연애는 순수하게 개인적인 감각 취향에 따를 수밖에 없는 영역이었고, 연애의 강렬한 감정에 빠지는 순간은 예술 창작행위와 마찬가지로 창조적인 주체성이 절정에 설 수 있는 순간이었다. "사랑은 나가 예외적으로 굉장한 것이 될 수 있는 장소이며, 자아가 한낱 개체가 아니라 군주로서 주체성의 절정에 설 수 있는 순간"[85]이었다. 그러므로 절대적인

---

85) 줄리아 크리스테바, 김영 옮김, 『사랑의 역사』, 민음사, 1995, 19면.

주체로서의 자아를 자각하고 표현할 수 있는 통로는, '예술'과 더불어 '연애' 속에서 발견되었다. 때문에 동인지문학 담론에서 참된 사랑과 참된 예술은 동일한 구도에 놓인다. '참 인생=참 예술=참 인간=참 사랑'의 원칙 안에서, '참 사랑'은 이상적인 연애로서의 '참 연애'를 포함했다. 연애는 예술과 마찬가지로 '참 자기의 표현'으로 간주되었으며, '연애'를 경험하는 일은 진정한 예술의 감각을 획득하는 일과 구별되지 않았다.[86] "예술이냐, 연애냐"라는 「암야(闇夜)」(염상섭, 1921)의 주인공의 고민은 사실상 선택의 갈등이 아니라 주체성의 절정을 경험하고자 했던 문인들의 두 가지 지향점을 의미하는 것이었다. "예술이냐 연애냐"는 예술과 연애가 동일한 가치와 비중을 지니고 있기 때문에 가능한 갈등이었다.[87] 즉

---

86) 오산인의 「K선생을 생각함」(『창조』 5호, 93면)에서 화자는 선생과 제자 사이의 동성애적 사랑에 의해 "시적 생활을 엇을 수가 잇엇다"고 쓰고 있다. 「젊은이의 시절」에서 나도향은, 여주인공 경애가 사랑의 고통을 알기 때문에 예술에 전념하고자 하는 사촌동생 철하의 고민을 이해하는 것으로 표현하고 있다. 여기서 보듯 동인지문학에서 사랑의 체험은 예술의 감각을 체득하는 것과 밀접한 관계가 있는 것으로 생각되었다.

87) 원문은 다음과 같다. "요사이 그의 또 한 가지 苦痛은, 意識的이 아니고는 사람을 사랑할 수 업는 것이다. 불상한 女子다. 自己의 不純으로 相對者의 純潔을 더럽히는 罪惡의 代償으로라도, 그를 사랑하여야 하겟다는 意識이나, 條件이 업고는, 사람을 사랑할 수 업는 것이, 그에게는 一種의 苦痛인 동시에 悲哀이엇다. 藝術이냐? 戀愛냐? 그에게 對하야는 이 두 가지를 全然히 否定할 수도 업고, 全然히 肯定할 수도 업다. 그 一을 取하고 그 一을 버릴 수도 업다. 여긔에 그의 씌일렌마가 잇는 것이다. ― 그에게는 연, 절쑥바리 少年의 연 以外에는 아모것도 업다."(염상섭, 「闇夜」, 『염상섭전집』 9, 민음사, 1988, 52면) 「암야」의 주인공은, 스스로를 "창경원에서 본 철창 안의 검은 곰"과 같이 느끼며, "대관절 무엇을 해야 조흘지 몰랏"는 생활을 하고 있는 청년 지식인이다. 오랜만에 펜을 들고 "진리의 탐구자여!"라고 써 보기도 하지만, 그는 이것이 '무엇을 위한 탐구'인지 알지 못하는 혼란한 상태에 있다. 자신을 "衝動의 酵母가 枯死된 者, 愛의 尊影을 燒失한 者, 一切의 情火가 爐灰의 殘骸만을 남겨준 者"(49면)로 생각하는 이 주인공에게 가장 큰 상실감을 주는 것은 뜨거운 충동과 열정이 부재하는 자신이다. 때문에 그에게는 정열에 침윤하는 몰아적인 사랑이 불가능하다. 여성에 대한 감정도 인위적인 의식 아래에서만 불러일으킬 수 있을 만큼 그는 인공적인 자의식 과잉의 상태에 있다. '예술이냐 연애냐' 하는 딜레마가 대두되는 것은 이와 같은 번뇌 위에서이다. 여기서 '예술'과 '연애'는 어느 하나를 취하고 어느 하나를 버려야 하는 선택 갈등의 대상이기 이전에, 함께 완전히 부정될 수도 긍정될 수도 없는 동일한 고민의 대상이다. 예술과 연애는 몰아적인 정열을 갈망하지만, 그것을 얻을 수 없는 주관이 "전연히 부정할 수도 업고, 전연히 긍정할 수도 업"는 동일한 가치를 소

예술과 연애는 둘 중 어느 한 쪽을 버려야만 나머지 하나가 가능한 이율 배반적 갈등의 대상이기보다는, 함께 완전히 부정될 수도 긍정될 수도 없었던 동일한 가치를 지닌 고민의 대상이었다고 할 수 있다.

이상 이 절의 논의는 다음과 같이 요약할 수 있다. 문학의 근대화는 '정'의 영역에 새로운 의미를 부여하고 '정'적인 존재로서 인간의 본질을 재발견하는 의식의 지각 변동 위에서 출발하였으며, '정' 가운데서도 강렬하고 고귀한 열정으로서 '연애'의 '정'에 지고한 의미를 부여하면서 출발했다. 근대문학의 독립을 선언했던 춘원 이광수는 자유로운 자아의 내부에 있는 '정'을 탐구하고 표현함으로써 '정'을 더 높은 수준으로 고양하고 확충하는 영역으로 문학을 정립했다. '정'의 발현은 인간이 세계를 감각하고 만들어가는 주체로서 스스로를 자각하는 방법이었고, 문학은 그와 같은 '정'의 발현을 적극적으로 사고하고 언술하는 장이었다. 춘원의 '정' 개념은 모든 인간이 공유하는 본성이면서 또한 개인의 성숙도를 표시하고 문명화의 정도를 분별하게 해주는 지표가 됨으로써, 자율적 영역으로 분립된 문학이 계몽의 이념과 모순 없이 화해할 수 있는 근거를 마련했다. 이는 '정'이 즉자적인 욕구나 욕망으로부터 정신적이고 영적인 영역에 이르기까지 다양한 스펙트럼을 지니는 것으로 상정됨으로써 가능했다. '정', 곧 감정의 영역에 근본적인 가치를 부여하는 태도는 동인지 문인들에게도 그대로 계승되었다. 동인지 문인들의 낭만적 예술관과 미의식은 전통적 유교질서에 자동적으로 예속되지 않는 주체로서의 '개인'에 대한 요구를 기반으로 하고 있었다. 자발적인 정서의 표현과 능

유하고 있는 것이다. 동인지 문인들이 공유했던 자아 표현의 방법으로서 '연애'와 '예술'에 부여된 의미를 완전히 긍정도 부정도 할 수 없었던 주인공은, 결국 양자가 낮에 본 절뚝발이 소년의 연날리기와 같은 무의미한 자위책에 지나지 않는다는 자학적 냉소의 태도를 고수한다. 연애도 예술도 스스로의 존재의의를 찾지 못하는 기형적인 사람이 하릴 없이 소일거리로 열중하는 한낱 장난감에 지나지 않는다는 생각이 그것이다. 이는 동인지 문인들과 동일한 예술관과 미의식을 공유하면서도, 추상적인 이념에 경도되지 않고 구체적인 삶의 현실에 대한 관찰을 바탕으로 이념으로부터 적절한 거리를 취하고자 했던 염상섭의 작가의식의 결과라고 할 수 있다.

동적인 삶의 실현을 가장 긴급한 신문명의 과제로 생각하고 있었다는 점에서는 이들 역시 계몽주의 세계관을 계승하고 있었다. 이 같은 사유의 지반 위에서 연애는 근대문학의 이상과 계몽의 이념이 만나는 자리에 위치했다. '연애'는 강렬하고 자발적이며 순수한 욕망의 표현을 의미함으로써 주체적 자아의 발현으로 인식되었으며, 이는 그대로 인간의 본성에서 근원적이고 보편적인 진리를 발견하고자 했던 낭만적 문학의 이상과 접맥했다. 자유로운 사랑은 관습에서 벗어나는 용기와 자발성을 요구하였으며, 자발적인 삶의 실천 속에서 자신의 본질을 찾아내는 '자기 찾기'[88]의 다른 이름이었다.

그러므로 식민지 초기 근대소설에서 '연애'는, 주체로서의 자아를 발견하고 세계 인식 틀의 전환을 표방하는[89] 강력하고 구체적인 소재로 이용되었다. '연애'가 새로운 세계 인식의 틀을 반영하거나 형성하는 적극적인 계기로 작용한다는 것은 고전소설에서 사랑이 표현되는 방식과 확연한 차이를 드러내는 부분이다. 고전소설의 경우 사랑은 아주 진부하여 문젯거리가 되지 않는 일상이거나, 비현실적 체험으로서 너무나 특수하기 때문에 일상으로부터 격리되어 있는 것이었다. 일반적으로 고전소설에서 사랑은 가문의 질서를 복원하는 과정에 포섭되거나(『사씨남정기』, 『창선감의록』 등), 현실의 가변성이나 유연성과 결합하지 못한 환상 속의 이야기로 전개되었으며(『금오신화』, 『구운몽』 등) 그조차도 근본적으로 '도'라는 영원

---

88) 자발적인 삶의 실천 속에서 진리를 발견하기 위해서는 관습을 벗어나야 하며 자신을 창조하는 인간으로, 생산적인 정신으로 이해해야 한다. 이것은 자기실현과 자기 발전의 요구로 직결된다. 가문과 부모의 권위에 예속된 사랑의 대안이었던 자유로운 사랑은 인간에게 자발성을 요구하면서 그것을 찾아 나서라고 재촉한다. 그런 의미에서 새로운 사랑은 자기 찾기의 다른 이름이다. 볼프강 라트, 장혜경 역, 『사랑, 그 딜레마의 역사』, 이끌리오, 1999, 150면 참조.

89) 작가 의견을 직설적으로 표현하고 형상화에 미흡함을 드러내는 다수의 초기 근대소설들에서 '연애'는, 많은 경우 세계 인식틀의 변화를 인위적으로 '드러내주는' 소재로 기능했다. 이와 달리 객관적 문체와 구조적으로 안정된 형식을 찾아가고 있던 몇몇 소설들에서 연애는 주인공이 기존의 인식틀을 전환하도록 '만들어주는' 계기로 작용한다. 여기에 대해서는 제4장에서 본격적으로 다루게 될 것이다.

한 규범의 당위 속으로 다시 종속되어야 했다.[90] 따라서 고전소설의 사랑은 늘 다른 가치 속에 예속되어 있었으며, 지배적 이념을 뚫고 나와 문제적인 대상으로 자리 잡을 수 있는 침투력을 가지지 못했다고 할 수 있다.[91] 그러나 식민지 초기 근대소설에서 사랑은, '연애'라는 문제적 이름을 얻으면서, 전통적인 도덕적 가치에 종속되지 않고 그 자체로 하나의 문제적 대상으로 부상했다. 춘원과 동인지 문인들의 소설에서 사랑은 단순한 배경적 사건으로 기능하거나 교술적인 이념으로 귀결되는 소재로 쓰이지 않고, 주인공의 심리적, 세계관적 변화와 긴밀하게 연관되는 것으로 나타난다. 사랑은 근대문학에 이르러 자아의 고유한 본질에 연관된 의미 있는 사건이자 개인과 사회의 구조적 접속관계와 연관된 문제로 부각되기 시작한 것이다.

---

90) 윤채근, 「「주생전」과 「절화기담」의 사랑의 방식」, 『한국문학연구』 4호, 고려대 민족문화연구원 한국문학연구소, 2003, 183~203면; 이원수, 『가정소설 작품세계의 시대적 변모』, 경남대 출판부, 1997 참조.
91) 위의 글, 같은 곳 참조.

제4장…'연애'의 재현과 근대소설의 형성

　근대문학 형성기의 소설들은 '신성'의 가치를 부여받았던 '연애'의 추상적 의미를 실질적인 삶의 현장 속에 형상화함으로써 구체화했다. 소설은 사랑에 대한 인식의 변화를 직접적·적극적으로 반영하고, 사랑이 이루어지는 삶의 조건의 변화를 자신의 서사적 특질로 흡수했다. 초기 근대소설의 작가들은 이국적인 사랑의 풍문을 전해들은 일차적인 수용자이면서 또한 작품활동을 통해 '연애'라는 개념을 전파하고[1] 그것을 문학적으로 형상화하여 구체적인 의미를 부여하는 역할의 담당자였다. 그런

---

1) 「어린 벗에게」, 『무정』 등 춘원의 작품들에 대한 열렬한 환호("당시의 청년들은 1년에 한두 번식 발행되는 『청춘』을 얼마나 기다렷스며 거긔 실은 춘원의 소설을 얼마나 애독하엿슬가 조선의 사면에서 이혼문제가 일어낫다. 자유연애에 희생된 소녀들이 신문 3면을 홍성스럽게 하엿다. (…중략…) 『청춘』에 춘원의 역설이 실리지 않은 호는 그 팔리는 부수가 적었다. 그들은 소설 그것을 읽기보다 자긔네들의 사상이 역력히 나타나 잇는 춘원의 소설에 공명의 눈물을 흘니고서 읽든 것이엇다. 이리하야 청년 간에는 소설은 「읽어야만 될 것」으로 되엇다." 김동인, 「조선근대소설고」, 『김동인 전집』, 조선일보사, 1988, 67면)와 "왜 小說이라는 小說은 모도 戀愛結婚 主唱의 武器에만 쓰느냐."(김동인, 「마음이 여튼 자여」, 『창조』 3호, 1919, 42면)는 김동인의 항의에서 드러나듯, 초기 근대소설들은 연애의 전도사 역할을 했다고 해도 과언이 아니다.

의미에서 연애를 소재로 한 근대소설은 당대의 연애담론을 반영하는 장
인 동시에 적극적으로 생산하는 장이었다고 할 수 있다.

　연애를 중심으로 식민지 초기의 근대소설들을 바라볼 때 특징적인 것
은, 작품 속에 드러나는 연애의 방식이나 연애에 대한 언급들이 대부분
과장되어 있고 추상적이라는 사실이다. 연애를 사고하고 표현하는 방식
의 과장성과 추상성은 이 새로운 사랑의 방식이 현실적인 삶의 감각으
로부터 유리되어 있었음을 의미한다. 이는 연애의 관념이 서구 근대문명
과의 접촉에 의해 유입된 이국적인 사랑의 이미지에서 출발했다는 사실
과 관련이 깊다. 새로운 사랑의 표상으로서 연애가 식민지 조선사회에
정착했던 과정은 하나의 문화 번역과정이었다고 할 수 있다. 그것은 서
구사회가 스스로를 재현하고 이해하는 수단이었던 서사와 상징질서의
일부를 옮겨오는 일이었고, 식민지 상황이라는 제한된 여건을 고려하지
않더라도 투명한 번역이란 불가능한 일이었다.2) 문화적 격차는 '연애'를
신성시하고 이상(理想)화하는 경향을 공격적으로 강화시켰다. 연애를 이
념화시켰던 서구적 지식의 권력작용은 과격하고 급진적으로 진행됨으로
써 문화적 격차로부터 발생하는 의문과 저항적 관점을 극복하려 했던
것이다. 연애에 대한 언급과 실천들이 때로 허황되어 보일 정도로 과장
된 양상을 드러내는 것은 이 때문이다.

　초기 근대소설은 '연애'라는 새로운 사랑에 대한 믿음과 소망을 당대
의 현실적 삶 속에 구현하고, 이 과정에서 발생하는 이상과 현실의 격차
와 마찰들을 형상화했다. 연애라는 외래적이고 추상적인 관념을 현실적
삶의 일부로 구현하기 위해서는 필연적으로 현실의 저항적 요소들을 만
나야 했고, 소설은 이 같은 관념과 현실의 격차, 마찰을 적극적으로 포착

---

2) 바트 무어 길버트는 서로 다른 두 언어 사이에서 완벽한 '상응관계'를 찾는 것이 불
　가능한 것과 마찬가지로, 특정 문화가 스스로를 재현하고 이해하는 수단으로서의 서
　사와 상징은 다른 문화의 언어로 투명하게 번역될 수 없다고 기술하고 있다. 바트 무
　어 길버트, 이경원 역, 『탈식민주의! 저항에서 유희로』, 한길사, 2001, 295면.

하고 표현했다. 주목되는 것은 소설이 이 마찰과 격차를 형상화하는 과정은 연애라는 새로운 사랑의 형식을 특정한 모델로 정형화하려 하는 지식담론과 그로부터 자율성을 획득하려 하는 문학의 상호투쟁 과정으로 나타난다는 사실이다.

이 상호투쟁의 양상을 살펴보기 위해 이 장에서는 먼저 춘원의 연애담론을 통해 '연애'가 특정한 '모델'로 정형화되는 논리과정을 점검하고, 이어서 초기 근대소설들이 이 모델과 상관하는 양상을 '연애모델의 전유'와 '연애모델의 균열'이라는 측면에서 나누어 고찰하기로 한다. 소설이 정형화된 연애의 모델을 현실에 투영하고 접맥시키는 방식 속에는 근대화를 추동했던 사유의 양식과 기원과 방향이 반영되어 있으며, 어떤 방식의 사유가 장려되고 어떤 방식의 사유가 억압되었는지가 드러난다. 달리 말하면, 연애라는 이념적 모델의 운동과정을 중심으로 볼 때, 초기 근대소설의 전개 양상은 특정한 양식으로 정형화된 이념을 향해 수렴되고자 하는 인식적 지향과 그로부터 달아나려고 하는 인식적 지향의 길항과정으로 요약된다고도 하겠다. 이 길항의 과정은 또한 소설이 이념적 관념의 직접적인 표백에서 시작하여, 현실의 토대들을 성찰하고, 이념과 현실로부터 객관적인 거리를 확보해 나감으로써 독자적인 의미를 획득해나가는 과정과도 분리되지 않는다.

이러한 맥락에서 이 장에서는 당대의 특수한 인식적 관계망 속에서 소설이 구현해냈던 연애의 표상에 주목하며, 따라서 개별 작가의 작품세계에 변별적인 의미를 부여하기보다는 해당 시기 작품 전체를 통합적으로 재구성한다. 연애가 하나의 시대적 유행이자 문인 지식인들의 공통된 관심의 대상이었으며 또한 일정한 방향성을 지닌 담론이었음을 생각할 때, 개별 작가들의 차이에 천착하기보다는 연애를 둘러싼 담론의 장 내부에서 쓰인 것으로 이 시기의 작품들을 바라보는 관점이 요구된다고 판단되기 때문이다. 물론 각 작가들은 서로 다른 방식으로 연애를 형상화하였고, 이들이 연애에 관한 지배적인 담론에 접근하는 방식에는 차별성이 존재했다. 그러므로 이광수·김동인·나도향·염상섭 등의 작가들은 필요한 경우 각 장의 세부 항목에서 변별적으로 다루어지게 될 것이다. 그리하여 이 장에서는 작가별 특징들을 충분히 염두에 두면서 당대 소설사를 연애표상을 중심으로 한 새로운 서사로 구성하고자 한다. 이를 통해 우리 작가들이 생각했던 근대적 사랑과 근대적 인간의 의미를 역사적 맥락 위에서 규명해내고, 이념화된 연애담론과의 상관관계 속에서 근대소설의 자율화과정과 초기 근대소설 작품들의 문학적 성과를 새롭게 검토하는 것이 이 장의 궁극적인 목적이다.

1. 근대적 개인의 이상과 연애모델의 형성

신문명의 사회를 이끌어갈 새로운 인간형에 대한 기획은, 감정으로서의 연애에 높은 가치를 부여한 동시에, 사랑과 결혼을 중심으로 한 사회적 인간관계의 지평에 총체적인 변화를 요구했다. 그 구체적인 형태가 1910년대 말부터 1920년대 전반까지를 풍미했던 자유연애의 열풍이다. 남녀 간의 자유로운 사랑을 의미하는 용어로서 '자유연애'는 무엇보다도 부권 중심의 전통사회에 대항하여 가족구조를 새롭게 정비하고자 하는 제도 개혁의 수단으로서 '배우자 선택의 자유'를 주창하는 가운데 등장하였다. 자유로운 배우자 선택은 부부관계를 중심으로 가족구조를 개편하여 사회의 기초 단위를 재정립하는 단초였다. 자유의사에 따른 배우자 선택이란 부모 세대의 예속으로부터 벗어난 자녀 세대의 독립을 상징하는 행위였으며, 개화사상을 흡수한 새 세대가 기존 관념과 구습의 속박으로부터 탈피하는 일을 용이하게 만들어주는 일이었다. 그렇기 때문에 배우자 선택의 자유는 결혼 당사자의 개인적 행복만이 아니라 사회적 차원의 개혁을 이루는 중요한 동력으로 간주되었다.

혼인의 상대를 혼인 당사자 본인의 의사에 따라 결정해야 한다는 생각은, 1890년대의 논설에서도 발견되는 자유결혼론을 계승한 것으로, 『무정』이 발표될 즈음 지식인들 사이에서는 이론적이나마 일종의 의견 일치가 이루어졌던 부분인 것으로 보인다. 제2장 1절에서 살펴본 바와 같이, 1900년을 전후한 개화기의 신문 논설이나 잡지에서 조혼과 축첩 등의 전통적 혼인 관습을 비판하는 글을 발견하는 것은 그리 어려운 일이 아니다. 『혈의 누』, 『쌍옥루』 등을 비롯하여 상당한 대중적 인기를 누리며 범람했던 신소설들은 또한 부자유한 혼인과 사랑의 갈등에서 비롯된 갖가지 비극들을 연출함으로써, 사랑의 갈등에 대한 이해와 관심의 지평을 넓혀가고 있었다. 이와 같은 시대적 분위기 속에서, 그간의 사랑과 결혼에 대한 산발적 논의들을 '집대성'한 것이 춘원의 논설들이다. 자유로운 사랑에 대한 춘원의 논의는 딱딱한 논설에 그치지 않고 문학적 형상화를 통해 펼쳐짐으로써 이례적인 파급력을 보였다.

1910년대 후반 급속하게 퍼져 나간 자유연애의 담론은 새로운 사회를 이끌어가야 할 남녀의 관계와 가족의 의미에 관한 새로운 모델의 기초를 마련했다. 그것은 개인을 국민으로 육성하여 독립 국가 건설에 총력을 경주하고자 했던 전대의 자유결혼론과 구분되는 것으로, 국가보다 개인에 초점을 맞춘 새로운 가족의 기획이었다. 자유연애의 모델이 형성된 방식은, 근대 사회를 기획했던 지식과 담론이 움직였던 방식을 반영한다. 이 방식은 필연적으로 식민지 조선이 근대적 지식의 유입처였던 서구 및 일본과 관계 맺은 방식과 관련되며, 따라서 식민지적 근대화라는 우리 근대화의 질곡과 긴밀히 연결된다. 결론부터 말하자면 연애에 관한 모델의 정형화과정은, 전통사회에서부터 육성되었던 자유로운 사랑에의 요구를 서구모델로 흡수·환치시키는 과정이었다고 할 수 있다.

정형화된 연애의 모델은 식민지 초기 문학인들이 이상적으로 생각했던 근대적인 개인상을 그대로 함축하고 있다. 그런데 연애의 모델은 현실에 토대하기보다는 신교육을 통해 형성된 근대화의 이념이라는 외적 당위에 기반을 둠으로써 스스로 수많은 이질적인 요소들에 노출된다. 즉 정형은 어떤 하나의 유형을 이상으로 채택함으로써 동일성을 제공하지만, 그 동일성은 이질적인 요소들에 의해 분열의 위험을 지닌 외관과 공간 속에서 연출되는 것이다.3) 그런 의미에서 정형화된 모델은 스스로 모순을 노출하면서 필연적으로 동요할 수밖에 없었다. 이 동요 속에서 우리는 모델을 형성한 이들이 이상으로 상정했던 '근대적 개인'의 허구성을 발견할 수 있다.

이 장에서는 먼저 가족과 결혼에 대한 춘원의 글들을 대상으로 하여 자유연애의 이상을 하나의 정형화된 모델로 형성시킨 논리 구성의 과정을 규명하고, 이 모델이 『무정』과 여타의 초기 근대소설들에서 어떠한 방식으로 구체화되고 있는지를 고찰하게 될 것이다.

1) 반전통론과 서구적 정형화

(1) 사랑이 없는 전통—신종족의 타자

1910년대 후반 춘원은 「조선 가정의 개혁」, 「조혼의 악습」, 「혼인에 대한 관견」, 「혼인론」, 「자녀중심론」, 「신생활론」 등 일련의 글들을 발표

---

3) 호미 바바에 의하면 식민주의자들은 식민지인들과 자신들의 차이를 우열의 논리로 구조화하기 위해 식민지인들의 인종, 피부색, 문화의 차이를 특정한 기원에서 출발하는 열등성의 형식으로 정형화한다고 한다. 이 같은 정형화는 주어진 현실의 거짓된 재현이자, 억제되고 고착된 재현의 형식이다. 또 정형화는 다중적이고 모순적인 신념의 형식으로서, 차이의 인식을 제공하는 동시에 차이를 부인하거나 가면으로 가린다. 결국 어떤 한 위상을 채택하여 대상의 특징을 정형화하는 것은 식민지적 동일성을 제공하지만, 그 동일성은 다른 위치들의 이질성에 의한 분열의 위험을 지닌 외관과 공간 속에서 연출된다. 그러므로 분열적인 다중적 신념의 형식인 정형화는 성공적으로 의미를 얻기 위해 연쇄적인 다른 정형화들을 지속적으로 반복하게 된다. 호미 바바, 나병철 역, 「타자의 문제」, 『문화의 위치』, 소명출판, 2003, 145~176면.

하면서 전통적 혼인 풍습과 가족구조를 비판하고 조선인의 가정생활을 개혁할 것을 역설하였다. 구체적인 주장의 핵심은 부모의 강제가 아니라 당사자의 자유로운 선택에 의해 혼인이 이루어져야 한다는 것, 권위가 아니라 애정을 바탕으로 한 신가족의 건설이 필요하다는 것으로 요약할 수 있다. 그런데, 춘원은 바람직한 새 가족의 이상을 현실적 여건 속에서 구체적으로 강구하기보다는, 먼저 과거의 전통을 정형화하고 비판하는 작업을 통해 자신이 지향하는 신문명의 정체성을 형성하려 했다.

그 단적인 예가, 조혼, 부모의 명령에 의한 결혼, 축첩, 정조 강요, 남존여비 등 전통적인 가정생활의 풍습들에 대한 맹렬한 공격이다. 실제로 이 비판의 대상들은 춘원 이전의 자유혼인에 관한 논설들이 겨냥했던 그것과 크게 다르지 않았지만, 춘원은 사회진화론과 우생학의 논리를 동원하여 조혼과 강제혼의 위생학적·의학적·정신적 폐해들을 열거하면서 자신의 주장이 더 진보한 것임을 역설해 나간다. 춘원의 논설들은 자유결혼을 주장하는 선행 논설들이 지녔던 기본 논지들을 계승하는 동시에 집대성하였고, 보다 구체적으로 세목화하였다.4) 그런데 혼인을 둘러싼 전래의 풍습을 비판하는 춘원의 논설들은 그 비판의 강도에서 전대의 그것들과 확연히 구분된다.

전통에 관한 춘원의 글들에서 과거의 조선은 일고의 가치도 없는 야만의 사회로 기술된다. 춘원이 조선사회의 가장 심각한 문제로 지적한 것은 조혼이었다. 그는 이 조혼의 관습이 "식(食), 색(色) 중심의 야만적

---

4) 춘원은 조혼의 폐해를 지적하는 과학적 근거로, 어린아이의 결혼이 요절과 발육 부진 및 청상과부 산출의 원인이 된다거나, 조혼 부부의 2세들이 발육 부진 등으로 건강한 국민이 되지 못한다는 주장을 펼치는데, 이러한 주장은 당대 유행하던 진화론의 영향으로 지식인들 사이에서 유통되던 하나의 공통된 유사과학적 담론이었던 것으로 보인다. 일례로 송진우는 「사상개혁론」(『학지광』, 1915.5)에서 이와 유사한 논의를 펼치고 있다. 이 같은 논리는 또한 1900년 전후의 논설에서도 이미 드러나는데, 일례로『독립신문』의 다음 구절을 들 수 있다. "또 뎨일 국가에 히론 일은 골격이 자라기 전에 오 히들이 혼인을 호야 조식들을 나흐니 그 조식들이 튼튼치가 못 호고 사름의 씨가 차차 주러 가는지라"(『독립신문』, 1896.6.6.)

인생관"에서 비롯된 것이라 분석하고, "조선사회에 만반 현상이 차(此)食(식)과 色(색)을 중심으로 선전(旋轉)"5)한다고 규정한다. 또한 "조선의 가정은 풍파와 적막과 반목과 비수(悲愁)와 죄악과 불행의 소굴"로, "조선의 부부는 염오(厭惡)와 불화와 원차(怨嗟)와 고통의 집합"으로6) 나타난다. "조선의 아동은 정신상으로 대개 병신(病身)이외다"7)쯤에 이르면 조선의 풍속에 대한 춘원의 자기 비하는 극에 달했다고 할 수 있다.

전통에 대한 비판이 이처럼 극단화된 것은 국권 상실이라는 당시의 상황과 무관하지 않다. 춘원과 같은 1900년대 일본 유학생들은 국권 침탈의 위기에 처한 국가와 민족의 현실에 주목하면서 귀국 후 관계 진출을 지향하거나 자주 민족 국가 수립에의 헌신을 준비하고 있었다. 그러나 1910년 경술국치라는 상황은 이들에게 정신적인 공황의 상태를 안겨 주었고, 일본의 신문명에 압도되었던 일부 유학생들에게 조선과 조선인에 대한 심각한 자기 비하의 풍조를 불러일으켰다.8)

실제로 조선사회는, 춘원이 조선의 전통에 일고의 가능성도 부여하지 않았던 것과는 달리, 그 내부에서부터

1904년 선교사 언더우드가 찍은 젊은 부부의 사진

---

5) 이광수, 「조혼의 악습」, 『이광수 전집』 1, 삼중당, 1961, 501면. 이하 『이광수 전집』은 『전집』으로 표기함.
6) 이광수, 「혼인론」, 『전집』 17, 삼중당, 1962, 139면.
7) 위의 글, 140면.
8) 류시현, 「1910~20년대 일본유학 출신 지식인의 국제정세 및 일본인식」, 『한국사학보』 7, 고려사학회, 1999, 281~309면 참조.

혼인과 가족구조의 개편을 요구하고 있었다. 이미 조선 중기에서부터 조혼의 문제를 지적, 결혼 풍습을 개혁하고자 하는 의지가 나타났으며, 조선 후기의 실학파들 사이에서도 혼인 풍습에 대한 개혁의 요구가 발견된다.9) 특히 문학작품들은 전통적인 윤리와 신분 질서의 제한을 넘어 싹트는 사랑의 이야기나 과감한 성적 표현들을 보여줌으로써, 지배질서의 맹점을 드러내고 유교적 질서에 균열을 불러일으키고 있었다. 「운영전」·「최척전」·「상사동기」 등과 같은 17세기 애정소설이나 「춘향전」과 같은 판소리계 소설은 계급이 다른 남녀 간의 사랑을 이야기함으로써 전통적 신분 질서의 모순점을 암암리에 드러내 주며, 「조생원전」·「창선감의록」 등은 부권을 거역하여 자유롭게 결혼하는 인물들을 설정함으로써 개인주의적 가족의식의 맹아를 보여준다.10) 여성의 성적 욕망을 노골적으로 드러냈던 조선 후기의 사설시조는 지배적 질서와 윤리의식의 제한을 넘어 흐르는 자유로운 사랑과 성의 욕구들을 노래하고 있었다.11)

　　그러나 신문명에 압도된 춘원의 시각에서 조선의 전통은 하나의 정형으로 고착화되어 있을 뿐이었다. 가부장적 유교질서의 지배 아래 가능했던 사랑과 결혼, 가족 구성의 다양하고 이질적인 형태나 계급적 차이들과 자기 준거적인 변화에의 요구들—앞에서 보듯 이는 조선사회 내의 사랑과 성에 대한 문학적 표현 속에 이미 나타나고 있었는데—은 조혼,

---

9) 소혜왕후 한씨는 『내훈』 권1 「혼례장」에서 "세속의 시집가고 장가드는 것이 너무 일러서, 부모되는 도리도 알지 못하면서 자식을 둔다. 이 때문에 교화가 밝아지지 못하고, 백성들이 요사하는 경우가 많다"고 쓰고 있다. 이원수, 『가정소설 작품세계의 시대적 변모』, 경남대 출판부, 1997, 41면에서 재인용. 실학자 유형원 역시 『반계수록』에서 혼인문제의 폐해를 지적하고 개혁을 주장했다. 김두헌, 『한국가족제도연구』, 서울대 출판부, 1969, 465면 참조.

10) 이원수, 『가정소설의 작품세계와 시대적 변모』, 경남대 출판부, 1997, 157~181면.

11) 조선 후기, 섹슈얼리티(Sexuality)가 체제와 지배 세력에 대한 주요한 저항의 기호로서 자주 문학적 표현의 대상이 되었다는 사실은 다음의 연구들에서 잘 드러난다. 고미숙, 「전근대와 탈근대의 횡단을 위한 시론—섹슈얼리티를 중심으로」, 『비평기계』, 소명출판, 2000, 199~215면, 364~366면; 이형대, 「사설시조와 성적 욕망의 지층들」, 『민족문학사연구』 17호, 민족문학사학회, 2000, 173~197면.

축첩, 정조 강요, 불화, 방탕이라는 미리 규정된 하나의 이미지틀에 가려서 보이지 않게 된다. 차이에 대한 상대적 시각의 결여, 자연스러운 차이의 존재에 대한 무의식적 억압은 차이가 본성과 관련 있다는 생각을 갖게 만들고 결과적으로 민족성 자체에 대한 비하를 불러일으켰다. 조선사회를 문명화시키는 선각자가 되고자 했던 춘원의 야망 속에서 과거의 전통은 미이라화된 문화로 고착되어 있을 뿐이었다. 그리하여 조선인의 가정은 사랑이 없는 가정으로 정형화된다. 춘원이 바라본 조선의 가정은 딱딱한 권위와 의무로만 점철되어, 서로 "무심"하고 "소원"한 가족들로 구성된 "지옥"과 같은 고통의 공간일 따름이었다.

父는 子의 手를 握하고 背를 撫하고 싶으되, 父의 威嚴을 保키 爲하여 억지로 견디며, 子는 滋味가 無하고 脚이 痛하여 속히 退하려 하되 子의 禮節에 束縛되어 죽어라 하고 참을지니, 父의 威嚴도 可하고 子의 禮節도 亦可하거니와 自然한 愛情을 구태여 抑壓하여 無限한 苦痛을 自招할 것이야 무엇이리오 (…중략…) 如斯히 죽은 舊慣習의 强靭한 오랏줄로 天然한 人情을 束縛하여서 最히 多情하고 最親愛할 家族으로 하여금 最히 無心하고 最히 疏遠한 他人이 되게 하여, 樂園이어야 할 家庭이 地獄과 如히 苦하게 되고, 萬花를 發케 하는 春風이어야 할 家庭의 空氣가 雪霏氷玄의 朔風이 되니 吁라 嗟홉도다 朝鮮의 家庭이여.12)

자연적인 애정의 발로를 허위적인 예절의식으로 속박하고 서로 피부를 닿는 직접적인 애정 표현을 용인하지 않는 조선인의 가정은 근본적으로 사랑을 불가능하게 하는 공간으로 비추어졌다. 따라서 그 속에서 개혁의 실마리나 가능성을 찾는다는 것은 상상하기 어려운 일이었다.

춘원은 전통을 불행하고 병적이며 야만적인 것으로 규정하고, 그와 같은 전통을 타자화하는 데서 새로운 문화를 건설할 신종족의 정체성을 찾고자 했다. 전통은, 자아에 대립되는 고착된 지점, 타자의 장소로 이미

---

12) 이광수, 「조선 가정의 개혁」, 『전집』 1, 삼중당, 1963, 494~495면.

지화되고, 신문명을 건설해야 할 새 자아는 그 같이 병적인 전통의 대립점에 자신을 정립함으로써 스스로에게 의미를 부여할 수 있었던 것이다. 춘원이 신종족의 위상을 규정했던 방식은 『무정』에서 형식이 평양의 칠성문 밖 노인을 바라보는 시각 속에서 직접적으로 드러난다. 이 장면에서 형식은 그 무력하고 하릴없는 노인을 "락오자(落伍者) 과거(過去)의 사룸"이라 명명하면서, 그와 같은 사람은 자신과 "전혀 말도 통치 못ᄒ고 글도 통치 못ᄒᄂ 짠 나라 사룸이로다"13)라고 생각한다. 그리고 작가는 무정의 결말부에 이르러 "칠셩문 밧 형식이가 돌부쳐라 ᄒ던 그 노인은 아직도 (…중략…) 퇴마루에 나와 안져셔 몸을 흔들거리고 잇다"14)고 다시 한 번 확인함으로써 형식 일행의 화려한 성공과 무력한 부노(父老)의 모습을 극명하게 대조해 보인다. 이처럼 춘원에게 조선의 선조는 대개가 "거의 앎이 없는 인물, 함이 없는 인물"15)이자 "우매(愚昧)하고 비열(卑劣)한 선인(先人)들"16)이었고, 그렇기 때문에 "하여 놓은 것 없는 공막(空漠)한 곳에 각종(各種)의 창조(創造)함"17)이 당대 조선 청년들의 직분이었다. "종래의 조선의 혼인제도의 거의 전부를 파괴"18)하겠다는 극단적인 주장은 이처럼 철저한 전통의 부정 속에서 가능한 것이었다.

(2) 신종족의 준거와 서구적 정형화

사랑이 없는 전통 안에서 연애는 그저 "추관계(醜關係)와 죄악(罪惡)을 연상(聯想)"19)시키는 것으로 이해될 뿐이었다. 연애를 통해 부부관계 중심의 새로운 가족을 형성하고 문명화된 사회를 살아갈 신종족이 스스로

---

13) 이광수, 『무정』(김철 校註), 문학동네, 2003, 387면.
14) 위의 책, 719면.
15) 이광수, 「금일 아한 청년과 정육」, 『전집』 1, 478면.
16) 이광수, 「신생활론」, 『전집』 17, 522면.
17) 이광수, 「금일 아한 청년과 정육」, 『전집』 1, 478면.
18) 이광수, 「혼인론」, 『전집』 17, 139면.
19) 이광수, 「혼인에 대한 관견」, 『학지광』 12호, 1917.4, 30면.

를 동일시해야 할 모델은 서구의 신문명이었다.

> 朝鮮은 古來로 進步 아니하기로 有名한 곳이지마는, 그 中에도 婚姻制度는 도리어 退步까지 하여 只今은 오직 그 制度의 弊害만 남았고, (…중략…) 그 中에 極少數의 此問題를 改良하려는 者도 있으나 아직 完全히 西洋文明을 理解하는 힘이 없으매, 다만 그 形式만 흉내내기로 일을 삼고, 그 精神을 理解하려 하지 아니하오 (…중략…) 그러므로 余가 論하려 하는 婚姻問題는 그러한 細瑣한 形式問題, 枝葉問題가 아니요, 힘 미치는 데까지는 實質問題, 根本問題요. 그러니까 自然 余의 主張은 從來의 朝鮮의 婚姻制度의 거의 全部를 破壞하려 함이요. (…중략…) 공연히 舊를 破하고 新을 追하려 하는 輕薄子를 배워서 그러함이 아니라, 실로 新文明의 敎旨를 따라서 함이요, 發達한 科學과 健康한 新思想을 따라서 함이요.[20]

인용문은 혼인의 개혁을 주장하는 춘원의 논리의 근거가 어디에 기반을 둔 것인지를 명확히 증명해준다. "종래 조선의 혼인제도의 거의 전부를 파괴"하려 했던 주장의 근거는 서양문명을 준거로 하는 "신문명의 교지"에 있었다. 신문명이라 일컬어지는 발달한 과학, 건강한 신사상을 "따라서" 하는 일이 조선의 "퇴보"하고 "폐해만 남"은 혼인 제도를 개혁하는 일인 것이다. 새로운 사랑의 형식으로서 '연애'는 이 같은 서구모델의 모방에 그 기원을 두고 있었다.

이 "따라서 함"으로서의 개혁을 '과학적'으로 정당화해준 논리가 사회진화론이다. 춘원은 사회진화론에서 주장하는 우생학과 우승열패론에 기반한 자연도태의 논리를 바탕으로 하여 그의 혼인론을 전개했다. 조혼의 폐해를 비판하기 위해 춘원이 반복적으로 강조한 것은 자연도태의 위험이었다.[21] 또, 춘원이 혼인의 조건으로 제시한 여섯 가지[22] 가운데 첫째

---

20) 이광수, 「혼인론」, 앞의 책, 138~140면(강조는 인용자).
21) 다음의 인용은 자연도태설의 영향을 드러내는 전형적인 예이다. "만일 조혼이 여전히 성행하면 조선인의 체질은 대마다 점점 퇴화할 것이외다. 얼굴이 누렇고, 가슴이 움쑥 들어가고, 허리가 구부러지고, 입을 헤벌린 꼴은 영원히 없어지지 아니하다가, 마

와 둘째가 신체적 건강과 유전자적 혈통을 의미하는 정신력[23]이라는 사실은 춘원이 역설했던 가족 개혁이 결과적으로 진화론적 우생학을 바탕으로 하여 유전적으로 우수하고 우월한 신종족을 창출하고자 하는 기획이었음을 증명해준다.

진화론에 대한 춘원의 신뢰는 거의 맹신에 가까운 것이어서, 자유연애와 혼인문제를 둘러싼 그의 글쓰기는 사실상 거의 전부가 진화론의 논리를 토대로 하고 있다고 해도 과언이 아니다. 『무정』의 결말부에서 형식이 새롭게 공부하고자 하는 학문이 '생물학'이었다는 사실은 이 점에서 의미심장하다. 생물학이란 진화론을 배출한 분야였다. 아직 '자각한 사람'에 이르지 못한 형식을 깨우쳐 사랑의 갈등을 해결하고 선각자로서의 임무를 완수할 수 있게 해줄 심오하고 완전한 지식은, 생물학 즉 진화론의 원리 속에 숨어 있는 것으로 생각되었던 것이다.

진화론에 대한 춘원의 이해와 관련하여 특별히 주목해야 할 점은, 그가 제국주의자들이 자신들의 침략 논리를 정당화하기 위해 고안해냈던 사회진화론과 인종주의의 논리를 무비판적으로 흡수하고 있었다는 사실이다. 사회진화론과 결합한 인종주의의 논리는 제국주의 세력이 자국 내의 계급적 갈등을 해소하고 제3세계로의 침략을 정당화하기 위해 만들어낸 것으로, 가치적으로 우수한 인종과 열등한 인종을 절대적으로 구별하고, 다른 인종들과의 생존투쟁을 필연적인 생의 법칙으로 간주하는 논리였다.[24] 이러한 논리를 통해 제국주의는 자국 내 하층민들의 불평의 목소리를 불식시키고 자국인들에게 인종적 우월감을 심어주는 동시에, 외부적 침략을 통해 자국 내 정치 경제의 문제를 해결하고자 했다. 국가

침내 멸망에 이를 것이외다."(위의 글, 148면)
22) 춘원은 「혼인에 대한 관견」에서 건강, 정신력, 충분한 발육, 경제적 능력, 당자 상호 간의 연애, 합리를 혼인의 여섯 조건으로 들고 있다.
23) "다음에는 정신력이지오 이것은 선조의 유전이 극히 유력한 듯 하니 불가불 부모이상 사오대의 계보와 내력을 조사히야지오" 이광수, 「혼인에 대한 관견」, 앞의 책, 30면.
24) 전복희, 『사회진화론과 국가사상』, 한울아카데미, 1996, 29~43면 참조.

간 인종 대립과 자국 내 계급 갈등을 하나의 논리로 종합하여 해결하고
자 했던 서구열강은, 진화론과 인종주의를 결합하여, 모든 인간을 인
종·성·계급을 총망라하는 여러 종류의 카테고리로 나누어 전 지구적
인 하나의 위계질서 속에 채워 넣은 거대한 인간 진화의 가계도를 설립
하고 있었다.[25] 전통사회의 조선인을 오직 "식과 색 중심의 야만적 인생
관"을 지닌 종족으로 규정한 춘원의 논리는 곧 이 거대한 진화의 가계도
의 가장 낮은 한 부분에 자민족(자신이 포함된 종족이라기보다는 계몽해야 할
대상으로서의 조선 민족)을 배치하는 태도에 다름 아니며, 그것은 식민통치
자의 논리를 그대로 흡수한 결과였다.

　모든 사회문화적 요소들을 문명/야만, 진보/퇴보의 이분법에 기반한
우열론의 원칙 위에서 바라보는 진화론적 시각으로 인하여, 춘원은 사랑
과 행복 등 비물질적인 차원까지도 우열의 위계관계 안에서 파악했다.

> 　人類의 幸福이라 ᄒ면 感情的 快感 외에도 理智的 滿足이 들어야 ᄒ며 이
> 理智的 分子가 만흐면 만흘ᄉ록 그 幸福은 더욱 깁허지고 더욱 固定性이 잇
> 게 되지오 (…중략…) 물론 容貌의 美, 音聲의 美, 擧動의 美등 表面的 美도
> 愛情의 重要ᄒ 條件이겟지오마는 理智가 發達ᄒ 現代人으로ᄂ 이러ᄒ 表面
> 的 美만으로ᄂ 滿足ᄒ지 못ᄒ고 더 깁흔 個性의 美—즉 그의 精神의 美에
> 恍惚ᄒ고사 비로소 滿足ᄒᄂ 것이지오 外貌의 美만 取ᄒᄂ 것은 아마 動物
> 的 又ᄂ 原始的 愛겟지오 進化ᄒ 戀愛의 특징은 熱烈ᄒ 感情의 引力과 明
> 晳ᄒ고 冷靜ᄒ 理智의 判斷이 平行ᄒᄂ 데 잇다 하오 가장 잘 敎育을 바든
> —즉 가장 健全하게 敎育ᄒ 靑年男女의 戀愛은 이리ᄒ 것인가 하오[26]

　인용문에 따르면, 감정적 쾌감과 외모의 미만을 취하는 "애정"은 원시

---

25) 그 꼭대기에 중산 계급의 백인 남성을 배치한 이 인류 진화의 가계도는 아시아인·
　유태인·창녀·노동자 등등 가능한 인간의 모든 카테고리들을 망라할 수 있도록 지속
　적으로 정교화되고 있었다. Anne Mclintock, *Imperial Leather*, New York&London : Routledge,
　1995, 36~56면 참조.
26) 이광수, 「혼인에 대한 관견」, 앞의 책, 29~31면.

적이고 열등하며, "정신적 미에 황홀"하여 "이지적 만족"을 추구하는 "연애"가 진화하고 우등한 문명에 속한다. 신종족을 창출하는 막중한 임무를 띤 혼인의 의사 결정을 좌우하는 것은 그러므로 "명석하고 냉정한 이지의 판단"을 요구하는 "연애"27)가 되어야 한다. 이지의 측면이 강조된 "연애"는 "교육"할 수 있고, 또 반드시 "교육되어야" 할 대상이 된다. 인간의 내적 감정은 이제 훈육의 대상이 된 것이다. 이 훈육은 "진화한 연애"를 습득하는 일이다. 구체적으로 그것은 "열렬한 애정의 인력과 명석하고 냉정한 이지의 판단을 평행"하게 하는 일, 곧 이지를 열렬히 사랑할 수 있도록 자신을 독려하는 일이다. 용모·음성·거동 등의 외적인 요인보다는 명석하고 냉정한 이지와 정신의 미를 열렬히 사랑할 줄 알게 되는 것, 그것이야말로 더욱 깊고 고정적인 행복을 보장하는 연애의 방법이 되는 것이다.

연애를 위한 교육은, 이처럼 인간의 정신적 측면에 대한 이해와 사랑을 고양하는 동시에, 자본주의적 근대 사회에 적합한 합리성을 획득하는 일을 의미했다. "차(此)에 이상(理想)에 달(達)ᄒ기 위(爲)ᄒ야 최선(最善)ᄒ 노력(勞力)을 홈은 아마 인생(人生)의 의무(義務)인 동시(同時)에 권리(權利)이겟지오. 그런데 이러케 하는 최선(最善)ᄒ 노력(勞力)은 개인(個人)의 완전(完全)ᄒ 교육(敎育)과 따라서 나오는 사회(사회)의 합리적(合理的) 개량(改良)이외다. 어느 방면(方面)으로 보면 교육(敎育)이 불필요(不必要)ᄒ리오마는 소위(所謂) 인생(人生)의 최대사(最大事)요 백복지원(百福之源)이라는 혼인(婚姻)의 발달(發達)도 교육(敎育)을 기드리고야 능(能)히 홀 것이외다"28)라는 주장에서 보는 바와 같이, "혼인의 발달"은 "사회의 합리적 개량"과 동일

---

27) 춘원의 논의에서 발견되는 이지적 연애의 강조는 그의 '정'에 대한 강조와 모순된 것처럼 보일 수도 있다. 그러나 제3장 1절1항에서 본 것과 같이 춘원의 '정'이 이성 / 감정의 이분법을 초월하며, 저차원적인 것에서부터 고차원적인 것에 이르는 다양한 스펙트럼을 지닌다는 측면에 유념할 때, 이지적 연애는 단련되고 세련된 고상한 '정' 의 하나로 이해될 수 있으며, 따라서 그의 '정'의 논리와 모순을 이루지 않는다.
28) 이광수, 「혼인에 대한 관견」, 앞의 책, 31면.

선상에 놓여 있었고, 그와 같은 맥락에서 연애 교육은 근대 사회에 적합한 "개인의 완전한 교육"의 일부였다.

춘원이 말하는 '발달한 혼인'은 무엇보다도 자본주의적 합리성을 추구하는 혼인이었으며, 그렇기 때문에 혼인에 적합한 교육은 일차적으로 자본주의적인 시장 경제활동에 적합한 경제적 능력의 획득을 의미했다. 이러한 사실은 춘원이 혼인에 적절한 나이를 계산한 방식에서 잘 나타난다. 춘원은 "남자가 생(生)하여 칠, 팔세에 소학(小學)에 입(入)하여 중학을 과(過)하고 대학을 졸업하면, 어시(於是) 완전히 일개 당당한 「어른」이 되어 족(足)히 자기의 의·식·주를 구득(求得)하며, 이후 사, 오년만 근로(勤勞)하면 족(足)히 일, 이 식구(食口)를 양(養)할 수입을 득(得)할지니, 자(玆)에 취처(娶妻)할 권리가 생(生)"한다 하여 혼인할 자격을 갖출 수 있는 남자의 나이를 "항용 이십칠, 팔 내지 삼십세"29) 정도로 계산해 냈다.30) 이 계산의 과정에서 보이는 것처럼, 혼인의 자격은 신체나 도덕적 성숙이 아니라 하나의 경제단위로서 가정을 이끌어 갈 수 있는 경제적 능력에 의해 결정되었다. 결국 춘원이 말하는 '연애를 위한 교육'은 자본주의적 근대 사회에 적합한 가족을 형성하여 경제생활을 영위할 수 있는 능력을 기르고, 또 그에 적합한 배우자를 선택할 수 있도록 합리성을 감정의 영역에까지 각인하고 체화하는 일이었던 것이다.

그리하여 '연애'는 사랑을 다시 서구문명의 형식 안에 정형화시켰다. 이와 같은 맥락에서의 연애는 표면적으로 감정의 해방을 명분으로 하지만, 실질적으로는 사회적 효율성과 경제적 합리성에 맞추어 인간의 감정과 생활을 조절하고 규제하는 새로운 가족구조로의 이행을 의미하고 있었다. 문제는 이 새로운 정형화가 결과적으로 식민적 정형화라는 사실이

---

29) 이광수, 「조혼의 악습」, 앞의 책, 502면.
30) 김동식은 「연애와 근대성」(『민족문학사연구』 18호, 민족문학사학회, 2001, 299~326면)에서 이 같은 계산의 방식을 "성인의 기준이 교육학적 패러다임으로 통합되고, 결혼이 성인의 기준으로서 효력을 상실하게 되면서 결혼 연령이 자연스럽게 늦추어진" 것으로 해석한 바 있다.

다. 이 정형화의 과정 안에서 사랑은 우등한 것과 열등한 것으로 나뉜다. 열등한 사랑이 생식과 생존만을 목적으로 하는 육체적이고 본능적인 것인 데 반해, 우등한 사랑은 정신적 이해의 일치를 바탕으로 육체로까지 결합한 부부관계를 토대로 하여 자본주의적 사회구조에 적합한 새 가족을 형성하는 일이었다. 우등한 사랑이 서구모델을 따르는 것이라면, 전통을 따르는 것은 열등한 사랑이었다. 따라서 이처럼 정형화된 새로운 사랑의 모델은 전통 속에서 개선과 진보의 동력을 찾을 수 있는 가능성을 근본적으로 차단하였으며, 전면적인 부정과 단절을 통해서 완전히 새로운 신종족의 창출을 요구했다. 동일한 사랑의 감정도 서구적인 의미 안에서 이해될 때만 긍정적인 의미를 지닐 수 있었다. 재래적으로 혼인한 부부는 단란하고 평화롭다 하더라도 주목받지 못했으며, 근거가 빈약한 이혼이 속출하고, 아직 체화되지 않은 자유연애의 이념을 추종하여 부유하는 인물군들이 형성되었다. '연애'는 이처럼 낯설었던 모델을 정당화하는 이념적 근거이자, 그같이 새로운 모델 속으로 주체를 이입시키는 방법이었다.

그러나 춘원이 지표로 삼았던 신사상을 창출하고 교육했던 서구는 춘원이 생각했던 것과 같이 완성된 모델이 아니었다. 사실상 서구사회의 가족구조와 연애의 풍속은 춘원의 믿음과 같이 이론적, 합리적이지 않았으며, 무엇보다도 명확하게 결정된 형태가 아니었다. 서구의 결혼제도와 사랑에 관한 인식은 여전히 지속적인 변화의 과정 안에 있는 가변적인 것이었으며, 춘원이 생각했던 서구 가정은 프로테스탄트적 윤리관에서 비롯된 이론적인 모델일 뿐이었다.[31] 그럼에도 불구하고 식민지 사회에

---

31) 서구사회에서 사랑의 방식이 변화했던 역사는 다음의 글들에서 잘 나타나 있다. 재클린 살스비, 박찬길 역, 『낭만적 사랑과 사회』, 민음사, 1985; 미셸 푸코, 이규현 역, 『성의 역사』 1, 나남, 1990; 옥타비오 빠스, 황병하 역, 『이중불꽃』, 이레, 1996; 볼프강 리트, 장혜경 역, 『사랑, 그 딜레마의 역사』, 이끌리오, 1999; 파비엔 카스타-로자, 박규현 역, 『연애, 그 유혹과 욕망의 사회사』, 수수꽃다리, 2003; Niklas Luhmann, *Love as Passion*, California : Stanford University Press, 1998.

서 서구적 사랑은 하나의 이상적 형태로 인식되었다. 서구의 풍속은 식민지가 본받아야 할 준거로서 하나의 표본적 모델로 간주되었던 것이다. 이 모델은 상호간의 이해와 열렬한 사랑에 의해 만난 두 사람의 결합이라는 원론적인 이상만이 강조된 것이었으며, 그 구체적인 의미가 궁구되기보다는 반전통의 관점에서 정체성이 형성되고 강화되어 나갔다. 이와 같이 연애가 특정한 모델로 귀속되어 정형화된 것은 서구 제국주의의 팽창과 근대적 교육의 결과였으며, 그런 의미에서 식민 지배자와 식민지인의 정치적 관계와 깊이 결부되어 있었다.

식민지배자들은, 식민지 침투의 명분이자 전략으로써, 자신들이 이룩한 근대화의 우수성을 식민지인들에게 선전하고 교육하여 식민지인들이 그들의 사회, 문화를 배우고 흡수하도록 유도하였다. 그러나 그것은 어디까지나 자신들의 경제적·정치적 이익을 획득하기 위한 것이었을 뿐, 식민지인들이 자신들과 같아지기를 원하지는 않았다. 그들은 스스로를 모델화하면서도 끊임없이 자신들을 식민지인들과 구분하고 식민지인들과의 차이를 공고히 하는 작업도 게을리 하지 않았다. 따라서 식민지인들의 식민 지배자에 대한 모방은 결코 완전히 성취될 수 없는 모방이었으며, 지배자와 피지배자라는 관계를 결코 바꿀 수 없는 모방이었다. 식민 지배 문화에 대한 모방의 형식으로 개인을 근대 사회에 적합한 하나의 주체로 건립하고자 하는 시도는 결국, 타자의 욕망을 욕망하는 주체, 식민 지배자라는 "타자와의 관계 의존성 속에서 구축되는"[32] 허위적 주체의 생산으로 귀결된다.

---

32) 강상중, 『오리엔탈리즘을 넘어서』, 이산, 2002, 14면.

2) '근대인 되기'로서의 연애와 식민적 주체성

(1) 주체성의 발현으로서의 '연애'와 『무정』

형성기 근대소설들은 사랑의 자유를 추구하는 인물들의 주장과 행동을 통해 새로운 인간에 대한 신념을 표명했다. 자유로운 연애에 대한 주장은 새롭게 움트고 있던 개인의 권리에 대한 인식을 반영하고 있었으며, 역으로 연애의 모델은 권리를 지닌 주체로서의 개인에 대한 이해를 촉진하고 확산했다.

> 안 : (…전략…) 그러치 안어도 갓득, 요새 청년들은 이혼들을 잘 한다고 사회에서 쩌드는데 자네좃차 이혼을 해보게, 지금만치 얻은 자네 명망은 물론 쩌러질 것이고 여러 사람들의 쩌드는 소리는 귀가 압흘 것이 말인가!
> 김 : (격렬한 안색으로) 사회라는 것은 무엇인가! 나를 쩌난 사회라는 것이 어듸 잇단 말인가! (…중략…) 이것은 우리끼리 늘 쩌드는 말일세마는 自己라는 「제 스사로」를 너무 그러케 沒視해서는 안이 되겟지. 個人個人끼리 제각금 자기의 할 일만 잘 한다 하면, 이것이 社會에 큰 利益을 주는 것이 안이겟나!33)

신여성과의 결혼을 위해 아내와의 이혼을 고민하고 있는 인물이 이혼의 유행을 비판하는 친구와 벌이는 논쟁을 담고 있는 위 인용문은, 개인과 사회의 관계에 대한 인식이 1910년대 전반까지와는 판이하게 달라지고 있음을 잘 보여준다. "나를 쩌난 사회라는 것이 어듸 잇단 말인가!"라고 외치는 인물의 주장에서 보듯, 이제 '자기'라는 명사에는 '사회'에 버금가는 중요성이 드리워진다. 자유연애를 소망하는 인물군의 등장은, 이처럼 개인의 권리에 대한 의식이 강화됨으로써 가능했다. 비록 김의 태도는 다분히 개인주의적이지만, 개인이 사회와의 관계에서 차지하는 비

---

33) 최승만, 「황혼」, 『창조』 1호, 1919.2, 4~5면.

중에 대한 관점의 전도는, 개인을 사회적 의무의 수행자가 아니라 사회를 움직이는 역동적인 주체로서 새롭게 정립하는 근대적 사회관계를 정초하고 있었다.

자유로운 사랑에 대한 주장은 권리를 지닌 주체로서의 개인에 대한 자각의 의미를 지님으로써 이기적인 질서 교란 행위로 매도될 위험을 극복하고 사회적 의의를 획득하는 명분을 얻을 수 있었다. 권리를 지닌 주체란 동시에 사회적 책임을 질 수 있는 주체를 의미했다. 춘원의 자유연애담론이 명확히 했던 것과 같이 권리를 지닌 주체가 원하는 이성과 협력하여 일구는 가정은 사회적 책임을 이행하는 능동적 단위로서, 새로운 사회를 만들기 위해 우선적으로 형성되어야 할 과제이기도 했다. 연애에 부여되는 이 같은 사회적 의미는 연애의 정당성을 주장하는 일을 사회혁신을 위한 헌신과 동일시하는 문화적 풍조를 불러일으켰다.

> 그것이 현재 조선에 잇는 청년의게 참생활을 위하여서는 할 수 업는 길이라고 그는 생각한다. 진리라고 생각한다. 그리하야 적어도 조선이 장래에 무엇을 건설한다고 하면은 자긔와 갓흔 청년이 만하저야만 되겟다고 그는 늘 걱정겸 자랑삼어서 말하는 째도 잇섯다. 말하자면 그는 자긔의 사랑을 위하야 로동을 하면서도 그것은 거치른 조선을 위하야 선도자가 되여서 무슨 큰 일이나 하는 것처럼 생각을 한다. 그것이 사랑에 주린 그의게는 유일한 진리가 되여 버리고 말엇다.[34]

『조선문단』 7호에 실린 백주의 「영생애」는 자유로운 사랑에 대한 주장이 사회개혁이라는 계몽의 명분과 견고하게 접속하고 있었던 당대의 상황을 직접적으로 진술해주고 있다. 「영생애」는 고향을 떠나와 신학문을 수학 중인 주인공 창수가 학업 중에 만난 여학생 영애와 사랑에 빠지고 조혼했던 아내와의 이혼을 허락받지 못하여 노심초사하던 중 아내의

---

34) 백주(이태수), 「영생애」, 『조선문단』, 7호, 1925.4, 118~119면.

부고를 받게 되는 스토리를 다룬 소설이다. 영애를 사랑하는 창수는, 조혼에 묶인 자신의 처지를 한탄하면서 이혼을 고민한다. 그의 주변에는 같은 문제를 가진 청년들이 산적해 있으며, 이들은 '이혼기성회'를 결성할 만큼 사랑의 자유를 심각하고 절실한 문제로 여기고 있다. '이혼기성회'와 같은 단체가 가능할 만큼 당시 스스로 선택한 여성과 결혼하기 위해 조혼한 아내와의 이혼을 요구하는 청년들이 실제로 많았고, 당대 사회는 오늘날의 그것에 육박할 만큼 높은 수준의 이혼율을 기록하고 있었다.[35] 인용문에서 보듯 이혼을 희망하는 창수는 개인적 행복을 추구하는 자신의 분투에 "거치른 조선을 위하야 선도자가 되"는 일이라는 거창한 명분을 부여했다. 창수는 사랑하는 여학생과 결혼하기 위해 조혼한 아내와 이혼하려는 행위가 어째서 선구자적 행위가 될 수 있는지에 대해 고민하지 않는다. '자유연애=이혼=선구자적 행위'라는 생각은 구구한 설명을 필요로 하지 않는 하나의 견고한 공식으로서 그의 신념 속에 확고히 자리 잡고 있을 뿐이다.

1920년대 전반의 식민지 조선사회에서 자유로운 사랑의 주장은 이처럼 '선구자적 행위'로 직결될 수 있었으며, '자유연애'에 대한 의식의 확립은 그 자체로서 '근대적인 개인으로서의 자각'을 표상하고 있었다. 이와 같은 표상작용의 기원이 된 소설은 물론 『무정』이었다. 다음의 인용에서 형식이 표명하는 태도는 창수의 그것과 흡사하다.

그는 스랑이란 것을 인류의 모든 졍신작용 중에 가장 즁ㅎ고 거룩ㅎ은 것의 하나인 줄을 밋는다 그럼으로 즈긔가 션형을 스랑ㅎ는 것은 즈긔에게 디ㅎ야셔는 극히 뜻이 깁고 거룩ㅎ은 일이오 즈긔의 동포에게 디ㅎ야셔는 큰 **졍신뎍 혁명**으로 싱각한다 그럼으로 형식의 스랑에 디ㅎ은 틱도는 종교뎍으로 진실ㅎ고 경견(敬虔)ㅎ은 것이엇다 스랑을 인싱의 젼톄라고ㅅ지는 싱각ㅎ지 안는다 ㅎ더라도

---

35) 식민지 초기 사회의 높은 이혼율에 대해서는 신영숙, 「일제하 신여성의 연애·결혼 문제」, 『한국학보』 12권 4호, 1986, 182~217면 참조.

ㅅ랑에 딕호 틱도로 죡히 인싱에 딕한 틱도를 결뎡홀 수 잇다고 밋논다[36]

선형에 대한 자신의 사랑에 "정신뎍 혁명"의 의미를 부여하는 형식의 태도는, 사적인 사랑의 문제에 공적인 사회개혁의 의미를 부여했던 춘원의 세계관을 그대로 반영하고 있다. 앞 장에서 본 바와 같이 춘원이 사랑의 자각에 이처럼 거창한 의미를 부여했던 것은, 그가 개인의 내면으로부터 사회적 실천의 힘을 이끌어내고자 했기 때문이었다.[37] 춘원에게 개인의 자각이란 '정'의 발현을 통해 사회를 움직이는 주체로서 자신의 힘을 깨닫는 일이었다.

> 그네가 보기에 특별히 됴흔 사롬도 업고 특별히 됴치 못흔 사롬도 업고 다 젼싱의 인연과 팔즈를 짜라 사라가는 것이라 흔다 (…중략…) 형식은 사롬은 다 곳흔 사롬이라 흐더라도 기인(個人) 쏘는 샤회(社會)의 로력(勞力)으로 기인이나 샤회가 기션(改善)될 수 잇고 향상(向上)될 수 잇다 흐고 그네는 모든 일의 칙임이 젼혀 사롬에게 잇지 안이 흐니 다만 되는 디로 사라갈 짜름이오 사롬의 의지(意志)로 기션홈도 업고 기악(改惡)함도 업다 흔다 (…중략…) 로파는 영치를 죽인 칙임이 즈긔와 김현수에게 잇는 줄을 알고 영치가 뎡졀을 굿게 직힌 것이 영치의 속에 잇는 「참 사롬」의 힘인 줄을 알앗다 로파는 이졔는 모든 일의 칙임이 사롬에게 잇는 줄을 끼다랏다[38]

『무정』에서 영채의 기생 어머니였던 노파는 세상사를 전생의 인연과 팔자의 탓으로 돌리며 주어지는 대로 살아가는 전근대적 인물의 전형이라 할 수 있다. 그런 노파가 영채의 죽음으로 인해 진정으로 측은한 마음과 따뜻한 인정을 깨닫게 된 것은, 형식이 볼 때, 인간성을 회복하는

---

36) 이광수, 『무정』(김철 校註), 문학동네, 2003, 657~658면.
37) 춘원은, 내적 생명을 자각하고 타인과 인정으로써 교감하는 일이야 말로 개인이 사회적 책임을 지닌 인간으로서 재탄생할 수 있는 계기라고 여겼다. 여기에 대해서는 제3장 1절 참조.
38) 이광수, 『무정』, 앞의 책, 372~373면.

일이자 사회적 의무와 책임을 자각하는 일이었다. 인정이 있고 없음은 좋은 사람과 나쁜 사람을 분별하는 기준이 되며, 좋은 사람과 나쁜 사람의 분별은 필연적으로 정당한 행위와 부당한 행위의 분별로 연결된다. 행위에 옳고 그름이 주어진다는 생각은 행위에 책임을 부여하고, 행위에 책임이 부여됨으로써 행위의 주체인 인간은 사회를 변화시킬 수 있는 주체가 된다. 인정을 자각하는 사람이 스스로 사회를 움직여 나가는 주체가 되는 것은 이 때문이다. 따라서 노파가 영채의 죽음을 슬퍼하고 자신의 잘못을 뉘우치게 되었다는 것은, 그녀가 책임 있는 사람으로서 스스로의 힘을 자각했다는 사실을 의미한다. 노파의 변화는 춘원의 낭만적인 '정'의 논리가 개인의 내면으로부터 사회변혁의 힘을 추동하는 계몽의 논리와 결합하고 있음을 구체적 형상으로 보여준다. 사랑의 문제를 해결하는 일이 "거치른 조선을 위하야 선도자가 되"는 일과 동일시되었던 것은, 연애를 '정'의 정당한 표출이자 개인의식 자각의 단초로 이해했던 이 같은 논리가 하나의 정형화된 모델로 굳어진 결과였다.

형성기 근대소설에서, 생생한 정의 체험, 특히 사랑의 체험은 개인을 세계의 중심으로 정립시키는 중요한 자각의 계기로 나타난다. 극한적인 사랑의 고통은 그 체험의 주인공들로 하여금 하나의 '내면'을 지닌 주체로서 눈뜨게 했다. 사랑의 고통을 체험한 이들은 별들의 속삭임과 새들의 노랫소리를 듣게 되고, 자연과 우주의 조화로운 움직임을 발견하며, 거대한 우주 속의 한 점 존재로 놓여진 자신을 의식하게 된다. 그것은 곧 개인을 특정한 하나의 내면을 지닌 주체로 성립시켜 주는 풍경의 발견이다.

> ①평양셔 올라올 때에 형식은 무한호 깃붐을 어덧다 챠에 ㅊ히 탄 사롬들이 모도 다 즈긔의 스랑을 쓸고 모도 다 즈긔에게 말홀 슈 업는 깃붐을 쥬는 듯 ㅎ엿다 챠 박휘가 괴에 갈리는 소리조차 무슨 유쾌호 음악을 듯는 듯ㅎ고 차가 털교를 건너갈 째와 굴을 지나갈 쎠에 나는 소요호 소리도 형식의 귀에는 웅장한

군악과 갓히 들린다 (…중략…) 산들은 물먹으로 그린 묵화 모양으로 골작이도
업고 나무나 돌도 업고 모다 한 빗으로 보인다 달빗과 밤빗과 구름빗을 합ᄒᆞ야
크다란 붓으로 죠희 우헤 형세 죠케 그린 그림과 ᄀᆞᆺ다 ᄒᆞ얏다 이러케 싱각ᄒᆞᄂᆞᆫ
형식의 정신도 실로 이와 갓핫다 형식의 정신에ᄂᆞᆫ 슯품과 괴로옴과 욕망과 깃
붐과 ᄉᆞ랑과 미워홈과 모든 정신작용이 왼통 한 데 록고 한 데 뭉치어 무엇이
무엇인지 구별ᄒᆞᆯ 슈가 업섯다 비겨 말ᄒᆞ면 이 모든 정신쟉용을 한 솟헤 집어너
코 거긔다가 묽은 물을 두고 쟝쟉 불을 째어가며 그 솟헤 잇ᄂᆞᆫ 것을 홰홰 뒤져
어셔 왼통 록고 풀어지고 셕겨셔 엿과 갓히 죽과 갓히 된 것과 ᄀᆞᆺ핫다39)

인용문 ①은 평양에서 영채를 찾다가 돌아오는 기차 안에서 형식이
"다른 아모러호 사롬과도 꼭 ᄀᆞᆺ지 안이호"40) "자기"를 깨닫는 저 유명한
장면의 시작 부분이다. 이 기차를 타기에 이르기까지 형식은 영채로 인
하여 극한적인 마음의 갈등과 고통을 경험했다. 뜻하지 않게 영채를 만
난 후로 형식은, 선형에게 관심을 가지면서도 또한 영채에게 끌리어 영
채를 "ᄌᆞ긔의 안히를 삼아 일싱을 셔로 사랑ᄒᆞ고 지닉어야 ᄒᆞ리라"41) 마
음먹고 있었다. 온갖 상상으로 영채의 순결성과 사람됨을 자문하고 영채
와의 결혼생활을 꿈꾸던 형식은, 아내로 삼으려던 영채가 정조를 유린당
한 현장을 목격하고, 또 죽음을 결심한 영채의 유서를 읽고, 그녀의 뒤를
쫓아 평양에 이르고 대동강에서 영채의 죽음을 상상하는 등 일련의 극
단적인 사건들을 경험한다. 형식이 기차에 탄 순간은, "남 모로게 가삼을
아피고" "톄면도 보지 안이ᄒᆞ고 (…중략…) 소리를 닉어 울"며 "가삼이
터질쓰시 슯"어 했던 일련의 극한적 감정들이 지나간 순간이었다. 그와
같은 경험 후에 "슯품과 괴로옴과 욕망과 깃붐과 ᄉᆞ랑과 미워홈과 모든
정신작용이 왼통 한 데 록고 한 데 뭉치어 무엇이 무엇인지 구별ᄒᆞᆯ 슈가
업"는 혼돈의 정신 속에서 형식은 위대한 예술작품과도 같은 세계의 아

---

39) 위의 책, 395~396면.
40) 위의 책, 399면.
41) 위의 책, 351면.

름다움을 발견한다. 그것은 극단적인 감정의 시련을 경험한 인물이 하나
의 주체로서 자신을 둘러싼 세계를 새로운 '풍경'으로 발견하게 되는 순
간이다.

사실상 『무정』에서 형식이 이와 같은 류의 "마음의 변화"를 맞는 것은
처음이 아니었다. 그 첫 번째는 배학감에게 유괴된 영채를 쫓아가기 직
전, 선형과 순애의 두 번째 영어 교습을 마치고 돌아오는 동안의 일이었
다. 이 날 형식은 "번기긋히 번적 보"이는 "아름다움"과 "깃붐"을 느끼고
"인싱과 세계를 왼통 다시 읽어볼" 의지와 자신감을 느끼게 된다.

②형식은 가삼 속에 희미흔 새 희망과 시 깃붐이 일어남을 씨달앗다 그러고
그 깃붐이 앗가 선형과 순이롤 대흐얏술 째에 그네의 살내와 옷고름과 말쇼리
롤 듯고 싱기던 깃붐과 근ᄉ흐다 ᄒ얏다 형식의 눈압혜는 지금것 브지 못ᄒ던
인싱의 일방면이 벌려졋다 ᄌ긔가 오늘날ᄭᄌ지 「이것이 인싱의 젼톄로고나」 ᄒ
던 외에 인싱에는 다른 한 부분이 잇고 그리흐고 그 한 부분이 도로혀 지금ᄭᄌ
지 인싱으로 알아오던 모든 것보다 훌신 중요흐고 의미잇는 것인 듯ᄒ다 (…중
략…) 그러나 그는 이것이 무엇인지 분명히 일홈지을 졸을 모르고 다만 「이상
하다」 ᄒᄂ 싱각과 희미흔 깃붐을 씨다랄 쑨이라 / 형식은 방에 도라와 잠시 영
치의 일을 닛고 시로 변화ᄒᄂ ᄆ음을 도라보앗다 가만히 눈을 감고 안졋노라
면 젼에 보던 시와 소셜의 긔억이 그쩌 쳐음 볼 쩌와 다른 맛을 가지고 마음속
에 쩌나온다 모든 것에 강흔 쇠치가 잇고 강흔 향긔가 잇고 깁흔 뜻이 잇다 형
식은 「내가 지금ᄭᄌ지 인싱과 셔젹을 뜻을 모르고 보앗고나」 하얏다 (…중략…)
형식은 모든 셔적과 인싱과 세계롤 왼통 다시 읽어볼 싱각이 난다 첫 폐지 첫
줄브터 왼통 다시 읽더라도 「젼에 읽은 적이 업고나」 ᄒ다십히 글귀마다 글ᄌ
마다 시로온 뜻을 가지고 내 눈에 빗최리라 ᄒ얏다 (…중략…) 형식은 이졔야
그 속에 잇는 「사롬」이 눈을 쩟다 그 「쇽 눈」으로 만믈으 「속 뜻」을 모게 되얏
다 형식의 「쇽 사롬」은 이졔야 희방되얏다[42]

형식의 자각은 외부에서 주어진 가치관에 의거하지 않고 스스로의 이

---

42) 위의 책, 187~190면.

해와 욕망에 바탕을 둔 자기준거적 관점에서 사물을 새롭게 읽어내야 한다는 깨달음과 그에 대한 자신감이라 할 수 있다. 소설의 화자는 그것이 자신만의 "쇽 눈"으로 "만믈으「쇽 뜻」"을 보게 되는 "쇽 사롬"의 각성이라 설명한다. 그리고 화자는 이와 같은 자각이 가능했던 이유로 세 가지를 직접 설명하고 있는데, 그 첫째는, 김장로의 집에서 본 예수의 화상 속에서 "시로온 뜻을 발견ᄒ게 된" 일이며, 둘째는 "션형과 슌이라는 두 졂은 계집을 볼 쩌에 다만 두 졂은 계집으로만 보지 아니ᄒ고 그것이 우쥬와 인싱의 알 슈 엄는 무슨 힘의 표현(表現)으로 본 것"이고, 셋째는 "지금 교동 거리에 보이는 모든 것셔 젼에 보고 밧지 못하던 시 빗과 시 내를 발견홈"43)이다. 여기서 예수의 화상 속에서 발견한 새로운 뜻이란 어떤 사람이나 "모도 다 ᄌ흔 사롬"이라는 깨달음44)으로, 이 깨달음은 영채와 선형의 구별을 희석시킨다.45) 영채와 선형의 구별이 중요하지 않을 때 부각되는 것은 영채·선형·순애와 만나면서 느끼게 된 "말홀 슈 업는 향긔로온 쾌미"의 감정, 즉 '정'의 자각이다. 화자가 제시한 둘째 이유는 이 자각의 직접적 표현이며, 셋째 이유는 그것의 결과라고 할 수 있다.

젊은 이성들과의 만남에서 자각된 '정'은 춘원이 늘상 강조하던 내적 '생명'의 표현이자, 솔직하고 본능적인 욕망의 발현이며, 연애감정의 맹아이다. 화자는 이 같은 '정'의 자각으로부터 비롯될 장래의 역정을 "인싱의 불셰레"46)로 명명한다. "불셰레"란 연애와 같은 격정적 감정의 경

---

43) 위의 책, 188면.

44) "형식은 물ᄭ럼이 이것을 보고 싱각ᄒ얏다 십즈가에 달린 자도 사룸 가시관을 쓰우고 엽구리를 찌른 즈도 사룸 그 밋헤셔 치마즈락으로 눈믈을 싯는 쟈나 무심ᄒ게 우둑ᄒ니 구경ᄒ고 셧는 즈도 샤룸 져편에서 샤룸을 죽여노코 그 죽임바든 자의 옷을 셔마다 가질 양으로 졔비를 쏩는 즈도 샤룸 모도 다 ᄌ흔 사롬이로다" 위의 책, 176면.

45) 이 논문과 유사한 관점에서 위와 관련된 장면을 분석한 선행 연구로 권보드래의 「'정'의 발견과 근대성」이 있다. 권보드래는 형식이 예수상을 바라보면서 느낀 깨달음이 영채에 대한 의무감을 완화시키는 역할을 하고 있다고 분석하였다. 권보드래, 「'정'의 발견과 근대성」, 『문학과 교육』, 2000, 113~117면.

험을 상징하는 표현으로서, 인물들을 진정한 의미에서의 "사롬", 즉 자각한 개인으로 이끌어 주는 통과의례이자 깨달음의 계기로 암시된다.[47] 그러나 ②에서 형식이 지각하는 "속사람의 각성"은 아직 "이것이 무엇인지 분명히 일홈지을 졸을 모르"는 불분명한 자각으로 기술된다. 이런 각성이 있고도 형식은, 영채를 중심으로 한 일련의 고통스러운 감정의 시련을 거친 후에야, 비로소 "다른 아모러흔 사롬과도 꼭 궂지 안이흔 지와 의지와 위치와 스명과 식치"를 지닌 "주긔가 잇는 줄"[48]을 분명하게 깨닫게 되는 것이다. 그것은 영채가 죽은 걸로 결정짓고, 영채와 같은 기생 '계향'에게 '누이'로서의 '정'을 느낌으로써 형식이 기생 영채에 대한 감정의 갈등을 잠정적이나마 일단락 짓고 난 다음의 일이었다. 연애와 관련된 격정적 감정의 경험을 지나고 나서 형식은, 비로소 기차를 타고 창밖을 바라보며 자신을 둘러싼 세계를 새롭게 발견하게 된다. 영채를 이유로 한 일련의 감정적 경험이 형식의 내면성을 확대함으로써 형식의 자아로부터 소외되고 대상화된 세계가 비로소 모습을 드러내게 된 것이다.[49] 평양에서 돌아오는 기차 안에서 형식은 비로소 하나의 주인으로서

---

46) 이광수, 『무정』, 앞의 책, 184면.

47) 사랑의 갈등과 같은 강렬한 감정적 경험을 성숙의 척도로 간주하는 춘원의 시각은, 작품의 후반부에서 춘원이 선형이 성숙하게 되는 계기를 인간 만사의 여러 가지 감정들을 배워나가는 일로 묘사한 사실에서 명확하게 드러난다. "션형의 인싱의 학과는 이제부터 츠츠 중등과에 들려 흔다 스랑을 비호고 질투를 비호고 분노흐기와 미워흐기와 슯허흐기를 비호기 시작흔다 (…중략…) 사롬이란 이러흔 과뎡을 만히 비호면 만히 비홀스록 어른이 되어간다 즉 텬진란만흔 어린너의 아릿다운 티도가 슬어지고 꾀도 잇고 힘도 잇고 고집도 잇고 뜻도 잇고 거짓말도 곳잘흐거니와 올흔 말도 힘잇게 흐는 소위 어른이 되어간다 정신의 니용이 더욱 풍부흐여지고 더욱 복잡흐여진다 일언이폐지흔 사롬이 되는 것이라 / 젼에 말흔 바와 궂치 션형은 아직 텬진란만흔 억그졔 하놀에셔 쑥 쩌러진 어린이다 오눌이야 쳐음 사롬의 맛을 보앗다 스랑의 불길에 질투의 물결에 비로소 쓴 것도 갓고 단 것도 궂흔 인싱의 맛을 보앗다" 위의 책, 668~669면.

48) 위의 책, 399면.

49) 가라타니 고진은, 자아와 세계가 나르시즘적 일치에서 분리될 때, 내면이 형성되면서 주체로부터 소외되고 대상화된 세계가 보이는 현상을 '풍경의 발견'으로 명명하고 있다. 이때 풍경의 발견이란 개인이 하나의 주체로서 자기 인식틀을 소유하게 되는 것을 의미한다. 가라타니 고진, 박유하 역, 『일본 근대문학의 기원』, 민음사, 1996, 17~61

세계를 바라보는 자기 인식틀을 소유하는 주체로 깨어난다.

『무정』 이후로, 연애감정의 경험이 주인공으로 하여금 하나의 내면을 소유한 주체로서 새롭게 세계를 발견하게 하는 계기로 작용하게 되는 경우는 식민지 초기 근대소설들 사이에서 드물지 않게 발견된다. 그 대표적인 예가 김동인의 「마음이 여튼 자여」에서, 주인공 K가 사랑하던 여인으로부터 배신당하고 금강산으로 향하는 기차에 오른 장면이다. K는 창밖을 내다보던 중, 기차 바퀴의 움직임과 창밖의 풍경이 어우러진 거대한 교향악의 울림을 듣는다. 이때 K가 발견하는 것은 기차라는 근대의 창조물과 생명의 세계가 어우러져 만들어낸 종합적 합주이며 예술의 세계이다.[50] "아—이거슬 모르고 싀물네 해를 사랏다!"[51]고 고백하는 K의 모습은, "내가 지금ᄭᅡ지 인싱과 셔격을 ᄯᅳᆺ을 모르고 보앗고나" 하고 되뇌이는 형식의 모습과 흡사하다. 연애감정을 중심으로 한 일련의 고통을 맛본 두 인물은, 기차를 타고 창밖을 바라보면서 자신을 둘러싼 세계를 새롭게 발견하는 인식의 주체가 된 것이다.[52]

면 참조

50) 황종연은 「낭만적 주체성의 소설」(『김동인문학의 재조명』, 새미, 2001, 77~78면)에서 풍경의 발견이란 관점에서 이 장면이 지니는 의미를 자세히 분석한 바 있다.

51) 김동인, 「마음이 여튼 자여」, 『창조』 5호, 1920.3, 35면.

52) 그 밖에 나도향의 「출학」이나 주요한의 「첫사랑값」 등에서도 비슷한 예를 찾을 수 있다. 「출학」은 연애의 실패를 겪은 주인공이 창 밖을 바라보는 장면으로 시작하는데, 이를 풍경의 발견이라는 관점에서 분석한 선행 연구로 오양진의 「낭만적 주체성의 형성과 전개」(『우리어문연구』 19호, 우리어문학회, 2002, 113~115면)가 있다. 그 밖에 주요한의 「첫사랑값」에서 사랑의 번민을 겪는 주인공이 밤하늘의 별들을 바라보면서 독백하는 부분도 같은 맥락에서 이해할 수 있다. "우주는 넓다 별은 수 업시 만타 세계는 영원하다 그런데 사람은 낫다가 죽고 낫다가 죽고 한다 인생 칠십이라지만은 이것을 이 광대한 공간과 무궁한 시간과에 비기면 과연 무엇일가 한초 동안 물거품이 안인가? (…중략…) 이 무궁한 속에 나라는 것이 대체 무엇인가? (…중략…) N과 손목을 잡고 멀니멀니 쩌도라단니다가 죽을 때가 되면 죽으면 그만이 안인가? 내의 조고만 자존심이라는 것 부질업슨 책임이라는 것이 이 대우쥬 속에서 무엇인가? 희생이란 다 무엇이냐? 우쥬에는 다못 허무가 잇슬 뿐이 안인가? (…중략…) 륙십만년 칠십만년 후에 모—든 것이 허무로 돌아간 후에 누가 잇서서 내가 남을 위해서 련애를 희생햇다고 기억이나 해 줄 것인가? 누가 이 고통을 알아나 줄 것인가? 나는 몸을 부르르 쩔엇다."(주요섭, 「첫사랑값」, 『조선문단』 12호, 1925.10, 47~48면)

　사랑의 경험은 당시로서는 그 의미가 불분명했던 '연애'라는 모호한 추상을 주체 안에 의미 있는 하나의 분명한 표상으로 바꾸어 놓는 일이었다. 연애라는 대상에 대한 하나의 표상을 지니게 되거나 지니고자 함으로써, 연애를 고백하는 인물들은 하나의 '내면'을 소유한 주체가 된다. 그리고 이들은 자신들을 둘러싼 세계를 하나의 풍경으로서 발견하게 된다. '연애'라는 언어가 적어도 그 주체 안에서 하나의 투명한 표상으로 바뀌면서, 그들은 비로소 한 사람의 주체로서 세계를 바라보는 자기 인식틀을 소유하게 되는 것이다. 그럼으로써 이들은 비로소 하나의 마음을 소유한 개인이 된다. 어떤 문제나 사실에 대해 하나의 표상을 지니게 되었다는 것은 불규칙하고 다형적으로 분산되고 있는 자기 자신을 적어도 그 문제에 관해서는 한 사람의 주체로서 가지런히 정돈하게 되었음을 의미하는 일이었고, 그 가운데에서도 사랑의 경험과 이를 바탕으로 한 새로운 표상은 인물의 내면성을 폭발적으로 확대함으로써 자아와 세계의 관계를 근본적으로 재인식하게 만드는 강력한 힘을 지니고 있었다.

　그러나 이 자각은 대단히 인위적으로 이루어진다. 형성기 근대소설들의 주인공들이 드러내는 자기에 대한 자각과 그들이 표상하는 연애의 정체성은 대단히 모호하고 불완전한 상태에 있다. 그렇기 때문에 인물의 내면이 확대되고 자각이 이루어지는 순간은 소설의 서사와 긴밀하게 연결되지 못하고 생경한 느낌을 주는 경우가 많다. ①·②와 같이 인물의 내면이 확대되고 자각이 이루어지는 순간은 소설의 서사와 긴밀하게 연관되지 못하고 갑작스럽게 펼쳐진다. 평양에서 돌아오는 기차 안에서 형식이 '자기'를 자각하게 되는 구체적 이유에 대해 이야기 속의 사건들은 충분한 답을 주지 않는다. 이는 춘원이, 인물이 펼쳐가는 구체적인 행위와 관계에 집중하기보다는 인물을 통해 자신의 이념을 전달하는 데 더 주력하고 있었음을 입증하는 사실이기도 하다. 그렇기 때문에 ①·②와 같은 장면들은 자연스러운 서사의 진행에 의거하기보다는, 인위적인 삽입 구절로 읽히기 쉽다. 이와 같은 사정은 「마음이 여튼 자여」에서 K가

풍경을 발견하는 장면에서도 그대로 되풀이된다. K가 갑작스럽게 창 밖의 광경을, 음악을 연주하는 풍경으로 발견하게 되는 이유가 이야기의 전개과정과 긴밀하게 연관되어 드러나지 않는 것이다. 이러한 사실은 소설이 연애와 근대적 개인에 관한 담론의 일부이자 담론의 효과로서 창작되었으며, 이 담론이 현실 토대와 긴밀하게 소통하지 못하고 있었음을 알려준다.

사랑의 갈등에 의해 인물이 스스로를 주체로서 자각해나가는 과정이 스토리와 긴밀하게 연결되지 못하고 삽입적으로 주어진다는 사실은, 이와 같은 근대적 주체가 자아와 환경의 상호작용에 의해서가 아니라, 담론에 의해 정형화된 이념의 모방을 통해 인위적으로 고안되고 있었음을 증명한다. 소설 창작이 정형화된 이념적 담론의 재현이자 모방으로서 이루어졌다는 관점에서 볼 때, 『무정』의 후반부는 새롭게 조명될 필요가 있다.

『무정』의 주인공은 끝까지 사랑의 갈등을 스스로의 힘으로 해결하지 못한다. 두 번의 '번쩍'하는 깨달음을 거치지만 형식은 아직도 자신이 진정으로 사랑하는 사람이 누구인지, 사랑이란 무엇이며 어떻게 해야 옳은 것인지 알지 못하는 자신을 발견한다.

> 대체 조긔는 누구를 사랑후는가 선형인가 영치인가 영치를 디후면 영치를 사랑후는 것 굿고 션형을 디하면 션형을 스랑후는 것 굿다 앗가 남대문에셔 차를 탈 써싯지는 조긔는 오직 션형에게 몸과 마음을 다 밧친 듯후더니 지금 쏘 영치를 보미 션형은 둘지가 되고 영치가 조긔의 사랑의 디상(對象)인 듯도 후다 (…중략…) 내 령혼은 과연 션형을 요구후고 션형의 령혼은 과연 나를 요구후는가 셔로 만날 써에 령혼과 령혼이 마조 합후고 마음과 마음이 마죠 합후엿는가 (…중략…) 그러면 조긔가 션형에게 디혼 사랑은 즉 항용 사나희들이 고운 기성 굿흔 녀성의 식에 취후야 후는 스랑과 다름이 잇슬가 조긔의 스랑은 과연 문명의 셰례를 바든 전인격뎍(全人格的) 사량이라고 홀 슈가 잇슬가 (…중략…) 그는 스랑이란 것을 인류의 모든 정신작용 중에 가장 즁후고 거룩혼 것의 하나인

줄을 밋는다 그럼으로 주긔가 션형을 스랑ᄒᆞᆫ 것은 주긔에게 디ᄒᆞ야셔ᄂᆞᆫ 극
히 뜻이 깁고 거륵ᄒᆞᆫ 일이오 주긔의 동포에게 디ᄒᆞ야셔ᄂᆞᆫ 큰 졍신뎍 혁명으로
싱각한다 그럼으로 형식의 스랑에 디ᄒᆞᆫ 틱도ᄂᆞᆫ 죵교뎍으로 진실ᄒᆞ고 경건(敬
虔)ᄒᆞᆫ 것이엇다 스랑을 인싱의 젼톄라고ᄭᅡ지ᄂᆞᆫ 싱각ᄒᆞ지 안ᄂᆞᆫ다 ᄒᆞ더라도 스랑
에 디ᄒᆞᆫ 틱도로 죡히 인싱에 디한 틱도를 결뎡ᄒᆞᆯ 수 잇다고 밋ᄂᆞᆫ다 그러나 이
졔 싱각ᄒᆞ야 보건디 주긔의 션형에게 디ᄒᆞᆫ 스랑은 넘어 유치ᄒᆞᆫ 것이엇다 넘어
근거가 박약ᄒᆞ고 니용이 빈약ᄒᆞᆫ 것이엇다 (…중략…) 그와 함끠 주긔의 졍신이
발달ᄒᆞᆫ 뎡도가 아직도 극히 유치흠을 ᄭᅢ달앗다 자긔ᄂᆞᆫ 인싱을 ᄭᅢ달을 ᄯᆡ도 안
이오 ᄯᅡ라서 스랑을 의논ᄒᆞᆯ ᄯᆡ도 안임을 ᄭᅢ다랏다 (…중략…) 니게 무슨 인싱의
지식이 잇ᄂᆞᆫ가 나ᄂᆞᆫ 아직 나를 모른다 근본뎍(根本的)으로 무엇인지ᄂᆞᆫ 셜혹 알
지 못ᄒᆞᆫ다 ᄒᆞ여도 젹더라도 현지에 너가 셰상에 쳐ᄒᆞ여갈 인싱관은 잇셔야 ᄒᆞᆯ
것이다 올ᄒᆞᆫ 것을 올타 ᄒᆞ고 됴ᄒᆞᆫ 것을 됴타고 ᄒᆞᆯ 문한 무슨 표준은 잇셔야 ᄒᆞᆯ
것이다 그런데 니게ᄂᆞᆫ 그것이 잇ᄂᆞᆫ가 나ᄂᆞᆫ 과연 주각ᄒᆞᆫ 사름인가. (…중략…)
나ᄂᆞᆫ 션형을 어리고 주각업ᄂᆞᆫ 어린니라 ᄒᆞ얏다 그러나 이졔보니 션형이나 주
긔나 다 ᄀᆞᆺᄒᆞᆫ 어린니다 조상젹부터 젼ᄒᆞ야오ᄂᆞᆫ 스상(思想)의 젼통(傳統)은 다
일허바리고 혼도ᄒᆞᆫ 외국 스상 속에서 아직 주긔네에게 뎍댱ᄒᆞ다고 싱각ᄒᆞᄂᆞᆫ
바를 틱ᄒᆞᆯ 줄 몰나셔 엇졀 줄을 모르고 방황ᄒᆞᄂᆞᆫ 오라비와 누이 싱활(生活)의
표쥰도 셔지 못ᄒᆞ고 민족의 리샹도 셔지 못ᄒᆞᆫ 셰상에 인도ᄒᆞᄂᆞᆫ 자도 업시 니어
던짐이 된 오라비와 누이 —이것이 자긔와 션형의 모양인 듯 ᄒᆞ얏다 (…중략…)
올타 그럼으로 우리들은 비ᄒᆞ러 간다53)

인용문은 부산으로 가는 기차 안에서 죽은 줄만 알았던 영채를 만나
게 된 형식의 심경이다. 영채의 존재는 선형을 사랑한다고 믿었던 형식
의 마음을 혼란시킨다. 영채를 만나 평양행 이후의 사정을 알게 된 형식
은, 같이 기차를 탄 우선에게 당장에라도 파혼을 하고 영채와 혼인하겠
다는 뜻을 표한다. 이러한 형식의 생각은 일차적으로 죄책감과 책임의식
에서 비롯된 것이지만 전적으로 그것에만 의거하는 것은 아니다. 평양으
로 영채를 찾아갔을 때까지만 해도 영채와 "ᄀᆞᆺᄒᆞᆫ 운명"을 느끼고 그녀를

---

53) 이광수, 『무정』, 앞의 책, 654~660면(강조는 인용자).

"ᄌᆞ긔의 안희를 삼아 일싱을 셔로 사랑ᄒ고 지니어야 ᄒ리라" 생각했던 형식에게, 영채에 대한 감정은 단순한 의리 이상의 것이었다. 더구나 그는 선형을 사랑한다고 믿고 있음에도 불구하고 "션형의 셩격(性格)은 한 쌈도 몰"르는 상태였다. "형식의 사랑은 아직도 외모의 사랑"54)이었다고 할 때, 깊은 인연의 줄로 얽혀 있는 아름다운 영채55)가 형식의 심경에서 차지하는 의미는 선형에 대한 그것과 비교해도 결코 가볍지 않았던 것이다. 그 결과가 위 글에서 나타나는 것과 같은 형식의 혼란이다. "대체 ᄌᆞ긔ᄂᆞ 누구를 사랑ᄒᄂᆞᆫ가"라는 질문은 무정의 서사를 이끌어 온 기본 동력이라 할 수 있다. 그리고 이 질문은 최후의 순간까지 명쾌한 해답을 찾지 못하고 있다. 누구보다도 사랑에 깊은 의미와 가치를 부여하고 사랑에 대한 태도야말로 "쌘 사람"과 "깨지 못한 사람"을 구별하는 중요한 기준으로 생각했던 형식이, 정작 누구를 사랑하는지 알지 못하는 자기 자신을 발견하는 순간은, 스스로를 주체라고 믿었던 개인이 자신의 믿음으로부터 배신당하는 순간이며, 이론적 이념에 의해 사실상 소외되어 있던 주체의 위상이 드러나는 순간이다. 수차례에 걸쳐 내면의 '정'을 자각하고 사물을 인식하는 주인으로서 "무한ᄒ 깃붐"과 "속사람의 희방"을 만끽하던 형식은, 그러나 아직도 자기 '정'의 주인이 되지 못한 자신을 발견해야 했다. 이는 담론이 마련했던 주체 형성의 프로그램이 소설의 현실적 구체화 작용에 의해 허구성을 드러내고 정당성을 위협받는 순간이었다.

사랑에 대한 형식의 태도는 춘원이 집대성했던 근대적 사랑, 즉 '연애'에 대한 정형화된 이념의 산물이다. 춘원에 따르면, 사랑은 자각한 개인

---

54) 위의 책, 618면.
55) 작품의 전반부에서 형식은 영채와 선형을 비교하면서 영채의 역동적인 아름다움을 더욱 높이 평가한다. "저 김쟝로의 ᄯᅩᆯ 셩형이도 그 얌젼ᄒᆫ ᄐᆡ도에 니르러셔는 영치에게 밋지 못ᄒᆞᆫ다 ᄒᆞ얏다 션형의 얼골과 ᄐᆡ도도 얌젼치 아니홈이 아니지마는 영치에 비기면 변화가 적고 싱긔가 적다 ᄒᆞ얏다 션형은 가만히 안젓ᄂᆞᆫ 부쳐와 ᄀᆞᆺ다 ᄒᆞ면 영치ᄂᆞᆫ 구름 우에셔 춤을 츄고 노릐ᄒᆞᄂᆞᆫ 션녀와 ᄀᆞᆺ다 ᄒᆞ얏다" 위의 책, 124~125면.

의 자유로운 선택이어야 했으며, 상대에 대한 깊은 이해를 전제로 결혼에 이르는 일이어야 했다. 그러나 실질적으로 형식이 선형과 혼약하고 "선형씨를 스랑ᄒ지오 싱명보다 더 스랑ᄒ지오"[56]라는 감격스런 고백을 보여주는 것은 자유로운 선택을 바탕으로 한 것도, 외부에서 주어진 규범에서 독립한 순수 내면의 욕망에서 출발한 것도 아니었다. 형식은 김 장로 부부에 의해 간택된 사위였다. 선형에 대한 형식의 감정의 자발성은 혼약이 이루어지자마자 김 장로를 "즈긔의 스랑ᄒᄂ 자의 아바지"[57]로 보고, 이내 "션형이 업시는 못 사"[58]는 사람이 되는 데서 출발한다. 소설의 전반부에서 영채와의 서사에 빠져 있던 독자가 당혹해 할 만큼 갑작스러운 이 '사랑'은 선형과의 자연스런 관계에서 발생하고 자라난 것이라기보다는 외적 요인들의 결과에 더 가깝다. 그 요인의 하나가 하루바삐 조선을 문명화하고 조선인들에게 "앎"을 주고 "함"을 주어야 한다는 문명화의 이상임은 기존 연구에서도 자주 언급되는 사실이다. 문명개화의 선각자가 되고자 하는 형식에게, 개화한 가정의 딸인 선형이 전근대적 의리에 얽매인 데다 기생이란 처지에 있는 영채보다 바람직한 인간형에 가까웠음은 쉽게 짐작할 수 있는 일이다. 더구나 선형과의 혼인은 "일성에 원ᄒ던 셔양 류학!"[59]이라는 프리미엄을 달고 있음으로써 그 가치가 더욱 높을 수밖에 없다. 그러나 이보다 더 중요했던 것은 사랑과 결혼이 일치해야 한다는 형식의 신념이었다. '아내=사랑하는 자'가 되어야 한다는 연애의 이념이야말로 혼약이 맺어지자마자 선형을 "스랑ᄒᄂ 자"로 느끼는 진정한 이유라고 할 수 있다. 이 이념 안에서 아내라는 위치는 종족 보존을 위한 형식적인 자리가 아니라 사랑으로 결속된 자리여야만 했다. 춘원은 이 같은 이념의 당위를, 주인공 형식을 통해 실

---

56) 위의 책, 574면.
57) 위의 책, 494면.
58) 위의 책, 566면.
59) 위의 책, 458면.

천해보이려 한 것이다. 형식이,『무정』의 전반부 내내 그를 애태우고 뒤척이게 만들었던 영채를 재빨리 잊어버린 채, 혼약이 이루어지자마자 선형과의 관계에만 몰두하고 "싱명보다 더 스랑"한다는 고백을 할 수 있었던 것은 이 때문이다.

결과적으로 형식은 선형을 사랑했다기보다는 사랑한다고 의도적으로 '믿는' 것에 가까웠다고 할 수 있다. 선형에 대한 형식의 "싱명보다 더"한 사랑은 두 사람 자체의 관계로부터 비롯된 자연스러운 감정이라기보다는 '아내=사랑하는 사람'이라는 형식의 이념이 빚어낸 일종의 신념이었던 것이다. 따라서 형식의 사랑을 형성한 것은, 형식 자신의 순수한 욕망이 아니라 그의 신념과 이상을 구성하는 정형화된 외적 담론이었다고 할 수 있다. 사랑이라는 스스로의 감정으로부터 형식 자신은 사실상 소외되어 있었다. 때문에 형식은 다시 "영치를 디ᄒ면 영치를 사랑ᄒ는 것 ᄀ고 선형을 디하면 션형을 스랑ᄒ는 것 ᄀ"은 혼란에 빠지는 것이다. 사랑의 혼란은 "나는 과연 ᄌ각ᄒ 사롬인가"라는 질문으로 연결된다. 그것은 '주체'라고 믿었던 자신의 정체성에 대한 물음이며, 스스로의 신념으로부터 소외된 자신에 대한 발견이다. 이는 결과적으로 형식이 믿었던 자기 자신 곧, 주체의 위치가 사실은 담론의 효과로서 발생한 타자들의 공간이었다는 사실의 고백에 다름 아니다.

형식의 고백에서 드러나듯, 올바른 연애의 성취가 개인을 근대적 주체로 성숙시키는 중요한 과정이라 여겼던 춘원의 신념은, 그와 같은 사랑을 실천한다고 믿었던 바로 그 주체의 위치에서 엄연한 결핍의 공간을 만나게 된다. 이는 이론적으로 구상했던 연애의 허구성이 드러나는 순간이다. 정형화된 사랑과 근대적 개인의 이념을 문학적으로 형상화하는 과정에서 발견되는 이 빈 틈은, 이념의 견고성을 와해시킴으로써 진정한 사랑과 주체의 의미를 진공의 상태로 개방하여 새롭게 탐구하는 계기를 열 수 있는 가능성을 지닌다. 이는 이념의 문학적 형상화가 가지는 의의이자 성과이다. 이론적 신념과 그것의 현실적 형상화 사이에서 구현되는 간격은, 그것이 직시되고 능동적으로 분석될 때, 새로운 담론의 영역을 개방할 수 있는 것이다. 그렇게 될 때 이 간격은 정형화된 이념에 의해 억압되고 잊혀졌던 현실의 요소들을 새로운 지식과 담론의 관심사로 끌어들이고, 정형화된 인식의 틀을 해체하는 동시에 역동적으로 재구성하는 제3의 공간이 될 수 있다.

그러나 춘원은 정형화된 이념을 의심하거나 해체하고 재구성하기보다는 오히려 강화하는 방식으로 문제를 해결하고자 했다. 형식은 "올타 그럼으로 우리들은 비호러 간다"고 결론지음으로써 자신의 갈등이 철저한 이해의 부족에서 기인한 것으로 진단한다. 형식의 교육학적인 문제 해결 방식은 고정된 이념에 대한 의심의 가능성을 차단한다. 오히려 형식은 불완전한 자신의 현재를 성숙에 이르지 못한 과도기의 상태로 판단, 이념을 더욱 철저히 강화하고 내면화함으로써 '완전'에 이르고자 하는 것이다. 비록 형식은 선형과 영채 사이에 놓인 감정적 갈등을 통해 아직도 충분히 "즈각훈 사름"이 되지 못한 스스로의 위치를 깨닫지만, 그러한 자신의 감정이 외적 담론에 의해 구성된 것이라는 사실을 인지하지 못한다. 자신의 불완전성을 통해 형식은, 그가 믿는 연애와 근대적 개인의 모델이 충분히 구체화되지 못한 이상의 수준에 머물러 있음을 표명하면서도, 그와 같은 모델의 허구성을 현실에 대한 천착보다도 이념의 강화를 통해 해결하고자 했던 것이다.

이처럼 근대적 자아로의 각성이라는 당위가, 외적으로 부과된 근대 이념과 현실의 불일치가 빚어내는 문제를 회피하고 망각하는 데 이용될 때, 연애의 모델은 서구라는 준거의 정당성을 확고부동하게 강화하는 데 기여한다. 그러나 동화를 요구하는 동시에 또한 완전한 동화를 결코 용인하지 않았던 식민 지배자를 모델로 삼는 교육은 근본적으로 자립적인 주체의 가능성을 희박하게 만든다. 민족 현실에 대한 불분명한 공감과 미국 유학의 미래 속에 사랑의 갈등을 용해시켜버리는 『무정』의 결말은, 춘원의 연애모델이 함축하고 있던 서구라는 타자에 대한 의존적 관계

속에서 구축되는 주체의 실상과 한계를 여실히 드러낸다. 근대적 자아의 각성을 주창했던 계몽적 연애의 구호들이 식민 제국주의의 요구와 큰 마찰을 보이지 않았던 것은 어찌 보면 당연한 일이었다.

(2) 동심원적 서사 구조와 폐쇄적 내면성

사랑의 문제를 중심소재로 한 많은 초기 근대소설에서, '연애'는 주체성을 자각한 자아의 새로운 세계 인식틀을 '인위적으로 드러내주는' 소재로 기능했다. 작가의견이 직설적으로 표현되고 객관적인 형상화에 실패한 소설일수록 이러한 경향은 더 강하게 나타난다. 이러한 소설들에서 연애를 둘러싼 이야기는 '연애'를 동경하며 거기에 지고한 가치를 부여하는 주인공의 인식적 지평 위에서 출발한다.[60] 그리고 소설의 주요 갈등은 연애 자체가 아니라 신성한 연애를 불가능하게 하는 외적 조건들에 초점이 맞추어진다. 이 외적 조건을 구성하는 일차적 요소는 인습적 도덕을 강제하는 부모 세대였다. 부모 세대에 대한 대타 의식은 연애 이념의 정체성을 구성하는 핵심적 요소였다. 서구 문화를 모방한 연애의 모델은 원론적인 이상만이 강조되어 있는 것이었던 만큼 다분히 추상적인 성격이 강할 수밖에 없었고, 이상적 연애를 불가능하게 하는 전통과 인습에 저항하여 대타적인 정체성을 강화함으로써만 스스로의 동일성을 회복할 수 있었던 것이다.

이와 같은 담론의 지향과 전략은 소설의 형식에서, 자유로운 사랑의

---

60) 박선윤의 「생의 비애」에서 주인공 '나'는 공원에서 만난 친구 K군과 그의 연인 R양을 바라보며 "아 과연 그들은 감격의 정점에 잇고 신성의 정점에 잇고 행복의 정점에 잇다"(『창조』 5호, 1920.3, 52면)고 감탄한다. 「젊은이의 시절」의 주인공은 "사랑은 이 세상 모든 것에서 쩌나고 쒹여넘은 것이고 버서난 것이라"(『백조』 1호, 1922.1, 29면)고 생각하고, 「별을 안거든 우지나 말걸」의 주인공은 "사랑보다 더 큰 신앙이 이 세상에 쏘 어대잇슬가요 自己의 生命까지 犧牲하는 것은 사랑이 잇슬 뿐이지요 사람이 사랑으로 나고 사랑으로 죽고 사랑으로 살기만 하면 그 사람의 生은 참 生이 되겟지요"(『백조』 2호, 1922.5, 18면)라고 독백한다.

성취를 위해 부모의 반대에 맞서 싸우는 청년 학생의 모습으로 구체화된다. 초기 근대소설 가운데 가장 흔히 발견되는 서사의 유형은, ①'조혼한 청년'이 ②'학업중에 만나게 된 이성과 사랑에 빠짐'으로써 ③'조혼한 아내와의 이혼을 요구'하면서 ④'반대하는 부모와 투쟁'하는 이야기이다. 이때 사랑에 빠지게 되는 이성은 거의 예외 없이 ⑤'주인공의 진보한 사상을 이해하는 이성'이다. 또, 진보한 사상이란 ⑥'예술에 대한 이해와 열정'으로 설정되는 경우가 많았고, 경우에 따라 부모와 투쟁하는 이유가 ②''부모의 예술에 대한 몰이해'로 나타나기도 했다.

이 유형에 속하는 작품들로는 최승만의 「황혼」(희곡,『창조』1호, 1919), 김환의 「신비의 막」(『창조』1호, 1919), 이일의 「몽영의 비애」(『창조』4호, 1920), 김보영의 「K형의게」(『폐허』1호, 1920), 현진건의 「희생화」(『개벽』, 1920), 방정환의 「그날밤」(『개벽』, 1920~1921), 석난생(石蘭生)의 「임상순」(『개벽』, 1921) 독산(獨山)의 「호상(滬上)의 눈물」(『개벽』, 1922), 최석주의 「파멸」(『개벽』, 1924), 박월탄의 「아버지와 아들」(『개벽』, 1924), 백주(白洲)의 「영생애」(『조선문단』, 1925), 나도향의 『청춘』(1920) 등을 들 수 있다. 그 밖에 이광수의 「개척자」(『매일신보』, 1917), 김동인의 「마음이 여튼 자여」(『창조』3~6호, 1919~ 1920), 나도향의 「젊은이의 시절」(『백조』1호, 1922), 박영희의 「결혼전일」(『개벽』, 1924), 염상섭의 「제야」(『개벽』, 1922), 나도향의 「어머니」(『시대일보』, 1925), 현진건의 「지새는 안개」(『개벽』, 1923) 등도 다소 변형된 형태이지만 위 유형의 기본적인 틀을 주요한 갈등의 일부로 포함하고 있다. 이들은 ①·②·③·④·⑤의 요소들을 부분적으로 취하고 있지만, 특히 ④의 요소, 즉 몰이해한 부모 세대와의 투쟁이라는 점에서 예외 없이 일치한다. 초기 근대소설에서 부모 세대란 실로 철저한 부정의 대상이었으며, 근대화의 타자였다.

이 가운데 동인지『창조』에 실린 첫 번째 서사 작품인 최승만의 희곡 「황혼」은 연애문제를 둘러싼 세대 갈등을 형상화한 작품의 전형에 해당한다. 「황혼」은 주인공 김인성이 학업 중 신여성 순정과 사랑하게 됨으로써, 조혼했던 아내와의 이혼을 요구하고, 부모와의 싸움을 거친 끝에, 기어이 뜻을 이루어 순정과 같이 살게 되는 스토리를 다루고 있다. "이놈아 그것이 네의 이유냐―아, 실타는 것이 네의 이유(理由)! 세상(世上)을 살여면 조흔 것도 잇는 것이고 납븐 것도 잇는 것이지 꼭, 네 맘에 드는 것만 한다는 말이냐! 이놈아, 너보다 중(重)한, 네 에미 애비도 마음에 드는 것만 할 수 업서!"하고 아들을 윽박지르는 아버지와, "참 혼인(婚姻)을 하려면 두 사람 사이에 원만(圓滿)한 이해(理解)와 열렬(熱烈)한 사랑이 잇서야 하지오. 두 사람이 철저(徹底)하게 이해(理解)하고 열렬(熱烈)한 사랑이 잇서야 하죠 이 것이 업는 혼인(婚姻)이라면, 벌서, 이것은 참 혼인(婚姻)이 못되겟지오"하 고 저항하는 아들의 의견차는 혼인문제를 둘러싸고 세대 간에 벌어지는 갈등의 현주소를 구체적으로 보여준다. '싫다 / 좋다'는 개인적인 감정차 는 인생사를 결정하는 데 중요한 고려의 대상이 될 수 없다는 부모 세대 의 주장과, '열렬한 사랑'을 요구하는 아들의 논박 사이에서, 우리는 두 세 대 사이에서 발생한 근본적인 세계 인식의 변화를 읽어낼 수 있다. 연애 의 문제는 이처럼 세대 간의 대립을 첨예하게 드러내는 계기로 작용함으 로써, 세대 간에 발생한 세계 인식의 변화를 극명하게 드러내 주는 모티 프였다.

이 작품에서 특이한 것은, 인성이 이혼 후 전처의 한 서린 원혼의 방 문으로 몸져 자리에 눕고 마침내 죽음을 맞이한다는 결말부의 반전이다. 이 같은 결말은 당대 지식인들이, 자유연애론이 내포하는 현실적 모순에 둔감하지 않았다는 사실을 알려준다. 자유연애의 모델은, 그 이념에 접 하는 많은 청년 학생들이 이미 부모 세대의 인습에 의해 조혼한 경우가 많았던 현실 속에서, 무엇보다도 조혼했던 아내의 인권이라는 예기치 않 았던 문제에 부딪힐 수밖에 없었던 것이다. 그러나 신세대들은 그와 같 은 모순의 발원지도 부모 세대에 있다고 규정함으로써 문제의 책임을 회피한다.

내 병은 내가 맨든 것이 아니요……다른 사람이 만드럿서……다른 사람이

……다른 사람이! …… 우리 아버지, 어머니가, …… 아니, 우리 社會가! …… 나
는, 나는! 하로밧비, 저―리로 …… 저―리로! 光明한 天堂으로 …… 光明한 天
堂으로61)

인용문은 죽음을 맞이하는 인성의 최후의 말이다. 아내를 원혼의 귀신
으로 만든 직접적인 원인이 자신에게 있음에도 불구하고, 인성은 스스로
를 구시대적 인습의 희생양으로 자처함으로써 현실적 모순의 책임으로
부터 회피하고 있다. 조혼했던 아내를 죽음으로 몰고 간 현실 모순의 일
부를 이루고 있는 자신의 이념은 조금도 재고하지 않은 채, 모든 것을
부모 세대의 책임으로 미루고 죽음의 순간에서조차 오직 추상적인 이상
만을 고집하는 인성의 모습은, 연애모델의 현실적 부적응성에 직면할 때
오히려 원론적 모델의 이념을 강경하게 고수함으로써 문제를 해결하려
했던 청년 지식인들의 태도를 단적으로 드러내준다.

조혼한 아내의 인권적 몰락이라는 문제는 자유연애모델이 당대 현실
과 만나는 과정에서 빚어낸 사회적 질곡의 대표적 사례였다. 비단 조혼
한 아내의 인권 문제뿐만이 아니라, 실질적 삶으로부터의 격차에서 발생
하는 복잡하고 다양한 문제들이 자유연애의 모델과 부딪혔다. 전통적 삶
의 양식을 구성하는 이질적인 요소들은 서구 문물의 자극을 통해 이론
적으로 정형화된 모델을 동요시켰고, 소설은 그로부터 발생하는 다양한
굴절들을 형상화했다. 이 굴절들은, 현실 생활의 변수들을 고려한 모델
의 확대와 공고화에 이용될 수도 있는 한편, 모델을 이완하고 해체함으
로써 새로운 대항 담론을 구성하는 데 이바지할 수도 있다.

형성기 근대소설에서 신문명적 사랑을 열망했던 청년들은 대체로 '연
애'의 이상을 방해하는 현실의 조건들에 대해 일방적 '부정'과 '거절' 혹
은 '적대시'의 양식으로 대응했다. 때문에 연애를 추종하는 소설의 주인
공들은 자신이 직면한 현실적 여건과 적극적으로 관련을 맺지 못하고

---

61) 최승만, 「황혼」, 『창조』 1, 1919.2, 19면.

연애모델이 제공하는 이념에 고착되어 있는 모습을 보여주는 경향이 강했다. 이 경우 소설의 서사적 경험은 자아와 환경의 상호작용을 통한 새로운 진실의 발견으로 나아가지 못하고, 논설적인 의견 표출에 기울어져 객관화된 문체나 안정된 구조의 확립에 실패하는 경우가 많았다. 이야기가 다루고 있는 구체적인 상황에 천착하기보다는 연애모델이 제공하는 이념에 고착함으로써 서사의 합리적이고 구성적 계기들을 핍진하게 마련하지 못한 것이다.

반전통(反傳統)의 태도는 특히 이러한 경향을 강화시켰다. 인습을 강요하는 부모 세대와의 갈등을 그렸던 많은 소설들이, 부모 세대와의 의견 대립을 통해 문제에 접근하는 시각을 재고하고 새로운 시각을 창조하려고 노력하기보다는, 연애의 이념과 모델을 견지하고 재확인, 강화하는 쪽으로 나아갔다. 그렇기 때문에 반전통의 입장은 하나의 상투적 유형으로 굳어져, 개연적 맥락을 무시하고 서사의 균형을 맞추지 못한 채 일정하게 유형화된 대결구도만을 고수하며 갈등을 해결하는 소설들을 양산했다. 『창조』 4호에 발표된 「몽영의 비애」[62]는 재능을 알아주는 청년과 함께 서양 유학을 떠나려다가 사생아를 낳은 채 배신당하고 마는 신여성의 몰락을 그린 소설이다. 여성 최고 학부를 졸업하고 교사로서 학생들을 가르치던 성희는 자신의 재능을 충분히 이해해주는 춘식에게 끌리고, 그의 후원에 힘입어 유학을 꿈꾸다가 춘식과 깊은 관계를 가지게 된다. 성희는 아이를 가지게 되지만, 춘식이 부친의 노여움을 사 약속을 이행하지 못하자, 마침내 아이와 함께 버려지는 신세가 된다. 이 소설에서 주목되는 것은 여인을 유혹하고 배신하는 춘식의 태도를 작가가 어쩔 수 없는 것인 양 묘사하고 있다는 점이다. 성희의 파탄과 불행은 춘식의 소망을 들어주지 않는 부친의 몰이해에 기인한 것일 뿐 성희의 문학적 재능을 이해하고 사랑했던 춘식 개인의 문제가 아니었던 것이다. 그 밖에도 미술을 공부하려는 소망을

---

62) 이일, 「몽영의 비애」, 『창조』 4호, 1920.2, 28~46면.

무시하고 약사가 되기를 강권하는 아버지에게 반발하여 집을 뛰쳐나온 주인공 태훈이 서울에 있는 미술 협회의 친구들을 만나 아무 일도 꾸미지 못한 채 단지 술을 마시며 "싸우자!"를 외치는 것으로 끝을 맺는 박월탄의 「아버지와 아들」[63]이나, 조혼한 아내와의 이혼을 허락받지 못하여 차라리 아내가 죽었으면 좋겠다고 바라던 차에 마침 아내의 부음을 받고 뛸 듯이 기뻐하며 애인에게로 달려가는 창수를 반어적 유형이 아닌 정당한 주인공으로 그리고 있는 「영생애」[64] 등도 같은 예에 속한다. 이러한 소설들은 자유로운 삶을 원하는 인물들의 현실 판단력이나 도덕성을 문제 삼기보다는, 단지 그들을 방해하는 부모 세대에 대부분의 책임을 전가함으로써 갈등을 해소한다. 이와 같은 서사들이 인정을 받고 잡지에 실릴 수 있었다는 사실은, 작품을 완성시키는 역량의 성숙도 이전에, 그만큼 연애의 모델이 함축하는 이상을 신뢰하고 그 이상의 장애물인 전통적 인습을 무조건적인 파탄과 불행의 원흉으로 치부했던 당시의 풍조를 짐작하게 해준다.

참연애를 가로막는 파탄의 원인이 부모 세대가 아니라 신여성에게 주어지는 소설들의 경우도 사정은 마찬가지였다.[65] 일례로 박영섭의 「일년후」를 살펴보자. 『창조』 6호에 실린 이 소설은 '연애'와 '예술'을 초미의

---

63) 박월탄, 「아버지와 아들」, 『개벽』, 1924.9, 9~26면.

64) 白洲(이태수), 「영생애」, 『조선문단』, 7호, 1925.4. 이 작품의 주인공 창수는 작품의 말미에서 애인 영애로부터 질타를 받기도 한다. 그러나 그것은 아내의 죽음을 기뻐했다는 이유에서가 아니라 영애에게 지나치게 모든 것을 의지하는 의존적 성격을 지녔다는 이유 때문인 것으로 그려진다. 「영생애」는 『조선문단』 다음 호에 실린 조선문단 합평회에서 조롱 섞인 악평을 받았다.

65) 인습적 전통을 강제하는 부모 세대 이외에 이 시기 소설에서 신성한 연애를 불가능하게 하는 주요한 외적 조건의 하나로 나타나는 것이 성욕과 물욕에 오염되어 있는 신여성이다. 진실한 사랑을 배신하는 여성의 문제는 연애담론이 근대 주체를 특정한 방식으로 구조화하는 데 중요한 기능을 하는데, 이 문제는 제4장 2절1항과 제4장 3절 3항에서 좀더 본격적으로 다루게 될 것이다. 신여성의 배신으로 인한 참사랑의 좌절을 그린 작품의 대표적인 예로는 다음과 같은 것들이 있다. 김동인의 「약한자의 슬픔」(『창조』 1~2호, 1919); 전영택의 「운명」(『창조』 3호, 1919); 이일의 「피아노의 울님」(『창조』 5호, 1920); 나도향의 「출학」(『배재학보』, 1920); 「J의사의 고백」(『조선문단』, 1925); 박영희의 「이중병자」(『개벽』, 1924); 한병도의 「그날밤」(『조선문단』, 1925); 방인근의 「마지막 편지」(『조선문단』, 1925); 송순일의 「부화」(『조선문단』, 1925) 등.

위 : 『동아일보』, 1921.4.18.
왼쪽 : 『동아일보』, 1921.9.27.

1920년대 초반, 신문은 유망한 청년 지식인들의 결혼 기사를 다수 실었다.

관심사로 삼았던 『창조』 동인들의 공통된 연애 및 예술관을 토대로 하고 있다. 홀로 상해에서 전차 인스펙터로 일하며 지내는 안의근은 전 해 봄부터 가을까지 조선에서 사랑을 나누던 서옥정으로부터의 편지를 위로 삼아 외로운 타국생활을 견디는 인물이다. 소설은 전반부에 서옥정과의 달콤한 만남과 첫키스를 추억하는 의근의 황홀한 기억들을 전경화한다. 그런 의근에게 옥정이 서울 사는 K와 3주 전 예배당 결혼식을 올리고 평양으로 신혼여행을 떠났다는 신문기사를 알리는 최인호의 편지가 도착하고, 격분한 의근이 "가장 경애하는 벗" O에게 그동안 옥정에게 받은 편지의 이곳저곳을 인용하면서 여성의 이중성과 허영심을 신랄하게 비판하여 쓴 편지의 내용이 소설의 중후반을 이룬다.

의근의 편지는 옥정이 보냈던 연서들의 주요 구절 인용과 그와 대조되는 배신행위에 대한 개탄, 그리고 여성이라는 존재 일반에 대한 지탄으로 진전된다. 옥정과 지냈던 시간이 황홀했던 만큼 배신한 그녀에 대한 의근의 증오와 저주는 강렬하다. 옥정은 육욕으로 자신을 유혹하고 물욕으로 간단히 배신해버린 존재로 정의되며, 그러한 옥정의 성격은 여성이라는 존재 일반의 성격으로 확대된다. 여성은 근본적으로 "허영심"이 많은 존재이며, "간사함과 속이는 것을 전생명"으로 하는 "악마"로 매도되는 것이다. 그러면서 의근은 외국 여성들의 자각한 삶을 칭송하고 이와 대조되는 조선 남녀의 각성을 촉구하며 광명한 자신의 미래를 다짐하는 것으로 편지를 끝맺는다. 그런데 이 같은 의근의 태도는, 결과적으로 육욕과 물욕이라는 부정적 성격을 연애의 적대자로 규정함으로써, '연애'라는 표상이 지니고 있던 원래의 고상한 의미와 가치를 역설적으로 옹호하는 결과를 빚는다. 비록 여성들의 속되고 악마적인 성격이 현실적으로 참다운 연애의 실현을 방해하는 장애물이 되지만, 여성들이 그와 같은 성격을 이겨낼 때 "나는 일시적 연애와 잠시 육적 성욕을 써나, 영적 진연애와 이상적 장래의 삶을 바랍니다. 그럼으로 당신끠 금전, 부귀를 구함보담 참사랑과 완전한 스윗트홈을 일울 만한 자격을 바랍니다"66)라고 했던 참연애에 대한 원래의 소망은 실현 가능하게 되는 것이다. 따라서 실연의 아픈 경험에도 불구하고 참연애에 대한 의근의 원래적 소망과 근대적 삶에 대한 기대는 보존된다. 편지의 마지막 부분에서 의근은 실연의 상처가 문학적 감수성을 고양시키고 있음을 드러낸다.

---

66) 박영섭, 「일년 후」, 『창조』 6호, 1920.5, 69면.

兄님! 고맙슴니다. 奔走하신 中에도 이—외론 벗을 爲하야 飜譯하여 보내
신 「엔듸미온」의 마그막 두—졀, 은 오날밤, 슯흔 幕에 잇는, 悲哀로 찬—心
靈은 새삼스런 늣김과, 새삼스런 깨다름으로— 無限이 慰勞가되오며, 스스로
웃게 됨을 깨닷나이다.[67]

실연의 상처는 O가 보내준 문학작품의 번역원고에 의근 자신의 처량
한 감정을 효과적으로 이입시킨다. 연애의 실패는 문학작품을 읽고 이해
하는 의근의 예술적 감수성을 고양·확장시키는 역할을 함으로써, 청년
지식인의 하나로서 의근의 근대적 개인성을 확인하는 데 이용되고 있는
것이다. 결과적으로 소설의 후반부에서 확인되는 의근의 고양된 감성은
그것이 특별히 고조된 상승의 상태에 있다는 점에서, 사랑의 감정에 빠
져 있음으로써 고조되어 있던 처음의 상태와 다르지 않게 된다. 연애의
순간도 그것의 실패도 모두 인물의 감성을 고무시키고 내면의 표출을
유도하며, 신문명적인 삶에 대한 소망과 기대를 반영·확인하는 일로 귀
결되는 것이다.

그러므로 이 소설의 중심사건인 연애는 그것을 소망하고 실천하는 인
물이 봉건적 인습에 맞서 신문명적 삶을 지향하는 세계관의 소유자임을
표방하는 하나의 방법으로 나타날 뿐, 주인공의 인식틀에 아무런 영향을
미치지 못한다. 연애 사건은 소설에서 주요한 갈등을 불러일으키는 계기
로 작용하지만, 이 갈등에서 주인공과 대립하는 적대자는 참연애를 불가
능하게 하는 신여성의 육욕과 물욕으로 나타나기 때문에, 주인공이 지닌
'연애'에 대한 소망과 연애의 관념 자체는 언제나 고정된 형태로 보존되
는 것이다. 문제는 이때 주인공이 실현하고자 하는 '연애'가 실질적인 삶
속에서 실험되고 있음에도 불구하고 현실적 토대와 소통할 수 있는 가
능성을 차단당하고 있다는 사실이다. 연애는 그 자체가 탐구되기보다는,
바람직한 새 사회의 사랑이라는 추상적 표상으로 견지되면서, 연애를 지

---

67) 위의 글, 같은 곳.

향하는 주인공이 그와 대립하는 다른 적대적 존재를 비판하고 그에 대결하는 기능을 수행할 수 있도록 만들어 주는 매개체가 될 뿐이다. 이와 같은 소설들에서 '연애'는 자유로운 탐구의 대상이 아니라 억압과 배제의 기호에 가깝다. 이처럼 현실적 삶의 요소들이 미리 전제된 추상적 표상과의 불일치를 겪으면서 매도되고 배제될 때, 소설은 고정된 윤리를 재생산하는 장소가 된다. 즉 새롭고 우월한 것, 물욕과 성욕을 벗어난 고귀하고 신성한 것으로 '연애'를 강조함으로써 소설은 근대적 사랑의 의미를 우/열, 성/속의 이분법적인 윤리 속에 구조화하는 이념화의 장으로 기능하게 되는 것이다.

연애를 다룬 많은 형성기 근대소설들은 대부분 이처럼, 환경과의 긴밀한 상관관계 속에서 자유로운 사랑의 실질적 의미를 구체적으로 찾아가기보다는, 사랑에 관한 선험적 생각의 일면들을 직접적으로 이야기 속에 인용하고 적용했다. 이와 같은 소설적 경향은 소설 자체의 통속화와 구조적 취약성을 노출할 수밖에 없었는데, 그것은 무엇보다도 연애 사건을 중심으로 한 이야기 전개와 연애를 지향하는 인물의 내면성이 역동적으로 관계 맺지 못한 결과, 사건과 인물의 내면이 평행선을 달리기 때문이다. 그럴 때 서사는 "허구화된 내용과 관계하는 것이 아니라 인생과 세계에 대한 인식 규정에 관계된다."[68] 이 인식을 규정하는 힘의 하나가 신성한 것으로서의 연애가 표상하는 풍요롭고 발달된 근대적 삶이라면, 다른 하나는 예술적 감각으로 표상되는 새로운 감수성이었다.[69] 양자는 "사회적

---

68) 손정수, 「한국 근대 초기 소설 텍스트의 자율화 과정 연구」, 서울대 박사논문, 2001, 18면.

69) 「일년 후」의 결말부는 이러한 사실을 압축적으로 보여준다. 앞에서 본 것과 같이 의근은 옥정의 예기치 못한 배신의 상처를 예술적 감수성의 고양이란 측면에서 소화한다. 결국 그가 편지를 쓰는 목적은 파탄난 연애의 정리와 성찰이 아니라, 연애 경험을 통한 예술적 감각의 확인이며 문인 지식 청년들과의 동질적 의식 공유에 있는 것이다. 이러한 관점에서 초기 근대소설들이 특정한 편지의 형식을 자주 이용했다는 사실은 별도의 주목을 요한다. 춘원의 「어린 벗에게」를 비롯하여, 김동인의 「마음이 여튼 자여」, 나도향의 「출학」, 「별을 안거든 우지나 말 걸」 등등 근대문학 형성기의 소설들은

의무에 의해 규정되는 인간에 대하여 감각적 감정적 존재, 욕망의 존재로서의 인간을 내세우는 것"[70]이라는 점에서, 새로운 방식으로 인간에 접근하고 인간의 가능성을 실험하는 의미 있는 시도의 일부를 이룬다. 그러나 이 같은 인식적 지향성이 현실적인 삶의 토대를 외면하고 현실여건과 역동적으로 결합하지 못할 때, 서사는 단순히 외적으로 주어진 이념에 고착된 자아의 기만적인 자기 확인 수단으로 이용될 뿐이었다.

이 시기의 많은 작품들에서 연애의 행동들이 종종 허황되고 과장된 형식으로 나타나고 있는 것도 외적으로 주어진 이념에 대한 고착의 문제와 무관하지 않다. 식민지 초기 근대소설에서 사랑은 상식적으로 이해하기 어려운 장면들을 자주 연출했다. 애인이 몹쓸 병을 지닌 기생이라서 살아서는 육체적 관계를 나눌 수가 없다는 사실을 "죽음보다 아픈" 것으로 비관하고 내세에서의 완전한 결합을 위해 음독자살하는 인물의 이야기를 그린 박종화의 시극 「죽음보다 압흐다」(『백조』, 1923)나 자살한 연적과 가족에 대한 의리를 지키기 위해 자기를 죽여 달라는 애인의 사랑에 감동하여, 실제로 그녀의 가슴을 칼로 찌르는 인물을 그린 나도향의 『청춘』(1922) 등은 그 대표적인 예에 해당한다. 이 죽음과 살인의 순간

편지의 형식을 자주 이용했다. 그런데 이 시기 편지 형식의 소설들은 독특하게도 대부분 사랑의 경험을 지인인 제3자에게 전달하는 구조로 구성되어 있다. 옥정에게 상처 입은 의근이 자신의 심정을 "가장 경애하는 벗" O에게 호소하는 「일년 후」의 형식은 이런 점에서 이 시기 소설 형식의 전형적 특징을 드러낸다고 할 수 있다. 편지들은 대부분, '나의 절박한 사정을 알아주기만을 바랄 뿐'이라는 소망으로 시작되거나 끝을 맺는다. 자신의 절절한 경험의 추이를 듣고 자신의 상황과 심정을 이해해 달라는 것이다. 이 편지 형식의 정형화된 담화 구조가 역설하는 것은, 편지를 쓰는 연애 경험의 소유자가 궁극적으로 원하는 것이 이상적 연애의 실현이라기보다는 그에 대한 회구를 통한 어떤 동질적 '의식'의 공유에 있다는 사실이다. 「일년 후」의 결말부에서 보듯 이들이 파탄난 연애 경험의 토로를 통해 궁극적으로 확인하고자 하는 것은, 예술적 감성이며 신문명에 대한 감각인 것이다. 때문에 연애를 지향하는 주인공은 사회로부터 소외된 자신을 확인하고, 오직 군 혹은 형 등 지인들의 인정만을 기대하면서 스스로를 고립시키게 된다. 이들 청년 지식인들은 자신들의 세계관을 펼칠 수 없는 현실을 개탄하며, 폐쇄된 공간 안에서 자족적 방식으로 동질적인 정체성을 확인하고 공유했다.
70) 김우창, 「감각, 이성, 정신」, 『한국문학이란 무엇인가』(이남호 외편), 민음사, 1995, 19면.

에 인물들이 느끼는 것은 참사랑의 감격이었다. 이처럼 과격하고 격정적인 연애의 행동들은 당시 '연애'라는 추상적 표상에 집착하는 인물들의 내면이 주어진 환경과 얼마나 심각하게 괴리되어 있었는지를 단적으로 드러낸다. 현실적 삶의 토대 속에 사랑을 성찰하는 내면의 성숙이 아직 이루어지지 않은 상태에서, 연애를 갈망하는 인물들은 사랑에 대한 추상적이고 외부적인 '지식'을 생활 속에 그대로 적용하려 했고, 그 결과 일반적인 삶의 감각에 어긋나는 과도하고 부적절한 행위와 태도들이 양산되었던 것이다. 이는 연애가 서사적 상황과의 긴밀한 관련 속에 자유롭고 순수하게 실험되기보다는 서사 밖에서 미리 규격화되고 있던 인식의 방법에 의해 접근된 결과라고도 할 수 있다. 이와 같은 소설들에서 연애의 묘사는 사실상 '경험'의 문학화가 아니라 외적으로 주어지는 '지식' 혹은 '사상'의 문학화였다. 자아와 환경의 상호작용 및 구체적인 관계의 특수성에 충분히 천착하지 않고 특정한 이념에만 고착되어 있을 때, 소설은 미학적인 성취와 사랑의 문제에 대한 깊이 있는 성찰 양자 모두에서 실패하고 있었다.

2. 사랑의 풍속과 연애모델의 전유

조선 초까지 우리나라의 혼인 제도는 다처제의 형태였다. 한 사람의 남편이 여러 명의 정식 아내를 두는 것이 가능했으며, 정식 아내 외에 따로 첩을 두는 일도 용인되었다. 노비 출신인 천첩의 경우를 제외하면 처와 양첩 및 그 자녀들 사이에는 별다른 차별을 두지 않았으며, 서처나 양첩의 자녀들 또한 재산상속이나 사회진출에 불이익을 당하지 않았다. 다처제가 폐지된 것은 1413년 태종의 중혼금지법이 마련되면서부터였다.

둘째 이하의 부인들을 일괄적으로 첩이라 규정한 이 법은, 적자와 서자를 엄격하게 구별함으로써, 혈통의 위계질서를 공고화했다.[71] 태종의 중혼금지법은 표면적으로 일부일처의 원칙을 제도화했지만, 첩의 존재와 지위가 여전히 공식적으로 인정되고 있었으므로 실질적으로 다처제의 양식은 그대로 유지되고 있었다. 조선사회 전반에 걸쳐 사대부의 축첩은 보편적인 현상이었다.

조선의 혼인 제도는 혈통과 재산상속의 계통을 확고히 하는 데만 집중되어 있었으므로 그와 같은 공식적인 계통 확립 이외의 가정 문제는 개인의 자율적 영역으로 개방되어 있는 편이었다. 개화기까지 조선사회는 혼인식만 올리면 법률상 혼인으로 인정하는 사실혼주의[72]를 택하고 있었으므로, 처 외에 공식적인 아내를 두는 일이 그리 어렵지 않았다. 사대부는 경제적 지원이 가능하고 또 본인이 원하는 경우에는 국가의 간섭을 받지 않고 얼마든지 첩을 더 얻을 수가 있었다. 친밀성을 바탕으로 한 친족과 지역사회의 승인을 얻으면 그것으로 충분했다. 그러나 1921년 일제가 '내선인 통혼법안'을 마련하고 종래의 사실혼주의에서 혼인 신고를 해야만 하는 법률혼주의로 제도를 바꾸면서 사정은 달라졌다.[73] 혼인 관계에 국가의 인준이 필요해지면서, 정당한 혼인과 그렇지 않은 혼인에 대한 인식이 분명해지고, 처첩의 구분이 더욱 명확해졌음은 쉽게 짐작할 수 있는 일이다. 법률혼주의에 의해 일부일처의 원칙은 제도적으로 강화되었다고 할 수 있다.

법률혼주의는 국가가 본격적으로 개인의 사적 생활에 개입하고 가족관계에 더 직접적으로 관여하기 시작했음을 의미하는 일이었다. 혼인제도의 법률적 정립과 활발한 담론화는 개인의 사적 생활을 공공의 문제

---

71) 이광규, 『한국 가족의 사적 연구』, 일지사, 1978, 232~239면 참조.
72) 이배용, 「개화기, 일제시기 결혼관의 변화와 여성의 지위」, 『한국근현대사연구』 10, 한국근현대사학회, 1999, 220면.
73) 위의 책, 242면.

로 환치시켰다. 가계의 활동이 공론 영역으로 부상함에 따라 이전의 사
적 영역인 가족에 관련된 모든 문제들이 이제는 집단적 관심의 대상으
로 떠오른 것이다. 여기서 한 가지 더 주목해야 할 것은 근대적인 가족
이 무엇보다도 경제단위라는 사실이다. 부자 중심의 전통 가족이 혈통과
가문의 계승을 위한 것이었다면, 부부 중심의 근대 가족은 경제단위로서
사회활동의 기초 단위라는 점에 더 큰 중심이 부여된다.[74] 따라서 일부
일처를 바탕으로 한 친밀성의 단위이자 경제단위로서 근대적인 가족의
제도화는, 가족을 구성하는 구성원으로서의 개인을 고유한 인격체이기보
다는 경제, 사회의 일분자로 대상화한다. 여기서 개인은 '보편적인 인간
성'을 지닌 하나의 개체로서 동일성 속으로 환원된다.[75]

아이러닉하게도 당대 지식인들 사이에서 가족구조의 근대적 전환을
도모하는 제도적 기획은, 개인성의 발현이라는 측면에서 지지되었다. 고
유한 감정과 내면을 가진 인간으로서 개인을 해방하고자 했던 지식인들
의 시도는, 타율적인 전통적 혼인 방식의 거부라는 측면에서, 부부 중심
적 가족 구성이라는 제도적 기획과 이해의 일치를 얻을 수 있었다. 이와
더불어 합리적인 제도로서 일부일처제의 법률혼적 확립은, 연애결혼의
이상이라는 측면에서 개인의 자율성을 신장하고자 했던 지식인들의 이
해에 부합했다. "남녀 상호의 개성의 이해와 존경과 짜라서 상호간에 닐
어나는 열렬한 인력적 애정"[76]을 바탕으로 "령혼과 령혼이 마조 흡흥"[77]

---

74) 한나 아렌트는 가정이라는 사적 생활의 공간이 공론 영역의 관심의 대상으로 떠오른
  것은 "사적 영역에 속했던 경제가 근대에 들어와 공적인 것이 되었"기 때문이라고 보
  고 있다. 그리하여 경제가 거꾸로 정치를 지배하게 됨으로써 자유로운 시민들의 자치
  로 이해되었던 정치적 행위가 자율성을 상실하게 되었다는 것이 아렌트의 견해이다.
  한나 아렌트, 이진우·태정호 역, 『인간의 조건』, 한길사, 1996, 80~102면 참조.
75) 앞의 책에서 한나 아렌트는 경제활동을 중심으로 한 필연성의 관계인 가계의 사적
  영역이 공적인 관심의 영역으로 이동하면서 '사회'가 발생했다고 본다. 그에 따르면,
  '사회'는 삶의 과정 자체를 공적으로 조직하여 사회적 지위와 개인을 동일화시킨다.
  사회는 가족을 구성하는 각각의 개인으로부터 일정한 행동을 기대하고, 수많은 다양
  한 규칙들을 이들에게 부과하며, 이것들 모두는 구성원들을 표준화시켜 행동하도록
  하는 경향성을 가진다. 즉 사회적 지위와 개인이 동일화되는 것이다.

여 얻어지는 사랑이라는 연애의 이상은, '진실한 사랑이란 일단 발견되기만 하면 영원하다'[78]고 하는 믿음을 가정하고 있었고, 이 믿음에 의해 일부일처제의 제도적 확립은 적극적으로 지지되었던 것이다.[79]

자유의사에 따른 연애결혼은, 전통사회에서 각기 별개의 영역으로 분리되어 있던 성과 사랑과 결혼을 하나의 관계 속으로 통합함으로써 사랑의 관계에 윤리적 합리성을 부여했다.[80] 연애에 대한 소망과 법률혼주의를 결합한 이 새로운 부부 윤리는, 유교사회의 비합리적 혼인질서가 빚어낸 비윤리적 관계들에 맞서 새 사회의 주역으로 떠오르는 신진계층의 윤리적 도덕성을 강조하고 강화했다. 새로운 도덕성은 또한 신문명을 지향하는 지식인들의 계급적 경제적 이해관계를 반영하면서 그 의미를 구체화해 나가고 있었다.

자유로운 사랑에 대한 소망은 연애결혼의 합법적 원칙 안에 포섭됨으로써 정형화된 연애의 이념을 구체화하고 강화했다. 이 장에서는 당대의 소설들이 그려낸 연애의 특징들을 결혼제도와 경제 환경을 둘러싼 당대의 새로운 풍속 속에서 재구성하고자 한다. 정형화된 연애의 모델이 혼인제도 및 경제적 이해의 문제와 접합하면서 드러내는 갈등들을 소설이 형상화해 낸 방식 속에서 우리는 자유로운 존재이고자 했던 근대적 개

---

76) 이광수, 「혼인에 대한 관견」, 『학지광』 12호, 1917.4, 30~31면.

77) 이광수, 『무정』, 앞의 책, 655면.

78) 앤소니 기든스는 위와 같은 관념으로 인해, 낭만적 사랑의 복합체가 가진 내재적으로 전복적인 특징이 오랫동안 억눌려져 있었다고 쓰고 있다. 앤소니 기든스, 배은경·황정미 역, 『현대사회의 성, 사랑, 에로티시즘―친밀성의 구조 변동』, 새물결, 2001, 88면.

79) 이와 같은 연애결혼의 이상화는 자본주의적 근대로 이입하는 사회에서 일반적으로 발견되는 세계적 현상이었다. "개인의 독립을 전제한 자유연애와 자유결혼은 서로에 대한 깊은 애정에 기초한 남녀의 결합으로 근대 자본주의적 이성애의 이상적 형태이자 가장 도덕적인 양태로 숭상되어 왔다." 에두아르 푹스, 이기웅·박종민 역, 『풍속의 역사 IV―부르조아의 시대』, 까치, 1995, 116면.

80) 자유로운 애정과 자유로운 선택에 의한 결혼을 통해 부부라는 하나의 관계 속으로 성과 사랑과 결혼을 통일하는 것은 19세기 유럽의 부르주아지들에 의해 확산된 사랑의 이상으로, 흔히 '낭만적 사랑'으로 명명된다. 앤소니 기든스, 배은경·황정미 역, 앞의 책, 60면 참조

인이 어떻게 특정한 형태로 구조화되었는지를 살펴볼 수 있을 것이다.

1) 감정의 제도적 포섭과 배제

(1) 연애결혼의 이념과 신종족의 차별성

주지한 바와 같이, 근대소설의 출발을 추동했던 자유연애는, 인간의 감성적 측면에 주목하고 감정의 해방을 통해 인간을 새롭게 이해하고자 했던 근대적 기획의 산물이었다. 그러나 감정해방의 논리는 사랑이라는 열정의 무제한적인 방출을 지지하는 것은 아니었다. 당대에 '자유연애'라는 표상 속에서 '자유'가 겨냥한 표적은 일차적으로 부모의 명령에 의한 타율적인 혼인이었다. 그러므로 반전통의 입장이 명확히 표명되었을 때 중요해지는 것은, '자유'가 아니라 사랑의 '포섭'이었다. 사랑이라는 감정 속에 숨어 있는 불확실성과 그것이 현상하는 수많은 이질적 형태들을 합리적인 방법으로 수용해내는 일이야말로 '자유' 만큼이나 중요한 '연애'의 과제였다. '연애'라는 관념은 '성'이나 '결혼'과 구분되는 감정으로서의 사랑을 독립시켰고, 그와 같은 감정을 지닌 존재로서 개인의 내면에 대한 관심을 증폭시켰다. '그' 혹은 '그녀'라는 특정한 이성을 전제로 성립되면서도 또한 전적으로 개인 내면의 전유물일 수밖에 없는 사랑의 감정은, 시대적 담론에 의해 지고한 의미와 가치를 부여받았음에도 불구하고 한편으로는 여전히 낯설고 불확실하며 위험한 요소였다.

춘원의 경우, 연애감정의 불분명성과 위험성은 민족애라는 승화 장치에 의해 여과된다. 영채와 선형 사이에서 "나는 누구를 사랑하는가"를 고민하던 『무정』의 형식은, 삼랑진의 수해민들을 돕기 위한 자선 음악회를 열고 낙후한 민족의 삶을 계몽된 삶으로 이끌어야 한다는 결의를 통해 사랑의 갈등을 해소해버린다. 계몽의 의지는 영채와 선형의 연적 관계를 해소시키고, 형식과 두 여인 사이의 껄끄러움도 녹여 버린다. 민족 계몽의 시급한 임무가 개인적 감정의 불화를 용해시키고, '선각자'라는 동질적 관계로 세 사람의 관계를 새롭게 배치함으로써 개인적 갈등을 해소하는 것이다. 『무정』의 결말이 역설하듯, 춘원은 감정의 자립성을 주장하면서도, 개인적 감정의 문제를, 명분을 앞세운 사회적 도덕성의 차원에서 규율하고자 했다. 즉 개인적 감정은 민족애라는 사회적 도덕성을 획득함으로써 불온화될 가능성을 이겨내고 정당화의 근거를 마련하는 것이다. 춘원이 늘상 '누이에 대한 사랑'을 강조하면서 이성애적 감정을 민족애적 감정으로 치환시키고자 했던 것도 같은 맥락에서 이해할 수 있다.

이처럼 춘원은 독립된 감정이 주체 안에서 자립적인 정서적 도덕성을 스스로 함양해내기를 기다리기 이전에 사회적 도덕의 기준을 부여했다. 따라서 춘원이 상정한 근대적 인간성은 해방된 감정이 아니라 계몽 의지라는 사회적 당위에 의해 구조화된 것이었다고 할 수 있다. 이러한 사정은 연애의 모델을 설립하는 데에도 그대로 적용된다. 춘원은 혼인문제와 별개로 연애감정의 독립을 선언한 최초의 인물이었다.[81] 그러나 감정의 자유라는 측면에서 연애의 정당성을 주장한 춘원의 역설은, 궁극적으로 배우자 선택의 자유를 주창하기 위한 것이었다. 「어린 벗에게」와 같은 작품에서 춘원은 감정의 자유를 이유로 기혼한 남성의 혼외 연애감

---

81) "婚姻 없는 戀愛는 想像홀 수 잇스나, 戀愛 없는 婚姻은 想像홀 수 없는 것이외다"(이광수, 「혼인에 대한 관견」, 『학지광』 12호, 1917.4, 30면) "婚姻의 形式가튼 것은 社會의 便宜上 制定한 한 規模에 지나지 못한 것—즉 人爲的이어니와 사랑은 造物이 稟賦한 天性이라 人爲는 거슬일지언정 天意야 엇지 禁違하오릿가. 勿論 사랑업는 婚姻은 不可하거니와 사랑이 婚姻의 方便은 안인 것이로소이다"(이광수, 「어린 벗에게」, 『청춘』 9, 1917.7, 106면) 이상의 인용에서 강조된(인용자) 두 어구는 어휘와 문형을 달리 하고 있으나 사실상 같은 의미를 지닌다. '혼인 없는 연애', '혼인의 방편이 아닌 사랑'의 존재 가능성은 당시 춘원의 글쓰기에서 '연애'가 '사랑'과 동일한 의미로 쓰이고 있었음을 확인해주는 동시에, 춘원이 '연애'와 '혼인'을 분리시키고, 감정을 지닌 존재로서의 개인과 인간의 내면으로 관심을 집중하고 있음을 가리켜 준다. 연애의 독립과 인간의 감정에 대한 주목이 중요한 이유는, 그것이 외부적 모델에 자신을 동일시하는 주체가 아니라 세계에 대한 인식론적 태도의 정립이라는 측면에서 스스로를 대상화하고 성찰하는 자기준거적 주체의 문제를 제기하기 때문이다.

정을 적극 옹호하기도 하지만, 그것은 어디까지나 전통적인 조혼의 굴레에 묶여 있던 당대 지식인들의 처지를 지지하기 위한 전략적 방편이었을 뿐이다. 그렇기 때문에 혼외 연애감정의 경우는 오누이의 사랑과 같은 정신적인 감정으로 엄격히 제한되어야 했다. 감정이 완전한 정당성을 얻기 위해서는 완전히 정당한 관계를 형성해야 했다. 춘원에게 감정의 자유는 영혼과 영혼의 일치가 육체적 합일로까지 이어져 혼인으로 결실을 맺어야 이상적인 상태에 이를 수 있었다.

> 靈과 靈이 서로 抱擁ㅎ야 飽和한 滿足에 達한 後에 비로소 肉으로ㅼ지 合ㅎ야 戀愛가 이에 完成되ᄂ 것이니 이것이 卽 婚姻이외다. 비가 오기 前에ᄂ 반ᄃ시 구름이 덥혀야 홈과 ᄀᆺ히 婚姻이 오기 前에ᄂ 반ᄃ시 戀愛가 와야 혼다 함이 이 ᄯᅳᆺ이외다.[82]

인간의 내면과 정신적인 측면에 대한 자각을 촉발했던 '연애'의 이념은 남녀의 영적인 이해라는 정서적 만족에 그치지 않고 육체적인 합일까지를 추구했다.[83] 그런데 혈통 재생산이라는 문제와 직결되어 있던 남녀의 육체적 결합은 결혼을 전제로만 정당성을 획득할 수 있었다. 합법적인 육체의 결합이 '결혼'에 의해서만 허락되는 한, 영육일치의 연애는 결혼이라는 형식을 통해서만 완성에 이를 수 있었다. 그러므로 연애의 궁극적인 목적은 결혼이 되었다. 연애결혼은 성과 사랑과 결혼을 부부라는 하나의 관계 속에 통일한 이상적 형태였다. 그리고 이 결혼은 반드시 1 : 1의 관계만을 허락하는 것이었다.[84]

---

82) 이광수, 「혼인에 대한 관견」, 앞의 책, 31면.

83) 감정해방의 논리에서 출발한 '연애'가 정서적 만족이 아니라 영육이 일치하는 사랑을 요구하는 것으로 나아갔던 데에는 엘렌 케이의 영향이 강하게 작용했다.

84) 이상적인 일부일처의 관계는 조혼관계에 대한 고려를 생략하고 있었다. 조혼은 혼인 당사자의 자유의지와 무관한 것이었다는 점에서 무효를 선언할 수 있는 뚜렷한 명분을 얻을 수 있었으며, 따라서 연애결혼을 통한 일부일처제의 제도적 확립과는 별개의 문제로 다루어졌다.

> 즈긔는 선형과 영치를 둘 다 사랑흔가 그럿타 히면 동시에 두 사룸을 다
> ᄀᆞᆺ치 사랑ᄒᆞᆯ 수가 잇슬가 남들이 흔 말을 듯거나 즈긔가 지금것 싱각ᄒᆞ여 온
> 바로 보건틴 참된 사랑은 결코 동시에 두 사룸 이상에 향ᄒᆞᆯ 수 업ᄂᆞᆫ 것이어날
> 지금 즈긔의 마음은 엇더ᄒᆞᆫ 상튀에 잇나[85]

『무정』의 형식이 선형과 영채 사이에서 갈등하는 것은 동시에 두 사람을 사랑한다는 것이 불가능하다는 믿음과 밀접한 연관을 맺는다. 결혼과 사랑을 별개의 문제로 생각했던 전통적 감각에 따른다면, 형식은 양가집 처녀인 선형을 아내로 삼고 기생인 영채는 따로 첩으로 취할 수가 있다.[86] 그러나 '참된 사랑'은 반드시 한 사람을 선택하는 일이 되어야만 했다. 그래서 춘원은 순결성을 상실한 영채의 아내 될 자격을 박탈하고 형식으로 하여금 아내가 되기로 정해진 선형을 사랑한다고 그토록 간절히 믿게 했던 것이다. 오직 한 사람만을 향하는 지고지순한 감정과 성적인 순결, 그리고 양자를 바탕으로 맺어지는 결혼은, 자유연애의 이념이 목표로 했던 궁극적인 이상이었다.

성·사랑·결혼의 행복한 결합으로서 부부 중심의 근대 가족을 꿈꾸었던 연애의 이상은 1:1의 조화로운 부부관계를 위협하는 첩치가를 더 없이 죄악시하는 새로운 풍토를 만들었다. 첩치가는 숭고한 사랑의 감정을 타락시키는 성의 일탈로 간주되었으며, 첩이 되거나 첩을 두는 인물은 혈통적으로 음란성을 타고 태어난 존재로 규정되었다. 특히 성적인 파탄을 그리고 있는 이 시기 소설들은 많은 경우 타락한 인물들의 유전적인 혈통을 문제로 삼는다. 첩의 딸들이었던 「제야」의 최정인이나 『김연실전』의 연실은 필연적으로 음란한 피의 소유자였다. 이들은 도덕적 자의

---

85) 이광수, 『무정』, 앞의 책, 654면.

86) 권보드래는 「열정의 공공성과 개인성─신소설에 나타난 '일부일처'와 '이처'의 문제」 (『한국학보』 99집, 일지사, 2000년 여름, 108~129면)에서 『무정』의 문제 상황이 일부일처제라는 근대적 이념에서 비롯된 것이라고 설명한 바 있다. 그에 따르면 형식은 일부일처의 이념에 의해 선형을 아내로 삼고 영채를 첩으로 삼는다는 전근대적 문제 해결 방식을 거부했다.

식 없이 여러 명의 남자와 문란한 관계를 맺는 향락과 파탄의 길을 걷는데, 작가는 그것이 혈통적인 체질의 요구에 의한 필연적 귀결이었음을 직간접적으로 드러낸다. 김동인은 소설의 서두에서 연실의 아버지를 "그 낫살에 계집이라면 정신을 못 차리는 더러운 녀석!"[87]으로 표현하고, 연실의 어머니 역시 "화냥질을 해서 나(연실: 인용자)까지 이 수모를 받게 하는"[88] 인물로 기록함으로써 연실의 파탄적 삶의 기원이 혈통적인 출신에 있음을 은근히 암시한다. 또 염상섭은 「제야」에서 정인의 직접적인 고백을 통해 성적 파탄의 혈통적인 원인을 기술했다.

악녀의 상징으로 일컬어졌던 오스카 와일드의 살로메는 남편과 이혼하고 그의 동생과 결혼한 '부정'한 여인 헤로디아의 딸이었다.

> 그 根源을 캐어볼 지경이면 아모리 굿센 良心의 힘으로도 左右할 수 없는 이상한 힘이, 間斷업시 움즉이고 잇섯든 것을 看過할 수 업습니다. 『카라마소프 兄弟』 속에 있는, 所謂 『카라마소프家의 魂』이라는 것과 가튼 魂이, 우리 崔氏 집에도 代代로 遺傳하야 나려온다는 것이 이것입니다. 오늘날 와서도 大膽하고 無禮하게 父母의 缺點을 綻露하야 不肖의 罪를 거듭하랴는 것은 안이지만, 나의 生命이, 그 發芽의 初 一步를 不倫의 結合에서 出發하얏고, 그 生命의 幼兒를 發育하야 준 營養素가, 肉의 香과 歡樂의 綠酒이엇다는 것은 疑心할 餘地 업는 事實이엇습니다.[89]

따라서 이 여인들의 도덕적 불감증과 향락적 생활은 그들의 혈관을 타고 흐르는 '나쁜 피'의 유전에 기인한 필연적 결과였다. 나도향은 『환희』의 전반부에서 주요 서사와는 무관하게 주인공 이혜숙의 어머니를 자세히

---

87) 김동인, 「김연실전」, 『한국문학대전집 김동인 편』, 태극출판사, 1983, 447면.
88) 김동인, 앞의 글, 같은 곳. 괄호는 인용자.
89) 염상섭, 「제야」, 『염상섭 전집』 9, 민음사, 1987, 68면.

그리고 있는데, 작가가 이 어머니의 육감적인 외모와 성적인 상상력을 자세히 그렸던 이유는 그녀가 혜숙의 아버지이자 방탕한 여성 편력의 소유자였던 이상국의 '첩'이었기 때문이다. 줄거리와 무관한 듯한 초반부의 이 묘사는, 후에 혜숙이 선용과 편지로 사랑을 속삭이면서도 너무나 간단히 백우영의 유혹에 넘어가 버린 이유의 하나를 설명해준다. 혜숙은 빼어난 용모와 훌륭한 글솜씨를 자랑하는 재능 있는 인물이었지만, 오빠 영철과는 달리 첩의 소생이었으므로, 성적인 유혹에 약할 수밖에 없는 나약한 성격을 지녀야 했던 것이다.

유전적 혈통에 대한 강조는 당대 청년들에게 조선사회의 적서 차별에 버금가는 콤플렉스를 부과했다. 조선의 적서 차별이 신분적인 제한이었던 데 비해, 식민지 근대 사회에서 첩의 자녀들은 음란한 혈통의 계승자로서 인격적인 결함이라는 굴레를 감수해야 했다.『창조』5호에 발표된 이일의 「피아노의 울님」은 첩의 아들이라는 이유로 구혼자를 거절한 여인이 스스로 첩과 다름없는 신세로 전락하는 아이러닉한 상황을 그린 소설이다. 경성 미술학교 동양화과에 다니던 홍순모는, 음악적 재능의 소유자로서 예술적 이해를 같이 하던 동향 출신의 여학생 박마리아에게 청혼하지만 홍이 첩의 자식이라는 이유로 거절당한다. 홍은 일면 분개하면서도 첩이라는 위치에 대한 박의 배타적 태도를 일종의 절조 있는 행위로 이해하고, 박의 행동을 오히려 높이 평가하며 물러난다. 이 소설은 금전적인 이유로 기혼남인 김인환—그가 방탕한 이유 역시 유전적인 이유를 포함한 부모의 잘못에 기인한 것으로 나타난다[90]—의 첩으로 전락하는 박을 힐책함으로써 신여성의 허위적 가치관과 허영심을 꼬집는 것으로 끝을 맺긴 하지만, 박의 거절을 "존경"[91]의 마음으로 수용하

---

90) "金은 지금 나히 겨우 二十四五歲에 不過하나 남들은 大學校에 단니는 시기에 그는 靑樓에 단녀서 그 德으로 妓生姜이라는 恩賜物이 하나 생겻다. (…중략…) 그것은 勿論 父母의 責任뿐만 아니라, 父母의 遺傳탓도 잇는 同時에 엇더케 보면 父母가 식인 것 갓기도 하다." 이일, 「피아노의 울님」, 『창조』 5호, 1920.3, 59~60면.
91) "그(박마리아)가 비록 制度 中心으로 自己를 拒絶한다 하더라도 社會에 대한 眞正

여학교의 학습 풍경(조선총독부 발간, 『시정25년사』(1935) 소재

는 홍의 태도는 첩이라는 가정사적 위치를 사회적인 의미에서 생물학적 열등성의 위치로 직결시켜 이해했던 당대인들의 인식 특성을 확연히 드러내고 있다.

이처럼 연애는 '결혼을 목적으로 하는 자유'로 변질되면서, 인간의 평등한 생득적 존엄성과 권리에 대한 인식과 더불어 출발했음에도 불구하고, 오히려 순수성을 이유로 하여 새로운 사회를 일구어가야 할 근대적 개인의 특징을 차별화하는 데 이용되고 있었다. 연애의 신봉자들은 개성의 존중을 소리 높여 주창했지만, 이 시기 소설에서 개인의 개성이란 개인의 특이성보다는 신지식과 예술적 재능의 소유 여부에 의해 결정되는 것이었다. 연애를 꿈꾸는 청년들이 희망했던 배우자는 신교육을 통해 습득한 새

한 態度와 嚴格한 基督教主義가 徹底함을 보고, 自己를 不義의 子라 보는 것을 도로혀 尊敬의 눈으로 朴을 보게 되엿다" 위의 글, 57면.

로운 지식과 감각을 이해해줄 수 있는 여성이었다.92) 『개벽』 12호에 실린
단편 「임상순」의 다음 부분은 당대 청년들이 꿈꾸었던 이상적 결혼이 어
떤 것이었는지를 명확하게 보여주고 있다.

> 문상이라는 그의 벗은 작년 가을에 지금 청년들이 노래 삼다 십히 하는 「연
> 애를 기초로 한 결혼」을 일운 것이엇다. 그의 안해가 째째로 문상의 원고를 淸
> 書도 하여주고 그러고 그에 대한 자기의 감상도 말하고 쏘 가끔 자기가 쓴 시
> 를 문상에게 보이기도 하고 남의 작품을 보고는 서로 평도 하고 한다는 말을
> 들을 째에 상순은 그가 얼마나 행복스럽게 보이고 얼마나 부러웁고 자기의 결
> 혼생활이 얼마나 무의미하게 보이는지 말로
> 다 할 수 업섯다.93)

인용문에서 보듯 근대적인 새 가정을 일
구는 '연애'는 남성의 '진보한' 사상을 이해
해줄 수 있는 여성과의 사랑이어야 했다.
여성의 학식에 대한 남성의 요구는, "녀자
가 학문이 잇다는 거을(것을—인용자) 남자의
한 취미로 생각하고 덥허노코 리혼리혼 하
는 것은 꼴사나와 못 볼 일이야"94)라는 공

함께 글을 읽는 이상적 부부의 이미지, 『신여성』 1932
년 4월호.

---

92) 『무정』의 형식은 처음으로 찾아온 영채를 만나 사연을 들으면서 그녀를 아내로 맞
  으려고 마음먹으면서도 "그러나 영치가 만일 지금것 아모것도 비혼 것이 업스면 엇저
  나 니 마음과 니 스샹을 알아쥬리 만흔 공부가 업스면 엇저나 (…중략…) 아아 영치가
  무식흐면 엇져나"(이광수, 『무정』, 앞의 책, 95~96면)하며 영채의 학식 정도를 염려한
  다. 「마음이 여튼 자여」의 K는 5년간의 학업을 마치고 고향에 돌아오면서 기다리던
  아내가 "심심거리로라도 공부를 많이 하여슬여니—. 지금은 훌륭한 부인이 되어슬여
  니—. 그새 내가 없음으로 대단이 파리하여슬여니—" 하고 기대하다가, 아내의 "색
  감앗케 타진 얼골, 살진 허리는, 그가 그새 本집의 농사는 도아주면서도 마음은 걱정
  없이 지난 것을 나타"낸다고 생각하고 실망한 나머지 "쌍쌍이 밀녀 단니는 二八 혹은
  二九의 여학생들"(김동인, 「마음이 여튼 자여」, 『창조』 3호, 1919.12, 27~28면)을 보며
  낭만적인 연애를 꿈꾸기 시작한다. 이러한 예들은 당대의 청년들이 배우자로서 여성
  에게 원하는 첫 번째 조건이 학식에 있었음을 잘 드러내준다.
93) 石蘭生, 「林相淳」, 『개벽』 12호, 1921.6, 139면.

공연한 핀잔들이 제기되었을 정도로 당시 일반적인 경향이었다. 이해와 학식을 교류할 수 있는 결혼의 상상은 종래의 가정에 대한 염오의 감정을 불러일으켰고, 이상적 결혼에 대한 열망으로 인해, 청년들은 구습에 따라 조혼했던 아내들에게서 간단히 애정을 떨어버릴 수가 있었다.

그러므로 개성의 이해와 확장을 요구했던 연애의 이념은, 원래의 의도와는 달리 개별적 특이성보다는 혈통과 학식, 신문물의 수용 정도에 따라 개인을 판단하는 풍속을 불러일으켰다. 이는 연애의 유행이 청년 학생들을 중심으로 한 지식인 사회에 갑자기 불어 닥친 사건이자 전통사회로부터 심각한 문화적 격차를 야기했던 일이었다는 사실과 무관하지 않다. 연애의 유행은 새로운 문화를 접하고 추구했던 청년 지식인들의 정치 사회적 지향을 배경으로 일어난 집단적 사건이었다. 자유로운 사랑에 대한 욕망이 서구적 방식의 연애모델 속에서 정형화되었던 만큼, 소망스런 연애의 대상에 대한 기호(嗜好) 역시 집단적 취향의 형태를 띠었던 것이다. 담론을 주도했던 청년 지식인들의 집단적 취향은, 다양성을 인정하고 개인의 특이성을 주목하기보다는 새로운 방식으로 인간을 계열화하고 재분류하는 결과로 나아갔다. 그런 의미에서, 지식 청년들의 새로운 취향은 전통적 인습에 얽매인 부모 세대와 신지식을 습득하지 못한 일반 대중으로부터 그들 자신을 분리하고, 서구적 가치와 문화를

잡지 『신여자』(1920)에 실린 신여성 김일엽의 하루―가사 능력과 신문명적 학식을 겸비한 이상적 배우자상을 보여 준다.

---

94) 염상섭, 「해바라기」, 『염상섭 전집』 1, 민음사, 1987, 145면.

지향하는 신문명적 인간으로의 재탄생을 기약했던 지식인들의 근대화 권력작용의 일부였다고 할 수 있다.[95]

(2) 감정의 강박과 신경증적 사랑

완전한 연애는 결혼을 통해서 완성될 수 있다는 생각을 바탕으로, 일부 일처를 전제로 하는 연애결혼의 이념은 근대 지식을 습득한 청년들에게 일종의 신념과도 같은 원칙으로 확고하게 자리잡았다. 주요섭의 「첫사랑값」(『조선문단』, 1925)과 방정환의 「그날밤」(『개벽』, 1920)은 순수한 연애의 이상과 연애결혼의 이념에 의해 감정을 강박한 나머지 파멸로 치닫게 되는 인물들을 그린 소설들이다.

「첫사랑값」은 상해에서 유학했던 조선인 학생 유경의 유고 일기의 형식으로 전개된다. 유경의 일기는 중국인 여학생 N에 대한 사랑과 갈등의 고백서라 할 수 있는데, 그가 사랑의 갈등으로 인해 학업을 중단하고 조선으로 돌아오게 되기까지의 경위를 그리고 있다. 『조선문단』 14호의

---

95) 연애결혼의 모델이 내포했던 차별화의 전략은 새롭게 나타난 여성의 유형화 현상에서도 그 일면이 드러난다. 식민지 초기 여성은 구여성·여학생·첩·기생이라는 새로운 부류로 유형화되었다. 학식과 문화적 귀속성, 법적 혼인 여부 및 사회 경제적 위치가 복잡하게 얽혀 비체계적으로 보이는 이 분류는 그러나 당대 사회를 지배했던 여성관과 여성상들을 적절하게 반영해주고 있다. 구여성이 전통적인 인습에 얽매인 존재라면, 첩과 기생은 성적인 만족의 대상이자 불순한 성의 표상으로서 부정되어야 할 존재였다. 그러나 여학생 차림으로 거리를 활보함으로써 '신여성'의 일부로 간주되었던 기생은, 때때로 순정한 연애의 상대로 나타나기도 했으므로, 첩과 같은 순수한 혐오의 대상은 아니었다. 예능인으로서 기능을 습득하고 성숙한 남성들을 상대하기 위한 특수한 교육을 받았던 기생은 음성적인 사회공간을 형성했던 경계적 존재로서 사랑의 생산자인 동시에 파괴자라는 특수한 위치를 점하고 있었다. 가장 바람직한 연애의 대상은 단연 여학생이었다. 여학생(졸업생을 포함하는)은 이해와 애정을 바탕으로 하는 낭만적 가정의 구현 가능자로서 청년 지식인들의 상상력을 자극했던 최고의 연애 상대였다. 이와 같은 여성의 유형화는, 단순한 구분에 머무르는 것이 아니라 우선순위가 부과되는 위계적 분류였다. 첩이 가장 모멸되었던 혐오의 대상이라면, 무지한 구여성과 기생은 비록 부정적이지만 일정 정도 동정의 여지가 있는 존재였다. 여학생은 일차적으로는 동경의 대상이었으나, 성욕과 물욕에 현혹되어 남성을 몰락시킬 수 있는 가변적 존재로 간주되었다.

유실로 인해 유경이 죽음에 이른 구체적인 이유는 알 수 없지만, 11호부터 13호까지의 연재는 N에 대한 유경의 깊은 관심과 감정의 진전 과정을 매우 세밀하게 기록해내고 있다. 자신에 대한 N의 호의와 그녀에게 끌리는 감정에도 불구하고 유경은 그녀가 부유한 중국인 학생인 데 반해 자신은 가난한 조선인 유학생일 뿐이라는 입장의 차이 때문에 괴로워한다. 때문에 유경은 N에 대한 관심의 출발점에서부터 자신의 감정을 억누르고자 한다. 유경의 일기는 사랑의 감정을 억압하고자 하는 노력과 그럼에도 불구하고 어쩔 수 없이 분출되는 열정 간의 투쟁의 과정으로 점철되어 있다. 이처럼 유경이 감정의 배제를 위해 투쟁하게 되는 이유는 그가 확고한 결혼관의 소유자이기 때문이다.

> 련애는 결혼을 그 목덕으로 하지 안이 하면 안이 된다 결혼 련애를 선조로 하지 안으면 안이 되는 것 갓치 엘렌케이가 말한 바 련애가 업슨 결혼은 간음이라는 것을 시인한다구 하면 결혼을 무시하는 련애는 쏘한 간음에 지나지 안는다 안이 육례보다 정신이 더 귀한 덤으로 보아서 결혼을 데외시하는 련애는 련애 업는 혼인보다 더 큰 죄악일다.96)

N과의 결혼은 불가능하다고 미리 단정한 유경은 자신의 감정을 애서 거부하고 부인한다. 그런데 이 과정은 용이치 않아서, 유경은 때로 N에게 모욕을 주기도 하고, 난데없이 N을 끌어안기도 하는 등 모순적인 태도를 보인다. 유경의 자기 억제는 가히 피학적이어서, N의 관심을 끄는 듯한 자신의 얼굴을 면도칼로 내리긋고 싶은 충동을 느끼는가 하면, N에 대한 열정을 막기 위해 갑자기 학업을 중단하고 귀국을 감행하기도 한다. 유경의 피학적이리만치 극단적인 행동들은 자유로운 감정의 흐름을 연애결혼의 이념 아래 포섭해내려 했던 인물의 신경증적 집착을 드러냄으로써 오히려 이념의 경직성을 노출한다. 사실상 감정 억제를 서사

---

96) 주요섭, 「첫사랑값」, 『조선문단』 12호, 1925, 43면.

의 기본 동력으로 삼고 있는 이 소설은, 아이러닉하게도 다른 어떤 작품들보다도 자연스럽게 연애감정의 발생과 흐름을 묘파해내고 있다. 감정의 분출과 흐름이 자연스러웠던 만큼 그것을 억압하고자 했던 의지는 극단적인 방향으로 나아갈 수밖에 없었다. 그 결과 인물은 신경증적 피학 증세 속에서 학업을 포기하고 죽음을 맞는 파국에 이르는 것이다.

방정환의 「그날밤」의 주인공 영식 역시 "결혼은 반듯이 연애로서 성립되어야 하고 연애는 반듯이 이성(異性)의 합치라야 진실한 연애라 한다"97)는 신념의 소유자이다. 이 소설은 정혼자가 있는 문학청년이 신여성을 사랑하게 되어, 순수성을 지키고자 했던 의지를 거역하고 육체관계를 맺게 되지만, 정혼자와의 파혼이 이루어지지 않고 사랑했던 여성 역시 부모의 강제로 결혼해버리자, 비탄에 빠져 자살하는 이야기를 다루고 있다. 주인공 영식이 자살이라는 극단적인 결말을 선택하는 것은, 결혼없이 맺었던 육체관계가 책임 있는 결과를 맺지 못하고, 자신과 육체관계를 맺었던 여인이 타인과 당당히 결혼하는 상황을 감당할 수 없었기 때문이다. 사실 영식의 자살은 서사의 진행 속에서 충분히 동기화되지 못하기 때문에 과장되고 급작스러운 듯한 느낌이 강하다. 그러나 "아아 여자의 비밀을 누구라 아느냐", "아아 허는 처녀가 아니엇다 그러나 지금 시집을 잘 산다"를 되뇌이며 강물로 뛰어드는 영식의 모습은, '그날밤'이라는 제목이 상징하는 위반적인 육체 경험의 감각이 주인공의 정신에 새겨 넣은 트라우마의 깊이를 짐작하게 해준다. 이론적 신념과 너무나 동떨어진 현실의 발견 속에서, 특히 육체관계라는 감각적 경험은 순정한 믿음의 소유자였던 청년이 이해하고 견딜 수 있을 정도를 넘어서는 충격적 사건이었다. 육체관계와 배신이 사랑과 결혼의 이상적 의미를 파괴하고 세계의 연속성에 대한 기초적 신뢰를98) 무너뜨림으로써, 영식

---

97) 방정환, 「그날밤」, 『개벽』 5호, 1920.11, 132면.
98) 앤소니 기든스에 의하면, 개인의 정체성은 일상생활에서 타인과 세계가 연속적으로 존재할 것이라는 기초적 신뢰를 바탕으로 형성된다. 이 기초적 신뢰에 금이 갈 경우

은 더 이상 자신을 지탱할 수 없었던 것이다.

「첫사랑값」과 「그날밤」의 파국적 구조는 성·사랑·결혼의 조화로운 결합을 의미했던 연애결혼의 이념에 대한 고착된 집착의 결과라고 할 수 있다. 두 소설의 주인공들이 보여주는 신경증적 고통과 파멸의 양상은 연애결혼의 이념이 불러일으킨 삶에 대한 고양된 기대의 지평이 현실적인 경험의 지평과 조화를 이루지 못한 결과였다. 두 인물의 감정의 강박과 갑작스러운 죽음이라는 과장된 절망의 표현은, 인물이 고정화된 연애의 모델에 고착될 때 자아와 환경의 갈등을 균형 있게 조율할 수 없다는 사실을 알려 준다. 주체성의 발현을 의미했던 연애가 완강하게 고착된 모델의 형태로 내면에 정착할 때, 오히려 개인적 주체성의 자유로운 발현을 억압하고 말살하게 되는 것이다. 따라서 두 소설의 강박적인 심리 묘사와 파국의 구조는 현실적 토대와 충분히 상관하지 못하고 일방적으로 진전되었던 연애모델의 정체성을 확인해주는 동시에, 이처럼 정형화된 모델에 집착해 있을 때 소설이 구조적 안정성을 확보하지 못하고 미숙한 형상화에 그칠 수밖에 없었음을 증명해준다.99)

인간은 정신병적 상황에 돌입하게 된다. 그렇기 때문에 개인은 일상생활에서 기초적 신뢰에 대한 잠재적 위협을 끊임없이 걸러내는 작업에 몰입하는데, 기든스는 이 걸러 내기의 작업 기준망을 '보호 고치'라는 비유적 표현으로 명명한다. 보호 고치는 일상 생활의 무수한 사건들을 체로 거르면서 정상화시킨다. 개인은 보호 고치를 통해 자신이 이해하고 견딜 수 있을 만큼의 것으로 세상을 걸러 내어 수용하는 것이다. 앤소니 기든스, 『현대성과 자아정체성-후기 현대의 자아와 사회』, 새물결, 2001 참조.

99) 이와는 반대로 '연애'라는 새로운 관념에 의해 일단 공식적인 담론의 영역으로 유입된 열정은 지배적인 담론의 포섭 장치를 거부하고 일탈적이며 다양한 사고의 가능성을 열어 주기도 했다. 1920년대 전반의 소설들은 조건 없는 '자유' 연애와 도덕 혁명을 주장하는 인물이나(한병도, 「그날밤」, 『조선문단』 3호) 결혼을 혐오하고 동거를 지향하는 인물(전영택, 「운명」, 『창조』 3호) 혹은 현실여건의 불충분성으로 인해 아예 사랑을 단념하고자 하는 인물(방인근, 「어머니」, 『조선문단』 1호)도 탄생시켰다. 이와 같은 인물의 등장은 이념의 동일성을 향해 수렴되고자 했던 일련의 경향들에 저항하면서 굴절되는 담론의 지엽적 분화 양상을 드러낸다. 정형화된 연애모델의 동일성으로부터 이탈하고자 했던 경향들 가운데 의미 있는 성과들은 다음 장에서 다루게 될 것이다.

2) 연애의 문화적 기호(嗜好)와 근대 주체의 자기기만

(1) 낭만적 사랑의 이미지와 취향의 동질화

부모 세대로부터 독립한 부부 중심의 가족이란 부모 세대로부터의 일정한 경제적 자립을 전제로 한다. 계급 중심의 고전적이고 세습적인 경제적 지위로부터 독립한 부부는 자녀 양육을 포함한 가족 경제의 책임을 부담해야 했다. "일단 성립되고 나면 부부 중심의 가족은 전형적으로 사회적인 문제들에서와 마찬가지로 경제적인 문제들에 있어서도 자율적인 단위가 된다."[100] 연애결혼의 모델은 비록 감정해방의 논리에서 출발하였지만 실질적으로는 그 어느 때보다도 훨씬 더 결혼이 경제적인 문제로 치환되고 있던 시기의 산물이었다.

물론 경제적인 요소는 역사적으로 어느 시기에나 결혼을 결정하는 데 중요했다. 그러나 가족제도가 개인주의적 경제 질서로의 이동에 종속됨에 따라 새로운 가족의 구성은 물질적인 것들을 가장 우선적으로 고려해야만 하는 결과를 빚었다. 전통사회의 혼인이 경제적인 문제에 앞서 신분과 가문의 계승을 위한 것이었다면, 근대의 결혼에서는 경제적인 요인이 무엇보다도 일차적인 고려의 대상으로 바뀐 것이다. 따라서 부부 중심의 근대 가족은 결혼의 실질적인 의미를 훨씬 더 상업적인 문제로 전환시켰다.

결혼에 부여되는 경제적인 이해관계는 순수한 열정을 바탕으로 한 순도 높은 관계를 추구했던 연애의 이상과 상치되면서도 연애모델이 그 발생 안에 이미 내포하고 있었던 내부적 모순이었다. 연애라는 어휘가 유발하는 미지의 낭만적 삶에 대한 동경은 현실에 대한 결핍 의식을 전제로 하고 있었고, 이 결핍의 충족을 풍요로운 생활양식의 상상 속에서 환기하고 강화했다. 연애의 이미지는 그 자체 내에 이미 새로운 경제적

---

100) 이언 와트, 전철민 역, 『소설의 발생』, 열린책들, 1988, 180면.

기호(嗜好)와 감각을 암묵적으로 내포하고 있었다.

> 이 째에 나의 량식은 女子들을 바라보는 것과 空想 두 가지 밧게 없엇다. 그 空想 가운데 나타난 나는 엇떤 째는 우리나라에 第一의 理學者도 되여 보왓다. 或은 世界 一의 富者도 되여 보왓다. 쏘는 해와 달에 遠征도 가 보왓다. 그럿치만 그 空想의 大部分에는 나는 美人의 남편이엿다. 女學生의 부러움의 표ㅅ대엿다. 나는 엇던 王의 사위엿다. 女子가 석겨야만 空想의 世界가 自由自在로 展開되엿다. 나는 世界에 일흠난 戀愛小說 中에 日語로 번역된 者는 대개 보왓다. 그리고 그 小說 가운데 戀愛에 成功한 者는 나로 치고 成功치 못한 者는 나의 사랑의 원수로 치고 마럿다.[101]

인용문은 「마음이 여튼 자여」에서, 학업을 마치고 귀향한 주인공 K가 낭만적인 사랑을 꿈꾸며 공상에 잠겨 있는 장면이다. K의 공상은 신교육을 수혜한 지식인의 근대적인 감각과 그것이 유발하는 내면적 욕망의 실체를 여실히 드러내고 있다. 해와 달로의 원정은 근대 과학의 절정을 표상하는 이미지로서, 최강의 지식을 선취하고자 하는 인물의 욕망을 반영하고 있다. 근대 과학의 선취(제일의 이학자와 해와 달로의 원정)로 표상되는 지식의 달성, 자본의 소유(세계 제일의 부자), 권력의 획득(왕의 사위), 본능의 만족(미인의 남편)으로 요약되는 K의 공상은, 근대 사회가 개인에게 충동하는 욕망의 전형적인 양식들이자 근대 교육이 빚어낸 새로운 욕망의 형식들이다. 그런데 이 욕망은 막연한 공상과 이미지의 형태로 전개되면서, 궁극적으로는 연애에 대한 욕망 속으로 결집한다. 그 어떤 소망도 결과적으로는 여성으로부터 사랑받고자 하는 욕망으로 귀결되고 있기 때문이다.[102] K의 공상은 연애에 대한 소망이 근대적 지식과 자본과

---

101) 김동인, 「마음이 여튼 자여」, 『창조』 3호, 1919.12, 29면.
102) 사랑의 욕망이 다른 욕망들의 궁극적인 귀결로 나타나는 K의 내면은 욕망의 근본 원리에 대한 프로이트의 주장을 연상시킨다. 프로이트에 따르면 여성의 모든 환상은 남성에 대한 욕망으로 귀결되며, 남성의 환상은 여성과 권력에 대한 욕망으로 나뉘는데, 권력욕은 사실상 권력 획득을 통해 여성의 찬사를 얻기 위한 것이므로 궁극적으로

권력이라는 제반 욕망들이 교차하는 지점에서 형성된 욕망의 환유적 집결지였음을 알려준다. 연애는 사실상 자본과 권력과 지식 선취에의 욕망이 현실화될 수 있는 구체적 여건이 성숙하지 못한 상황에서, 현실의 결핍을 보상하는 유력한 대리 표상이었는지도 모른다.

위의 장면에서 한 가지 더 주목되는 것은 연애에 대한 K의 막연한 동경과 욕망을 구체화시켜 준 매개체가 번역된 연애소설들이었다는 사실이다. 제2장에서 본 바와 같이 남녀 간의 교제라는 아이디어 자체가 생소했던 당대 사회에서, 번역된 외국소설들은 연애에 대한 일련의 이미지를 제공하고 그에 대한 상상과 동경을 촉발하는 중요한 매개물이었다. 소설이 선전하는 낭만적 사랑의 이미지는 매혹적이고 풍요로운 이국적인 생활양식에 대한 환상을 불러일으켰다. 낭만적 사랑에 대한 동경으로 전환된 청년들의 결핍의식은 연애소설의 독서를 통해 이국적인 삶에 대한 향수를 유발했고, 그것은 물질적 삶의 양식에 대한 새로운 감각을 개발했다. 연애의 모델은 새로운 물질적 삶의 양식을 요청하고 있었다.

> 彼 文明國의 家庭을 觀하니, 全家族이 朝에 卓을 同히 하고 愛情 가득한 談笑 中에 食事를 畢하고 大人은 各各 自己 事務에, 兒童은 各各 學校에 終日 分離하여 勤勤孜孜하다가 夕에 다시 一堂에 會集하여 親愛하는 者의 얼굴을 보며, 夕飯을 畢하고는 談話室에 會集하여, 或 讀書도 하며, 談話도 하며, 或者는 樂器로, 或者는 唱歌로 或者는 今日 世間에서 聞한 興味 有한 談話로, 各各 親愛하는 家族을 悅케 하고 笑케 하고 慰케 하려 하며, 如斯히 二, 三 時間을 天國과 같은 相樂裏에 送하고, 서로 一夜의 健康을 祝한 後에 各各 就寢하나니, 乾燥枯淡한 朝鮮의 家庭에 比하여 果然 何如하뇨[103]

춘원이 소개한 단란한 서구 가정의 모습은 총체적인 생활양식의 변혁

는 다시 여성에 대한 욕망으로 귀결된다고 한다. 프로이트, 정장진 역, 「창조적인 작가와 몽상」, 『창조적인 작가와 몽상』, 열린책들, 87면 참조
103) 이광수, 「조선 가정의 개혁」, 『전집』 1, 삼중당, 1962, 495~496면.

을 전제로 하고 있었다. 이상적 가정을 구성하기 위해서는 우선적으로 가정과 학교 및 사무공간의 분리가 이루어져야 했다. 또 가정 안에는 전 가족이 함께 둘러앉을 수 있는 커다란 식탁을 갖춘 식당, 침실과 구별되는 담화실, 취미 생활을 구현할 수 있는 악기와 서적 등의 문화적 공간과 제재가 필요했다. 연애에 대한 소망은 피아노와 벽난로, 안락의자와 식탁이 있는 스위트 홈의 이미지와 강력하게 결합하고 있었다. 새로운 사유 양식과 상징질서에서 비롯된 연애에 대한 소망은 관념적 인식틀뿐만 아니라 실질적인 생활 문화 제재의 변혁을 요구하고 있었던 것이다.

> 두 음악가가 터―ㄱ 결혼을 해 가지고 양옥집 하나 족으마하게 짓고 조석으로 내외가 하나는 피아노 타고 하나는 사현금 타고……그런 팔자가 어대잇나[104]

> 션형은 안히가 되엇다 마음것 ᄉ랑홀 슈 잇는 늬 것이 되엇다 그리고 미국에 가셔 대학교에 들어가셔 학ᄉ가 되고 박ᄉ가 될 슈 잇다 ᄉ랑스러운 션형과 한 챠를 타고 한 비를 타고 ᄀ치 미국에 가셔 한 집에 잇셔셔 한 학교에서 공부홀 수가 잇다 아아 얼마나 질거울는지 그리고 공부를 마치고 나셔는 션형과 팔을 겻고 한 비로 한 차로 본국에 도라와셔 만인의 부러워홈과 치하홈을 바들 슈가 잇다 아아 얼마나 질거울는지 그리고 경치도 죠코 ᄭ긋흔 집에 피아노 노코 바이올린 걸고 션형과 ᄀ치 살 것이다 늘 ᄉ랑ᄒ면셔 늘 질겁게……아아 얼마나 깃불는지 [105]

> 그의 이상은 단순하다. 셩순과 혼인을 하고, 자기가 호주가 되거든 양옥으로 깨끗한 집을 짓고, 방을 곱게 꾸미고, 거기다 피아노를 놓고, 셩순더러 치라고 하고, 자기는 안락의자에 편안히 누워서 그것을 듣고, 가끔 둘이서 승경을 찾아 여행이나 하고……. 이것뿐이었다.[106]

---

104) 牧星(방정환), 「그날밤」, 『개벽』 7호, 1921.1, 153면.
105) 이광수, 『무정』, 앞의 책, 497~498면.
106) 이광수, 「개척자」, 『전집』 1, 382면.

　위 인용문들은 연애를 꿈꾸는 청년들이 마음에 둔 이성과 인연이 닿았을 때 떠올리는 미래의 삶에 대한 상상들이다. 이들이 바라는 미래는 깨끗한 양옥집 거실에 피아노를 울리며 함께 웃는 가족의 모습을 찍은 서구적 가정의 선전 사진 한 컷과 같은 이미지 이상이 아니다. 이 같은 이미지는 연애의 모델이 제국주의의 문화적 침투 및 선전과 얼마나 깊게 관련되어 있었는지를 단적으로 보여준다. 피아노를 갖춘 깨끗한 양옥의 '스위트 홈'(Sweet home)은 '연애'만큼이나 당대에 유행하던 어휘였다. 깨끗한 양옥집이 위생적 생활의 표상이라면 피아노는 예술 감각의 표상이었다. 연애의 모델은 위생과학과 예술 감각을 갖춘 문화적 삶의 이미지를 표상하고 있었고, 서구적 삶으로의 문화적 이입을 지향했다. '서양식'이라는 기호는 하나의 이념과도 같이 새로운 삶을 꿈꾸는 청년들을 자극했다. 춘원의 자유연애론에 표나게 거부감을 표시했던 김동인조차도 서양

식 결혼 예식을 바라보면서, "그 모양은, 참 신성(神聖)코 순결(純潔)코 장엄(莊嚴)코 신(神)답고 아름다왔다"[107]라고 묘사한다. 연애를 선망하는 청년들 사이에서 서양식을 따르는 것은 그 양식이 내포하는 근본 의미를 따지지 않고도 일단 옳은 일이었다. 『무정』에서 김 장로의 개화된 생활을 평가하고 있는 다음 부분에서는 이러한 사정이 단적으로 드러난다.

1920년대의 예배당 결혼식

　그네는 김장로를 셔양을 슝닉는 사람이라 혼다 (…중략…) 셔양 사람의 문명의 내용은 모르면셔 셔양옷을 입고 셔양식 집을 짓고 셔양식 풍속을 짜름을 슝닉가 아니라면 무엇이라 흐리오 다만 용셔홀 덤은 김쟝로는 결코 경박흐야

---

107) 김동인, 「마음이 여튼 자여」, 『창조』 3호, 17면.

쏘는 일뎡흔 주견이 업셔셔 쏘 다만 허영심으로 셔양을 슝닉니는 것이 아니라 진정으로 셔양이 우리보다 우승흠과 짜라셔 우리도 불가불 셔양을 본바다야 흘 줄을 미듬(쌔달음이 아니오)이니 무식ᄒ야 그러는 것을 우리는 칙망흘 수가 업 는 것이라.108)

"진정으로 셔양이 우리보다 우승흠", "우리도 불가불 셔양을 본바다야 흘 줄을 미듬"이란, 혼인 양식의 변화에 대한 요구를 서구적 양식으로 포섭하여 하나의 모델로 정형화했던 근대화 추동 권력의 지향과 그대로 일치한다. 그렇기 때문에 그 본질적 의미에 대한 깊은 이해가 없음에도 불구하고 일단 서양식을 따라하는 것 자체만으로 김 장로는 전통적 삶의 굴레에서 벗어나 개화한 사람으로서의 의의를 부여받을 수 있었던 것이다. 연애는 이처럼 '동양 / 서양', '야만적 전통 / 우수한 신문명'의 이분법적 대립구도 위에서 구체화되고 있었다.

한편, 연애결혼의 이상이 촉발한 미지의 삶의 양식에 대한 막연한 동경은, 서구에서 유입된 새로운 물질적 상품들이 약속하는 것으로 보였던 상상적 쾌락의 이미지 속에서 구체화됨으로써 새로운 소비문화를 촉구했다. 낭만적 사랑을 갈구하는 남녀는 "소비문화를 촉구하는 불분명한 갈망과 만족되지 않는 욕망, 현실적 쾌락과 상상적 쾌락 사이의 격차를 좁히려는 지속적인 노력"109)의

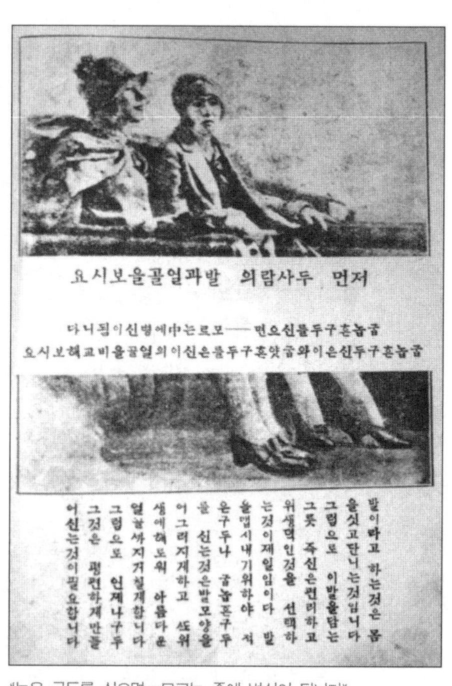

"높은 구두를 신으면—모르는 중에 병신이 됩니다"

---

108) 이광수, 『무정』, 앞의 책, 473~474면.

공원을 산보하는 신여성―맑스 오렐 저, 『女』(평화당, 1930) 소재

이상적 주체였다. 히사시가미와 트레머리의 신여성들은 구두를 신고 목도리를 두르고 손수건과 파라솔을 든 채 독특한 걸음걸이로 거리를 활보함으로써 남성들의 주의를 끌었다.110) "유행하는 보법(步法)으로 팔과 궁둥이를 전후좌우로 저으면서" "파라쏠을 바든 후에 손수건을 코에 대여서 쏘는 듯한 코르타르 내음새를 마그면서"111) 거리를 걸어가는 신여성의 스타일은 여성의 허영적인 속물근성을 상징하는 것으로, 경계와 질타의 표적이 되면서도 한편으로는 동경 어린 시선이 집중되는 곳이기도 했다. 인용문과 같이 차리고 거리에 나선 신여성들은 "젊은 여자에게서는 시기, 남자에게서는 애모"의 시선을 "자기편으로 향한 모든 눈"112)에서 느끼게 되는 것이다. "녀학생 하면 웬일인지 시선과 귀가 앵하여지

<hr>

109) 리타 펠스키, 심진경·김영찬 역, 『근대성과 페미니즘』, 거름, 1998, 143면.
110) 식민지 사회를 살았던 여학생의 스타일에 대해 자세히 설명한 글들로는 다음과 같은 것들이 있다. 김진송, 『서울에 딴스홀을 허하라』, 현실문화연구, 1999; 신명직, 『모던뽀이 경성을 거닐다』, 현실문화연구, 2003; 문옥표 외, 『신여성』, 청년사, 2003; 김미영, 「1920년대 여성담론 형성에 관한 연구」, 서울대 박사논문, 2003; 이경훈, 「무정의 패션」, 『민족문학사연구』 18호, 민족문학사학회, 2001, 327~358면.
111) 김동인, 「약한자의 슬픔」, 『창조』 1호, 1919.2, 53면.
112) 위의 글, 69면.

186　연애라는 표상

며”,113) 전과는 달리 전차간이나 음악회 등 좁고 밀폐된 공간에서 마주할 수 있게 된 여학생과의 짧은 만남에서 오랜 설렘과 향수를 감각하는 것이 당대의 청년들이었다.114)

화려한 신여성과의 데이트에는 자동차와 일등 객실이 필요했으며, 완전한 성장 차림의 한가로운 공원 산보와 이국 음료, 양식당 등이 동반되어야 했다. 「유린」(현진건, 『백조』 2호)의 K는 “돈짝만한 배로 한강의 흐름을 지치며” “호사스런 덴뿌라와 포도주”115)로 여학교 3년급생 숙정을 유혹하고, 「몽영의 비애」(이일, 『창조』 4호)의 춘식은 미모의 여교사 성희를 유혹하기 위해 평양가극단의 가극 공연을 구경한 후 남산호텔 공개식당 3층의 조용한 방에서 밤참과 포도주의 화려한 저녁을 준비한다.116) 『너희들은 무엇을 어덧느냐』의 지식인 청년 명수는 기생 도홍의 환심을 사기 위해 일본인에게 빚을 내어 “검정 사—지의 말숙한 겨울 양복”과 “윤이 반즈르를 흐르는” “검은 빗 나는 진보라 넥타이”117)로 치장을 하고, 그와 같은 남성들의 노력에 값하여 『환희』의 여학생 혜숙은 “얼굴이 검고 거치러운 수염”에 “머리털이 귀밑까지 덮인” 선용을 외면한 채, “고운 양복 입고 하얀 칼라에 자주 넥타이”를 매고 “전깃불에 반짝반짝하는 하얀 안경”에 “모양 있게 깎은 머리”118)를 한 백우영에게 유혹되고 만다.

연애에 수반하는 사치스럽고 호화로운 기호들은 연애를 희구하는 청년들의 새로운 문화적 감각이 식민지 조선을 새로운 소비시장으로 활성화하고자 했던 제국주의적 전략에 부응하고 있었음을 웅변해준다. 청년

---

113) 채만식, 「세 길로」, 『조선문단』 3호, 1924.12, 10p.
114) 전차간이나 음악회 등 좁고 밀폐된 공간에서 마주할 수 있게 된 이성과의 짧고 일회적인 만남은 새롭고 신선한 문명의 경험이었으며 그 자체로 그대로 소설의 소재가 될 수 있었다. 채만식의 「세 길로」로 현진건의 「까막잡기」는 각기 전차 간, 음악회에서 일어난 이름 모를 여학생과의 짧은 만남을 자세히 기록하고 있다.
115) 현진건, 「유린」, 『백조』 2호, 1922.5, 51면.
116) 이일, 「몽영의 비애」, 『창조』 4호, 1920.2, 41면.
117) 염상섭, 「너희들은 무엇을 어덧느냐」, 『염상섭 전집』 1, 민음사, 1987, 330면.
118) 나도향, 「환희」, 『나도향 전집』 下, 집문당, 1988, 136~137면.

신사복 광고―『동아일보』, 1926.4.1.

들의 시선을 끌었던 여학생의 스타일이 그러했던 것과 같이, 연애라는 새로운 문화적 풍속은 사치와 풍요의 이미지를 동반했고 따라서 자본을 필요로 했다. 풍요롭고 호사스런 새로운 문화에 대한 동경을 배후로 함으로써 연애에 대한 열망은 동질적이며 세속적인 물질적 취향을 양산하고 있었다.

「약한자의 슬픔」에서 묘사되고 있는 주인공 강엘니자벳트의 다음과 같은 의식은 연애를 희구했던 당대 청년남녀의 새로운 소비문화와 생활 감각이 함축하고 있었던 물질주의적 나르시즘의 성격을 잘 드러내준다.

그는, 낫고 더럽고 답답하고 시시―한 내음새 나는 촌집보다, 놉고 정한 서울집이 낫―고, 광목바지 닙고 상투 틀고 낫치 식거믄 原始的인 촌무즈렁이들보다 맥고모자에 권연 물고 가―는 모시 두루마기 니븐 서울 사람이 낫―다. 굴―근 광당포 치마보다 가―느른 모시 치마가 낫―고, 다 처딘 딥신보다 맵시 나는 구두가 낫―다. ――기름머리에 맵시나게 차린 후에 파라쏠을 밧고, 쟝안 큰 거리를 팔과 궁둥이를 저으면서 단니든 자긔 모양을 흐린 하늘에 그려볼 째에는, 엘니쟈벳트는 자긔의게도 붓그럽도록 그 기름자가 엽버 뵈엿다.119)

'촌집과 서울집', '광당포 치마와 모시 치마', '집신과 구두'의 이분법

---

119) 김동인, 「약한자의 슬픔」, 『창조』 2호, 1919.3, 7면.

적 간격은 그대로 "낫고 더럽고 답답하고 시시—한 내음새 나는" 전통 조선사회와 "놉고 정한" 신문명 사회의 간격이 되며, "촌무즈렁이들"과 "서울 사람"의 간격이 된다. 야만과 문명의 이분법이 물질적 소비재의 형태로 표상되고 있는 것이다. 이처럼 물질화된 이분법 속에서 인물은 "자기의게도 붓그럽도록" "엽버 뵈"이는 자신의 "기름자(그림자)"에 스스로 도취한다. 내면적 품성이나 인격적 성숙이 아닌 물질 소비재의 형식으로 표상되는 신문명적 삶의 나르시즘은 글자 그대로 서구문명의 '그림자'일 수밖에 없었다. 연애는 이처럼 소비재의 형태로 약속되는 문명적 삶의 이미지에 도취된 나르시즘적 취향의 하나로서 청년들을 서구물질 문명 속에 동질적으로 적응시키고 있었다.

염상섭의 다음과 같은 지적은, 사랑할 상대의 개성의 발견과 이해에 대한 강조에도 불구하고, 여학생들에 대한 청년들의 관심과 동경이 실제로는 화려한 외양이 유도하는 속물적 호기심에서 비롯된 것임을 날카롭게 꼬집고 있다.

> 녀학생이 지나가면 한 번 볼 것을 쏘차가서 우산 밋흐로라도 두 번 보는 것은 비단 우산 양머리 긴 저고리 쌀분 치마 굽 놉흔 구두에 현긔가 나고 그 다음에는 분 바른 얼굴에 얼이 싸지기 째문이 아니냐? 그 계집애 얼굴에 졸업장이 씨어서 쏘차간 것도 아니요 언제 만낫다고 리해가 잇고 제 소위 사랑이 잇서서 두 번 치어다 본 것이 안일 게 아니냐?120)

신문명의 지식과 감각을 공유한다는 이유로 여학생을 이상적인 연애의 대상으로 말하곤 하지만, 실질적으로 여학생에 대한 남성들의 관심은 겉치장에 집중하고 있다는 비판이다. 염상섭은 여학생의 지식과 졸업장이 결혼을 위한 상품 가치로 변화하는 세태를 다른 누구보다도 극렬하게 비판했던 작가이기도 했다. 다양한 개성의 발견이자 표현이어야 할 자유

---

120) 염상섭, 「너희들은 무엇을 어덧느냐」, 앞의 책, 214면.

로운 사랑의 이상이 실질적으로는 오
히려 동질적이며 세속적인 취향의 확
산 속에서 물질주의를 확산시키고 있
다는 사실을 그는 통렬하게 꼬집어 내
고 있었다.

　동일성으로 환원되는 청년들의 집
단적 취향은, 연애라는 문화현상이 새
롭게 형성되는 자본주의적 사회구조에
개인을 수동적으로 적응시키는 데 기
여하고 있었음을 드러낸다. 연애의 이
념은 신문명의 상징으로 표상됨으로써
무반성적으로 대중 속에 침투할 때,
전근대 사회의 모순을 극복하고 새로
운 삶의 질서를 찾아가려는 생산적인
욕망으로 진전되기보다는, 오히려 서
구적 물질문화가 제공하는 획일적인
기호에 수동적으로 '적응'하는 식민화
된 주체들을 양산하는 데 부응하고 있
었던 것이다.

외출하는 신여성. 『시정25년사』(1935)

(2) '사랑 ≒ 여성 ≒ 돈'의 이율배반

　낭만적인 사랑과 결혼의 이념이 불러일으키는 미지의 삶에 대한 동경
이 새로운 물질적 삶의 양식 속에서 그 구체적인 이미지를 찾아낼 때,
연애는 새로운 상품에 대한 소비시장의 확산을 초래하는 촉매가 되었다.
연애가 새로운 물질적 소비문화와 깊이 결부되고 또, 연애결혼이 그것을
촉발했던 구호의 본질적 의미와는 달리 실질적으로 물질적 삶과 경제적

이해에 탄탄하게 얽힐 수밖에 없음이 자명해질 때, 명백하게 구별되던 연애와 돈의 영역, 감정과 경제학의 영역은 서로 긴밀하게 연결되기 시작한다.

자유로운 배우자의 선택을 의미하는 연애결혼이, 자본주의적 경제단위의 형성 원리임을 일찍부터 눈치 챈 것은 가계의 경제를 책임져야 했던 청년 남성들이었다. 가난한 자신과 부유한 중국인 여학생 N과의 결혼은 불가능하다고 미리 단정하고 자신의 감정을 피학적이리만치 집요하게 억압하려 했던 「첫사랑값」(주요섭, 『조선문단』 12호)의 주인공 유경의 경우는, 연애결혼의 이념이 숨기고 있었던 경제적 의미에 대한 남성의 인식과 불안을 극명하게 드러내는 예가 된다. 방정환의 「그날밤」이 보여주는 다음 장면은 낭만적인 연애에 대한 소망이 경제적 책임이라는 현실과 만날 때 청년 지식인이 드러낼 수밖에 없었던 무력감을 잘 표현해주고 있다.

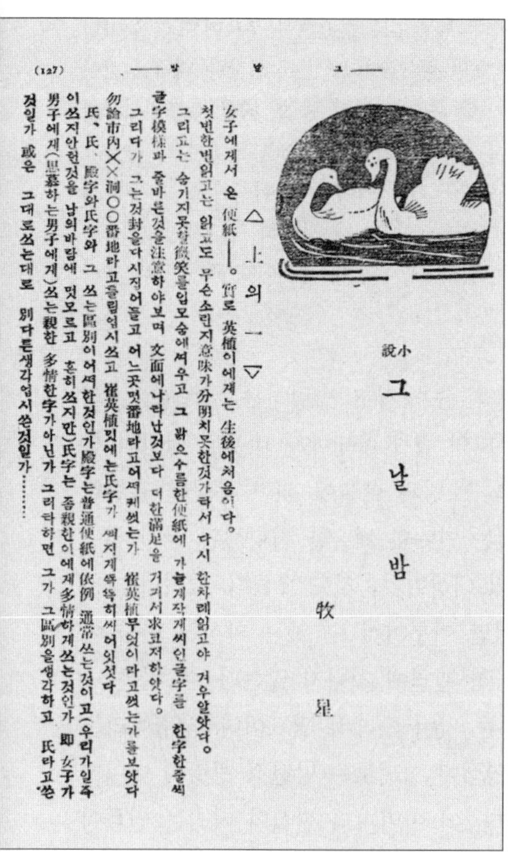

小說

그 날 밤

牧星

△上의 一▽

女子에게서 온 便紙——。實로 英植이에게는 生後에처음이다.

첫번한번읽고는 읽고도 무슨소린지意味가分明치못한것가타서 다시 한차레읽고야 거우알앗다。

그리고는 숨기지못할微笑를입모습에써우고 그 밧으수름한便紙에 가늘게작게써인글字를 한字한줄씩 글字模樣과 줄바튼것을注意하야보며 文面에나라난것보다 더한滿足을 거기서求코저하얏다。

그리다가 그는것封을다시집어놀고 어느곳멋番地라고어써케썻는가 崔英植무엇이라고썻는가를보앗다

勿論市內XX洞〇〇番地라고를립엄시쓰고 崔英植밋헤 는氏字가 씨지게뚜득히씨어잇섯다

氏、氏。慇字와氏字와 그 쓰는區別이어써한것인가慇字는普通便紙에依例 通常쓰는것이고(우리가일즉이쓰지안헌것을 남의바닥에 멋모르고 흔히쓰지만)氏字는 좀親한이에게多情하게쓰논것인가 卽女子가 男子에게(思慕하는男子에게)쓰는親한 多情한字가아닌가 그러타하면 그가 그區別을생각하고 氏라고쓴 것일가 或은 그대로쓰는대로 別다른생각업시쓴것일가……

(127)

1920년 『개벽』 6호에 처음 연재되었던 방정환의 『그날밤』

영식이는 다시 자기 일을 생각하엿다. 工夫나 한 뒤 가트면 아모 데를 가더래도…… 생각하엿다. 새삼스럽게 漂迫歌를 또 생각하엿다. 눈 오는 벌판으로 戀人의 손목을 잡고 노래를 부르며 漂迫하던 哲人 후에—쟈를 생각하엿다.

그리고 그 뒤에는 自己와 許가 씃업는 벌판으로 漂迫歌를 부르며 흘러 돌아단이는 모양이 눈에 보엿다. 아아 卒業만 한 後엿더면……생각할 째에 잠잠히 잇던 許가 한숨을 쉬더니 맛잡고 잇던 손으로 연홋 풀 한 줌을 쓰드면서 「에에, 아주 사람 업는 아모도 업는 머―ㄴ 대 가서 살앗스면 조켓서요」 하엿다. 영식이는 意味 잇시 들엇는지 「아모대구 가는 거야 무에 어려워요? 가기야 쉽지만 가서는 어쩌케 합니까」 하얏다 許는 한참이나 잠잠히 잇다가 웃는 소리 가티 「世上에 돈 업시 사는 나라는 업나요?」 하엿다 영식이도 픽 웃엇다 몹시 그윽히 쓸쓸스런 웃음이엇다.[121]

"표박가(漂迫歌)"를 부르며 연인의 손을 잡고 방랑하는 "철인(哲人)"의 모습은 가난하고 무력한 현실로부터의 탈출 욕망에서 비롯된 낭만적 환상의 이미지이다. 자유로운 사랑의 소망과 예술에 대한 욕구를 결합한 이 한 컷의 완결된 낭만적 이미지는 연애와 예술을 지향했던 당대 청년의 입장에서는 기실 절실한 욕망의 대상이었는지도 모른다. 그러나 그것이 "아모도 업는 머―ㄴ 대"에서만 이루어질 수 있는 환상인 만큼 이 욕망은 현실연관성을 상실한 추상적 관념에 지나지 않는다. 이 같은 낭만적 욕망과 엄격한 대조를 이루는 것이 경제적 필요이다. 생활이라는 엄연한 현실의 요구 앞에 설 때 영식이 그려보는 낭만적 방랑의 이미지는 허황된 도피적 망상에 불과하다. 이 이미지와 현실의 거리는 인물이 꿈꾸는 낭만적 사랑의 소망이 지니는 순수이념성을 적나라하게 노출하면서, 경제적으로 한낱 주변인에 불과했던 청년 지식인의 사회적 위치를 명확히 드러내고, 인물의 무력감을 극대화시킨다.

연애결혼이 독립된 경제단위의 형성이라는 책임을 전제로 하고 이 책임이 특히 남성에게 부여되는 것으로 상정되었을 때, 여성은 낭만적인 사랑의 실현자이기보다는 힘겨운 노동과 생계의 책임을 부여하는 부담스러운 존재였다. 그렇기 때문에, 청년 남성들은 신여성들이 창출했던 소비감

---

121) 방정환, 「그날밤」, 앞의 책, 160면.

여성의 허영심과 소비욕구를 자극했던 광고들

각과 미의식을 일정하게 공유하면서도, 한편으로는 그녀들의 사치와 허영을 경계하고자 했다. 여성의 물욕은 무엇보다도 경계해야 할 악덕이었다. 초기 근대소설들에서 나타나는 연애의 실패는 많은 경우 여성의 물질적인 욕망에 의한 배신에 기인하고 있었다. 「피아노의 울림」(이일, 『창조』 3호)의 박마리아는 피아노와 화려한 양옥집의 유혹을 이기지 못하여 기혼남인 김인환의 첩이 된다. 「마음이 여튼 자여」(김동인, 『창조』 3~6호)의 Y는 어릴 적 금전적인 문제로 아버지가 정했던 정혼자와 결혼함으로써 주인공 K를 배신한다. 송순일의 「부화」(『조선문단』, 1925)의 주인공 혜옥은 "자동차를 달리고 일이등차를 타는 생활을 짜르려든 청춘의 헛 꿈"에 젖어 첫사랑의 순정을 잊어버린다. 「제야」(염상섭, 1922)의 정인이나 「김연실전」(김동인, 『문장』, 1941)의 연실은 애인들의 금전적 지원으로 향락적인 생활을 지속하고, 「출학」(나도향, 『배재학보』, 1920)의 영숙은 "파리의 유탕(遊蕩)을 낙원의 행사로 인정하고 고루거각(高樓巨閣)에 안락한 생활을 인생의 진

생활"로 착각하여 어릴 적 정인(情人)이었던 병철을 배반한다.

　박영희의 「결혼전일」은 여성의 물질적 욕망을 가장 섬세하고 구체적으로 묘사해 낸 작품의 하나이다.

> 「음악! 음악! 거기에는 나의 슬푼 魂의 넉이 헛트러저 잇다!」고 그 어느 째인지 영순이가 말할 째에 영철이는 「詩! 詩! 그것에는 사람의 魂의 生命 잇는 부르지지는 즐거움의 叫聲이 잇서요!」 하던 남매의 문답이 쏘다시 영순을 흔들어 놋는다. 그러나 자기 남매에게는 「돈」이 업섯다. 이 같이 생각할 째에 쏘다시 방바닥 우에 던진 돈을 보앗다. (…중략…) 그 째의 영순의 마음에는 상호와 그 돈 새이에 미웁고 더러운 것보다도 자기와 그 돈 사이에 가쟝 切迫한 마음의 부르지즘을 더 만히 생각하게 되엿다. (…중략…) 그리해서 이곳 져곳으로 단이면서, 편지紙, 잉크, 수건, 양말, 雜誌, 冊, 化粧品, 노트, …… 되는 대로 물건 사기에 자기도 이저버리고 흥분되엿다. 이것을 사면 저것이 사고 십고 저것을 사면 이것이 가지고 십헛다. 돈 쓰는 데도 무슨 큰 努力이 드는 것처럼 주머니의 三圓만을 남기고 모든 것을 사기에 매우 피곤해 보인다. 살 것을 사구는 돈 三圓만이 남은 것을 볼 째에는 영순도 쌈작 놀낫다. 정신 업시 함아트라면 음악회도 못갈 번 하엿다. (…중략…) 길을 반이나 오니싼 영순은 자기 몸이 전보다 놀난만치 피곤한 것을 째다럿다. (…중략…) 그가 산 물건을 나려다 볼 째에는 자기가 엇지해서 이러한 물건을 삿든 것을 모를 만치 의아하엿다. 「웨 내가 이런 것을 산나?」 하고 오는 영순은 길거리에다 내여 버리고 십헛스나 그것조차 마음 속의 戰爭 업시는 할 수 업섯다. 그의 모든 希望은 이 물건 속에 다 담겨 잇다 해도 그 當場에는 거짓말이 안 될 것이다. 그러면 이 물건이 업서지는 대로 영순의 희망도 업서질가? 안이다. 영순은 이 물건이 다 업서지는 째를 짜라서 더 큰 자유를 어들 수가 잇섯다.122)

　「결혼전일」은 음악을 사랑하는 중등과 휴학생 영순이, 부유한 이상호의 청혼을 허락한 아버지의 명령에 의해 이상호의 돈으로 혼인 전날 여러 가지 물건을 사서 치장을 하다가, 그와 같은 자기 자신에게서 혐오를

---

122) 박영희, 「결혼전일」, 『개벽』, 1924, 153~154면.

느끼고 물욕을 극복하여 문학청년인 동생 영철과 함께 집을 나가는 이야기를 담은 소설이다. 이 소설에서 자유로운 사랑의 적대자는 부모의 몰이해보다도 물질적 허영과 유혹이다. 영순과 영철 남매는 음악과 문학을 사랑하지만 가난을 이유로 학업을 포기해야 했던 아픔을 지닌 인물들이다. 영순은 이상호에게 조금도 호의를 가지고 있지 않지만, 이상호의 청혼은 물질적 필요라는 절실한 요구의 충족을 약속함으로써 영순을 유혹한다. 영순이 상호의 돈으로 쇼핑을 나가 물건을 사 모으는 위의 장면에서, 소비행위는 인물의 자제력과 객관적 거리유지 능력을 압도하고 있다. 쇼핑에 몰두하던 영순이 피로를 느끼면서 자신이 행한 잉여의 소비에 놀라는 장면은, 스스로 가치를 창출하는 상품의 유혹과 그에 굴복하는 소비행위에 의해, 개인이 자주성을 잃고 물화되는 과정을 집약적으로 드러낸다. 여기서 "상품은 단순한 물질적 대상이 아니라 근대적 경험의 특징인 초점 없는 불만족과 불분명한 동경에서 비롯된 여러 가지 사회적 의미를 지닌 복잡한 상징적 인공물"[123]이다. 영순의 소비 욕망은 예술에 대한 그녀의 막연한 동경과 결핍의식의 반작용이라 할 수 있다. 예술이 상징하는 미지의 세계에 대한 그녀의 동경은 현실에 대한 결핍의식을 확대하고, 그녀의 만족되지 않는 욕망이 물질에 대한 향유를 통해 왜곡된 만족을 얻으려 한 결과, 자아를 몰각한 잉여의 소비가 창출되는 것이다.

상품이라는 물질적 형식으로 뻗어가는 여성의 욕망을 소비행위 속에서 탁월하게 포착해내면서, 작가는 직접적인 개입을 통해 뚜렷이 경계의 논리를 피력하였다. 예술에 대한 영순의 사랑이 지니는 진정성은 상품에 대한 물욕을 극복할 때라야 그 정당성을 인정받을 수 있다는 설명이 그것이다. 소비하는 여성성에 대한 문학적 표상에는 또한 점점 잠식해 들어오는 상업주의와 물질주의에 직면한 지식인의 경제적 주변인으로서의 불안이 표현되어 있었다.[124] 청년 문인 지식인들은 근대화를 추동하는

---

123) 리타 펠스키, 심진경·김영찬 역, 『근대성과 페미니즘』, 거름, 1998, 146면.
124) 위의 책, 같은 곳.

계몽활동의 일부로서 연애와 예술의 자율성을 주장하는 능동적인 전위의 역할을 담당하였지만, 근대의 또 다른 일면인 자본주의적 경제 변화에 있어서는 수동적인 주변인일 수밖에 없었다. 이들은 여성의 허영과 사치를 경계하면서 새로 유입되는 상업주의에 대적하는 대결의 자세를 취하였지만, 이 대결은 여성이라는 타자를 매개로 이루어질 때 결코 상업주의의 본질에 천착할 수 없었다. 상업주의에 대한 저항이 여성의 본능에 대한 의심과 경계의 형태로 이루어질 때, 그것은 여성의 타자화라는 왜곡된 방향으로 전화됨으로써 빗나간 대결구도를 양산할 뿐이었다.

방인근의 「어머니」는 청년 지식인의 연애에 대한 열망이 그들의 경제적 위치라는 현실적 한계에 부딪힐 때 결국은 여성에 대한 적개심으로 전환되는 과정을 적나라하게 보여준다.

그야 물론 일 잘하고 튼튼한 촌색시와 할 것이다. 가정 형편 경례상 엇지할 수 업는 사실이다. 하로라도 속히 쟝가 드러 어머니의 외로움을 도아 주고 일을 도아 줄 안해를 어더야 할 것이다 그러나 되지 못한 공부ㅅ쟈나 하고 연애니 리상적 가정이니 신녀쟈이니 하는 것을 귀털고 드른 나로는 ㅆ또 그러케 가쟈 뒷다리도 모르는 녀쟈와 혼인하기는 실헛다. 그야 그러한 녀자와 혼인하야서 어머니와 갓치 촌에서 농사나 하고 지냇스면 어머니의게는 더 업는 행복을 주는 것이요, 내자의게도 행복이 될는지 모르지만은 그는 발서 틀닌 노름이다 나의게는 끓는 감정과 공상과 욕망이 여간 굉쟝치를 안이 하엿다. ㅆ또한 내 쓰새로 될 자신도 확실하엿다.

그러타고 ㅆ또 지금 당장 신녀쟈와 제법 훌늉하게 혼인할 처지가 못되고 그러한 자격이 나의게는 업다. 나 개인으로는 훌늉한 청년인지 모르지만은 여자가 보는 눈은 그러케 너그럽지 못하다. 현대 혼인 조건의 **첫재**는 이러니 더러니 하여도 돈이다. 황금이다.

(…중략…) 나는 배화야겟다. 모르는 진리를 캐야겟다. 참사람이 되여 하로라도 참생활을 하다가 죽자, 사회에 가정에 돈에 무엇무엇에 밤낫 올켜 허둥지둥할 것 업다. 나가자. 압흐로 나가자, 철두철미하게―혼인? 흥! 혼인하는 날이면 볼 일 다 본다. 어린 것이―.125)

방학을 맞아 고향에 돌아온 「어머니」의 주인공 '나'는 자신만을 의지하면서 힘든 농사일을 견디는 어머니의 외아들이다. 자신의 결혼 문제를 걱정하는 어머니의 말을 듣고 '나'가 혼인문제를 이리저리 궁리하는 과정이 이 소설의 줄거리를 이룬다. 주인공 '나'가 피력하는 혼인에 대한 이상과 포부는 당대를 풍미했던 연애의 이념을 고스란히 투영하고 있는 청년 지식인의 내면을 여실히 드러낸다. 현실적으로 '나'에게 가장 적절한 상대는 어머니의 농사일을 돕고 가정을 보살필 수 있는 구여성이다. 그러나 어머니에 대한 감사와 염려가 지극한 성격에도 불구하고 '나'는 구여성과의 혼인을 결심하지 못하는데, 작가는 그 이유를 '나'가 "연애니 리상적 가정이니 신녀쟈이니" 하는 담론들을 이미 접해버렸다는 사실에서 찾고 있다. '나'가 "그러케 가갸 뒷다리도 모르는" 무식한 촌색시를 거부하고 신여성을 원하는 이유가 궁극적으로 담론과의 접촉에 있다는 사실은, 감정과 취향이 개인적 특이성에 따라 결정되는 것이 아니라 지식과 담론이라는 사회적 요인으로 결정되고 있음을 다시 한 번 확인해 준다. 이처럼 당대의 연애 이념은, 표면적 주장과는 달리, 다양하고 이질적인 개성의 표출을 유발하기보다는 획일적인 취향을 창출하고 있었으며, 따라서 동일성으로 환원되는 표준적 주체들을 양산하고 있었다.

혼인에 대한 어머니와 '나'의 이해의 차이는, 두 사람의 개인적 관점의 차이일 뿐만 아니라, 나아가 현실적 여건과 청년 지식인의 이상적 포부 사이의 격차가 된다. 이 격차는 주인공의 내면에서 적절한 해결의 방안을 발견할 수 없을 때, 여성에 대한 거부와 적개심으로 전환된다. "나 개인으로는 훌늉한 청년인지 모르지만은 여자가 보는 눈은 그러케 너그럽지 못하다. 현대 혼인 조건의 첫재는 이러니 더러니 하여도 돈이다"라는 단언에서 드러나듯, '나'가 혼인할 수 없는 이유는 이제 여자가 황금을 원하는 존재이기 때문인 것으로 바뀌는 것이다.

---

125) 방인근, 「어머니」, 『조선문단』 1호, 1924, 45~46면(강조는 인용자).

이상적 결혼상대인 동시에 가장 악마적 존재였던 신여성

이처럼 이상적 혼인의 불가능성은 여성이라는 존재 전반에 대한 불신으로 쉽게 투사되었다. 그 중에서도 특히 신여성은, 낭만적 사랑의 이상적 파트너로 선망되는 존재였던 만큼,[126] 진정한 사랑의 가능성을 동요시키는 의심과 회의의 대상으로도 표상되었다. 이 같은 여성의 타자화는 사랑이라는 감정이 지닌 근본적인 모순성과도 무관하지 않다. 연애감정에 빠진 사람은 상대의 인정을 갈구함으로써, 스스로의 주체성을 상대에게 이양하게 된다. 사랑에 빠진 사람의 감정은 사랑받는 사람의 인정을 통해 완성을 구하기 때문에, 사랑받는 사람은 사랑하는 사람의 결핍을 메워줄 수 있는 열정의 목표인 동시에 열정을 거절하거나 굴절시킴으로써 결핍을 영구화시킬 수도 있는 불안의 근원이 된다. 그러므로 열정이 수용되고 현실적 만족을 얻기 위해서는 여성이 남성들의 주체성 안으로 종속되어야만 했다. "우리가 사랑을 통해 추구하는 것, 친밀한 관계에서 추구하는 것은 우선적으로 자기 기술의 유효화일 뿐"[127]이라는 루만의 정의를 염두에 둘 때, 사랑의 관계는 궁극적으로 나의 주체성과 상대의 주체성이 서로를 종속시키기 위해 싸우는 투쟁의 장이 된다. 이러한 관점에서 여성은 남성의 연애 이상을 실현시키기 위해 남성의 요구에 맞추어 적절히 종속되어야 했던 내부의 적이었다. 신여성이 이상적 파트너로 숭상되면서도 또한 가장 경계해야

---

126) 여기에 대해서는 제4장 각주 95번 참조

127) Niklas Luhmann, *Love as Passion*, trans. Jeremy Gaines and Doris L. Johnes, California : Stanford University, 1998, p.165.

할 악마적 존재로 표현되는 모순은 여기에 기인한다.

독립된 경제단위 형성이라는 결혼의 현실 문제는 '돈이냐 사랑이냐'는 통속적인 갈등을 소설에 도입시켰다. 고전소설에서 혼인의 제약조건은 금전적인 문제보다는 권력이나 신분의 문제였다. 그런 점에서 '돈이냐 사랑이냐'는 갈등은 자본주의 경제 질서로 이입하게 된 근대 사회에서 유력해진 갈등의 구조라고 할 수 있다. 앞에서 간략히 본 것과 같이, 남성 작가가 대부분을 이루었던 초기 근대소설들에서, '돈이냐 사랑이냐'라는 갈등에 부딪혀 선택의 기로에 서는 주체는 거의 예외 없이 여성으로 그려졌다. 따라서 이 시기 소설에서 '돈이냐 사랑이냐'는 갈등은 사랑에 대한 여성의 순수성을 시험하는 소재로 쓰였다고 할 수 있다. 남성들은 경제관계를 초월한 순수한 사랑의 선택을 여성들에게 요구함으로써 자유로운 사랑의 실현에 따르는 경제적 부담으로부터 벗어나려 했다. 이는 자유로운 장으로 해방된 연애 및 혼인의 결정권이 여성 쪽으로 기울어지게 된 상황128)에 대한 남성적 불안감의 반영이었다고도 할 수 있다. 연애결혼의 이념과 경제관계라는 현실적 조건의 마찰에서 빚어지는 균열과 갈등의 책임을 여성의 순수성에 전가할 때, 정형화된 연애의 모델은 훼손되지 않고 이상적인 형태를 그대로 확보하고 유지할 수 있었다. 따라서 '돈이냐 사랑이냐'는 소설의 갈등구조는, 연애모델의 모순성을 들추어내고 현실의 토대와 관련시켜 그것을 새롭게 성찰하기보다는, 이상화된 연애의 이념을 고수함으로써 정형화된 모델을 강화하는 결과를 낳았다고 할 수 있다.

연애결혼의 이념과 현실 토대의 불일치에서 발생하는 갈등을 여성의 순수성이라는 문제로 환치시키고, 여성의 본질적 혹은 개인적 부도덕성

---

128) 결혼이 경제단위로서의 부부 중심 가족을 형성하는 절차가 되면서, 여성은 남성의 경제력에 더욱 귀속될 수밖에 없었다. 따라서 여성의 장래는 훨씬 더 철저하게 그들의 결혼할 수 있는 능력과 그들이 어떤 결혼을 하는가에 따라 결정되게 되었고, 동시에 남편감을 찾는 일은 훨씬 더 어렵고 신중해야 할 일이 되었다. 이언 와트, 앞의 책, 191면 참조

의 탓으로 갈등을 투사해버리는 소설들은, 당대의 연애담론이 여성을 타자화하고 남성주체에게 종속시킴으로써 남성중심의 윤리의식을 사회적으로 정립해 나가는 데 기여하고 있었음을 알려준다. 물질의 유혹에 빠지는 여성에 대한 윤리적 질타는, 표면적으로 물신적 배금주의에 대한 비판과 저항의 태도를 가장하고 있었지만, 사실상 상업주의의 유입과 자본주의적 사회로의 전환에 수동적으로 '적응'하고 있었던 남성주체의 집단적 정체성을 노출한다. 순수해야 할 감정의 영역이 경제적 문제로 치환되는 현실의 불합리성을 여성의 부도덕한 본능의 문제로 왜곡함으로써, 남성주체는 자본주의의 침입과 가치관의 전환을 기만적으로 '수용'하고 있는 것이다. 따라서 여성을 '돈이냐 사랑이냐'는 갈등의 시험대 위에 올려놓고 신여성의 부도덕성을 폭로했던 당대의 소설들은, 물욕의 존재로 여성을 타자화함으로서, 제국주의적 자본주의의 침략과 상업주의의 침윤에 간접적, 수동적인 방식으로 적응하고 있었던 근대 주체의 기만적인 자기구성방식을 드러낸다고 할 수 있다.

3. 성의 인식과 연애모델의 균열

연애라는 새로운 '사랑의 이념이 감정의 해방과 자유로운 배우자 선택 및 근대적인 가족의 형성을 역설할 때, 성의 문제는 새로운 사랑을 인식하고 실천하는 데 반드시 뒤따르는 상관물로서 사유의 지평 위로 부각되었다. 제도적인 차원에서 연애 이념을 수용하는 일은 일정하게 정형화된 연애의 모델을 외면적, 물질적인 차원에서부터 직접적으로 모방하는 일이다. 이와 비교할 때, 성의 문제는 비물질적인 의식구조와 좀 더 긴밀하게 연결되어 있기 때문에, 연애의 모델로부터 촉발된 성적인 관심

들을 실질적인 인식과 실천의 변화로 이끌어내는 과정은 훨씬 더 간접
적이다. 성에 대한 인식의 변화와 새로운 배치는, 서구적인 형식의 연애
모델을 직접적으로 옮겨온 것이라기보다는 서구모델이 주체의 내면 안
에서 뿌리 깊게 구조화되어 있는 성의식의 '능동적'인 상관작용을 거쳐
새롭게 재구성되는 과정이라 할 수 있다. 제도적인 차원에서 서구적인
연애의 모델을 전유하는 과정이 의식적이고 직접적인 모방이자 모델을
구체화하는 과정이었다면, 성적인 차원에서 연애모델이 수용되는 과정은
적응과 저항이 길항하는 더욱 복잡한 양상으로 전개되었다. 식민지 초기
근대소설 작가들은 성을 정형화된 사랑의 틀 안으로 수렴하여 구조화된
형식으로 드러내는 한편, 사랑의 또 다른 일면에 새롭게 주목함으로써,
현실상관성이 빈약했던 연애모델의 맹점을 짚어내고 모델을 능동적으로
재구성, 전환하고자 하는 움직임 또한 보였기 때문이다. 따라서 제도적
으로 연애의 모델이 모방되는 과정이 모델의 '전유' 과정이라 한다면,
'성'인식의 측면에서 연애의 모델이 모방되는 과정은 모델의 '전이(轉移)'
와 '균열' 과정이라 명명해도 좋을 것이다.

　1910년대 말에서 1920년대 전반까지 식민지 조선사회를 휩쓸었던 '연
애'의 열풍은 성에 대해서 전면적으로 새로운 관점을 제기했다. '연애'의
유행은 '성'129)을 단지 주어진 것이 아니라 인간이 결정하고 선택하는
문제로 새롭게 인식하는 계기가 되었다. 그러나 '연애'의 유행에서 촉발
된 성에 대한 관심은 성에 대한 자유로운 인식을 해방하는 것처럼 보이
면서도 실질적으로는 성에 특정한 방식의 규율을 부과하고 있었다. '연
애'를 시대적 유행현상으로 부각시켰던 지식과 권력은 그런 의미에서 성
을 인식하고 실천하는 특정한 방식을 조장함으로써, 특정한 방식으로 규
율화되는 개인을 요구하고 있었다고 할 수 있다.130) 식민지 초기 근대소

---

129) 이 글에서 다루는 '성' 혹은 '섹슈얼리티'는 성적인 욕망과, 성적인 정체성 및 성적
　　실천을 의미하는 포괄적 개념이다.
130) 『성의 역사』에서 푸코는 근대적 성이야말로 철저하게 담론의 효과로 구성된 것으로

설들은 연애를 테마화하고 자유로운 결정과 선택의 문제로 대두된 성을
새롭게 묘파해 냈다.

이 장에서는 성을 표현하는 방식을 중심으로 연애의 소설적 재현 양
상을 살펴봄으로써, 소설이 연애의 모델을 어떻게 진전시키거나 균열시
켰는지를 살펴보고자 한다. 이 작업은 다음의 두 관심사 속에서 진행될
것이다. 첫째는, 성의 형상화 과정에서 드러나는 성 인식의 공통 경향을
통해 성에 관련한 근대 지식의 작동 방향을 고찰하고, 근대적 자아가 성
적 존재로서 자신의 위상을 규정하는 방식 안에 내재한 새로운 억압과
배제의 매커니즘을 살펴보는 일이다. 둘째는, 이 같은 공통 경향을 위반
하거나 벗어나는 성과 연애의 표현을 통해 정형화된 모델에 균열을 일
으킨 작품들을 분석함으로써 소설이 사회담론을 현실에 접합하는 가운
데 발생시킨 불일치와 그 소설적 표현의 성과를 규명하는 일이다. 사랑
과 성의 소설적 형상화 속에서 발견되는 연애모델의 균열 과정은 근대
소설이 계몽담론과의 접합 상태에서 벗어나 자율성을 획득하고 독자적
인 영역을 창출하는 과정과 그대로 겹쳐진다는 점에서, 한국 근대소설의
형성과정을 사회담론과의 연관관계 속에서 새롭게 이해할 수 있는 하나
의 시각을 제공해줄 수 있을 것이다.

서, 지식과 권력의 결합을 통해 특정한 방식으로 구조화된 것이라 말한다. 미셸 푸코,
이규현 역, 「성적 욕망의 장치」, 『성의 역사』, 나남, 1994, 91~144면. 인간의 성이 지식
과 권력작용의 효과로서 구성된 것이라면 그와 같이 특정한 방식으로 구조화된 성을
받아들이고 수취하는 과정은 주체가 특정한 방식으로 구조화되는 과정과 분리될 수
없다. "성을 수취하는 과정은 특정한 자기동일화의 과정이자 그 이외의 자기 동일화를
거부하거나 박탈하게끔 해 주는 담론적 수단들과도 결부"되어 있는 것이다. 쥬디스 버
틀러, 김윤상 역, 『의미를 체현하는 육체』, 인간사랑, 2003, 24면 참조.

1) 사랑의 육체성과 '성'이라는 숨은 파토스

남녀의 육체적 결합을 연상시키고 불유쾌한 어감을 불러일으켰던 전통적인 어휘들과 달리, 사랑의 정신적인 측면을 강조함으로써 시대의 유행어로 부상했던 '연애'는 아이러닉하게도 1920년대로 접어들면서 점차 사랑의 성적인 측면에 대한 관심을 불러일으켰다. 제2장 2절에서 간략하게 살펴본 바와 같이, 성과 육체에 대한 관심은 생물학에 기반을 둔 진화론적 관점에 의해 일차적으로 정당성을 부여받았다. 이와 더불어 '연애'의 유행을 성에 대한 관심과 긍정으로 진전시킨 것은 무엇보다도 영육일치의 사랑론이었다. 정신만을 강조하는 사랑은 육체만을 탐닉하는 사랑만큼이나 기형적이며 영혼과 육체가 일치하는 사랑이야말로 바람직한 사랑이라 주장했던 엘렌 케이식의 영육일치의 사랑론은, 연애의 정형화된 모델을 구성하는 중요한 요소의 하나였다. 영육일치의 사랑은 완전한 사랑을 만들어가는 근대적 인간이 되기 위해서는 육체에 대한 긍정적인 사고와 적절한 육체의 활용이 필요하다는 새로운 자각을 불러일으켰고, 이 같은 시대적 분위기에 의해 성과 육체에 대한 세속적인 관심도 공공연하게 표출되기 시작했다. 그리하여 1920년대 중반으로 갈수록 "연애는 언제든 관능적 관계를 써나서 존재하지 못한다"[131]는 주장과 같이 오히려 육체를 사랑의 핵심적인 측면으로 바라보는 시각들이 강화된다.

영육일치의 사랑론이 육체를 긍정하고 성에 대한 관심을 증대시킨 데 반해, '연애'의 유행을 불러일으킨 담론의 또 다른 측면, 즉 반전통론의 관점은 성의 측면에 부정과 경계의 논리 또한 피력하고 있었다. 조선사회의 조혼 관습이 "식(食), 색(色) 중심의 야만적 인생관"에서 비롯된 것이라 분석하고, "조선사회에 만반 현상이 차(此) 식과 색을 중심으로 선전(旋轉)"[132]한다고 규정했던 반전통론의 관점에서, 성은 야만의 표상이자

---

131) 김기진, 「관능적 관계의 윤리적 의의」, 『조선문사의 연애관』, 설화서관, 1926, 18면.
132) 이광수, 「조혼의 악습」, 『이광수 전집』 1, 삼중당, 1961, 501면.

숭고한 정신으로 승화시켜야 할 대상이었다. 따라서 새로운 사회를 열어 가야 할 신종족은 성을 제어하고 억압하는 도덕성을 확보함으로써 성에 대한 집착의 상태에 머물러 있는 열등한 종족으로부터 자신을 구분할 수 있어야 했다.[133]

이처럼 '연애'의 관념에 의해 촉발된 성의 담론은 성을 긍정하면서도 다른 한편으로는 차별화의 논리를 통해 성을 다시 억압하고 완고한 도덕률에 종속시키려 하는 양가적인 태도를 보인다. 성에 대한 담론의 양가성은 성이 해방과 재구조화라는 근대성의 양가적인 측면이 교차하는 지점에 위치한 경계의 요소로서 근대성의 모순을 감추고 있는 영역임을 확인해준다. 성담론의 양면성은 또한 '연애'의 관념이 상정한 새로운 삶의 지평이, 이성과 합리성이라는 근대성의 표면적 논리와는 달리 실질적으로는 모순되고 상충되는 충동들과 결합하고 있었음을 드러낸다.

(1) 『무정』과 사랑의 육체성

성·사랑·결혼을 하나의 관계 속에 결합한 연애결혼의 이상은 성을 긍정하면서도 다시 억압하는 담론의 모순을 하나의 틀 안에 효과적으로 수용해 냈다. 연애결혼의 낭만적인 이상은 사랑이라는 감정의 해방을 촉구하면서도 성적 결합은 결혼관계 안에서만 가능하다는 조건을 암묵적

---

133) 식민지에서 제국주의자들의 성적 보수성이 등장한 것은 19세기 후반이다. 제국주의의 초창기 식민 지배국의 남성들은 식민지 여성들에 대한 성적 환상을 지니고 강압적인 방식으로 종속민들을 성적으로 착취했다고 한다. 그러나 서구의 성지식이 확대되고 여성의 성욕을 인정하게 되면서 새로운 보수적 인종주의가 등장하게 된다. 설혜심은 서구 식민 지배 남성의 식민지 여성과의 관계를 연구한 논문 「제국주의와 섹슈얼리티」에서, 이 같은 보수적 인종주의의 등장은 식민 지배 남성들이 엄청난 성적 능력을 지녔다고 가정되었던 흑인 남성들과 성적 능력의 측면에서 경쟁하기보다는 이 경쟁의 구도에서 빠져나와 도덕성이라는 영역으로 스스로를 도피시켜 버린 결과라고 분석했다. 이 도피의 결과로 성은 드러내기보다는 은폐해야 할 것, 도덕에 비하여 절대적으로 열등한 것이 되어 버렸다는 것이다. 설혜심, 「제국주의와 섹슈얼리티」, 『역사학보』 178호, 역사학회, 2003, 231~262면 참조.

으로 제출함으로써, 성을 제도적 혼인관계 속으로 재포섭해냈던 것이다. 그러나 형성기 근대소설들은 연애결혼이라는 구조화된 틀로 정형화된 사랑을 구체적인 삶의 형상으로 그려내는 가운데, 성을 둘러싼 근대성의 모순과 맹점들을 노출하기도 했다.

『무정』은 이상적인 사랑과 결혼을 추구하는 인물의 심리 속에서 육체에 대한 집요한 관심을 드러낸다. 『무정』은 춘원이 집대성했던 자유연애론을 소설로 구현한 것이었던 만큼, 춘원의 '연애관'이 기반으로 하는 반전통론과 신종족의 이상을 그대로 투영한 작품이었다.[134] 춘원에게 진화한 사랑의 감정이란 "표면적 미만으로는 만족ㅎ지 못ㅎ고 더 깁흔 개성의 미―즉 그의 정신의 미에 황홀ㅎ고사 비로소 만족"을 얻을 수 있는 것으로서, "육의 쾌락 이외에 (…중략…) 영적인 요구"[135]를 우선으로 하는 것이어야 했다.

그러나 '영적 요구'와 '정신적 미'에 대한 강조에도 불구하고 『무정』의 전반부는 영채의 육체에 대한 형식의 집요한 관심을 드러낸다.

그러코 보면 그는 실로 기성의 몸이 되엇는가 (…중략…) 그럴진더 지금 영치는 엇던 료리뎜에 안쟈셔 엇던 부랑흔 남즈와 손을 마조잡고 안기며 안으며 한 술잔에 슐을 난화 마시며 음란흔 노리와 음란흔 말로 더로온 쾌락을 취ㅎ렷다 (…중략…) 이러흔 싱각을 ㅎ니 형식의 흉즁에 와락 불쾌흔 싱각이 는다 (…중략…) 아아 가증흔 계집이로다 ㅎ얏다 아아 영치는 그만 바린 계집이 되엇고나 더럽고 썩어진 창기가 되고 말앗고나 부모를 닛고 형데를 닛고 유혹에 빠져 그만 기똥ㄱ치 더로온 몸이 되고 말앗고나 박션싱의 집은 그만 멸망ㅎ고 말앗고나 ㅎ엿다 (…중략…) 셜혹 그가 기성이 되얏다 ㅎ더라도 원리 량반집 혈쇽이오 또 어려셔 가뎡의 교훈을 만히 밧앗스니 반다시 녀즈의 아름다운 덤을 구비ㅎ얏스리라 또 만일 기성이라 ㅎ면 인졍과 셰샹도 만히 알앗슬지오 시와 노리도 잘 홀지니 글로 일싱을 보너랴는 나에게는 가쟝 뎍합ㅎ다 ㅎ고 형식은 가만히

---

134) 여기에 대해서는 제4장 1절 2항 1 참조
135) 이광수, 「혼인에 대한 관견」, 『학지광』 12호, 1917.4, 30~31면.

눈을 ᄯᅥᆺ다 (…중략…) 앗가 영ᄎᆡ의 ᄐᆡ도ᄂᆞᆫ 과연 아름다왓다 눈섭을 짓고 향슈ᄂᆡ 나ᄂᆞᆫ 것이 좀 불쾌ᄒᆞ기ᄂᆞᆫ ᄒᆞ엿스나 그 살빗과 눈ᄶᅵ와 안즌 ᄐᆡ도가 참 아름다왓다 더구나 그 이야기 ᄒᆞᆯ ᄯᅢ에 하얀 닛발이 반작반작ᄒᆞᄂᆞᆫ 것과 탄식ᄒᆞᆯ ᄯᅢ에 잠잔 몸을 틀며 보일 ᄯᅳᆺ 말 ᄯᅳᆺ 량 미간을 ᄶᅵ글이ᄂᆞᆫ 것이 앗가 형식은 넘어 감격ᄒᆞ야 미쳐 영ᄎᆞ의 얼골과 ᄐᆡ도를 ᄌᆞ세히 비평ᄒᆞᆯ 여유가 업셧거니와 지금 가만히 ᄉᆡᆼ각ᄒᆞ니 영ᄎᆡ의 일언일동과 옷고름 ᄆᆡᆫ 모양ᄭᅡ지도 어엿버 보인다 (…중략…) 형식은 앗가 품엇던 영ᄎᆡ에게 ᄃᆡᄒᆞᆫ 불쾌ᄒᆞᆫ 감졍을 다 이져바리고 눈압헤 보이ᄂᆞᆫ 영ᄎᆡ의 모양을 ᄃᆡᄒᆞ야 한참 황홀ᄒᆞ엿다 (…중략…) 「영ᄎᆡ씨 아름다온 영ᄎᆡ씨 박션ᄉᆡᆼ의 ᄯᆞ님인 영ᄎᆡ씨 ᄂᆞ는 영ᄎᆡ씨를 ᄉᆞ랑합니다 이러케 사랑합니다」 ᄒᆞ고 두 팔을 벌리고 안ᄂᆞᆫ 시늉을 ᄒᆞ엿다. 형식의 ᄉᆡᆼ각에 영ᄎᆡ의 ᄯᅡᄯᅳᆺᄒᆞᆫ ᄲᅣᆷ이 ᄌᆞ긔의 ᄲᅣᆷ에 와 스치고 입김이 ᄌᆞ긔의 입에 와 닷ᄂᆞᆫ 듯ᄒᆞ엿다. 형식의 가슴은 자조 ᄯᅱ고 숨소리ᄂᆞᆫ 놉하졋다. 올타 ᄉᆞ랑ᄒᆞᄂᆞᆫ 영ᄎᆡᄂᆞᆫ 내 안ᄒᆡ로다. 회당에서 즐겁게 혼인례식을 ᄒᆡᆼᄒᆞ고 아ᄃᆞᆯ 낫코 ᄯᆞᆯ 낫코 즐거운 가뎡을 일우리라 ᄒᆞ얏다/ 그러나 영ᄎᆡᄂᆞᆫ 어ᄃᆡ 잇ᄂᆞᆫ가 지금 어ᄃᆡ 잇ᄂᆞᆫ가 형식은 ᄯᅩ 불쾌ᄒᆞᆫ ᄆᆞᄋᆞᆷ이 ᄉᆡᆼ긴다 136)

이야기의 첫째 날 저녁, 형식은 7년만에 찾아와 그간의 사정을 이야기하다가 갑자기 돌아가 버린 영채를 생각하며 상상에 잠긴다. 이때 형식의 관심의 초점은 "녀학ᄉᆡᆼ 모양을 ᄒᆞ얏스나 암만ᄒᆡ도 기ᄉᆡᆼ 갓"아 보이는 영채의 신분이다. 기생이라는 신분은 형식에게 혐오감을 불러일으킨다. 그것은 형식으로 하여금 인간의 일 가운데서도 가장 "더럽"고 "불쾌ᄒᆞᆫ" 일면을 떠올리게 한다. 그러나 박 선생과의 의리와 살가웠던 영채와의 어린 시절을 생각하면서, 형식은 이 첫째 날 저녁 이미 영채와 혼인해야겠다는 마음을 먹는다. 형식이 영채와의 결혼을 생각하게 되는 계기는 일차적으로 '의무'에 있다. 그러나 영채와의 혼인 가능성을 떠올리는 그

136) 이광수, 『무정』, 앞의 책, 118~126면. 인용문에서 밑줄 친 부분은, 매일신보의 연재물을 1918년 신문관(동양서관)에서 초판 단행본으로 발행할 때, 춘원 자신이 수정해 새로 쓴 부분이다. 이 부분은 매일신보의 원문에서는 "만일 이와 ᄀᆞᆺ치 사랑ᄒᆞ면 디하에 누어 게신 그 부친이 오쟉이 질거ᄒᆞ실가 그리ᄒᆞ고 일후 회당에셔"로 기술되어 있다. 이 같은 수정은, 형식의 자연스러운 정의 표출을 더욱 강조해 묘사하고자 했던 작가의 의도를 드러낸다.

순간부터 영채는 더할 수 없이 매력적인 여인으로 형식의 감각을 흥분시킨다. '의무'의 여부와는 별도로 영채는 하나의 이성(異性)으로서 형식을 매료시키는 것이다. 이때 형식을 자극하고 매혹시키는 것은 박 선생과 연관된 과거의 인연이 아니라 영채의 육체이다. 영채의 육체에 매료된 형식의 감정은 또한 대단히 육체적으로 묘사되고 있다. 형식은 영채를 껴안고 뺨을 부비고 입을 맞추는 상상에 젖는다.

그러나 영채와의 혼인과 출산과 즐거운 가정에 대한 꿈으로 이어지던 형식의 황홀한 상상은, 영채의 육체가 순결하지 않을 수도 있다는 의혹에 이르러 다시 불쾌한 것으로 바뀐다. 형식의 감정은 영채의 순결성에 대한 짐작 여부에 따라 황홀과 불쾌의 양극단을 오가고 있는 것이다. 이 날 이후 영채가 유서를 남기고 떠나게 되기까지 『무정』의 전반부는, 영채의 순결성에 대한 이 같은 형식의 집요한 관심과 의혹을 중심으로 전개된다. 형식은 영채의 아름다운 용모와 순결성을 상상할 때마다 영채와의 즐거운 미래를 꿈꾸며 혼인의 결심을 확인하지만, 이 결심은 영채의

박기채 감독, 한은진 주연의 영화 『무정』의 한 장면, 1939년작

순결성이 의심되는 순간이면 여지없이 불쾌감으로 바뀌고 만다. 그리고
영채가 배학감과 김현수에게 유린되었음이 분명해진 순간 영채는 더 이
상 아름답고 매혹적인 존재일 수 없게 된다.

> 어제 저녁에는 힝혀나 영채가 엇더흔 귀흔 가뎡에 거듬이 되여 마치 션형이
> 나 슌이 모양으로 번듯ᄒ게 녀학교를 졸업ᄒ고 슌결흔 쳐녀로 잇스려니 ᄒ얏
> 다 그러나 이졔는 영채는 쳐녀가 안이로다 ᄒ고 형식은 고기를 슉엿다 (…중
> 략…) 이 쩌에 형식의 머리에는 앗가 김장로의 집에셔 션형과 슌이를 대ᄒ야
> 안졋던 싱각이 난다 그 머리로셔 나는 향ᄂ 그 칙댱을 집고 잇던 투명흘 뜻흔
> 하얀 손ᄭ락 그 조곰 구기고 쩌가 무든 옥식 모시 치마 그 넙젹흔 욱식 리본
> 그 적삼 등에 쌈이 비어 부드럽고 고은 살이 빨ᄀ케 비최던 모양이 말흘 수 업
> 는 향긔와 쾌미를 가지고 형식의 피곤흔 신경을 즈극흔다 (…중략…) 형식의 압
> 헤는 션형과 영치가 가지런히 쎠 나온다 (…중략…) 영치의 손에 들엇던 쏫가지
> 는 금시에 간 데가 업고 손에는 더러온 흙을 쥐엇다 137)

인용문은 강간당한 영채를 처소로 데려다 주고 돌아온 형식이 다시
영채를 아내로 삼을 수 있을까를 생각해보는 부분이다. "더러온 흙"으로
바뀌어 버린 "영채의 손에 들었던 쏫가지"는 형식에게 영채의 존재가 지
녔던 의미의 변화를 상징적으로 드러내준다. 순결성의 상실로 인해 영채
는 더 이상 '꽃'일 수 없는 추하고 '더러운' 존재로 전락한다. 그리하여
그 때까지 영채를 혼인의 대상으로 보아왔던 형식의 공상 속에 이제는
선형의 순결한 자태가 부각된다. 이 순간 형식의 감정이 선형에게로 기
우는 것은 민족애를 위한 것도 신사상을 체현하기 위한 것도 아니다. 그
것은 영채가 더 이상 순결하지 않기 때문이다. 영채 자신의 '개성', '정
신', '영적 요구' ― 이것들이야말로 춘원이 연애의 요소로서 항상 강조해
왔던 것들인데 ― 와는 하등의 관계가 없었던 저 강간 사건으로 인해, 영
채에 대한 형식의 감정은 이처럼 판이하게 바뀌어 버린다. 감정은 개성

---

137) 위의 책, 284~286면.

이나 정신 혹은 영적 요구 이전에 육체에 대한 관심과 긴밀하게 연관되고 있는 것이다.

육체에 대한 관심에서 기원하는 감정의 노출은 영육일치를 주장하면서도 육적 만족보다는 영적 요구의 우선성을 강조했던 춘원의 이론적 연애관과 상치된다. 춘원의 관점에서 볼 때, 감정의 해방은 부모가 강제하는 혼인에 대한 반대의 의미에서 유효했지만, 새로운 사회를 이끌어갈 신종족이 되기 위해 감정은 반드시 숭고한 의지와 결합되어야 했다. 그러나 다른 한편에는 누구보다도 사랑의 자유를 강조하고 감정의 자연스러운 표출을 주장했던 춘원이 있다. 내적 생명의 표현으로서 '정'의 발견이야말로 개인을 신문명적 주체로 재탄생시키는 방법이라 여겼던 춘원은 인물의 내면에 있는 이성(異性)에 대한 감정의 흐름을 묘파하고자 함으로써 필연적으로 육체에 대한 관심이라는 새로운 영역을 노출할 수밖에 없었던 것이다. 형식이 선형과의 혼약을 친구 우선과 하숙집 주인 노파에게 알리는 다음 장면은 춘원이 어떠한 방식으로 사랑의 육체성을 인식·수용해내고 있었는지를 압축적으로 보여 준다.

> 「그러면 성례는 언제 ㅎ고?」 / 「졸업 후에 ㅎ다데」 / 「졸업 후에? 미국 가셔 말인가」 / 「응 오 년 후에」 「오 년 후에?」 (…중략…) 「한창 즈미 잇슬 시졀은 셔로 물쯔러미 마조 보기만 ㅎ고 잇셔요 에그 참 어셔 성례ㅎ시오 오 년 후라니」 ㅎ고 로파는 즈긔의게 큰 샹관이나 잇는 듯이 크게 반디ㅎ다 형식은 로파의 말이 올타 ㅎ엿다 그러나 / 「셔로 마조 보는 동안이 조치오」 ㅎ고[138]

"셔로 마조 보는 동안이 조치오" 하는 형식의 말은 영적 만남으로서의 연애를 강조했던 춘원 특유의 도덕주의를 상징적으로 집약하고 있다. 그러나 형식은 실제로 마주보기만 하는 사랑을 원하고 있는 것이 아니다.[139] "한창 즈미 잇슬 시졀은 셔로 물쯔러미 마조 보기만 ㅎ고 잇셔요"

---

138) 위의 책, 500~501면(강조는 인용자).
139) 본고와는 관점이 다르지만 영채의 순결성에 집착하는 형식의 태도에 주목한 논문으

하고 노파가 힐문할 때 형식은 강조된(고딕체) 부분에서 보는 것과 같이 노파의 생각에 암묵적으로 승인을 표한다. 노파의 반대에는 성적인 관계에 대한 암시가 내포되어 있고, 형식은 그와 같은 암시를 긍정적으로 받아들인다. 중요한 것은 이 암시를 긍정하는 '방식'이다. 표면적으로 형식은 "셔로 마조 보는" 사랑의 우위성을 주장한다. 형식의 육체에 대한 긍정은 어디까지나 내면적이고 비공식적이다. '개성에 대한 애착'과 '정신적' 사랑을 주장하는 표면적이고 공식적인 언표의 장 이면에서, 육체에 대한 관심과 긍정은 '혼자', '속으로' 생각하는 영역인 것이다.

영채의 육체에 대한 형식의 관심은, 근대적 사랑 이념의 이면에서, 공적 담론이 회피하고 있었던 사랑의 불온한 육체성을 들추어낸다. 순결성에 대한 관심과 정신적 이해에 '우선'하는 감정의 변화들은, 감정으로서의 사랑 이면에 숨어 있는 성의 존재를 은밀하게 노출함으로써 작가의 이론적 연애론의 맹점을 들추어내는 것이다. 육체적 욕망은 근대적 혼인의 합리성을 위협하는 근대의 은폐된 일부로서, 근대 이념의 외부에 자리 잡고 있는 골칫거리의 하나였다. 그리고 그것은 연애에 대한 논의를 집대성하고 그것을 일정한 틀로 정형화하고자 했던 작가의 인식틀을 공격하고 동요시킨다.

영적 이해를 바탕으로 하는 사랑을 추구했던 작가의 이념적 지향을 벗어나 현실의 일부로서 그 힘을 드러내는 성과 육체는, 작가의 이념을 체현하고 있는 주인공의 자기 동일성을 동요시킨다. 영채의 순결성은 형식의 정신적 이해에 종속되기보다는 오히려 그것을 압도하면서, 그를 논

로 이영아의 「이광수 『무정』에 나타난 '육체'의 근대성 고찰」(『한국학보』 28권 1호, 일지사, 2002, 132~162면)이 있다. 이 논문은 근대화된 신체, 규율화된 신체에 대한 요구라는 새로운 시각으로 『무정』에 나타난 육체성에 관해 의미 있는 분석을 보여주었다. 그런데 이 논문에서 이영아는 춘원의 도덕주의적 사랑관을 강조하기 위해 본문의 위 인용문에서 고딕체로 강조된 부분만을 인용에서 생략하고 분석했다. 이와는 달리 본고는 춘원의 도덕주의적 관점을 인정하면서도 춘원의 육체에 대한 양가적인 태도에 주목한다.

리적으로 해결하기 어려운 딜레마에 빠뜨린다. 영채의 유서를 두고 형식과 우선은 근대적 윤리와 전근대적 윤리로써 서로 다른 입장을 드러낸바 있다. 순결성 상실을 합당한 자살의 이유로 간주하는 우선의 경우와는 달리, 형식이 볼 때 순결성 훼손을 이유로 목숨을 버리는 것은 잘못이었다. 그러나 형식은 강간당한 영채를 더 이상 아내로 삼을 수 있는여인으로 생각하지도 않는다. "이제는 영채는 쳐녀가 안이"라고 생각하는 순간 이미 그녀와 혼인하고자 했던 계획은 의미를 잃어버리게 되는것이다. 문제는 춘원이 형식의 이 같은 태도 변화에 흡족한 논리적인 명분을 부과할 수 없었다는 점이다. 형식은 평양까지 영채를 추적하지만너무도 쉽게 영채의 죽음을 단정함으로써 개운치 않은 의혹을 남기며돌아오고 만다. 그리하여 형식의 석연찮은 귀환은 소설『무정』에서 가장미심쩍은 부분으로 남아 있게 된다. 이 같은 사실은 '연애'를 둘러싼 작가의 신념이 육체와 순결성의 파토스를 합리적 이념틀 안에 포섭해낼 수없었음을 드러낸다. 이 파토스는 작가가 지향했던 근대적 사랑의 이념이은폐하고 있던 숨은 갈등이자 치부였다.

그러므로 육체의 훼손으로 인한 정신적 상처를 극복하고 자기 존재의정당성을 회복한 영채가 형식의 앞에 다시 나타났을 때, 영채의 죽음으로 안정을 찾았던 형식의 평화는 깨어질 수밖에 없었다. 결국 영채와 선형을 둘러싼 감정의 갈등을 해결할 수 없는 형식은 "나는 과연 자각한사람인가"를 다시금 질문해야 했다. 작가의 인식틀을 체현하고, 그 인식틀의 맹점들을 노출하고, 이 맹점의 존재 의미를 캐묻기 위해 주인공을다시 불완전한 인물로—더 배워야 할 인물로—되돌리는 과정은 이념에 대한 소설적 묘사의 승리이자『무정』이 획득한 의의라고 할 수 있다

(2) 김동인과 '성격 파산'으로서의 연애

『무정』이 작가의 의도를 뛰어넘어 감정의 육체성을 '노출'하였던 데

김동인

반해, 사랑의 성적인 측면을 '본격적'으로 다룬 작가는 춘사 김동인이었다. 김동인의 창작활동은 "왜 소설이라는 소설은 모도 연애결혼 주창의 무기에만 쓰느냐! (…중략…) 그 원인은 맨 첫 번에 문학 소설이란 일홈으로 발표한 사람(이) ─ 실노는 통속소설이지만 ─ 창작 멧 가지를 모도 혼인문제로만 함으로 그 중독(中毒)을 밧앗슴이다"140)라는 비판에서 보듯 춘원의 작품세계에 대한 대항의식을 뚜렷이 표방하면서 시작되었다. 아이러닉하게도 김동인 자신의 창작활동 역시, 소설들이 '혼인문제'만을 주제로 삼는다는 자신의 비판에도 불구하고, 연애를 둘러싼 비극적 드라마에서 출발하였다. 그러나 이는 춘원의 자유연애론의 전복을 기도했던 김동인의 전략적 선택의 결과였다. 『창조』 1~2호에 연재된 「약한 자의 슬픔」과 3~6호의 「마음이 여튼 자여」에서, 김동인은 연애를 동경하던 청년 주인공들의 파탄적 삶을 통해 춘원이 주장했던 자유연애론의 허구성을 폭로하고자 했다.

연애를 둘러싼 갈등을 다룬 김동인의 작품이 춘원의 그것과 뚜렷이 구별되는 첫 번째 특징은, 김동인이 육체적 사랑의 문제를 정면에서 다루었다는 점이다. 「약한자의 슬픔」의 엘니자벳트와 「마음이 여튼 자여」의 K는 참 연애를 희구하다가 육체적인 사랑에 빠져 버리는 인물들이다. 낭만적인 사랑을 꿈꾸던 엘니자벳트는 등하교 길에 마주치던 남학생 이환을 사랑한다고 여기지만 남작에게 강간당한 후, 줄곧 남작의 요구에 순종하게 된다. K 역시 무식하고 감수성이 부족한 아내를 멀리 보내고 기생과 여학생, 신혼부부들을 바라보며 연애를 희구하던 중 이웃 학교 교사로 일하는 Y와 육체관계를 맺는 사랑에 빠진다. 여기서 특징적인 것

---

140) 김동인, 「마음이 여튼 자여」, 『창조』 3호, 1919.12, 42면. 괄호는 인용자.

은 두 인물이 맺는 육체관계가 단순한 탐닉이나 타락의 형식으로 그려지지 않고 인물들로 하여금 내면적 혼란과 정신적 번민을 겪게 하는 중요한 장치가 된다는 사실이다. 이는 육체적인 사랑의 측면을 부각시킴으로써 춘원이 그처럼 강조했던 '진정한 연애'의 의미에 문제를 제기하고자 했던 작가의 의도적 설정의 결과이다. 춘원이 사랑의 영적인 측면을 강조했던 것과는 반대로 김동인은 사랑의 육체적이고 맹목적인 성격을 강조했다.

> 사랑—男女의—은 끗까지 盲目的이라야 한다. 언제 C도 이 말을 내게 하엿다. (…중략…) C가 이런 말을 한 적이 잇다.—男女의 사랑이란 그 根源은 肉의 歡樂에서 비롯하엿다. 原始的 사람을 보라. 짐생들을 보라, 그들이 이 異性에서 다른 異性으로 쏘 다른 異性으로 사랑을 옴기는 거슨—그 무어슬 意味함이냐, 情에 날카로운 사람은 참 歡樂의 삶을 맛보는 사람은, 참 世情을 아는 사람은 사랑에 靈的 肉的의 구별을 하지 안코 靈的보다 오히려 獸的 肉的으로 그들의 참 「純」을 發揮함이 아닌가—라고, 나도 이러케 생각한다.141)

인용문의 C는 「마음이 여튼 자여」의 주인공 "그(K)가 숭배하는, 그의 지식의 근원인, 그의 유일의 이해자"142)로 그려지는 인물로서, 작가 자신과 성격적 특징이나 가치관, 생활 방식이 흡사한 인물이다. 따라서 위와 같은 C의 주장은 작가의 시각을 그대로 반영하고 있다고 보아도 무방할 것이다. 남녀 간 사랑의 근본은 영적인 것보다도 육적인 것에 있다는 C의 생각은, '영(靈)을 중심으로 한 육(肉)의 합치'라는 춘원의 연애론에 대한 직접적인 반론이라 할 수 있다. 앞에서 보듯 사랑의 육체성은 확실히 춘원의 공식적 논의에서는 구체적 언급이 기피되고 있었던 부분이었다.143) 김동인은 춘원이 기피했던 부분에 주목하여 사랑의 육체성과 맹

---

141) 김동인, 「마음이 여튼 자여」, 『창조』 4호, 1920.2, 15면.
142) 김동인, 「마음이 여튼 자여」, 『창조』 5호, 1920.3, 30면. 괄호와 쉼표는 인용자.
143) 춘원은 이론적으로 영육일치의 연애결혼을 주장하면서도 구체적인 논의나 작품에 있어서는 언제나 '오누이적 사랑'이나 '정신적 사랑으로의 승화'를 강조하면서 육체적

목적인 성격을 강조하고 분석함으로써, 연애의 의미를 보다 현실적이고 구체적인 측면에서 추적해보고자 했다.

「약한 자의 슬픔」에서 엘니자벳트가 남작과 이환 사이에서 느끼는 감정의 갈등은, 육체로부터 빚어지는 친밀성이라는 새로운 문제를 제출함으로써, 춘원이 역설했던 연애감정의 정체에 의문을 제기한다. 엘니자벳트는 남작에게 강간당했음에도 불구하고 남작의 요구에 순종하고 남작을 적극적으로 기다리는 등 남작에 대한 애정을 지니게 된다. 엘니자벳트의 모순된 감정은 혼란에 빠진 인물의 자기 성찰 속에서 구체적으로 드러난다.

> 아까 우름으로 얼마 속이 싀원하여지고 元氣까지 좀 회복한 엘니자벳트는 男爵과 利煥 두 사람을 비교하기 시작하엿다. 그는, 마음속에 두 사람을 그린 후에 어나 편이 自己의게 더 갓갑고 더 사랑스러운고 생각하여 보앗다. 사랑스럽기는 移煥이가 더 사랑스럽지만, 갓갑기는 아모래도 男爵이 더 갓가운 것가치 생각된다. / 이와 가튼 결단은 그의 구하는 바를 채우지를 못하엿다. 그는, 사랑스러운 편이 더 갓갑고 갓가운 편이 더 사랑스럽기를 원하엿다. 그러치만 사랑과 갓가움은 평행으로 나가셔 아모 데까지 가도 합하지를 아낫다. 그는, 平行으로 나가는 사랑스러움과 갓가움이 어대까지나 나가는가를 알녀고, 마음속에 둘을 그려 노코, 그 둘을 차차 延長시키면서, 눈알을 구을녀서, 그것을 짜라가기 시작하엿다. / 둘은 종시 合하지 아낫다. 씃가지 平行으로 나갓다. 사랑스러움과 갓가움은, 씃가지 分立하여 이섯다. / 여긔 실패한 엘니자벳트는 다시 다른 생각으로 그거슬 보충하리라 생각하엿다. 사랑스러운 편이 自己게 더 정다울가 갓가운 편이 더 정다울가, 그는 생각하여 보앗다. 엇더턴 둘 가운데 하나는 정다워야만 된다고, 그는, 條件을 부텻다. 그러치만 엘니자벳트는 여긔서도 滿足한 결론을 엇지 못하엿다. (…중략…) 엘니자벳트는 속이 답답하여젓다. 自己의게는 '사랑스러움'과 '갓가움'이 온전히 分立하여 잇는 것을 안 엘니자벳트는, 어느 편이 자기게 더 정다울지를 알지 못하게 되엿다―둘이 同程度로

인 사랑의 문제에 대한 언급을 외면하거나 회피해왔다. 여기에 대해서는 제4장 1절 2항과 제4장 2절1항 참조

정답다 하는 것은, 엘니자벳트 자기가 생각하여 보아도 잇지 못할 일이다. ― 男爵과 利煥 새에는 엇던 차이가 이섯다. 두번째 생각도 실패로 도라갓다.144)

남작과의 육체관계 이후로 엘니자벳트는 이환과 남작 모두에게 친밀성을 느낀다. 따라서 이환과 남작 어느 쪽이 자기에게 더 사랑스럽고, 가까우며, 정다운지를 알 수 없게 되어 버린다. 엘니자벳트는 이환과의 낭만적이고 근대적인 사랑을 꿈꾸고 있으므로, 사랑스러움과 가까움과 정다움은 모두 이환의 쪽으로 귀결되어야 마땅하다. 그러나 엘니자벳트는 이미 자신과 육체적 관계를 맺은 남작이 아무래도 더 '가깝다'는 느낌을 버릴 수 없으며, 때문에 어느 쪽이 더 '정다운'지도 알 수가 없다. 엘니자벳트의 혼란은 일차적으로 "신성한 동애(童愛) ― 귀한 첫사랑"을 "육(肉)으로 인하여" 파멸시켜 버린 인물의 성격적 결함에 기인한다. 이와 동시에, 김동인은 엘니자벳트의 혼란스러운 감정을 통해 사랑 없는 육체관계도 친밀성을 형성한다는 새로운 사실을 주장함으로써 춘원의 영육일치의 사랑론에 균열을 일으킨다. 육체적 사랑이 빚어내는 감정의 움직임이라는 전에 없던 문제를 제기함으로써 김동인은 "영혼과 영혼이 서로 접하여 포화한 만족에 달한 이후에 비로소 육으로까지 합하는" 사랑이라는 춘원의 테제에 이의를 제출한 것이다. '사랑스러움'과 '가까움'과 '정다움'이라는 전통적 언표와의 비교 속에서, 육체관계가 빚어내는 감정의 문제까지를 포함하여 도대체 '연애' 감정145)이란 무엇인가를 재질문함으로써, 김동인은 춘원의 연애론이 지니는 관념성과 추상성을 들추어내고자 했다.

그러나 김동인이 육체적 사랑의 문제를 제기하면서 사랑의 육체성을 지지하거나 탐닉한 것은 아니었다. 오히려 초기 소설에서 김동인은 사랑

---

144) 김동인, 「약한자의 슬픔」, 『창조』 1호, 1919.2, 62~63면.
145) 「약한 자의 슬픔」에서 김동인은 '연애'를 관계가 아니라 감정의 의미로 사용했다. 이는 이환을 두고 엘니자벳트가 짝사랑의 감정을 지니게 되는 것을 "戀愛라는 거슬 自覺하고"라고 묘사한 데서 뚜렷이 나타난다. 위의 글, 54면.

의 육체성과 맹목성을 강조함으로써, 감정의 '자유'보다는 '책임' 있는 관계를 강조하는 방향으로 나아갔다. 이와 같은 생각의 단초는 「마음이 여튼 자여」의 주인공 K가 Y와의 육체적 사랑에 대해 고민하는 과정에서 아내의 사랑이야말로 육체적 쾌락에 바탕을 둔 Y의 사랑보다 더 순수하며 이해타산을 넘어선 진정한 사랑임을 깨닫게 되는 데서 처음 드러난다.

> 그(아내)의 나에 대한 사랑은, 그거시 의무적인지, 아닌지는 쏙쏙이 모르되, 육적이 아닌 것은 분명하다. 그의 나에 대한 사랑은 엇터턴 참사랑이다. 나는 자기를 외짜른 데로 쏫고 도회 평양에서 가진 즐거움 다―누리고 이슬 동안 그는 외짜른 촌구석에서 자기를 도라보지 안는 나의 사랑을 자기게 향케 하려고 온갖 힘을 다―쓰는 거슬 보아도, 그가 얼마나 나의 사랑을 엇고져 하는지, 싸라서 얼마나 나를 그리는지 알 수 잇다.[146]

인용문에서 K는 아내의 사랑이 무조건적 헌신이었음을 회상하고 거기에서 '참사랑'의 의미를 확인하고 있다. 아내의 사랑과 대조적으로, Y에 대한 K의 사랑은 어린 시절 아버지에 의해 결정된 혼약으로 인해 Y가 다른 사람과 결혼하고 육의 사랑이 사라지자, 도식적이라고 할 만큼 놀라울 정도로 빨리 식어간다.[147] 아내의 죽음 앞에 참회하면서, "아―안 해여―용서하라―그대를 이러케 한 거슨, 지금 이기적 남자들이 발명한, 그, 여자의 인권을 멸시한 악사조(惡思潮)에 취하엿던, 이 나 그대의 남편이다"라는 K의 고백으로 끝을 맺는 이 소설의 결말은, 책임 있는 부

---

146) 김동인, 「마음이 여튼 자여」, 『창조』 4호, 1920.2, 18면. 괄호는 인용자.
147) "K의 Y에 대한 사랑은, 마츰내 肉의 사랑이댓다, 陰陽이 合한 사랑이댓다. K 自己가, 肉의 사랑이래도 관치 안타고 억지로 마음을 먹고, 그러케 미드려 하여서도, 여러 가지 C의게서 어든 知識으로 자기 惱悶을 억지로 해결은 하여서도, 쏘는 참사랑이 되기를 대단히 願하여서도, 그의 사랑이 肉的이던거슨 그 自己도 아는 바이다. 肉의 사랑은 肉의 結合이 업스면 消滅된다고 K 自己도 말한 바와 가치, Y의 마지막 宣告를 바든 다음부터 K와 Y의 새에 肉의 結合이 업서진 째―그 瞬間부터 K의 사랑의 寒暖計는 차차 나리기 시작하엿다. (…중략…) 그는 C의 感化로 以前과 가튼 快活한 K를 회복하엿다." 김동인, 「마음이 여튼 자여」, 『창조』 5호, 1920.3, 31면.

부관계의 안정성148) 속으로 회귀함으로써 연애라는 유행 풍속의 모호함과 불확실성을 극복해야 한다고 믿었던 작가의 시각을 단적으로 드러낸다. 이는 춘원의 자유연애론에 대한 직접적이고도 전면적인 저항이라고 할 수 있다.

춘원에 대한 김동인의 대항 의식은 딸의 애정 문제에 철저히 무간섭주의를 표방하는 「정희」(『조선문단』, 1925)의 아버지 상에서도 뚜렷이 드러난다. 「정희」는, 애인의 불분명한 태도에 실망하여 다른 인물과 약혼하기로 정해버린 여학교 졸업생 정희가, 애인의 해명과 원망을 듣고 마음의 갈등을 일으키다가, 약혼자의 지원으로 모교가 있는 동경으로 여행을 떠나 그곳에서 자유연애의 허구성을 깨닫는 과정을 내용으로 하는 소설이다. 이 소설에서 정희의 아버지는 지식인 딸의 현명하고 인자한 조언자로 나타나는데, 식민지 초기 소설의 아버지상으로는 매우 드문 유형이라고 할 수 있다. "네 소원대로 해라. 나는, 아모 간섭도 안 하란다. 젊은 것들은, 좀하면, 간섭이니 무엇이니 하기에, 나는, 그 소리가 듯기 실허서 간섭은 안 하마. 그 대신, ―권리를 포기하는 대신, 이 뒤에 책임도 지지 안는다"149)라는 아버지의 무간섭주의는 춘원이 전형화했던 압박강제형 아버지상의 대척점을 이루면서, 다시 한 번 춘원에 대한 김동인의 대항 의식을 확인시켜 준다. 여기서 문제가 되는 것은 자유로운 선택을 허락받았음에도 불구하고 명확하게 마음을 정하지 못하는 정희의 모순되고 불분명한 태도에 있다. 애인이었던 최성구의 변명과 신문지상에 발표한 저주의 글을 읽고 남영식과의 경솔한 약혼을 후회하여 앓아누우면서도 정희는 아버지의 파혼 제의를 거절해버린다. 작가는, 자기 자신에게조차 "수수께끼"일 뿐인 정희의 변덕과 감정의 불분명성을 강조함으로써, 감정의 '자유'가 초래하는 혼란과 책임의 무게를 강변한다. "관찰, 해부, 심

---

148) 여기서 김동인이 옹호했던 부부관계는 자유로운 배우자 선택에 의거해서 맺어진 것이 아니라는 점에서 춘원이 주장했던 그것과 명확히 구분된다.
149) 김동인, 「정희」, 『조선문단』, 1925.6, 4면.

사, 숙고, 연후착수"를 신조로 하는 아버지의 자애로운 권고와 약혼자의
조력에 의해 마침내 정희는 경솔한 감정을 추종하기보다는 책임 있는
관계를 선택하는 것이 바람직하다는 결론에 이른다. 비록 그녀와 남영식
의 약혼은 "남편을, 존경할 수는 잇지만, 사랑할 수는 업는 안해와 (짐작
컨대) 안해를 귀해하며 존경하여 줄 줄은 알지만 사랑할 줄은 모를 남편,
―그 두 사람 새에 혼약"150)이지만, 그와 같은 책임 있는 관계야말로 진
정한 부부관계의 의미를 실현하는 것이라고 깨닫게 되는 것이다.

「정희」의 마지막은 자유연애 풍조의 허황됨을 깨달은 정희가, 급진적
여성운동가로 변신한 여학교 동창 A에게 자신의 새로운 신념을 설파하
는 것으로 끝을 맺는다.

> "이봐요 A씨 이 세상은 마치 사람이 겨울의 찬바람을 막기 위해서 집을 지은
> 것과 가치 약한 녀인의게는 굿세인 그 지아버니라는 사람이 필요해요 그러고
> 소소하고 좁살스러운 일은 도라볼 줄 모르는 「사람」의게는 쏘한 補助壁으로
> 마누라라는 것이 필요하지 아너요? 그러고 그 强한 힘에 대한 保護壁인 남편
> 과 소소한 데 대한 補助壁인 마누라가 서로 돕고 밋고 힘쓰고 하는 데서 생겨
> 나는 사랑―이거이 참 戀愛겟지오 그 밧게 사랑은 아모런 것이던 戀愛라고
> 명명치 못할 것이에요 젊은 男女의 사랑 그런 것은 春情이라고 밧게는 설명할
> 수 업고―A氏 나는 얼마 뒤에 도라가서 결혼해요 그러고 그것이 내 의무―
> 고 권리고 그러고―마즈막으로―말이외다 내 즐거움으로 생각합니다." (…중
> 략…) 정희는 下宿인 郊外로 향하는 쓸쓸한 뎐차에 안저서 A의 생각을 하면서
> 그 얌전하고 邪氣업고 쾌활하던 사랑스런 계집애를 이런 卑俗된 녀인으로 변
> 케한 「시대」라는 것을 뮙게 녁엿다.151)

정희는 의무론적인 부부관계로의 귀환을 통해 '참 연애'의 의미를 찾
음으로써 혼란스럽고 일탈적인 당대의 연애 풍토로부터 자신을 분리시

---

150) 위의 책, 8면. 괄호는 원문.
151) 김동인, 「정희」, 『조선문단』, 1925.10, 36~37면.

킨다. 이와 같은 정희의 태도는 '부자유'를 이유로 결혼 무용론을 펼치는 그녀의 여학교 동창 A와 현격한 대조를 이룬다. 보수적인 윤리로 귀환하면서도 그것을 '참 연애'라고 칭하는 정희의 태도에서 보듯, 김동인은 '연애'라는 새로운 기표 자체를 전면 부인한 것은 아니었다.[152] 문학을 인간의 내적 생명의 표현으로서 강조[153]했던 만큼, 김동인은 강렬한 내면적 에너지의 원천으로서 '감정'을 높이 평가했고, 강렬하고 본능적인 감정의 하나로서 남녀 간의 사랑에 관심과 애착을 지니고 있던 작가였다. 김동인이 비판하고자 했던 것은 지순한 남녀의 사랑을 의미했던 '연애'의 기표라기보다는, 춘원의 주창에 의해 촉발되었던 당대의 남녀 교제 풍속으로서의 '자유연애'였다. 그것은 그대로 원론적인 관념과 현실의 격차라고 할 수 있다. 김동인은 연애론이 빚어낸 무분별한 유행현상으로서의 연애 풍조를 경계하고자 하였으며, 따라서 춘원이 제시했던 모델을 거꾸로 뒤집어 무책임한 연애를 경험하고 부부관계의 책임과 규범 속으로 회귀하는 인물들을 그려낸 것이다.

춘원의 모델을 전복하여 고식적인 부부관계의 의무 안으로 귀환했던 김동인의 관점이 의의를 지니는 것은 그가 '자유'에 주어지는 혼란의 무게를 발견했기 때문이다. 김동인은 엘니자벳트나 K, 정희 등 연애 지향형 인물들에게서 자기 자신의 감정도 정확히 이해하지 못하는 이들의 변덕스럽고 자기모순적인 태도와 심리의 추이를 집요하게 추적함으로써, 자유로운 감정의 해방에 드리워지는 무거운 책임의 무게를 보여주었다. 실제로 연애에 대한 당대 청년들의 동경은 「마음이 여튼 자여」의 주인공 K

---

152) 「마음이 여튼 자여」에서 김동인은 K가 위기의 순간에 나타난 C에게 고마움을 느낀 나머지 "이유는 모르지만, 자기 왼 목숨까지라도 바칠 만한 C에 대한 극도의 연애에 갓가운 사랑이 생김을 깨다랏다"(『창조』 5호, 29면)고 쓰고 있는데, 여기서 '연애'는 순도 높은 최고의 사랑을 가리키는 어휘로 긍정적으로 사용되고 있다.

153) "예술이란 (…중략…) 사람이 자기 기름자의게 생명을 부어너어서 활동케 하는 세계 —다시 말하자면, 사람 자기가 지어노혼 사랑의 세계, 그것을 니름이라"고 단언했던 만큼, 김동인에게 예술이란 인간의 창조적인 '생명'활동을 의미했다. 김동인, 「자긔의 창조한 세계」, 『창조』 7호, 1920.7, 49면.

의 예에서 보듯, 서양 연애소설의 독서와 그로부터 빚어진 온갖 모호한 공상들로부터 발생하고 있었다. 일찍이 주요한이 "과도기 조선 청년의 전형적 성격"154)을 대변한다고 보았던 K는 "공산적이오, 모방적이고, 빈약하고, 경부(輕浮)하고, 쏘 불활발(不活潑)"한 성격을 노출하고 있었고, 이 같은 K의 성격은 자유연애를 동경하는 청년들의 공통된 일면이기도 했다. 김동인의 연애지향형 인물들은, '성격파산'이라는 주요한의 명명에서 단적으로 드러나듯, "소설에 씨우고(써 있고: 인용자) 공상에 쩌오르는 연애를 천박히 추구한 결과" 단지 "육욕을 의미함에 불과"155)한 연애에 빠지고 표박의 생활에서 벗어나지 못하는 파탄을 맞는다. 이와 같은 파탄의 원인은 확고한 자기기준을 가지지 못한 인물이, 자유연애의 사상을 접하고, 현실여건을 고려하지 않은 채 무분별하게 그것을 갈망한 데 있다고 할 수 있다. 그 결과가, 근본적으로 본능의 영역에 속할 수밖에 없는 사랑의 본질로 인해 육적 사랑의 탐닉에 빠져들고, 자기 파괴적 번민에 허우적거리는 인물의 파탄인 것이다.

K와 엘니자벳트, 정희의 역정은 신학문의 영향을 입은 청년들이 자유연애의 문제를 중심으로 신문명적 삶을 영위할 수 있는 인격적 자격 조건을 시험 받는 일련의 과정이라 할 수 있다. 이들이 보여준 내면적 혼란과 윤리의 착종, 육체적 사랑과 정신적 사랑의 혼란은, 바람직한 성과 사랑의 실현은 "깊은 의미에 있어서의 윤리적인 선택을 허락하고 일관성 있는 인격의 형성을 가능하게 해 주는"156) 문화적 제도적 환경 위에서라야 가능하다는 사실을 깨닫게 해준다. 이와 같은 인물들의 모습을 통해 김동인은 열정 해방의 이념에 앞서 열정을 이해하고 제어할 수 있는 인격적 성숙의 필요성을 역설하였다. 보수적 윤리로 회귀하는 듯한 「마음

---

154) 주요한, 「성격파산—동인군의 「마음이 여튼 자여」를 봄」, 『창조』 8호, 1921.1, 5면.
155) 위의 글, 같은 곳.
156) 김우창, 「한국 현대 소설의 형성」, 『궁핍한 시대의 시인, 김우창 전집』 1, 민음사, 1977, 99면.

이 여튼 자여」와 「정희」의 결말은, 자유연애론의 유행이 이끌어낸 파행적 현실에 대한 반작용의 하나라고 할 수 있다. 이는 감정해방 이전에 개인의 충분한 인격적 성숙이 있어야만 한다는 작가의 인식의 결과였다.

2) 성 묘사의 이중성과 모순적 성 인식

(1) 성 묘사와 '현실 폭로의 비애'

진화론과 영육일치의 사랑론에서 출발한 육체에 대한 긍정과 관심의 확산으로 인해, 초기 근대소설들은 놀라울 만큼 대담하고 적나라한 성적 묘사와 표현들을 보여준다.

① 「그것 잡숫기가 그러케 어렵습니까」라고, K는 躁急히 부르지즐 사이도 업시, 안을 듯이 한 팔을 晶淑의 억개 넘어로 돌리며, 한 손으로, 입술에 대인 곱부를 밀엇다. 晶淑은 몸에 불이 흐름을 늣기엇다. 機械的으로 열린 목구멍으론, 달곰한 물이 소다저 넘어갓다. 야릇하게 興奮된 애젊은 肉體는 부들부들 떨엇다. 心臟의 미친 듯한 鼓動이 귀를 울리엇다. / 情熱에 씌인 네 눈은 서로 잡아먹을 듯이 마조 보고 잇섯다. 晶淑의 쌤은 확근확근 타는 듯하엿다. / 「晶淑氏!」란 말이 떨어지자 말자, 晶淑은 회리바람 가티 가슴에 안치는 男性을 늣기엇다. 녹신녹신한 간엷흔 허리는 쇠각지 가튼 팔 안에 들고 말엇다. 그럴 겨를도 업시, 쓰거운 두 입술은 부듸첫다. 이 熱烈한 키쓰는 兩性의 肉體를 단쇠꼿 가티 刺戟하였다. 그것은 온전히 精神이 錯亂한 刹那이엇다……/ 一分 뒤에 晶淑의 플린 머리는 벼개 우에 허터져 잇섯다. 아모 것도 보히지 안코, 아모 것도 들리지 안핫다. 여긔는 動物的 本能이 絶對로 支配하고 잇섯다[157)

② 이것은 새아씨가 시집 온 지 여듧 달이 지나서 된 일이다. (…중략…) 잠은 그러케 쉽게 안이 온다. 몽롱히 그의 마음에는 要求의 내(川)가 흘으기 始作하

---

157) 현진건, 「유린」, 『백조』 2호, 1922.5, 50면.

야 차차 分明하야진다. 가슴에 숨은 염통은 몹시 뛴다. 그리고 숨도 차다. 그
색색 자는 男便의 코김도 痲醉藥 내음새나 맛치는 것 같다. 그리고 군침을 여
러 번 삼키게 된다. / 참을 수 업는 불길이다. 그는 無意識 中에 그의 팔 한아
가 그 자는 男便의 허리춤에 들어 갓다. 그 따뜻하고 말낭말낭하게 보드라운
남의 살이 다을 째에 그는 진저리를 첫다. 그 살을 쥐집어 찍고 십도록 안타가
윗다. 그는 손에 힘을 주어 그 男便을 걸어안엇다. 그 瞬間에는 팔만이 움즉엿
다. 모든 神經은 興奮이 되다 못하야 意識을 일케 되엇다고 할 만하다. 으스러
저라 하고 꼭 끼어 안엇다. 몸에 그 體溫이 흘너 들어오고 두 젓통이 꼭 눌니
는 데는 恍惚할 地境이다. / 그 男便은 깨엇다. 그리고 픽픽 울면서 그 팔과리
(腕捲)에서 버서나랴고 파들작 댄다. 그 파들작 대는 대로 몸이 압흐도록 눌니
는 것도 훌늉하게 맛이 잇다. 그 째에 그는 野獸의 喜悅을 늣긴 것이다.158)

위의 두 인용문은 각각 현진건의 「유린(蹂躪)」(『백조』, 1922)과 임영빈의
「난륜(亂倫)」(『조선문단』, 1925)에서 발췌한 부분들이다. 양자는 모두 육체적
인 접촉과 성적인 쾌락의 순간을 적나라하게 묘사하고 있다. ①은 술과
여흥에 취한 여학생이 성적 유혹에 굴복하는 아슬아슬한 순간을 포착하
고 있으며, ②는 어린 신랑의 품으로 파고드는 새아씨의 성적 욕망과 성
적 행위의 감각들을 세밀하고 집요하게 묘사해내고 있다. 이처럼 구체적
이고 세밀한 성 욕망의 표현과 감각적 묘사는, 1920년대 문학에서는 "강
박적으로 전개된 연애감정에 대한 표현이 성에 대한 추상적이고 관념적
인 진술에만 국한"159)되어 있었다는 기존 연구의 평가와는 달리, 이 시

---

158) 임영빈, 「亂倫」, 『조선문단』 6호, 1925.3, 46~47면.

159) 일반적으로 문학사에서 1910년대와 1920년대 작품에 나타난 성묘사와 표현은 특별
    한 관심의 대상이 되지 못했다. 근대소설의 성적인 묘사와 표현은 1930년대 와서 본격
    화되었다는 생각이 지배적이었기 때문이다. 일례로 심진경은 다음과 같이 쓰고 있다.
    "강박적으로 전개된 연애감정에 대한 표현이 성에 대한 추상적이고 관념적인 진술에
    만 국한되었던 1920년대와는 달리, 1930년대에는 성적 장면을 직접적으로 묘사할 정도
    로 성에 대한 인식이 확산되고 섹슈얼리티의 표현이 구체화된다."(심진경, 「한국 근대
    문학에 나타난 성담론 연구」, 『어문연구』 113, 한국어문교육연구회, 2002, 267면) 그러
    나 1920년대 전반에 급격하게 진전되었던 성에 대한 관심에 비추어 볼 때, 이는 꼼꼼한
    비교와 검토를 통해 다시 한 번 재고될 필요가 있는 주장이라 생각된다.

기 성에 대한 관심과 문학적인 표현이 대단히 적극적·구체적으로 이루어지고 있었음을 증명해준다. 위 두 작품의 구체적 성 묘사가 드러내는 것과 같이, 1920년대 전반의 소설들은 남녀의 성관계나 성 욕망을 대단히 직접적·적극적으로 언술·표현하고 있었다.[160] 그런데 여기서 주목되는 것은 이처럼 대담하고 적나라한 성적 묘사들이 작품의 구조 내에 배치되는 방식이다. 인용문 ①과 ②는 모두 육체의 욕망과 성적 접촉을 묘사하고 있지만 그것이 작품에서 지니는 의미는 판이하게 다르다.

『백조』에 1회가 실린 후 후속편이 없었던 미완성 소설 「유린」은, ○○여학교 3년급생인 여학생 정숙이 연인 K의 유혹으로 포도주를 마시고 성관계를 맺은 후 다음 날 아침 그 일을 회상하는 것을 내용으로 하고 있다. ①은 정숙이 K의 유혹에 굴복했던 전날 밤의 일을 회상하는 순간이다. 그런데 정숙은 전날 밤의 경험으로 "제 주위의 모든 것이 변한 듯"한 느낌을 받는다. 그 이유는 그녀의 육체가 성을 경험함으로써 "변화"했기 때문이다. 이 "변화"의 의미는, "정결하고 순결하고 자랑높던 처녀는 그림자를 감추엇다", "제 동모는 옥이나 구슬가티 깨끗하고 영롱하거늘, 자기는, 짓밟힌 지렁이 모양으로, 구역(嘔逆)이 날 듯이 더러운 것임을 깨달앗다"라는 정숙의 자기비하적 사고를 통해 확인된다. 성 경험은 "처녀"의 "자랑"을 소멸시키고, 정숙의 육체를 "더러운 것"으로 변질시킨다. 나아가 육체에 각인된 죄의식은 자아와 세계의 총체적 관계 구도에 변화를 야기한다. "처녀"가 아닌 정숙은 "깨끗하고 영롱한" "동모"의 육체 앞에서 "허위에 싸힌, 비열하고, 추악한 별다른 생물"[161]로 전락하는 것이다. 「유린」의 적나라한 성 묘사는 은밀하고 비공식적인 영역에 숨어

---

160) 대표적인 작품으로는 김동인의 「약한자의 슬픔」, 「마음이 여튼 자여」, 「감자」, 전영택의 「운명」, 「생명의 봄」, 방인근의 「마지막 편지」, 염상섭의 「제야」, 『너희들은 무엇을 어덧느냐』, 『해바라기』, 현진건의 「타락자」, 『지새는 안개』, 방정환의 「그날밤」(개벽, 1925), 한병도의 「그날밤」(『조선문단』 4호, 1925), 나도향의 「물레방아」, 「뽕」 등이 있다.

161) 현진건, 「유린」, 앞의 책, 208면.

있던 성을 공식적인 표현의 장으로 끌어올렸지만, 성에 대한 부정적인 인식틀을 그대로 유지함으로써, 오히려 성에 대한 도덕적 경계를 강화시킨다.

임영빈의 「난류」은 어린 신랑에게 줄곧 외면당하던 새아씨가 노비와 사통하게 되고, 이를 안 시부모가 며느리를 친정으로 돌려보내고 노비에게 삯을 주어 멀리 떠나보냄으로써 조용히 문제를 해결하는 내용을 담은 소설이다. ②는 조신하고 덕 있는 품행으로 인해 훌륭한 며느리로 인정받아 오던 "새아씨"가 성적인 욕망을 이기지 못하고 어린 신랑에게 육체적 접촉을 시도하는 장면이다. ②의 묘사에서 드러나는 바와 같이 새아씨의 성 욕망은 작은 육체적 접촉이 창출하는 쾌락에도 압도당할 만큼 강렬하고 적나라하다. 그런데 「난류」에서 새아씨가 보여주는 대담하고 적나라한 성 욕망은 「유린」에서와 같이 부정적으로 그려지지 않는다. 초점화된 인물이 일정치 않은 이 소설에서는 전체적으로 사건에 가치 판단을 내리는 시선이 부여되어 있지 않다. 성 욕망에 굴복한 새아씨가 간통을 저지르고, 그것이 발각되고, 결혼이 깨어지며, 친정으로 쫓겨나게 되는 파국적인 사건 전개에도 불구하고, 사건의 발단인 새아씨의 성 욕망에 도덕성의 잣대를 부여하는 시선은 어디에서도 발견되지 않는다. 새아씨의 간통은 결혼의 무효화로 조용하고 신속하게 수습될 뿐이다. 성 욕망이 이처럼 도덕적 비판 없이 자연스러운 본능으로 형상화될 수 있었던 것은, 그것이 조혼이라는 전통적 결혼 풍습을 비판하는 관점에서 그려졌기 때문이다.

「유린」과 「난류」에서 성 묘사가 배치되는 구조적 위상의 차이는, 성을 바라보는 당대의 지배적 인식 구도가 이중성을 지니고 있었음을 알려준다. 성은 전통적인 혼인 양식의 모순성을 그릴 때는 자연스러운 인간본능의 표출로서 긍정적으로 그려졌지만, 신여성의 성 욕망이나 성적 행동을 그릴 때는 엄격한 도덕적 표준 위에서 표현되고 있었던 것이다. 이처럼, 성은 자연스러운 인간성의 표출을 억압하는 전통사회의 모순을 비판하기 위한 전략적 도구로 사용되면서도, 새로운 사회를 일구어나가야 할 근대적 개인의 문제로 다루어질 때에는 제어되어야 할 인간 본성의 어두운 측면으로 이해되었으며, 따라서 엄격한 도덕적 기준 아래 종속되어야 했다. 이와 같은 당대의 인식적 특성 위에서 성 묘사가 지니는 문학적 의미를 명확하게 표명했던 것이 염상섭의 평문 「개성과 예술」이다.

> 世人이 往往이 自然主義를 指稱하야, 性慾至上의 官能主義라 하며, 個人主義를 駁하야, 淺薄한 利己主義라고 誤想하는 者가 잇는 모양이나 이것은 큰 誤解이다. 이에 對한 詳細한 考察은, 지금 나의 所論에 그리 必要치 안흠으로, 後日에 讓하거니와, 自然主義의 思想은, 結局 自我覺醒에 依한 權威의 否定, 偶像의 打破로 因하야 誘起된 幻滅의 悲哀를 愁訴함에, 그 大部分의 意義가 잇다. 함으로 世人이 이 主義의 作品에 對하야 非難攻擊의 目標로 삼는, 性慾描寫를 특히 題材로 擇함은, 性慾的 官能을 一層 誇張하야, 讀者로 하야곰 劣情을 誘發케 하고 低級의 快感을 滿足시키랴는 것이 目的이 아니라, 現實暴露의 悲哀, 幻滅의 哀愁, 쏘는 人生의 暗黑醜惡한 一反面으로 如實히 描寫함으로써, 人生의 眞相은 이리하다는 것을 表現하기 爲하야, 理想主義 或은 浪漫派文學에 對한 反動的으로 일어난 手段에 不過하다.[162]

이 글에서 염상섭은 자연주의 문학을 옹호하는 관점에서 성 묘사가 지니는 의미를 해명하고 있는데, 여기서 염상섭이 "성욕지상의 관능주의"로 호도되는 "자연주의"라고 칭하고 있는 것은 일본 자연주의 문학의 문학적 경향을 가리킨다.[163] 일본에서 '자연주의'는 작가 자신의 내면에 대

---

162) 염상섭, 「개성과 예술」, 『염상섭 전집』 12, 민음사, 1987, 35면.
163) 「개성과 예술」에 언급된 자연주의가 일본 자연주의를 가리킨다는 사실은 서영채의 「염상섭의 초기 문학의 성격에 대한 한 고찰」(문학사와비평연구회 편, 『염상섭문학의 재조명』, 새미, 1998, 37~50면)이나 박현수의 「염상섭 초기소설 연구」(반교어문학회 편, 『근현대문학의 사적 전개와 미적 양상』(Ⅰ) 해방전편, 보고사, 2000, 37~69면) 등의 기존 연구에서 이미 지적된 사항이다. 그런데 기존의 연구에서 염상섭의 '자연주의'는 일본 자연주의가 성립했던 정신사적 배경 속에서 집중적으로 규명되고 있다. 일례로 서영채는 서구 자연주의가 낭만주의의 다음 단계로 나타난 데 비해, 일본과 한국의 자연주의는 낭만주의의 단계를 충실히 거치지 못했으므로, 자연주의가 근대적 자아의 각성

한 집요한 관찰과 그것의 적나라한 노출을 모토로 했던 문학적 경향을
의미했다. 그런데 이 자연주의는, 생물학적 방법을 근본으로 삼아 시민사
회를 관찰, 묘파하고자 했던 졸라의 자연주의(Naturalism)와는 무관한 것으
로, 『소설신수』에서 '인정을 그대로 그리라'는 츠보우치 쇼요의 표어를
'작자가 경험한 사실을 그대로 그리라'는 뜻으로 해석한 이들이 '자연주
의 문학을 만든다'고 스스로 선언하면서 창작해냈던 일련의 작품 경향을
지칭하는 것이었다. 일본의 자연주의가 작가 자신을 주인공으로 삼는 사
소설적 경향을 지니는 것은 이 때문이다.164) 이 같은 자연주의 문학 개념
의 혼란은 '스스로', '저절로', 혹은 '있는 그대로'라는 의미를 지녔던 기
존의 단어 '자연(自然)'이 영어 'Nature'의 번역어로 정착하면서 발생했던
혼란의 일부였다.165) 염상섭은 위 인용문에서 작가 주인공의 적나라한
연애감정과 성적 표현들을 드러내는 일본 자연주의의 문학적 특징을 옹
호하면서 성 묘사의 문학적 의의를 피력했다. 주장의 핵심은 "인생의 암
흑추악(暗黑醜惡)한 일반면(一反面)"인 성을 "여실(如實)히 묘사함으로써, 인
생의 진상은 이리하다는 것을 표현"하는 것이 성적 묘사의 목적이라는
것으로 요약된다. 이 논리에 따르면 성은 인간생활을 진실하게 표현하기
위해 자세히 묘사될 필요가 있는 의미 있는 표현의 대상이 된다. 그런데
여기서 유의해야 할 것은 성 묘사가 옹호되는 이유가, 성이 삶의 정당한
일부로서 인정되었기 때문이 아니라, 어둡고 추악한 인간의 일면을 들추

과 표현이라는 낭만주의의 과제까지를 함께 부담한 결과 "자연주의를 자아를 중심으
로 하는 개인주의 사상으로 파악"하는 사조적 특징이 나타났다고 분석하고 있다. 이와
는 달리 본고는 염상섭과 일본 자연주의의 특수성이 '자연'이라는 번역어의 특수성에
기인한다는 데 관심을 갖는다.
164) 가토 슈이치, 김태준·노영희 역, 『일본문학사서설』 2, 시사일본어사, 1996, 388~395면.
165) 고유어 '자연'과 번역어 '자연'은 인위에 대립한다는 의미에서 공통적이나, 번역어
'자연'이 정신과 대립하는 대상세계임에 반해, 고유어 '자연'은 주관과 객관의 분리를
전제하지 않은 개념이었다. 작가 자신의 내면을 파헤치는 소설들을 '자연주의'로 생각
한 것은 한자어 '자연'의 의미를 문자 그대로 이해한 결과이다. 야나부 아키라, 서혜영
역, 「자연」, 『번역어 성립 사정』, 일빛, 2003, 126~145면 참조.

어내는 부분으로 인식되었기 때문이라는 사실이다. 성이 공적인 관심과
주목의 대상으로 떠오르긴 했지만, 여전히 인간생활의 부정적 일면으로
간주되고 있는 것이다. 결국 성에 대한 묘사는 삶의 추악한 일면을 들추
어내어 "현실폭로의 비애, 환멸의 애수"를 유발하는 냉혹한 사실주의적
시각을 확보하는 통로로서 문학적 의미를 부여받았다고 할 수 있다.

　이처럼 식민지 초기사회에서, 공적인 인식의 대상으로 부상했던 성은,
그 존재의 인정이라는 측면에서만 긍정되었을 뿐, 인간생활의 '정당한'
부면으로 이해되지는 않았다. 그러나 『무정』의 예에서 본 것과 같이, 생
명과 본능에 대한 긍정의 태도는, 주체의 의식적 통제 이면에 존재하는
육체에 대한 관심과 끌림을 노출함으로써, 주체에 의해 전적으로 통제될
수 없는 것들을 들추어냈다. 성의 담론화로 인해 주체에 의해 이론적으
로 통제될 수 없는 것들이 인식의 표면에 노출될 때, 성에 대한 관심을
촉발했던 '연애'는 비관적이고 허무주의적인 전망을 얻게 된다.

> 　戀愛의 칼날은 두 사람의 神聖과 潔白의 줄을 끈허 버리고 淫逸한 放蕩○
> ○間에 叫號하는 肉의 頹衰하는 舞蹈를 開拓할 것이다. 肉慾에 衰弱하는 얼
> 굴에는 生의 眞理에 對한, 倦怠에 對한, 悲哀가 나타나나, 神聖에 시들어 가
> 는 얼굴에는 生을 憧憬하는 悲慘한 煩悶이 나타난다. 神聖을('은'의 오기로 보
> 임) 犯하여지며 潔白은 더럽히여지는 것에 가장 生에 對하야 無限한 慾求에
> 대한 反動的으로부터 나오는 것이 「生의 悲哀」에 對한 叫號인 것이다.166)

　위 수필 「생의 비애」(『백조』 3, 1923)에서 박영희는 영육의 일치를 추구
하는 연애의 이상은 육체와 영혼의 이율배반에 의해 깨어질 수밖에 없
고 따라서 '생의 비애'에서 벗어날 수 없다고 비탄한다. 신성을 추구하는
연애(여기서는 영적인 사랑을 의미하는)는 육체의 욕망과 화해할 수 없다는
생각 때문이다. 이 같은 생각은, 성이 영원성을 추구하는 영혼의 대립물

---

166) 박영희, 「생의 비애」, 『백조』 3호, 1923.9, 181~182면. 괄호는 인용자.

로서 단순히 방탕하고 퇴폐적인 욕구를 나타내는 불순물에 불과한 것이
아니라, 주체의 의식적 노력에 의해 간단히 제어될 수 없는 독립적 힘을
지닌 요소라는 인식에 기인하고 있다. 성이 도저(到底)한 존재를 인정받
으면서도, 삶의 정당한 일면으로 충분히 긍정되지 못할 때, 그것은 주체
의 의지에 대립하여 독립적인 힘을 지닌 주체 안의 타자가 될 수밖에 없
다. 주체가 성을 부정적으로 취급함으로써 성의 존재를 소외시킬 때, 성
은 주체를 소외시킨다. 성은 주체의 존엄성과 자립성을 훼손하는 존재의
모순으로서, 해결되지 않는 문제로 등장하게 되는 것이다. '생의 비애'는
성의 공식화와 성에 대한 부정적 인식이 상호 충돌할 때 주체가 봉착할
수밖에 없는 허무주의적 전망의 표현이다.

나도향의 허무주의적인 사랑의 세계는 이처럼 성이 담론의 표면으로
드러나면서도 긍정적으로 사유되지 못하는 이율배반적 인식의 틀 위에
서 발생한다.

(2) 나도향과 저항적 허무주의

나도향은 연애의 모델이 제공했던 사랑의 이상과 근대적 개인의 이념
을, '참 사랑=참 자기=참 인생=참 예술'의 낭만적 구도로 이해했던 대
표적인 작가였다. 청년 지식인들의 사랑의 드라마를 그린 나도향의 소설
들에서는 연애를 경험함으로써 참 사람으로 새롭게 태어나기를 간절히
열망하는 청년 인물들의 직접적인 토로들을 자주 발견할 수 있다. 사랑
의 경험이 개인을 '참 인간' 곧, 자각한 주체로 만들어 준다고 믿었던 동
인지 문인들의 낭만적인 신념을 여기에서 확인할 수 있다.

> 선용은 영철의 편지는 젖혀 놓고 혜숙의 편지를 펴들었다. (…중략…) 선용은
> 손에다 그 편지를 힘 있게 쥐었다. 그러다가는 감격한 두 눈으로 그 향내나는
> 편지를 한참 들여다보았다. 그는 너무 반갑고 환희가 그의 가슴을 넘쳐흘러 뜨

거운 눈물이 나는 줄 모르게 그의 눈에서 쏟아져 흘렀다. /「아―나는 참으로 산 사람이냐? 나도 다른 사람과 같이 청춘의 뜨거운 뇌를 사랑의 맑은 물로 청정케 함을 얻은 자이냐? 나에게도 빛난 장래와 굳세인 세력을 하나님이 주셨는가? 부드러운 여성의 따뜻한 사랑이 나의 시드는 심령을 다시 살게 하느냐?[167]

유군이여! 만일 그대가 처음으로 이성을 동경하게 되거든 그가 웃을 때 군도 군 모르게 웃을 것이며 그가 눈물질 때 군도 군 모르게 울 것이다. 그 때의 그대는 지순(至純)할 것이며 지정(至淨)할 것이다. (…중략…) 감정과 이성의 조화 일치가 참사람 되는 데 유일한 궤도라 하면 감정의 모든 것인 사랑의 연장이 끊어지려 할 때 그 이성 혼자만 남는다 하면 그것은 궤도를 벗어난 유량(流量)일 것이니 그대는 참사람이 못 될 것이라, (…중략…) 사랑을 위하여 너의 이성을 수고롭게 하라! 그리하여 그 사랑을 얻은 그 후에 군에게 생의 광명을 얻을 수 있는 것이며 절대의 세력을 부여하는 신앙이 생길 것이다.[168]

『환희』(『동아일보』, 1922~1923)와 『청춘』(1920)에서 발췌한 위 인용문들은 사랑의 경험과 참인간으로의 재탄생을 직결해서 생각했던 청년들의 낭만적 신념을 명확히 반영하고 있다. 제3장 2절에서 본 바와 같이 동인지 문인들에게 '예술'과 더불어 개인을 '참 사람'으로 깨어날 수 있게 해주는 또 하나의 통로가 '참 사랑'이었다. 나도향이 최초로 동인지에 발표했던 소설 「젊은이의 시절」(『백조』 1호, 1922)은, 절대화된 자아를 표현할 수 있는 장으로서 연애와 예술을 밀접하게 관련시켰던 동인지 문인들의 낭만적 인식을 공유한 인물을 주인공으로 삼아, 사랑과 예술의 순수성을 형상화하고 있는 소설이다. 이 소설의 주인공 철하는 뛰어난 예술적 감수성의 소유자로 본격적으로 음악을 공부하고 싶어 하는 인물이다. 그러한 철하의 유일한 이해자가 사촌 누이 경애인데, 경애가 철하의 예술적 감수성을 이해하는 지지자가 될 수 있었던 것은 그녀가 연애의 고통을 경험하는

---

167) 나도향, 『환희』, 『나도향 전집』 하, 집문당, 1988, 166~167면.
168) 나도향, 『청춘』, 위의 책, 17면.

인물이기 때문이다.

　「나는 너를 다시 동정하겟다 지금짜지는 다만 자매의 정으로 동정하여 왓지만은 지금붓허는 참으로 너의 괴로운 가슴을 동정하리라」 하엿다. 왜 그런고 하니 그는 사랑으로 因하여 마음의 견대기 어려운 괴로움을 당하여 본 까닭이엿다. 사랑은 이 세상 모든 것에서 쩌나고 쮜여넘은 것이고 버서난 것이라. 文學家가 神의 불으는 靈의 曲을 밧어 써 놋는 것이나 音樂家 美術家 俳優들이 그 藝術 속에 化하여 이 世上 모든 것으로붓허 쩌나는 것과 갓치 경우를 생각하고 時機를 생각하는 것은 참사랑이 안이다.169)

　경애가 철하에게 표하는 '동정'은 연민으로서의 동정이 아니라 예술적 감수성과 낭만적 이상에 대한 공감으로서의 동정이다. 작가의 직접적인 개입을 통해 피력된 밑줄 친 기술에서 보듯, 경애의 '사랑'과 철하의 '예술'은 일체의 시간과 공간의 제약을 초월한 순수하고 절대적인 것이라는 점에서 일치한다. 이 소설에서 갈등을 일으키는 것은 투명하고 절대적이고 순수해야 하는 경애의 사랑이 '성'을 체험함으로써 순수성을 상실하는 데 있다. 경애는 2주간 연락이 없던 애인 영빈을 찾아가 그의 침대를 방문하게 된다. 작가는 이 일 이후로 떳떳치 못한 느낌을 가지게 되는 경애의 심리 묘사 가운데 "터지인 그 째붓허 그 사랑은 귀(貴)여운 사랑이 안이엿다"170)는 가치 판단을 부여함으로써 스스로 경애의 성 체험에 도덕적 심판을 내린다. 성 경험에 의한 순수성의 상실은 사실을 숨기기 위해 경애가 철하에게 거짓말을 하는 것으로 구체화된다. 그리고 거짓말로 상징되는 순수성의 훼손으로 말미암아 철하의 눈물은 시작된다. 이 눈물은 훼손된 사랑이 예술의 가치까지도 침범하고 손상시키는 데서 절정에 이른다. 자칭 예술가였던 영빈이 경애를 배신하고 모욕하는 편지를 보내자 절망에 빠진 경애는, 철하가 그토록 사랑하는 '예술'을 모독하고

---

169) 나도향, 「젊은이의 시절」, 『백조』 1호, 1922.1, 28~29면.
170) 위의 책, 35면.

저주한다. 경애의 변화는 믿었던 사랑의 전락을 표현하는 동시에, 예술의 순수성까지도 동요시킨다. 예술의 입지는 영빈과 같은 사이비 예술가의 존재로 인해, 그리고 믿었던 후원자 경애의 실추와 배신으로 인해 양면에서 위협을 받게 된 것이다. 철하의 눈물은 위태로워진 사랑과 예술의 순수성을 회복하기 위한 순교자적 눈물이다. 울다 지친 그가 꿈속에서 예수를 만나는 것은 이 때문이다. 눈물로 누이의 죄와 실추된 예술의 오명을 씻어냄으로써 그는 꿈속에서 예수의 희생과 만나게 되는 것이다. 철하는 꿈속에서 예수, 예술의 신 디오니소스, 디오니소스를 따르는 요녀를 만나고, 이들을 지나 다시 음악의 여신을 만남으로써 처음의 낭만적 동경 곧, 순수한 예술에의 믿음을 회복한다.

「젊은이의 시절」은 성이 연애와 예술의 순수성을 침범하고 훼손함을 보여주고, 훼손된 순수성을 눈물로써 보상하고 정화하는 인물을 주인공으로 삼음으로써, 섹슈얼리티의 존재를 거부한 채 순결과 순수를 지켜내고자 했던 작가의 결벽증에 가까운 성격의 단면을 드러낸다. 철하가 꿈꾸었던 순수성의 세계를 파탄낸 것은 결국 사랑의 순수성을 침범하는 섹슈얼리티의 존재인 것이다. 실제로도 나도향은 연애의 정신성을 강조하고 성 욕망의 억압과 희생을 요구하는 입장을 뚜렷이 표명했던 작가였다. 1925년 『조선문단』의 특집 「제가의 연애관」에서 나도향은 정조를 강조하는 자신의 입장을 다음과 같이 뚜렷이 밝힌다.

戀愛는 반듯이 道德的 土臺가 업시는 成立되지 안는다고 나는 斷言하고 십다. 自己를 犧牲하는 데 永遠한 勝利가 도라올 것이다. 犧牲觀念과 그만한 聖者的 難行이 업스면 그것은 一種의 遊戲며 淫事일 것이다. 個性이 確立치 안은 者의 사랑은 마치 물 우에 뜬 물거품일 것이다. 반듯이 그것이 꺼저서 사러질 째가 잇슬 것이다. 節操를 일어 버리면 그 사랑은 淫縱에 흘르기 쉬웁고 틈이 벌고 厭症이 날 것이다. 그 압헤는 무서운 幻滅이 잇슬 것이다. (…중략…) 세상에는 반드시 完全無欠한 사랑이 잇는 것이 안이요 째를 싸라서 欠을 깁고 이지러진 것을 더하야 업는 것에서 잇는 것을 만들랴고 애쓰는 創造의 勞力이 업는 사랑은 또한 안가의 賣淫同樣의 사랑일 것이다. 사랑하는 이와 사랑하는 이는 각각 자기의 貞操를 직힐 義務가 잇다.[171]

이처럼 나도향은 정조의 중요성을 강조하고 성 욕망의 제어를 요구하였으나, 그럼에도 불구하고 춘원처럼 어떤 외적인 가치에 열정을 종속시키려 하지는 않았다. 그에게 중요했던 것은 성이 거세된 순수 열정으로서의 사랑이었다.

그럿습니다. 우리 인생에게는 두 가지 큰 문제가 잇습니다. 그것은 情熱과 理智입니다. 이 세상의 歷史는 이 두 가지의 싸홈입니다. 그러고 모든 不幸의 根源은 이 熱情과 理智가 서로 容納하지 안는 곳에 잇는 것입니다. / 그리운 異性을 보고 自己 마음을 披瀝지 못하고 혼자 疑心하고 懊惱하는 것도 이 理智로 因함이지요. 저는 엇더케 하면 이 理智를 沒却한 熱情만의 人物이 되랴 하나, 그 理智를 沒却한 熱情의 人物이 되겟는 것까지도 理智의 부르지즘이지요.[172]

서로 갈등하는 열정과 이지의 대결을 극복하고 "이지를 몰각한 열정"만의 인간이 되고자 했던 것이 「별을 안거든 우지나 말걸」(『백조』 2호, 1922)의 주인공 DH, 즉 도향이었다. 열정에 대한 강조는 비단 나도향만의 특수성은 아니었다. 전통적인 질서의 권위를 거부하고 새로운 인간으로 다시 태어나야 한다고 주장했지만 실질적으로 자기 존재의 정당성을 증명할 수 있는 제도적 권한을 가지지 못했던 청년 문인들에게, 열정의 강렬도는 자신의 진실성을 증명할 수 있는 유일한 기준이었는지도 모른다. 열정은 일체의 외적 기준의 잣대를 거부하고 철저히 개인의 자발성에만 소속된 에너지였다. 그렇기 때문에 동인지 문학인들은 최고의 열정 획득을 가능하게 해주는 사랑을 찾는 일을 참자기를 찾는 일과 동일시했던 것이다.

나도향의 '자기 찾기'를 위한 사랑의 세계에서, 성은 사랑을 훼손시키

<hr>

171) 나도향, 「내가 밋는 文句 몃 개」, 『조선문단』 10, 1925.7, 54~55면.
172) 나도향, 「별을 안거든 우지나 말걸」, 『백조』 2, 1922.5, 18면(강조는 인용자).

식민지시대 기생의 모습

는 것으로 거부되었지만 그러나 또한 엄연히 현실사회의 일부로 존재하는 것으로서 나도향이 지향했던 연애의 순수성을 침범하고 위협했다. 그리하여 순수성을 지향하는 나도향의 사랑의 세계는 섹슈얼리티의 존재를 거부하면서도 또한 섹슈얼리티를 외면할 수 없는 현실을 부정하지 못함으로써 허무주의에 빠지게 된다. 장편 『환희』는 자유롭고 완전한 사랑에 대한 소망과 그 현실적 불가능성을 문자 그대로 환희(幻戲), 즉 허깨비 장난으로 파악한 작가의 허무주의적 관점을 여실히 반영하고 있다.

『환희』의 서사는 영철, 혜숙 남매를 중심으로 네 명의 주인공을 둘러싼 두 개의 삼각관계를 주축으로 하여 전개된다. Ⓐ 김선용—이혜숙—백우영, Ⓑ 이영철—설화—백우영의 삼각관계가 그것이다. 그러나 이 삼각 갈등의 성격은 사실 매우 단순한데, 그것은 두 관계 모두에 관여하는 인물인 백우영이 진정한 사랑을 방해하는 악인의 역할을 담당함으로써 선악의 중심을 분명히 하고 있기 때문이다. 『환희』에서 허무주의적 세계관을 형성하는 것은 삼각 갈등이 아니라 이 갈등을 헤쳐 나가는 인물들과 그들을 둘러싼 환경의 관계에 있다. 여기서 말하는 환경이란 기생이라는 직업 을 가능하게 하는 사회체계이며, 그런 의미에서 궁극적으로는 성 본능의 존재와 관련된다.

삼각관계 Ⓐ는 선용과 순수한 사랑을 키워가던 혜숙이 우영에게 성적으로 유혹됨으로써, Ⓑ는 영철에 의해 참사랑을 깨달은 설화가 성을 파는 기생이라는 신분에 있음으로써 갈등의 계기를 마련한다. 그러므로 두 삼각관계의 갈등은 모두 섹슈얼리티의 문제와 관련되어 있다. 섹슈얼리티를 둘러싸고 혜숙과 설화라는 두 여성 주인공은 아이러닉한 대조를 이룬다. 여학교를 졸업한 신여성이자 첩의 딸이지만 양가에서 자라난 혜숙이 호색한 백우영의 유혹에 넘어가 그와 혼전 동침하고 그의 아내가 되어 버린 데 반해, 기생인 설화는 순정한 사랑을 영철에게 쏟아 붓기 때문이다. 제도의 보호를 받는 여성은 성 윤리를 위반하고, 보호받지 못하는 여성은 성 윤리를 지키려 애쓰는 전도된 상황이 벌어진다. 기생인 설화의 절조와 죽음은 제도의 모순을 폭로하는 소외된 존재의 강력한 항의라고 할 수 있다. 사실상 기방 혹은 창가(娼家)란 윤리적인 사회와 비윤리적인 본능의 경계에 위치하는 곳으로서, 표면적인 제도로부터 소외되어 있으면서도 제도의 비공식적인 인정을 받고 있는 본능들의 존재를 암묵적으로 드러내는 장소이다. 나도향의 순수 지향성에 비추어 볼 때, 이 제도 아닌 제도, 제도 밖으로 소외된 본능의 장소는 어둡고 추하고

악해야 한다. 그곳은 헌신과 희생, 선의와 도덕이 결핍된 본능적 욕망만이 지배하는 장소이기 때문이다. 그러한 소외되고 영락한 성과 욕망의 장소에서 설화는 생명을 바치는 '참사랑'을 보여줌으로써 자신의 순수성을 증명한다. 설화는 영철을 자유롭게 풀어주기 위해 백우영과 만나고, 영철을 잊기 위해 병이 들며, 마침내 한 많은 죽음을 맞이함으로써 자신의 참사랑을 증명해낸 것이다. 그러나 이 같은 설화의 참사랑은 사회라는 타자들의 세계에 받아들여지지 않는다. 선용과의 애틋한 어긋남으로 인해 사랑의 고통을

전문적인 기생 양성 기관의 하나였던 평양 기생 학교

겪은 여인 혜숙에게조차 설화의 사랑은 인정되지 않는다. 혜숙은 백우영에 의해 선용과의 사랑을 이루지 못한 경험을 하고도, 정작 자신은 설화 앞에서 오빠 영철의 애인으로 가장함으로써, 오빠의 사랑을 교란시키는 역할을 맡는다. 창가라는 배척된 장소에서 발견되는 순정한 사랑(설화의 경우)과 공식적인 제도의 장에서 불순한 성적 유혹으로 실추된 사랑(혜숙의 경우)은, 인간의 본능에 대한 사회적 평가와 배치에 대한 의문과 부정으로 진전된다. 사랑의 갈등에 빠진 『환희』의 인물들은 자신들이 살아가는 세계를 '모순'과 '당착'의 세계로 파악하게 된다.

①혜숙은 재촉하는 영철의 말을 들었는지 못 들었는지 그대로 극도의 애소에서 일어나는 어리광을 부리듯이, 「아녜요, 저는 죽은 사람이예요」 하고는 온몸의 버티어 있던 힘을 다한 듯이 그대로 영철의 팔에 매달려 울 뿐이었다. / 이 소리를 들은 영철의 가슴에는 번개같이 나타나 보이는 것이 있었다. 그리고는 혜숙의 얼굴을 물끄러미 들여다보았다. 영철의 눈에는 오늘 아침까지 연지같이 붉던 입술이 시푸르둥둥하게 보이며 기쁘게 반짝이던 맑던 눈동자가 송장의 눈같이 으스스하게 보이는 듯하였다. 그리고 따뜻한 살냄새가 그윽하던 그 육체는 시들시들하고도 차디차게 보인다. (…중략…) 영철은 혜숙이가 불쌍하여 그리하였는지 인생의 무상을 느낌인지 어쩐지 모를 눈물이 자꾸자꾸 쏟아진다. (…중략…) 뜻밖에 혜숙을 만나 뜻하지 않은 두려운 말을 듣고서 자기 누이를 데리고 지금 자기의 집으로 향하게 되는 것을 생각하고는 혜숙을 데려다 두고는 다시 설화의 집으로 가리라 하였다. 그리고는, 「에, 어째 우리 사람에게는 환경의, 모순의, 성격의 당착이 이 같이도 많을꼬?」 하였다.173)

②「지나간 과거는 가 버리었읍니다. 엎었던 기름을 다시 쓸어담지 못하는 것과 같이 선용 씨와 저 두 사람은 또 다시 엉기지는 못할까요?」 하는 정월의 말을 들은 선용은, 「이와 같이 모순과 당착이 엉킨 이 세상에서는 또 다시 그것을 바랄 수는 없겠지요」 하는 대답으로 받았다. 그러나 선용은 이 말을 들을 때에 비로소 정월을 알게 되었다. (…중략…) 정월은 집으로 들어가려 하며, 「선용씨,

---

173) 나도향, 『환희』, 앞의 책, 220~222면(이하 인용문에서 강조는 인용자).

영영 선용 씨를 못 뵈옵지는 않겠지요. 비록 제가 선용 씨를 뵈옵지 못한다 할지라도 선용씨의 그림자는 저를 언제든지 싸고 돌아다닐 것이올시다.」 그리고 또 다시 선용에게 안길 듯이 바라보며, 「언제나 만나 뵈일까요?」 하였다. 선용은, 「이 세상의 모든 모순과 당착이 사라질 때이겠지요」 하였다.[174]

인용문 ①은 백우영의 유혹에 넘어가 그와 동침하고 돌아오던 혜숙이 길에서 오빠 영철과 만난 장면이다. 영철은 실신할 듯 우는 혜숙을 보고 즉각 사태를 파악한다. 영철은 누이를 더럽게 여기면서도 한편으로는 그녀가 불쌍하고 안쓰럽다. 그 자신은 은사의 만류 때문에 설화와의 약속이 어긋나 초조해 하고 있던 참이었다. 영철은 자신의 상황과 혜숙의 사건을 비추어 보며, 환경의 모순과 성격의 당착을 개탄한다. 개인적인 삶의 갈등이 성격의 당착뿐만이 아니라 '환경'의 모순과 연결되어 인식되고 있는 것이다. 이 같은 인식 경향은 백우영의 아

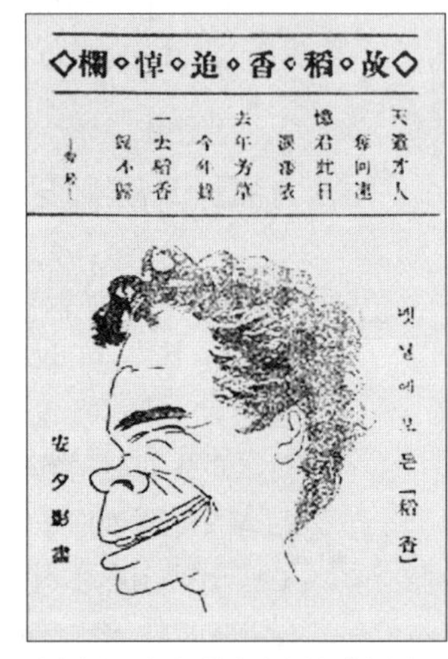

안석영이 그린 나도향의 캐리커처. 『현대평론』, 1927.7.

내가 되어 버린 혜숙이 선용을 다시 만나 서로의 진심을 확인하고 헤어지는 ②의 장면에서 더욱 분명해진다. 선용은 혜숙의 진심을 듣고 나서 혜숙의 마음을 이해하게 되지만, 이미 타인의 아내가 되어 버린 혜숙과 다시 만날 수는 없다고 생각한다. 그리고 그는, 자신의 진심을 곧은 실천으로 현실화하지 못한 혜숙의 성격적 결함으로 인해 발생한 사랑의 어긋남을, 개인이 아닌 "세상의 모순과 당착"에 기인하는 것으로 환치시킨다. 그래서 선용과 혜숙의 사랑이 허락되고 다시 만나게 되는 것은, 그들 자신이 주체적 의지를 발휘할 때가 아니라, "세상의 모순과 당착이 사라질 때"가 되는 것이다.

---

174) 위의 책, 284~285면.

개인적 사랑의 갈등을 사회적 갈등으로 환치시켜 이해하는 이 같은 인식 경향은, 나도향의 소설에서 드물지 않게 발견되는 것으로,[175] 자신의 문제를 해결하지 못하는 인물들의 무력감과 허무의식을 극대화한다. 이 허무의식은, 시대적 담론이 주도했던 낭만적 연애의 이념을 체화하고 사랑의 실천을 통해 '자기'를 찾아나가려 했던 인물들이 주체에 의해 논리적·이론적으로 통제될 수 없는 것들을 만남으로써 발생한다. 여기서 인물의 논리적 이해와 통제의 영역을 벗어나는 것들이란, 제도와 이념적 담론 외부에서 제도와 담론의 빈자리로 침투하고 그것을 공격하는 성 욕망과 그로부터 발견되는 사랑의 불합리성이다. 제도의 경계에서 자신의 정당성을 주장하는 기생의 순정과 성으로 인한 제도 안 여성의 몰락을 형상화함으로써 나도향의 소설들은 섹슈얼리티를 배제하는 순수성의 성역을 지향하면서도 또한 그 같은 성 인식과 성의 사회적 배치가 지니는 문제성을 드러낸다. 성의 사회적 배치와 인식의 모순성으로부터 유발된 현실 문제를 해결해줄 수 없는 담론과 제도에 대해, 나도향의 주인공들은 '모순과 당착의 세상'이라는 허무주의의 표출로써 항의를 전달하고 있다.

---

175) 『어머니』(『시대일보』, 1925)의 주인공 춘우는 철우의 첩이 되어 버린 영숙을 사랑하면서 철우와 영숙의 관계를 질투하는 자신을 바라보며 "자기의 행복을 빼앗아가는 듯한 것은 영숙 자신의 사랑이 박약함도 아니요, 당당히 그렇게 할 권리를 가진 영숙의 남편도 아니라, 그것은 알 수 없는 수단을 부리는 이 세상의 주인이었다"(『어머니』, 『나도향 전집』 하, 440면)라고 해석한다. 춘우의 친구 창하 역시 낭만적 사랑의 불가능성을 개탄하며 "사랑이 무엇이냐! 이 세상은 절망의 세상이다. 단념의 세상이다"(나도향, 위의 책, 412면)라고 냉소한다. 「J의사의 고백」의 다음 부분도 동일한 인식적 경향을 보여주고 있다. "나는 이 글을 당신에게 써서 보내랴 할 만큼 나를 무서웁게 하며 나의 내면에 잠재한 모든 힘을 위압하고 강제할 만한 무슨 위대한 힘이 쏘다시 우리 인생사회에 얼키설키하야 잇서, 그 힘이 나와 쏘는 S라 하는 이성 사이에 일어난 그 엇더한 사실을 그 사실 중에 직접 당사자 되는 당신에게 이 글을 안이 보낼 수 업게 하엿습니다."(나도향, 「J의사의 고백」, 『조선문단』 6호, 1925.3, 2면)

3) 여성의 성 욕망과 이중적 식민화

(1) 여성 욕망의 표현과 젠더의 동요

성 묘사는, 이야기 구조에 따라 차별적 의미로 배치됨으로써 봉건적 삶의 형식을 비판하고 새롭게 구조화된 삶의 형태를 제시하고자 했던 계몽의 전략을 드러내는 한편, 남성과 여성의 성차에 따라서도 차별적이고 불평등한 관점을 노출했다. 「유린」과 「난륜」의 예에서도 볼 수 있듯 초기 근대소설들에서 성 묘사가 집중적으로 이루어진 부분들은 대부분 여성의 내면에 초점이 맞추어진 경우가 많다.176) 「유린」과 「난륜」의 경우와 같이 여성에게 초점을 맞춘 성 묘사가 주로 쾌락적 감각을 강조하고 욕망과 유혹에의 굴복으로 귀결되는 것과는 달리, 남성 주인공의 내면에 초점을 맞추어 성 묘사가 이루어지는 경우에는 욕망을 억제하고자 하는 인물의 도덕적인 측면이 강조되었다. 방인근의 「마지막 편지」(『조선문단』, 1925)에서 발견되는 다음의 장면은 성적인 충동과 함께 그것을 제어하고자 하는 남성의 도덕적 의지를 자세히 묘파하고 있다.

> 이 째 당신과 나 사이에 약속하지도 안은 자연한 성욕의 충동을 쏙가치 밧엇스리다 나는 당신의 향긋한 냄새 머리ㅅ 냄새 내 몸에 다은 당신의 쯔겁고 보드러운 살의 탄력과 자릿ㅅ한 감촉 이런 것들이 나의 몸을 썰게 하고 불타게 하엿나이다 당신도 그러햇슬 것이오 밋기는 그 째 내가 무엇을 요구하던지 당신은 웅종하엿스리라 그러나 나는 참엇나이다 불타는 성욕을 참엇나이다 나는 그것을 참을 째 무한 괴로웟나이다 그러나 나는 내 마암에 대고 눈을 부릅쓰고 책망하며 용단을 내여 「안 된다! 혼인하기 전에는 못 쓴다 나는 즘생이다 왜 이리 비루하고 일시의 충동을 못 닉이여 일을 그르칠 필요는 엄다」 하고 혼자 입셜을 깨무럿나이다 (…중략…) 「안 된다 그것은 다 할 수 업는 지여내는 핑계다 연애가 비루해지고 여러 가지 불행의 근원이 되며 혼인한 뒤에도 그 비루한

---

176) 위 두 작품 외에도 김동인의 「약한자의 슬픔」, 「감자」, 염상섭의 「제야」, 나도향의 「뽕」 등을 대표적인 예로 들 수 있다.

행동의 영향을 밧는다 정정당당히 혼인하면 그만이 아닌가 또 의레히 꼭 혼인
하게 될 것은 누가 보증하며 나는 둘재로 약한 여자의게 고통과 번민을 주는
것이다 안 된다!」하는 결심을 억지로 애써 해 가지고 당신을 내 무릅에서 섭섭
히 내려 노앗나이다. 당신도 좀 섭섭하엿스리라고 밋슴니다.177)

 여성에게 초점을 맞추었던 「유린」과 「난륜」의 성 묘사가 '감각'을 중
심으로 묘사를 진행하고 있었던 것과는 대조적으로, 남성에게 초점을 맞
춘 「마지막 편지」의 성 묘사는 도덕적 '의식'의 흐름을 중점적으로 드러
낸다. 이처럼 남성의 경우에는 '의식'에, 여성의 경우에는 '감각'에 초점
을 맞추는 성 묘사의 차이는, 성이 젠더의 차이에 따라 차별적으로 인식
되고 있었음을 알려준다. 나약하고 쾌락지향적인 여성의 성과, 강인하고
도덕적인 남성의 성으로 성에 대한 인식이 차별화되고 있었던 것이다.
그런데 성 욕망의 표현과 묘사가 여성의 감각에 더 집중하여 이루어질
때, 역으로 여성의 성 욕망은 새롭게 발견된다. 전통적인 유교적 사고방
식 속에서 여성은 성적인 대상이었지 성의 주체는 아니었다. 유교 철학
의 전통에서 욕망과 도덕은 이원대립적이고 상호배타적인 것이 아니라,
하나의 연장선상에 놓여 있는 것으로, 그 한 쪽 끝이 욕망이라면 다른
한 쪽 끝은 도덕으로 연결되어 있는 것이었다. 유교 철학에서 중요한 것
은 욕망과 쾌락을 적절히 제어, 조절하고 윤리적으로 조화로운 삶을 이
루는 일이었는데, 이 욕망과 쾌락의 능동성은 남성주체에게만 확보되는
것이었다. 여기서 여성은 '불가근(不可近) 불가원(不可遠)'이라는 논어의 가
르침에서 보이는 것과 같이 적절한 거리 조절을 통해 관계를 조율해야
할 타자였다.178) 그러나 근대소설에 이르러 성에 대한 묘사가 공공연하

---

177) 방인근, 「마지막 편지」, 『조선문단』, 1925.8, 42~43면.
178) 그리하여 유교 철학은 인간다운 삶이란 남자와 여자가 짝을 지어 가정을 이루는 것
　　에서 시작된다고 보았지만, 이 부부관계는 남성의 주체적 역할과 여성의 보조적 역할
　　이라는 역할 분리의 원칙 아래 구성되어 있었다. 이상 유교 철학에서 본 부부관계와
　　성 관념에 대해서는 다음의 논문들을 참조함. 이숙인, 「정음과 덕색의 개념으로 본 유
　　교의 성담론」, 『철학』 67, 한국철학회, 2001년 여름, 5~32면; 이숙인, 「유교의 부부윤리

게 이루어지고 주로 여성이 이 감각적 묘사의 초점인물로 나타나면서, 여성은 성 욕망을 지닌 존재로 뚜렷하게 인식되기 시작한다.

근대소설에서 최초로 여성의 성 욕망을 표현했던 사람은 김동인이었다.

> 아까 져녁 머글 때에, 남작의 오늘밤에는 會가 잇는 고로 밤 두 시쯤 도라오겟다」는 말을 드른 엘니자벳트는 별노 安心이 되여 자리를 펴고 全 裸體가 되여 두러 누엇다. / 멋 가지 空想이 쏘 머리에서 往來하다가, 그는 잠이 드럿다. 한참 자다가, 열한 시쯤, 自己를 흔드는 사람이 잇는 고로 그는 눈을 번쩍 떳다. 뎐등 아래, 의관을 한 男爵이 그를 듸리다 보고 이섯다. 엘니자벳트는 갑자기 잠이 수 千里 밧게 退散하는 거슬 깨다랏다. 그는, 男爵의 自己를 듸리다 보는 눈으로, 男爵의 요구를 깨다랏다. 하고 겨우 중얼거렷다―「부인이 아르시면?」「앗차!」 그는 속으로 高喊을 첫다. 「부인이 모르면 엇지한단 말인가? …… 모르면? …… 이거시 許諾의 意味가 아닐가? 그러면 너는 그거슬 슬허하느냐? 勿論 슬허하지. 무엇? 슬허해? 네 마음속에, 許諾하랴는 생각이 조곰도 업냐 아……. 許諾하면 엇젓냐? 그래도……. 」179)

「약한자의 슬픔」의 주인공 강 엘니자벳트는 자신의 육체성을 강하게 자각하고 있는 인물이다. 가정교사로 남의 집에 기거하는 처지임에도 불구하고 엘니자벳트는 남작의 귀가가 늦어질 예정임을 이유로 "전 나체가 되어" 자리에 드러눕는 과감한 행동을 보여준다. 아무런 이유 없이 돌출된 이 나체로 눕는 행위는 추상적 이념이 아니라 인간의 자연적 측면 즉 육체와 본능에 주목하고 도덕성을 초월한 새로운 관점에서 미를 발견하고자 했던 작가적 미의식의 실험적 표현일 것이다. 나체로 눕는 행위는, 비록 작품의 서사 구조와 긴밀한 연관성을 갖고 있지는 않지만, 스스로의 육체성에 대한 인물의 의식적 자각을 표나게 드러내준다. 이처럼 자신의 육체를 의식하고 있던 엘니자벳트는 남작의 부도덕한 요구를

와 그 현대적 전망―『중용』의 부부조단설을 중심으로」, 『유교사상연구』 9, 유교학회, 1997.12, 451~500면.

179) 김동인, 「약한자의 슬픔」, 『창조』 1호, 1919.2, 58면.

거절하면서도 마음 한 편에서는 남작의 요구에 응하고 싶어 하는 일말의 충동을 느낀다. 작가는 남작의 요구에 직면한 엘니자벳트의 내면에서 거절의 의지를 배반하는 성적 호기심과 욕망을 집요하게 들추어낸다. 그리고 강간 사건 이후로 남작의 요구에 굴복하고 남작을 적극적으로 기다리기까지 하는 여인의 모순적인 욕망을 추적한다. 엘니자벳트의 나약한 의지와 모순된 욕망은 인물의 개인적 성격의 결함에 기인하지만, 이 성격적 결함은 김동인이 여성이라는 존재 일반의 특징으로 생각했던 결함이었다. 『창조』 9호에 발표된 수필 「령혼—여자운동을 봄」에서

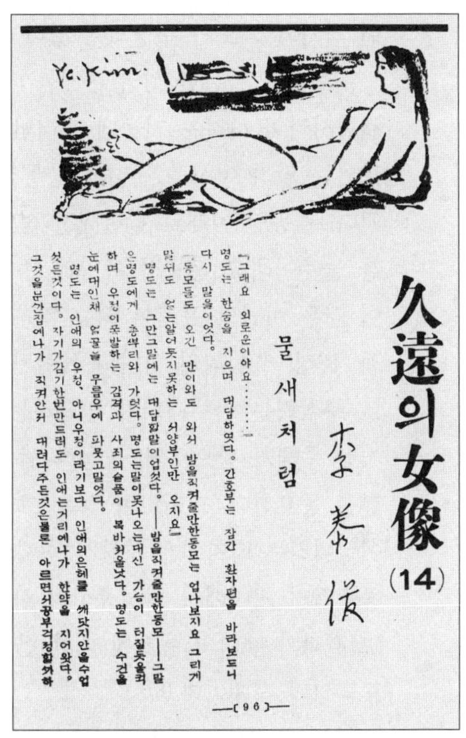

여성의 나체를 그린 그림은 근대문학 초기부터 문예잡지에서 종종 삽화로 실리곤 했다. 위의 그림은 『신여성』, 1932.

"계집의 령혼의 존재(存在)를 절대로 부인(否認)혼다"180)고 과격하게 표현 바 있는 김동인은, 여성에 대한 아집에 가까운 편견으로도 잘 알려진 작가였다. 이 수필에서 그가 말하는 '령혼'이란 과학과 문명의 발달을 가능하게 했던 인간의 창조적 정신을 지칭하는데, 여성에게는 이 창조적 정신이 결핍되어 있다고 봄으로써 김동인은 여성이 능동적 주체로서 근대적 개인이 될 수 있는 가능성 자체를 전면 부인하고 있었다. 따라서 엘니자벳트의 성적 파탄에는 인물의 나약한 성격과 더불어 여성이라는 존재의 본원적 성격을 음란하고 불온하며 모순적인 것으로 지탄하고자 했

---

180) 김동인, 「령혼—여자운동을 봄」, 『창조』 9호, 1921.5, 43면.

던 작가의 의도가 투영되어 있다고 볼 수 있다.

위험하고 불온한 성의 존재를 의지와 결단이 부족한 여성의 나약함과 결합시켜 묘사하는 가운데 드러난 여성의 성 욕망은, 그러나 원래의 의도와는 달리 여성을 하나의 능동적 욕망과 의지를 지닌 주체로 전도시킨다. 김동인 이래로 활발해진 성의 표현이 은폐되었던 여성의 성 욕망을 들추어내고 본능적 욕망의 존재로 여성을 매도하는 데 이용되지만, 이 같은 비난의 표적이 되는 가운데, 여성이 더 이상 남성 욕망의 물리적 '대상'이 아니라 하나의 독립된 '주체', 즉 자발적으로 욕망하는 주체로 부상하는 아이러니가 발생하는 것이다. 여성이 능동적인 성 욕망을 지닌 주체가 됨으로써, 능동적 남성과 수동적 여성이라는 젠더의 성 역할은 동요한다. 그리하여 성은 그 자체가 존재의 어두운 일면인 동시에 여성이라는 타자에게 주동적 주체의 자리를 나누어 주게 하는 요소로서, 중층적인 의미에서 남성중심의 사회에 커다란 위협으로 부상하게 된다. 그 결과가 젠더의 동요에 대한 반작용으로써 여성에게 주어지는 엄중한 도덕성의 잣대이다.[181]

성의 존재를 인정하면서도 성을 다시 제도 안으로 포섭하려 했던 담론의 움직임과 젠더의 동요를 극복하고자 했던 남성중심의 권력작용으로 말미암아 1920년대 전반까지의 근대소설에서 여성의 성 욕망은 대대적인 지탄의 대상이 된다. 도덕성의 측면에서 가장 지탄 받은 것은 신여성들이었다. 이는 제4장 2절에서 본 바와 같이 신여성들이 연애의 모델이 산출했던 가장 이상적인 연애의 파트너였다는 사실과 무관하지 않다.

---

181) 1920년대 초반 소설에서 나타나는 신여성들의 타락상들을 주목하여 남성주체들이 신여성의 도덕적 타락과 상반되는 위치에서 자신의 도덕성을 주장함으로써 정체성을 구성해 나갔다는 사실은 이혜령, 「한국 근대소설의 섹슈얼리티 연구-1920~30년대를 중심으로」(성균관대 박사논문, 2001)에서 먼저 논의된 바 있다. 이 논문에서 이혜령은 당대 소설들에 나타난 불평등한 여성 형상화 방식을 집중적으로 분석했는데, 이와는 달리 이 책에서는 성 묘사가 이루어지는 관점과 성에 대한 시대적 인식의 특수성에 주목하며, 그것이 연애담론과 관계 맺는 방식에 초점을 맞춘다.

연애의 파트너로 상정된 신여성은 필연적으로 성적 대상, 즉 성애화된 존재가 됨으로써 비성애적 존재인 어머니나 누이 혹은 구여성과는 다른 가치 판단의 범주에 소속될 수밖에 없었던 것이다.

따라서 1920년대 전반까지 연애의 파탄을 그리는 소설들에서, 여성의 '물질적 욕망'과 더불어 파탄의 원인으로 작용하는 중요한 동기의 또 하나는 여성의 '성 욕망'으로 나타난다. 「약한자의 슬픔」의 강엘니자벳트는 "몸으로 인하여 참사랑을" 잃어버리고, 전영택의 「운명」(『창조』, 1919)의 H는 "여자의 본능, 아니 사람의 본능이 발동하"여 연인 오동준을 배신한 채 A와 관계 맺는다. 이들은 스스로 자신의 욕망을 제어하지 못함으로써 참사랑을 파탄내는 여성들이다. 또 여성들은 육체적으로 관계하던 남성을 버리고 유리한 결혼 상태를 택함으로써 참된 사랑을 배신하는 존재로 나타났다. 「마음이 여튼 자여」의 여교사 Y는 임신이 불가능한 육체를 이용하여 마음대로 K와 육적으로 관계를 맺다가 어릴 적 정혼자에게로 돌아가 버리고, 방정환의 「그날밤」(『개벽』, 1920)의 여학생 허정숙은 문학청년 영식을 사랑하고 성관계를 맺지만 영식에게 약혼자가 있다는 것을 이유로 부모가 정해준 남성과 결혼해버린다. 약혼이나 혼인 여부와 무관하게 적극적으로 남성을 유혹하고 간통 행각을 벌이는 여성들도 나타난다. 김동인의 「유서」(『영대』, 1924)에서 여주인공 O의 아내는 남편을 허수아비처럼 조종하며 A와 파렴치한 간통 행각을 벌이고, 나도향의 「J의사의 고백」(『조선문단』, 1925)에서 간호부 O는 J와 육체적 관계를 맺고 나서 곧바로 변심하고 만다. 한병도의 「그날밤」(『조선문단』, 1925)에서 H의 약혼녀 R은 H의 친구인 '나'를 유혹하여 밤을 보낸 후 떠나버리고, 앞에서 본 방인근의 「마지막 편지」(『조선문단』, 1925)에서 주인공 '나'의 애인이었던 '당신'은 '나'의 무릎 위에서 은밀하고 숨 가쁜 열정의 시간을 보내던 중에 주머니에서 다른 애인에게 보내는 편지를 흘린다.

한편, 여성의 성 욕망은 물질적 탐욕과 쉽게 결합했는데, 육욕과 물욕에 눈이 먼 여성들은 자신의 육체를 이용하여 남성으로부터 물질을 구하

는 타락한 모습을 보이기도 했다. 이일
의 「몽영의 비애」(『창조』 4, 1920)에서 여
교사 성희는 유럽 유학의 욕심으로 후
원자가 되어 주마는 춘식을 가까이 하
다가 그의 아이를 가지게 되고, 박영섭
의 「일년 후」(『창조』 6, 1920)의 서옥정은
상해로 유학 간 애인 의근을 두고 K와
소문이 자자한 예배당 결혼식을 올린
다. 이일의 「피아노의 울님」(『창조』 5,
1920)에서 박마리아는 피아노와 양옥집
에 이끌려 방탕한 기혼남 인환의 첩이
되고, 박영희의 「이중병자」(『개벽』, 1924)
에서 간호부 김운경은 박의사와 공모
하여 병원의 기물을 훔쳐 달아나기 위

애인에게 보낼 편지의 문구를 구상하고 있는 신여성

해 환자인 주인공 윤주를 유혹한다. 「만세전」(『신생활』, 1922; 『시대일보』, 1924)
의 을라는 유학비용을 마련하고자 주인공 이인화와 사촌형 병화의 연애
감정을 이용하고, 『너희들은 무엇을 어덧느냐』(『동아일보』, 1923~1924)의 덕
순과 마리아는 유학과 호화로운 생활을 위하여 혼인을 하거나 애인을 갈
아치우며, 「제야」(『개벽』, 1922)의 최정인은 자신의 남성 편력을 고백하면서
"거긔에 이해의 타산까지 하고, 남자의 재산에 눈ㅅ독을 드리고 유괴(誘
拐)하얏다"는 사실을 직접적으로 토로한다.

　신여성의 성적·물질적 타락상은 그 양적인 숫자가 증명하듯, 연애의
문제를 다룬 초기 근대소설에서 서사를 이끌어가는 주요한 갈등의 계기
였다. 이는, 연애의 문제가 초미의 관심사로 제기되면서도 그것이 현실
과 긴밀하게 상관하지 못하고 있었다는 사실과 밀접하게 관련된다. '관
념'으로서의 연애가 구체적인 '관계'를 형성할 때 그것은 반드시 현실의
조건에 영향을 받을 수밖에 없다. 그러나 연애의 모델로 이상화된 관념

이 현실의 조건에 대한 충분한 성찰 없이 일방적으로 강요될 때, 연애 갈등은 개인적 도덕성의 문제로 처리될 수밖에 없었다. 이때 신여성의 부도덕성에 대한 강조는, 사랑이라는 감정의 불확실성과 사랑의 이면에 있는 불온한 성의 존재의 책임을 여성에게 전가하는 합리화의 방법으로 기능함으로써, 사랑의 자유에 의해 부가된 책임과 부담으로부터 남성들을 해방시켰다. 감정의 자유와 해방을 이념화했던 연애의 모델이 실질적인 관계 안에서 사랑의 다양성과 불확실성을 해결하지 못한다는 사실에 직면했을 때, 남성주체는 여성에게 책임을 전가하는 기만적 서사 구조에 의해, 이념에 포섭되지 않는 현실 요소의 저항을 피할 수 있었던 것이다.

현실과 이념 사이의 마찰과 갈등을 신여성의 개인적 도덕성의 문제로 환치시킬 때, '연애'의 추상적 이념은 훼손되지 않고 지켜졌지만, 소설의 서사적 경험은 자아와 환경의 상호작용을 통한 새로운 진실의 발견으로 나아가지 못했다. 특히 전영택의 「운명」, 한병도의 「그날밤」, 방인근의 「마지막 편지」, 나도향의 「J의사의 고백」, 박영섭의 「일년 후」, 이일의 「피아노의 울님」 등은 순수하게 여성의 부도덕한 배신만을 갈등의 핵심으로 한 작품들인데, 이 작품들은 여성의 배신을 기정사실로 소략하게 제시하고, 배신당한 남성들의 일방적 감정의 토로에 집중, 논설적인 의견 표출에 기울어진 경우가 많아 객관적인 문체나 안정된 구조의 확립에 실패하고 있다. 이야기가 다루고 있는 구체적인 상황에 천착하기보다는 연애모델이 제공하는 이념에 고착함으로써 서사의 합리적이고 구성적 계기들을 핍진하게 마련하지 못한 것이다.[182]

(2) 여성성의 이중적 식민화

이념과 현실의 불일치에서 빚어지는 갈등을 여성의 부도덕성에 기인

---

182) 이 같은 서사적 결함의 구체적 내용에 대해서는 제4장 1절 2항 1에서 자세히 논의하였다.

한 것으로 안일하게 해소할 때, 필연적으로 새로운 사랑의 이념은 근대 주체를 젠더의 대립구도 위에 차별화시켰다. 남성과 여성의 생물학적 이분법은, 이념을 도덕적으로 수호하는 남성과 그것을 방해하고 동요시키는 여성의 이분법으로 진전되고, 근대성의 이념에 적합한 새로운 주체는 남성적인 주체로 결정된다. 이 주체는 이념이 요구하는 방식으로 성을 전유한다. 요컨대 근대에 적합한 주체란 인간본능의 자연적인 발로로서 섹슈얼리티의 존재를 인정하지만, 특히 여성적 본능 속에서 섹슈얼리티의 성격과 특성을 일면적으로 관찰하고, 이 섹슈얼리티를 이성의 힘으로 지배하고 순화시켜 가족구조의 질서 안에 철저히 편입시킴으로써, 사회 활동의 기초를 마련하는 주체였다. 따라서 무분별한 본능에 이끌리고 질서를 교란하는 여성적 성 본능은 남성적 도덕성의 제어와 규제를 통해 가족구조의 틀 안으로 종속되어야 했다. 신여성의 부도덕성으로 인해 벌어지는 사랑의 파탄을 그려낸 일련의 소설들은 이 같은 담론의 의도를 반복 인용·생산함으로써 동요하는 젠더의 이분법을 다시 강화하고 성의 우열적 배치를 확고히했다.

그런데 이처럼 여성을 타자화하고 여성의 성을 제어하고자 했던 지식의 권력작용은 식민주의가 양산한 인종주의적인 편견과 교묘하게 결합하고 있었다. 염상섭의 장편 『너희들은 무엇을 어덧느냐』는 연애를 둘러싼 청년 남녀들의 일탈적인 애정 행각들을 일단의 지식인 청년사회를 무대로 그려낸 소설이다. 연애의 담론이 불러일으킨 청년남녀의 일탈적인 세태를 추적, 고발하고 있는 이 소설에서 염상섭은, 연애담론에 노출되어 그것을 직접 실천하고자 하는 다양한 인물들을 등장시켜, 이들이 진지한 대화를 통해 서로 의견을 교환하는 대화의 장을 형성함으로써, 현실적 실천과 담론을 연결시켜 연애의 세태를 종합적으로 그려낸다. 소설을 거대한 실천과 대화의 장으로 구성함으로써 작가는 연애에 대한 명확하고 단일한 비전을 유보한다. 그러면서도 염상섭이 뚜렷하게 비판의 관점을 표명하고 있는 것은, 알량한 지성을 무기로 하여 물질과 성(혹은 허영심)의 욕망을 채우고자 하는 신여성들의 태도였다. 덕순은 경제적 생활의 안정을 위해 뚝발이 영감 응화와 혼인하고도 불구인 남편의 육체에 염증을 일으켜 물질적 안정과 본능의 만족을 동시에 가져다 줄 수 있는 새로운 애인들을 찾아다닌다. 기독교 학교 여학생 마리아 역시 첫 순정을 교환했던 애인을 배신하고, 부유하지만 속물인 석태와 깊은 관계를 맺다가 결벽증적 지식인 명수에게까지 유혹의 눈길을 보낸다. "리론을 초월하고 상식으로 판단할 수 업고 모든 조건과 사정을 물리칠 만한 힘이 잇"는 "진정한 사랑"을 명분으로 삼는 그녀들의 현실적으로 부도덕한 애정 행각을 "요새 연애란 미두나 다를 게 업슴니다"183)라고 지탄함으로써, 염상섭은 연애의 모델이 제시한 이념적 이상에 의문을 제기한다.

이 소설에서 작가의 관점과 비전은 연애가 불가능한 조선 현실을 지탄하는 라명수와 김중환의 대화에서 잘 드러난다.

①「통트러 말하자면 여자니 남자니 할 것 업시 조선민족에게 대하야서는 이대로서는 장래가 미덥지 못하다고 나는 생각하네. 엇던 째는 정말 미워! 물론 자긔 자신까지……조선 사람이란 열 웃물 백 웃물을 파 보지 안으면 만족할 수 업는 인종이야. 근긔도 업고 정열도 업스니까 한가짓ㅅ 일에 몰두를 할 수두 업구 금세루 염증이 날 게 아니야? 두말 할 것도 업시 조선 사람에게는 의지라는 것이 업서! 게다가 조선 사람에게는 니가 업서오 무엇이든지 잡지를 못하는 백성일세.」 (…중략…) 「……요컨대 조선 사람이란 련애라는 행복을 타지 못하고 나온 인종일세. 근긔두 정열두 업는 사람에게 련애가 잇슬 리가 잇나! 그러면 련애를 찻지 안느냐 하면 그러치두 안지! 그러나 니가 업서 씹지를 못하느니! 하기 째문에 마치 「피애니스트」의 손가락이 「키ㅡ」 우로 날아단이듯이 입술에서 입술로 날아단이는 련애밧게는 업슬테지! 련애 업는 민족! 그거야말로 죄악돌이 쌀닌 길을 징 박은 신발로 밥는 것 가튼 것이 아닌가? ……」 / 중환이가 여긔까지 와서 잠ㅅ간 말을 끈흐니까 명수는 우둑헌히 안저서 귀를 기

---

183) 염상섭, 「너희들은 무엇을 어덧느냐」, 『염성섭 전집』 1, 민음사, 1987, 320면.

우리고 잇다가 / 「그러케 비관하지 안어두 조흐니 그건 김군이 이쌔쩟 련애를
경험해 보지를 못하얏스니까 그러한 판단을 내리우는 거지 ……」 하며 반대를
하얏다. / 「하지만 안 되어요. 나두 아주 경험이 업지 안치만 다―쓸데 업는 말
이야. 춘향이 가튼 렬녀도 업구. 거의 련애의 신이라구 나는 생각하지만 춘향이
는 벌서 죽엇네 …… 이런 소리를 하면 '자네는 도홍이를 생각하겟네만은 도홍
이는 분 바른 계집애요 춘향이는 안일세. (…중략…), (…중략…) 「상관하랴면
그건 쉬운 일이지. 지금이라도 돈 사오십 원만 들구 가 보게 그려! 허허허 ……
하지만 그는 고사하구 만일 춘향이가 사실에 잇든 실제의 인물이라 하면 조선
사람도 유망하다구 할 수 잇겟지 ……」 / 「무에 유망하단 말이야?」 / 「아. 글세,
그만한 정열이라든지 근긔라든지 의지가 잇다 하면 조선 사람의 민족성이 근
본뎍으로 유망하다구 할 수 잇지 안어? 소위 유물사관뎍 견디로 보면 현재의
조선 사람의 민족성은 긔형뎍으로 된 시대뎍 현상이니까 그러케 비판을 아니
해두 조켓지. 하지만 만일 춘향이라는 인물이 실제의 인물이 아니거나 시대를
대표한 뎐형이 아니라 하면 우리 민족성의 본질을 의심하지 안을 수 업지 ……」[184]

②「…… 어쩌튼지 련애라는 것은 모든 힘을 나흘 수 잇다고 나는 생각하네만
은 이러한 의미로 나는 조선 사람이 련애의 삼매에 취생몽사로 세월을 보내란
말이 아니라 다시 말하면 련애의 그 자체보다도 련애를 할 만한 모든 조건과
조짐이 조선 사람에게 잇섯스면 조켓다는 말일세. 그러나 련애라는 것은 감정
이 순일하여야 할 것이요 자긔의 생활에 대하야 깁흔 자각과 날카로운 반성력
이 잇서야 할 수 잇는 것일세 …… 요새 젊은 애들이 례배당문 뒤에서 (…중
략…) 속살거리면서 세상이나 맛난드시 쩌들다가 치마스 자락이 쩌들석하야지
면 「실상은 신성한 련애를 할 작정이라서 ……」 하며 난데업는 신성을 츠드러
내이는 것을 가지고 련애련애 하지만 그것은 련애가 아니라 무지라는 돈으로
산 본능뎍 생식이라는 것 밧게 아무것두 아닐세.[185]

②의 밑줄 친 부분에서 드러나듯 중환은 이념적인 차원에서 연애의
의미를 긍정적으로 이해하고 있는 인물이다. 문제는 연애의 이념이 아니

---

184) 위의 책, 271~272면.
185) 위의 책, 280~281면(강조는 인용자).

라 연애를 불가능하게 하는 조선의 현실이라는 것이 중환이 불만을 토로하는 핵심이다. 그런데 그의 현실 개탄은 그가 부딪힌 역사적 상황의 특수한 질곡에 대한 성찰이 아니라 인종주의적 편견에 가까운 열등한 민족성의 비판에서 비롯되고 있다. 이 개탄은 현실 조건에 대한 고려와 반성이 아니라 민족적 특성에 대한 일방적인 폄하와 비방의 형식으로 표출되고 있는 것이다. 자민족의 성품을 비난하고 격하하는 중환의 논리는 식민주의적 제도 교육이 심어놓은 인종주의적 편견을 그대로 내면화하고 있었던 당대 지식인의 실상이었다. 때문에 연애의 순수성을 따지기 이전에 연애를 할 수 있는 조건이 성숙해야 한다는 그의 현실여건 성숙 우선론은, 이상과의 격차를 유발하는 역사적 질곡 및 현실적 제도와 여건에 대한 구체적인 성찰로 진전되지 않고, 개인적 도덕성의 문제로만 치닫는다. 인종주의적 관점에 의해 현실여건의 문제를 끈기, 정열, 의지와 같은 개인적 품성의 측면으로 제한시킴으로써, 중환의 현실비판은 현실 문제를 타개할 수 있는 방법의 모색으로 진전되지 않고 비극적인 세계관의 표출에 그치고 만다.

그런데 이 같은 중환의 민족성 비하는 미묘하게 여성 비하와 중첩되고 있다. 연애를 불가능하게 하는 민족성을 개탄하면서 중환이 대표적인 예로 드는 것이 춘향과 같은 열녀의 탄생이 불가능한 민족성이다. 춘향을 '연애의 신'으로 칭송했던 만큼 중환은 지조와 절개를 진실한 연애 실현의 조건으로 보았다. 조선인들에게 부족한 끈기, 의지, 열정을 가지고 있는 인물로 춘향을 언급하면서 그녀를 자신과 명수 사이에서 사랑을 저울질하는 기생 도홍과 비교하는 중환의 태도 속에서 드러나는 것은 결국 연애할 만한 대상이 없다는 불평이다. 덕순·마리아와 같은 여인을 지켜보며, "지금 세상에는 녀학교 졸업 증서 한 장으로 사내를 사고 팔려가고 하게 되엇다"186)고 개탄하던 중환이 볼 때, 지식인임을 가

---

186) 위의 책, 213면.

장하여 성욕과 물욕에 자신을 팔아넘기는 조선 여성들의 성격적 특징이
야말로 진정한 사랑을 불가능하게 하는 열등한 민족성 안의 더욱 열등
한 조건이었던 것이다. 조선 여성에 대한 중환의 비하 의식은 조선의 기
생을 비꼬아 말하는 다음 장면에서 더욱 명확해진다.

> 「느젓는데 바둑은……」, 하며 중환이가 엽헤 가서 들여다보고 섯스랴니까 홍
> 련이도 「내 말이 그 말이야」, 하며 뎀벼드러서 두 손으로 휘저어 노앗다. / 「아
> 아서 이게 웬일야」, 하며 두 사람은 기생의 손을 붓드럿스나 바둑은 백지 흑지가
> 뒤범벅이 되엇다. / 「이게 무슨 짓이야」 / 홍진이는 매우 노한 모양이나 이러케
> 가벼웁게 책을 하얏다. 홍련이는 좀 어색한 듯이 우스며 「잘못 되엇슴니다 그
> 려」, 하고 롱치는 말소리로 아양을 부려 보이엇다. 홍진이도 웃고 마랏다. / 「일
> 본 기생 가트면 이리는 일은 업지」 / 명수는 그 엽헤 누엇다가 일본말로 중환이
> 더러 동의를 구하듯이 한마디 하얏다. / 「기생이랄 게 아니라 통트러 말하면 조
> 선의 녀성이라는 것이 근본뎍으로 그러치. 말하자면 녀성이라는 성뎍 자각이
> 업다는 게 올켓지…… 중성이라고나 할짜. 허허허」 중환이도 일본말로 이러케
> 댓구를 하얏다.[187]

바둑판을 흩뜨려 놓은 기생의 태도에 미루어 조선 여성 전체를 비하
시켜 말하는 인물들의 시각은, 제국주의가 주입한 민족적 열등감을 여성
에게 투사하여 여성을 이중적으로 식민화했던 남성적인 지배담론의 전
개 방식을 그대로 노출한다. 식민화된 민족의 열등성을 여성들에게 투사
하여 여성들을 내부 식민화함으로써, 남성주체는 식민지적 현실을 그대
로 수용하면서 상대적으로 주체성을 회복할 수 있었던 것이다. 개인적인
사건을 민족적 열등성의 문제로 치환하는 식민주의적 사고방식은, 상해
에서 유학하는 사이 자신을 배신하고 예배당 결혼식을 올려 버린 서옥
정을 비난하며, "나는 이러케 애원(哀願)합니다. 우리 반도(半島) 여자계(女
子界)에 대(對)하야. 자각(自覺)하시오, 반성(反省)하시오 저 — 아메리카 저

---

187) 위의 책, 248면.

―유럽 여자사회를 보고"188)라 부르짖었던 「일년 후」(박영섭, 『창조』 6호)
의 주인공 의근의 외침에서 더욱 뚜렷하게 확인된다. 자신의 개인적인
사랑의 실패를 조선 여성의 열등성 탓으로 돌리는 의근의 태도는, 사랑
했던 사람으로부터 선택받지 못한 개인적 열등의식을 여성의 민족적 열
등성으로 투사함으로써, 실추된 자기 동일성을 회복하고자 했던 남성주
체의 자기 정당화 논리를 투영하고 있다. 그러나 여성에 대한 이 같은
이중적 식민화는 결국 제도적 식민화의 현실을 그대로 수용하는 자위적
인 해결책 이상일 수 없었다.

　새로운 사랑의 이념은 자유롭고 주체적인 인간을 전제함으로써 여성
을 하나의 독립된 인격체로 성립시켰다. 남성의 자발적 선택만큼이나 여
성의 자발적 선택도 중요해지기 때문이다. 이 같은 사랑의 이념과 여성
성 욕망의 인정으로 인해 동요되었던 성 역할은, 남성 젠더를 근대적 이
념의 수호자로 강화함으로써 동요를 극복했다. 그러나 이 같은 담론의 흐
름과 이념의 강화에도 불구하고, 이론적인 연애의 모델에 쉽게 포섭되지
않는 성과 사랑의 다양성과 불확실성은, 근대적 삶의 모순된 측면으로서
끊임없이 삶의 표층으로 진출하고, 이념적인 동일성을 회복하고자 하는
주체의 의지를 위반하고 공격했다. 연애를 갈망하면서도 연애에 빠지는
것을 두려워하는 남성들이 나타나는 것은 이 때문이다. 1924년 『개벽』에
발표된 박종화의 「이년 후」나 같은 해 동 잡지에 발표된 성해(星海)의 「연
(戀)의 서곡(序曲)」과 같은 작품들은 이제 연애를 동경하면서도 실제로 사
랑에 빠지는 것은 두려워하게 된 남성들의 심리를 노출한다.

　「연의 서곡」의 주인공인 문학청년 '나'는 같은 기숙사 C사에 기거하게
된 K양을 만나 미묘한 감정의 동요와 기쁨을 느끼면서도 그녀와 다른
학생들의 스캔들을 바라보고 방관하기만 할 뿐 화젯거리가 될 수 있는
K와의 접촉을 가능한 기피한다. "나는 마음에는 그 소녀가 내에게서 멀

---

188) 박영섭, 「일년 후」, 『창조』 6, 1920.5, 68~69면.

어질가 두려워하며 쏘는 못처럼 오날까지의 호감을 서로 저바리는 것을
앗가워 하면서도 하로라도 속히 문제의 중심에 들어가지 안흘 것을 깃
버하엿다. 사실 그만큼 비겁하엿섯다"라고 고백하는 '나'의 태도는, 사랑
이 유발하는 문제와 혼란들을 인지하고 그로부터 도피하고자 하는 남성
의 불안심리를 반영하고 있다. 「이년 후」의 문학청년 C 역시 비슷한 예
에 속한다. C는 기생 황여화에게 깊은 열정을 느끼지만, 그녀를 기적에
서 빼내 올 금전적 여유가 없다는 이유로 오직 "오뇌! 심하얏다"로 시작
하는 자신의 일기에만 여화에 대한 감정을 열렬히 토설한다. 그러던 중
여화로부터 일종의 연서를 받고 희열과 더불어 불안을 느끼게 되는 C의
태도는, 사랑의 비논리적 힘과 치명적인 영향에 대한 무의식적 공포를
잘 나타내고 있다.

> 이 편지를 한 번 쑥—내리 본 C는 엇지할 줄을 몰라 그의 마음은 깁분 것보
> 다도 불안한 생각이 더 만엇다. 그는 정신이 얼썰썰하얏다. 자긔 압헤는 엇더한
> 큰 파멸이 오는 것 가탯다. 그는 여태것 여자의 艶書를 바더보기는 이것이 처
> 음이엿다. 그는 엇지할 줄을 몰랏다. 일어낫다 안젓다 하며 다시 그 편지를 낡
> 고 쏘다시 그 편지를 낡엇다. 낡을 째마다 C의 입술엔 감안한 미소가 써돌앗스
> 나 가슴 속 한 구퉁이에는 여전히 불안한 생각이 뭉처섯다. (…중략…) 말쏘리
> 잘 들러부치는 W가 D에게 C가 麗華을 사모하드란 말을 듯고 공교하게 여자의
> 필적을 모방하야 한 번 C의 가슴을 썰렁하게 맨들어 보랴 함이엇다 한다. 이
> 소리를 들은 C는 한 엽흐로 무슨 묵어운 짐을 내려논 듯하고 한 엽흐로는 무엇
> 을 일은 듯한 서운한 생각이 일어낫다 그는 그것이 짜장 麗華의 편지이엿드면
> 하는 욕망도 잇섯다.189)

사모하던 여화로부터 예기치 못한 사랑의 편지를 받았을 때, C에게 닥
쳐오는 우선적 감정은 "깁분 것보다도 불안한 생각"이다. "자긔 압헤는
엇더한 큰 파멸이 오는 것 가탯다"라고 기술하는 C의 심리는 사랑하는

---

189) 박종화, 「이년 후」, 『개벽』 44호, 1924.2. 184~185면(강조는 인용자).

사람으로부터 자신과 동일한 감정을 확인할 때 일반적으로 느낄 수 있는 희열과는 거리가 멀다. 사랑의 기쁨과 아름다움을 훌쩍 넘어서는 사랑의 불가해한 위력과 치명적인 성격에 C는 공포와 불안을 느끼고 있는 것이다. 아이러닉하게도 C는 이 편지가 여화에 대한 그의 관심을 눈치챘던 친구들의 장난 편지임이 밝혀지고 나서 곧바로 원래의 열정을 회복하게 된다. 관념적이고 자기만족적인 '환상'의 형식으로 존재했던 연애의 당대적 위상을 비유적으로 드러내 주는 부분이라 할 수 있다. 사랑의 현실화에 직면해서는 불안에 떨고, 현실화의 불가능성을 확인하면서 다시 원래의 사랑을 회복하는 C의 심리에서 분명히 드러나듯, 연애는 구체적인 실천이 아니라 막연한 이상이자 동경의 형태로 있을 때 창조적인 자기 찾기를 향한 주체의 열정을 고무하는 표상으로서의 의미를 지닐 수 있었던 것이다.

정신분석학적 시각에 의하면 성은 구조화된 주체가 출현하는 최초의 여건이다. 개인은 자신의 본능적 충동과 만나고 그것을 적절하게 구조화함으로써 자아를 형성한다. 성은 주체가 자신의 본능을 억압하고 이드/에고/수퍼에고의 형식으로 자아를 구성함으로써 자기 자신에 대한 관계를 규정하고 정립하도록 유도하는 장소이자, 최초로 구성되는 자기 안의 타자이다. 라깡에 의하면 이때의 주체란 "언어처럼 구조화된 무의식을 통해, 타자인 상징계가 구성해 낸 결과물"190)이다. 주체를 구성하는 상징계는 문명의 체계와 기능을 의

편지는 사랑을 고백할 수 있는 유력한 매개물이었다. 사진은 1937년 영창서관에서 발간된 진록성 저, 『사랑의 편지투』 표지

미하는 표상이다. 그런데 다양한 성 풍속과 성 문화의 역사적 특징들은 개체의 성을 조작하는 이차적인 과정에 현실사회를 지배하는 성에 대한 인식과 관념이 깊게 관여하고 있음을 입증해준다. "문화는 인간의 사회적인 실존뿐 아니라 본능적인 실존까지, 인간 존재의 일부뿐 아니라 인간본능의 구조 자체까지 제약한다"[191]고 할 때, 이 문화란 근친상간의 금지와 어머니에 대한 욕망의 억압 및 성 에너지의 노동 에너지로의 전환을 요구함으로써 인간사회를 가능하게 했던 문명의 근간인 동시에 시간 속에 배치된 역사적 문화일 수밖에 없다. 따라서 현실사회를 살아가는 구체적인 개별자들의 성 본능이 구조화되고 있는 방식에는 성을 규제하는 역사적 문화의 특수성이 구체적으로 관여한다고 볼 수 있다.

그렇다면 '연애'라고 하는 새로운 관념은 이 규정의 방식에 어떠한 변화를 불러일으켰는가? 당대 소설이 보여주는 성에 대한 재현의 양태들은, 자유로운 사랑과 해방의 풍조에도 불구하고 사실상 성에 대한 억압과 규제는 더욱 엄격하게 강화되고 있었음을 보여준다. 자유연애의 담론에 의해 성에 대한 언급이 공식적인 장의 표면으로 부각되면서 대담하고 세밀한 성적인 표현과 묘사들이 가능해졌지만, 이 대담한 성적인 표현들이 소설 구조 내에 배치되는 방식에서 보듯, 성은 더 많이 논의되면서도 더 많이 억압되어야 했다. 성(性)은 성(聖)과 속(俗), 남성과 여성, 문명인과 야만인이라는 중층적인 이분법의 구도 안에서 인간이 그 본질과 양태에 있어 차별적으로 배태하고 실천하는 본능으로 인식되었고, 열등한 존재의 성일수록 도덕적 사회규제를 통해 더욱 엄중하게 억압되어야 하는 것으로 간주되어야 했다. 근대인의 조건으로 주어진 이 같은 성의 규제방식은, 근대 사회가 진전될수록 성의 자본주의적 상품화를 더욱 가속화시키는 음성적 사회 영역의 확산을 가능하게 했던 조건인지도 모른

---

190) 이진경, 「근대적 주체와 정체성」, 『경제와 사회』 35, 한국산업사회연구회, 1997년 가을, 12면.

191) 허버트 마르쿠제, 김인환 역, 『에로스와 문명』, 나남, 1989.

다. 그러한 가운데 성의 비연속적이고 비합리적인 측면들을 여성성의 특징으로 전가하는 소설들은, 열등한 민족성 속의 더욱 열등한 존재로서 여성을 이중적으로 식민화하는 가운데 상대적인 주체성을 회복함으로써 식민화된 현실에 무력하게 적응해 갔던 근대 주체의 식민적 성격을 적나라하게 노출하고 있었다. '연애'는 이처럼 현실의 저항적 요소들을 열등한 주체의 특징으로 편성해가는 가운데, 신문명이라는 추상적인 이상을 견지하는 기만적 표상으로 기능하고 있었다.

4) 절대자유의 실험과 탈식민적 주체의 가능성

(1) 염상섭의 거리감각과 「제야」의 실험의식

염상섭의 「제야」(1922)와 「해바라기」(1924)는 낭만적인 연애의 이념을 부분적으로 비틀어 모방함으로써 정형화된 이념으로부터 일정한 거리를 유지하면서 현실적 삶의 요소들을 연애에 대한 성찰 속에 새롭게 끌어들이고 있는 소설들이다. 두 소설은 연애의 이념을 깊이 내면화한 여성들을 주인공으로 삼고 있지만, 이들이 이념적 사랑의 실패를 경험한 인물들로 설정됨으로써 완전무결한 이상의 실현이 처음부터 불가능한 현실의 국면에서부터 이야기를 시작한다. 「제야」의 최정인은 감정해방의 기초를 마련했던 '자유'의 의미를 그 극단으로까지 몰아가 결혼을 거부하는 순수 자유의 사랑을 추구했던 인물이고, 「해바라기」의 최영희는 첫사랑이었던 애인의 죽음을 경험한 인물이다. 두 인물은 성격적 혹은 상황적 측면에서 연애의 모델이 상정했던 이상적인 관계형성의 가능성을 처음부터 결핍하고 있다. 그리하여 연애모델의 설립을 가능하게 했던 자율적 자아의 해방이라는 원론적 이념에 충분히 동의하면서도 연애의 이상을 부분적으로만 수용하는 위반적인 모방의 형식을 취하면서 염상섭은 새로운 방식으로 사랑의 의미에 접근하는 인물들을 그려낸다.

『폐허』의 핵심 동인으로서 동인지 문단과 미의식을 공유했던 염상섭은 연애의 근본적인 이념을 적극적으로 지지 옹호했던 작가였다. '연애'에 대한 염상섭의 태도는 1926년 발행된 『조선문사의 연애관』에 첫 글로 실렸던 그의 「감상과 기대」에서 뚜렷이 드러난다. 이 글에서 염상섭은 동인지 문인들 특유의 낭만적 예술관과 연애관을 표출하고 있다.

> 相對 形象 內의 自己 發見의 깃붐! 이것이 强調되면 그야말로 神聖한 戀愛에 끌고 간다. 그리고 戀愛는 藝術化한다. 우리가 萬一 보담 더 나흔 生活— 보담 더 向上된 生活을 慾求하며, 또 그 慾求가 畢竟은 創造的 生活을 意味한다 하면, 여긔서 우리는 戀愛 生活도 藝術化한 生活이 되는 것이다. 그리하야 高貴한 人格的 完成을 엇는 것이다. 生命力의 活躍의 頂點에 達하는 것이다. 여긔에 잇서서 兩性의 性的 交流가 큰 調和를 일우는 것이 重要한 條件을 일울 뿐 아니라, 차라리 그 基調에서 出發하는 것을 閑却하야서는 아니된다. 이것이 곳 靈肉의 合致인 同時에, 나의 일은 바 「無」에 대한 憧憬이요, 그 過程을 지나서는 「完全」에 得達하는 것이다.192)

염상섭에게 있어 이상적인 연애는 "대상 형상 내의 자기 발견의 깃붐", 즉 타인을 통해 자기 자신을 발견하는 길이었다. 사랑하는 자의 성격과 특징 속에서 그것을 사랑할 수밖에 없는 자기 자신의 개성을 발견할 때, 사랑은 "자기 발견"의 방법이 되는 것이다. 그는 또한 "향상된 생활"을 욕망하는 개인이 이성과의 관계 속에서 새로운 것을 "창조"하는 일로 연애를 규정한다. "창조적 생활"을 의미하는 "연애의 생활"은 "예술화한 생활"과 자동적으로 연결되었다. 이상적 연애를 "예술화한 생활"과 동일시하는 수사는, 염상섭이 '참 예술 = 참 자기 = 참 인생 = 참 사랑'의 논리를 펼쳐 나갔던 동인지 문인들 특유의 예술관을 공유하고 있었음을 확인해준다. 연애가 지니는 형이상학적 의의를 강조하는 동시에

---

192) 염상섭, 「感想과 期待」, 『조선문사의 연애관』, 설화서관, 1926, 12면.

염상섭은, 연애의 열정이 지니는 육체성에도 주목하였다. 열정이 성적 욕망에 기초하고 있음을 명확히 표명하면서, 염상섭은 "양성의 성적 교류가 큰 조화를 일우는" "영육의 합치"가 이상적인 사랑이며, 이상적 사랑을 이루는 일은 "무"로 표상되는 몰아적 열정을 통해 "완전"한 자기에 이르는 일이라고 강조한다. 따라서 염상섭은 "고귀한 인격적 완성"을 얻는 진정한 자기 찾기의 한 방법으로 연애의 원론적 의미에는 지극히 공감하는 입장이었다고 할 수 있다.

'연애'의 원론적 의미에 대한 가치 부여는, '개성'의 자각과 진작을 가장 긴급한 시대적 요청이자 예술미의 원천으로 이해했던 염상섭의 작가의식과 밀접하게 연관된다. 평론 「개성과 예술」에서 뚜렷이 드러나듯 염상섭에게 '개성'은 '자아'의 다른 이름이었다.193) 그에게 있어 "독이(獨異)적 개성의 확립"은 근대 사회로 이행하기 위한 시대적 요청이자 예술미의 원천이었다. 예술은 "작자의 독이적(獨異的) 생명을 통하야 투시한 창조적 직관의 세계"로서 개성의 발견과 발전이 있어야만 표현이 가능한 장르였고, 따라서 창작의 기초라고 보았던 "창조적 직관"의 형성을 위해서는 자아의 확립이 우선적으로 이루어져야 했다. "위대한 개성의 표현만이, 모든 이상과 가치의 본체 즉 진, 선, 미로 표징(表徵)되는 바 위대하고 영원한 사업이 인류에게 향하야 성취케 하는 것"194)이라는 주장에서 보듯, 1920년대 초반의 염상섭은 창조적인 자아의 표현 속에 세계의 활동을 추동하는 근원적 진리가 내장되어 있다고 생각하는 낭만적 주관성의 철학을 소유하고 있었으며, 낭만적 주관성의 획득은 주체로서의 자아 확립이라는 의미에서 근대인으로의 성숙이라는 시대적 과제와 분리되지

---

193) 평론 「개성과 예술」에서 염상섭은 개성의 의미를 "소위 個性이라는 것은 무엇인가, 즉 箇箇人의 稟賦한 獨異的 生命이 곳 그 각자의 個性이다"(『염상섭 전집』 12, 민음사, 1988, 36면)라고 설명한다. 「개성과 예술」이라는 제목에도 불구하고 이 글에서 반복 주장하고 있는 것은 개성과 예술의 관련성보다는 자기준거적 자아 확립의 필요성이다.

194) 염상섭, 「개성과 예술」, 『염상섭 전집』 12, 민음사, 1988, 38면.

않았다. '연애'는 개성의 발현과 진작을 의미함으로써 이 같은 근대 주체 확립 프로젝트의 일부로서 1920년대 초 염상섭의 인식틀 위에 긍정적 입지를 확보하고 있었다.

근대인으로 나아가기 위한 '자기 찾기'의 한 방법으로서 '연애'를 긍정했던 염상섭은, 가부장적인 권위를 기반으로 한 전통가정에 신랄한 비판과 거부의 태도를 표명했던 작가이기도 했다. 전통적인 가정에 대한 그의 비판과 혐오는 춘원의 그것과 마찬가지로 전폭적이었다. "가장권의 전제(專制), 횡포, 남용(濫用), 위압(威壓)과 이에 대한 노예적 굴종과, 도호적(塗糊的) 타협과, 위선적 의리와, 형식적 허례와, 뇌옥(牢獄)적 감금과, 질타, 매리(罵詈), 오열, 원차(怨嗟) …… 등 모든 죄악의 소굴이, 금일의 소위 가정이 안인가"195)라는 염상섭의 비판은 조선의 가정을 "풍파와 적막과 반목과 비수와 죄악과 불행의 소굴"로 매도했던 저 춘원의 열변들을 연상시킨다. 전통적 가정이 압제와 굴종과 노예적 삶으로 얼룩져 있을 때, 그러한 가정으로부터의 탈출은 "지상선(地上善)"의 영예를 얻는 일이었다. 평론 「지상선(地上善)을 위(爲)하야」에서 염상섭은 입센의 「인형의 집」을 예로 들면서 가부장권에 예속된 존재로서의 삶을 거부하고 집을 나가는 노라의 행위에 "지상선(地上善)이 성취(成就)하얏슴"이라는 찬사를 보낸다. 노라의 가출은 "무엇보다도 위선(爲先) 자기에게 대한 충성(忠誠)을 다함으로써 자기혁명(自己革命)의 대사업(大事業)을 완성하랴는"196) 노력이었다는 점에서 "생명이 용약(勇躍)"하는 최선의 행위로 지지되었다. 염상섭의 관점에서 자발적 욕망의 발견과 주장은 '지상선'의 영예를 얻는 최상의 실천이었으며, 연애는 그와 같은 자아 발현의 통로로서 고식적 가족제도로부터 탈출하여 새로운 삶의 형식을 찾아가는 방법의 하나였다. 그러나 염상섭은 '연애'가 표상하는 근본적인 이념을 적극 지지하면서도, 이상적인 연애를 현실적으로 성취할 수 있는 가능성에 대해서는 회의적이었

---

195) 염상섭, 「地上善을 爲하야」, 『염상섭 전집』 12, 민음사, 1987, 48면.
196) 위의 책, 45면.

1924년 고려공사에서 발간된 염상섭의 『만세전』 표지

다. 이는 그가 주관성의 발현을 절대적인 시대적 사명으로 생각하는 이상의 소유자인 한편, 이상적인 신념을 현실적 토대와의 관련성 속에서 성찰하는 객관적 시각을 확보하고 있는 작가이기도 했기 때문이다. "아모리 연애의 신성, 자유, 지상(至上)을 역설(力說) 강조(强調)할지라도, 물질적 조건을 무시(無視)하고는 그 이상(理想)을 달(達)할 수 업다는 것",[197] 그러므로 "연애문제는 단독(單獨)한 연애문제로 써러지지 못하고, 사회문제의 중요한 지점을 점하게 되고, 짜라서 사회운동과 직·간접으로 그 보조(步調)를 일치(一致)"[198]해야 한다는 사실을 그는 명지하고 있었다.

주관성의 발현이라는 이상과 현실여건에 대한 객관적 인식은 염상섭의 초기 소설들 안에서 하나의 분열적 내면성을 형성했다. 그의 초기 소설들의 주인공들은 연애의 순수함을 긍정하고 열정에 몰입하고자 하는 열망을 지니지만 현실감각에 의해 쉽게 열정에 빠져들지 못하는 분열적 성격의 소유자들이다. 「만세전」의 이인화가 그 대표적인 예라고 할 수 있다.

제일 순수하고 아릿다운 것은, 전차나 집회나 가로상에서, 청년남녀가 정열에 타는 아미로 서로 도적질을 하야 보는 것과, 소위 하층사회의 醇朴한 기풍이다. 이성을 동경하는 청년남녀에게는 불결한 욕심이 업다. 적어도 물질적 욕심이 업다. 阿諂할 필요도 업고 警戒할 이유도 업고 優越하거나 弄絡하라는 야심도 업고 방어하고 반발하라는 적대심이란 손톱만콤도 업다. 다만 미를 동

---

197) 염상섭, 「감상과 기대」, 앞의 책, 6면.
198) 위의 책, 9면.

경하고 모색하며 이에 감격한다. 더구나 그러한 심리가, 영원히 흐르는 물결에 뿌려지는, 월광의 銀箔가티, 아모 더럽은 집착업시 순간순간에 반짝이며, 스러 저 버리는 것이, 더욱히, 芳醇하고 정결하다 할 수 잇다.[199]

이인화는, 물질적 탐욕과 여타의 이해관계를 초월한 순수한 감정이라 는 점에서 청년 남녀의 사랑에 높은 가치를 부여한다. 그가 생각했던 진 정한 사랑의 구체적 의미는 이 소설의 끝 부분에서 일본의 정자에게 보 내는 편지에서 잘 드러난다. "나는 늘 주장하는 것이지만 그 사람의 행 복을 진순한 마음으로 기축(祈祝)하는 것만이 진정한 사랑이외다. 이 세 상에는 나를 사랑하야 주는 사람이 잇거니, 쏘 내가 사랑하는 사람이 잇 거니 하는 생각만 가져도 얼마나 행복스럽고 사는 것 가틉닛가. 과연 그 러한 것만이 순결무구한 신에 갓가운 사랑이외다"[200]라는 편지에서 보 듯, 순수하고 이타적인 감정으로서의 사랑은 일체의 이해관계를 초월해 야 했으며 그와 같은 순수성을 확보할 때 사랑은 신에 가까우리만치 숭 고한 의미를 지니는 것이었다. 그가 은근한 태도로 경제적 원조를 요청 하는 정자와의 관계가 "생명의 내용인 연애"[201]는 아니라고 처음부터 분 명하게 인식하고 있었던 것도 이 때문이다. 그러는 한편 이인화는 "자기 는 잇대것 연애답은 연애를 하야본 일도 업스면서, 청춘의 특권이요, 색 채라 할 만한 정열이 고갈한 것은 웬 까닭인가"[202] 하며 사랑에 빠지지 못하는 자신의 성격을 고민하는데, 이는 그가 "물적 자기라는 좌안과 물 적 타인이라는 우안에, 한발식 걸처노코, 빙글빙글 쒸며 도는 것이, 소위 근대인의 생활이요, 그러케 하는 어리광대가 사람이라는 동물"[203]이라 파악하는 냉소적인 현실감각의 소유자이기 때문이다. 즉 이인화는 당대

---

199) 염상섭, 「만세전」, 『염상섭 전집』 1, 민음사, 1987, 23면.
200) 위의 책, 106면.
201) 위의 책, 26면.
202) 위의 책, 27면.
203) 위의 책, 23면.

의 다른 청년 지식인들과 마찬가지로 순수한 사랑에 대한 낭만적 이상을 공유하고, 열정적인 삶에 뛰어들고 싶은 욕망도 지니지만, 삶의 물질적 토대가 지니는 무시할 수 없는 힘을 명지하는 그의 현실감각이 이 욕망의 발현을 억제하고 있는 것이다. 이상적 사랑에 대한 낭만적 소망과 믿음에도 불구하고, 냉정한 현실 관찰자로서의 그의 감각에서 볼 때 이해관계를 초월한 순수한 사랑이란 현실화 가능성이 희박한 환상에 가까웠는지도 모른다.

낭만적 이상과 냉정한 현실감각에 기반하는 분열증적 내면성이 더욱 본격화 된 것이 「암야」(1921)이다. 주인공 '그'의 내면을 확대 초점화한 특이한 고백체의 형식을 취하는 이 소설은, 고백체의 형식을 띠면서도 초점화자인 고백의 주체를 '그'로 삼음으로써 고백의 내용 그 자체로부터 다시 거리감각을 취하는 분열증적 내면성의 형식을 갖추고 있다. 주인공 '그'는 "생활을 유희하고, 연애를 유희하고, 교정(交情)을 우롱하고, 결혼 문제에도 유희적 태도…… 소위 예술에까지 유희적 기분으로 대하는"204) 무력하고 자조적인 청년 지식인의 한 사람이다. 그는 자신을 포함하는 또래 청년 지식인들의 이 같은 생활을 "사이비 쩨카댄쓰"로 파악한다. 이는 "우리가 한 번이라도 일 생애의 사업을 위하야, 자기의 예술의 궁전을 위하야, 인생의 아름답고 순결한 정서를 발로하는 연애를 위하야, 심각하고 영원한 고뇌를 위하야, 생사의 문제다!라고 부르지즌 일이 잇섯나"205)라는 자조적 질문에서 드러나듯, 이들의 생활이 투쟁을 기피하고 스스로 아무것도 생산하지 못하는 삶의 형식이기 때문이다. 자신의 생활로부터 취하는 반성적 거리감각은 압도적인 내면성의 침윤 속에서도 도저한 주인공의 객관의식을 노출함으로써 분열증적 갈등의 양상을 심화시킨다. 그러나 자조적인 자기반성적 시각에도 불구하고 '그'는 무력하고 유희적인 번민의 생활을 벗어나지 못하는데, 그것은 적어도 그와 같은 생활 속에는

---

204) 염상섭, 「암야」, 『염상섭 전집』 9, 민음사, 1987, 55면.
205) 위의 책, 56면.

"속되지 안타는 것! 속중과는 동화치 안는다는 것!"206)이라는 속악한 현실과의 대결의지가 숨어 있기 때문이다. 사실상 이인화나 '그'와 같은 인물들의 무력감과 방관자적 태도는 자유로운 삶이 불가능한 시대 조건에 적응하고 동참하지 않겠다는 거부의 의미를 지닌다는 점에서, 참다운 삶에 대한 소망을 표현하는 일종의 방법론적 위악에 가까웠다. 이 거부의 태도야말로 '그'와 같은 부류들의 낭만적 주관성이 현실적인 무력감에도 불구하고 포기하기 어려운 의미를 지닐 수 있었던 이유가 된다.

따라서 염상섭의 초기 소설들에 드러나는 분열증적 내면성은 낭만적인 이상과 속악한 현실 양자로부터 일정한 거리를 취하고, 그 속에서 무력증에 빠져 있는 자기 자신을 다시 객관화하는 중층적인 거리감각의 산물이다. 순수한 '연애'의 관념을 적극 긍정하면서도 그 현실화의 가능성에 대해서는 냉소적인 자세를 취하는 염상섭의 태도는 이처럼 이상과 현실 양자로부터 일정한 거리를 유지했던 작가의 거리감각의 결과였다. 『너희들은 무엇을 어덧느냐』에서 보이는 무분별한 사랑의 세태에 대한 비판 역시, 인물들의 허황된 신념과 진정한 사랑을 불가능하게 하는 현실 양자에 대한 작가의 냉정하고 비판적인 거리감각을 반영하고 있다.

「제야」는 자유로운 사랑의 해방을 촉구했던 '연애'의 이념 가운데에서 '자유'의 의미만을 그 극단으로까지 추구하는 여성을 주인공으로 삼은 소설이다. 자아를 절대화하고 자유로운 사랑이라는 신념을 극단화하여 극한적인 성적 일탈의 모습을 펼쳐 보인 「제야」는, 자유로운 사랑에 대한 신념의 현실상관성에 대한 일종의 실험의식을 드러낸다. 이 소설은 일탈적인 성적 행각을 벌이던 신여성이 불의의 임신을 속이기 위해 혼인했던 남편의 관대한 용서 앞에 참회하고 자살함으로써 속죄하고자 하는 상황을 전제로 시작된다. 그러나 남편에게 보내는 유서의 형식을 취하는 이 소설의 형식 안에서 줄거리에 앞서 전면화되는 것은, 그와 같은

---

206) 위의 책, 같은 곳.

일탈적 삶을 살았던 신여성 정인의 자기정당화의 논리이다. 정인은 주관성의 절대적 자유를 선언하고, 전통적인 인습뿐만이 아니라 일체의 외적인 규제를 거부하는 극단적인 자유주의를 추구한다.

主觀은 絶對다. 自己의 主觀만이 唯一의 標準이 아니냐. 對己의 主觀이 容許하기만 하면 고만이다. 社會가 무엇이라 하던지, 道德이 무엇이라고 抗議를 提出하던지, 神이 滅亡하리라고 警告를 하던지, 귀를 기울일 必要가 어대 잇느냐. 世間의 俗衆雜輩가 일의 大小를 莫論하고 正義니 무엇이니 하며 혼자 잘난 체 하는 것은 結局 自己의 罪過를 隱蔽하기 爲하야, 소위 神이니 共同目的이니 社會니 國家니 하는 등 避難處에 숨어서, 기다란 대ㅅ개피에 매어 달은 旗발을 담 밧갓헤 내여 밀고 휘두르는 것 갓튼 것이다. 이러한 意味로 그들은 누구보다도 먼저 僞善者이다.207)

정인의 주관 절대론은 외적 규율에 의존하지 않고 자발성을 토대로 삶의 원칙을 수립하는 데서 근대적인 개인의 의미를 찾고자 했던 춘원 이래의 자아 확립론이 극단화된 형태이다. 이 주관 절대론은 또한 춘원의 '정'적 인간론을 계승하는 동시에 그것을 극단화했던 동인지 문인들의 낭만적인 주관성의 세계관을 세속적인 삶의 형식으로 구현한 결과라고 할 수 있다. 정인은 의무와 책임을 초월하여 주관성의 절대성을 주장함으로써, 일체의 권위와 체제를 부정하고 거부하는 자발적 삶의 논리를 구사한다. 이 같은 정인의 주장은 공동체에 대한 배려를 생략함으로써 유아독존적인 논리로 뻗어나가지만, 그러나 허위적인 명분과 체제에의 예속을 거부한다는 점에서 낭만적인 순수성을 확보하고 있다.

自己 改善? 그것은 後悔의 使命은 아니다. 自己를 眞情으로 보담 더 善에 보담 더 美에 보담 더 眞에 끌랴는 慾求는, 全然히 다른 源泉을 가진 衝動의 힘이 안이고는 企圖할 수 업는 것이다. 百番의 後悔가 바늘 씃만한 理智의 단

---

207) 염상섭, 「제야」, 『염상섭 전집』 9, 민음사, 1987, 61면.

한 번의 蠢動보다도 못 하거던, 後悔로 自己 改善이 되리라는 道德論이 어데 잇느냐. 나에게 대한 後悔는 늘어진 푸른 입술의 차듸 차고 쓴 키쓰의 가치도 못 된다. (…중략…) 자기의 生을 絶對로 充足시키랴는 끌는 慾求 압헤는, 모든 것을 蹂躪하고 犧牲하야도, 아깝지 안타는 것이, 나의 生活을 自律하야 가는 데에 最高 信念이엇나이다. ― 우리는 生活한다. 함으로 生活을 熱愛한다. 熱愛할 義務가 잇다. 함으로 生活의 愛를 滿足시키기 위하야 取하는 바 一切의 手段은 可치 안흔 것이 업다.208)

정인의 주관 절대론은 인간 내부의 자연 속에 진정한 세계의 진리가 함축되어 있다고 믿었던 동인지 문인들의 세계관에 이론적인 기반을 두면서, 거기에서 '성찰'의 의미를 생략하고 '욕망'의 의미에만 강조점을 둔다. 이 같은 정인의 주장은 사유와 성찰을 의미하는 소크라테스적 삶을 부정하고 끊임없는 생성과 향유를 지향하는 디오니소스적 삶을 촉구했던 니체의 주장을 연상시킨다.209) "자기의 생을 절대(絶對)로 충족(充足)시키랴는 끌는 욕구(慾求) 압헤는, 모든 것을 유린(蹂躪)하고 희생(犧牲)하야도 아깝지 안타"고 주장하며, "애(愛)가 소멸(消滅)되어서는 안이 된다"는 에로스적 욕망의 삶을 추구했던 정인의 태도는, 욕망하고 욕구하는 존재로서 끊임없는 생성의 삶을 지향하는 저 디오니소스적 인간의 자유와 향락을 향해 열려 있는 것이다. 그러나 정인의 주장은 현실적인 삶의

---

208) 위의 책, 73~74면.
209) 니체는 고대 그리스 예술의 발전 과정이 디오니소스적인 무정형적 원리와 아폴로적인 균형과 관조의 원리가 서로 대립하고 길항하는 과정이었다고 본다. 그러다가 소크라테스적인 요소가 도입되면서 디오니소스적인 것을 죽여 버리고, 그 결과 아폴로적인 관조의 의미도 사라지게 된다는 것이 니체의 관점이다. 디오니소스적인 것은 자연 자체에 내재한 원리로서 충동과 도취와 격정의 상태를 의미하며, 끊임없는 '생성'을 지향한다. 니체는 그리스 비극의 가장 오래된 형태는 디오니소스적 고뇌만을 표현했었다고 본다. 이 근원적이고 전능적인 디오니소스적 요소를 비극에서 제거시킨 것이 소크라테스적인 요소인데, 니체가 볼 때 소크라테스는 사유가 존재를 인식할 수 있을 뿐만 아니라 '수정'할 수도 있다는 기고만장한 형이상학적 망상을 본성으로 갖는 '이론적 인간'의 전형이었다. 프리드리히 니체, 김대경 역, 「비극의 탄생」, 『비극의 탄생 / 바그너의 경우 / 니체 대 바그너』, 청하, 1982, 37~148면.

토대가 충분히 성숙하기 이전에 지식인 사회에서만 가속적으로 퍼져나갔던 자아 해방론을 극단화하여, 경험적 삶의 지평과 보조를 맞추지 못한 채 '자유'의 의미만을 성급하게 절대화하고 있었다. 정인이 절대화했던 '자유'는 "피와 가튼 애(愛)! 피, 불, 사(死) …… 이러한 컴컴하고 쓰고 굿센 애(愛)"를 찾으려 하는 정열의 일방통행으로 치닫는다.

이때 정인이 추구했던 사랑의 특수성은 연애가 촉발한 자유와 해방의 의미를 취할 뿐, 그것을 다시 정형화하는 결혼의 형식을 거부하는 데서 구체적 형태로 나타난다.

> 愛가 消滅되어서는 안이 된다. 厭症이 나서는 안 된다는 것은, 道德이라는 理智의 法令이요, 결코 중심 生命의 全我的 慾求는 안이다. 한 戀愛에 對하야 飽滿의 悲哀를 感할 때, 다른 戀愛에 옴겨간다 하기로, 거긔에 무슨 不道德的 缺陷이 잇고, 人類共同生活에 무슨 破裂이 생기겟느냐? 모든 것을 이저 버리고 오즉 生을 사랑할 뿐이다[210]

정인은 사랑의 가치를 무엇보다도 긴중하게 여기고 있지만 감정의 항상성을 부정한다. 하나의 연애관계에서 다른 연애관계로의 이동을 정당화하는 논리가 여기서 발생한다. 감정의 항상성을 부정하는 정인의 논리는 진실한 사랑은 일단 발견되기만 하면 영원할 것이라는 낭만적 사랑의 신화를 깨뜨리고, 따라서 근대적인 가족의 이상화를 가능하게 했던 연애결혼의 명분을 실추시킨다. 그리하여 정인은 연애의 관념이 촉발한 감정해방의 측면을 절대화하는 대신, 연애결혼과 이상적 부부관계라는 사랑의 정형화된 형식을 거부함으로써 오직 부분적으로만 연애의 모델을 모방하는 주인공이 된다. 이 위반적인 모방은 해방된 감정을 재포섭해내려는 권력작용을 탈피하면서, 감정해방의 조건들을 새롭게 탐구하는 방법론적 통로가 된다. 정인에게 주어진 자유는, 연애의 모델이 제공하

---

210) 염상섭, 「제야」, 앞의 책, 74면.

는 근대적 결혼이라는 정해진 형식에 귀속되지 않으면서, 결혼이라는 코드를 불가피한 삶의 형식으로 요구하는 현실 조건에 대한 성찰을 가능하게 해주는 것이다.

이 같은 성찰의 첫 번째가 정조에 대한 의견이다. 감정의 항상성을 부정하는 정인에게, 정조는 "남자가 여자에게 생활보장(生活保障)을 조건으로 하고 강요하는 소유욕의 만족"일 따름이며, 따라서 일종의 "상업상 원칙"에 불과하다. "A와의 정교(情交)가 계속할 째에는, A에게 대하야 정조 잇는 정부(情婦)가 될 것이요, B와의 부부관계가 지속할 동안은, 쏘한 B에게 대하야 정숙한 처(妻)만 되면 고만 안이냐. A에게 대하야 벌서 하등의 애착을 감(感)치 안흐면서, A와 부부관계를 지속하는 것이야말로, 돌이어 간음(姦淫)이다"211)라는 정인의 주장은 이론적으로 그럴듯한 논리적 정합성을 보여줌으로써 낭만적인 연애결혼의 이념을 다시 한 번 전복시킨다. 그러나 후에 정인은 자신의 성적인 일탈과 불륜의 행각을 참회함으로써 자신이 제기했던 일련의 주장들을 스스로 철회하게 된다. 이 부분은 좀 더 자세히 따져 볼 필요가 있는데, 왜냐하면 그녀가 성적 일탈의 삶에 빠지게 된 원인은 사실 그녀의 자유로운 정조 관념보다는 카라마조프가의 그것과 같이 "육(肉)의 향(香)과 환락(歡樂)의 녹주(綠酒)"에 취한 부도덕한 혈통에 있기 때문이다. 정인이 스스로 고백하는 이 나쁜 피의 기질이야말로 그녀로 하여금 "동정(童貞)의 고뇌와 성욕의 압박(壓迫)", "천품(天稟)의 불량성(不良性)과 음탕한 기질"을 이기지 못하고 "창부적(娼婦的) 불륜(不倫)한 행위"를 일삼게 만든 원인이 된다. 그렇다면 궁극적으로 그녀에게 문제가 되는 것은, 정조 상업 원칙론과 같은 그녀의 이론적 주장이 아니라, 그 주장들을 불순하게 전락시킨 그녀의 혈통과 실제로 벌어진 일탈적 행위들에 있게 된다. 다시 말해 사랑의 이념이 아니라 불순한 성적 욕망—혈통에서 기인한—에 굴복한 "창부(娼婦)적 불륜

---

211) 위의 책, 75면.

한 행위"가 문제인 것이다. 정인의 주장의 이론적 정당성과 혈통에 기인한 실질적 삶의 타락성은, 원인과 결과의 미묘한 어긋남에 의해, 자유로운 사랑의 문제에 관한 작가의 시각을 단순하게 결론 맺지 않고 열어놓는 효과를 야기한다. 정인은 자신의 삶을 반성하며 자살하지만, 그녀가 제기했던 전복적 사유는 정형화된 연애결혼의 모델이 감추고 있던 이해관계의 일면을 누설함으로써 이 모델의 정당성을 훼손하고 실추시킨다.

결혼의 형식을 요구하는 삶의 조건에 대한 성찰의 또 다른 일면을 드러내는 것이 유학생활을 마치고 귀국한 후 성의 쟁투라는 제목으로 여자 강연회에서 역설했던 정인의 강연내용이다. 이 강연에서 정인은 남녀평등을 성취하기 위한 현실적 문제들을 역설하는데, 그 구체적인 내용은 "자기의 밥을 자기의 손으로 만들기 전에는 우리의 노예생활은 영원히 버서날 기회가 업스리라"는 것, 따라서 "여자의 생활독립, 딸아서 직업문제와 여(如)한 자(者)로 그 선행(先行)문제는 교육"212)이라는 것으로 요약된다. 정인에게 주관성의 절대적인 자유를 실현하기 위해 현실적으로 해결해야 할 우선적 과제는 '여성'에게 주어지는 수동적 정체성을 극복하는 것이었고, 이는 "완전한 남녀의 대등(對等)"이라는 사회적 이슈와 결합하고 있었다. "완전한 남녀의 대등"을 위해서는 여성의 경제적 자립이 우선적으로 요구되며, 그것을 가능하게 하는 것은 교육뿐이라는 정인의 주장은, 이념에만 경도되지 않고 이념을 실현할 수 있는 현실적 여건을 고려하는 염상섭의 주인공다운 날카로운 현실감각을 드러내준다. 경제적인 자립은 비단 여성이라는 젠더에게만 국한된 문제가 아니라, '자유'가 가능하기 위한 근본적인 전제조건이었으며, 작가 염상섭이 누구보다도 먼저 눈치 챘던 새로운 사회의 구성조건이었다. 경제적 이해는 또한 혼인이라는 격식이 삶의 일반적 형식으로 정식화될 수밖에 없는 근본조건의 하나였다. 그러나 여성이 직업을 갖는다는 의식 자체가 낯설었던 시

---

212) 위의 책, 78면.

대상황에서 여성의 경제적인 독립은 요원한 일이었다. 그리하여 결혼의 코드를 거부하지만, 여전히 물질과 학업의 필요라는 현실적 요구를 피할 수 없었던 정인은, 결국 육체와 감정을 자본으로 삼아 사랑의 상거래를 하게 된다. 그녀는 물질적 원조와 유학의 욕심이라는 불순한 동기를 품은 채 P의 애인이 되고, 또 E와 깊은 관계를 맺는다. 결국 정인을 자살로까지 몰고 간 파탄의 원인은 주관의 절대성이라는 정인의 분방한 신념보다는 자신의 신념을 끝까지 고수하지 못하게 했던 현실 조건과의 불순한 타협과 그녀의 '나쁜 피'에 있었다.

이상에서 본 것과 같이 절대자유의 에로스적 삶을 주창했던 정인의 고백은, 낭만적 주체성의 신념과 결혼제도(혹은 정조론)의 토대에 대한 원론적 분석, 당대 사회의 물질적인 현실여건과 인물자체의 성격적 결함이 복잡하게 얽혀 있는 이질혼재성의 형태로 제출된다. 따라서 정인의 고백은 「만세전」・「암야」 등의 남성 주인공들이 보여주었던 분열증적 내면성의 토로와는 성격을 달리하면서 더 한층 복잡한 국면으로 전개되었다고 할 수 있다. 이는 「제야」가 집중하고 있는 사랑과 결혼이라는 소재 자체가 내포하는 문제의 복합성과 무관하지 않다. 「제야」의 이질혼재성은 또한 염상섭이, 연애의 이념에 경도되어 단선적인 방식으로만 연애의 문제에 접근했던 여타의 작가들과 달리, 제도와 욕망의 근본적인 측면에서부터 문제에 새롭게 접근하는 더욱 원론적이고 중층적인 시각을 지닌 작가였음을 증명하는 일이기도 하다. 흥미로운 점은 「만세전」과 「암야」의 남성 주인공들이 보여준 분열증적 내면성이 명확한 결론 없는 미해결의 형식으로 제출되고 있는 것과는 달리, 「제야」는 여성 초점 인물의 후회와 자살을 통해 상대적으로 분명한 파국의 결말을 제시하고 있다는 점이다. 이 파국은 '임신'이라는 사실에 의해 정인의 육체에 새겨지는 지울 수 없는 낙인에 의거한다. 염상섭이 볼 때 불의의 임신은, 이론적 사유의 정당성 여부를 떠나 어쨌거나 돌이킬 수 없는 부정의 증거이며, 육체에 새겨지는 낙인이자, 창조적이고 발전적이어야 할 '생명'의 타락이었다. 주체성의 이상이나, 사랑과 결혼의 원론적인 구조가 어찌됐든 간에 남의 아이를 가진 채 결혼을 하는 일은 명명백백한 죄악이었던 것이다. '자유'의 관점에 의거하여 사랑과 결혼의 문제에 접근한 이 소설에서 여성 초점 인물을 선택한 것은 이 때문이다. 여성 주인공의 육체에 새겨지는 돌이킬 수 없는 증거에 의해, 염상섭은 자유로운 사랑의 원론적인 이념은 현실적인 삶에 그대로 적용될 때 실질적으로 불순한 결과를 낳을 수밖에 없게 된다는 사실을 증명하려 했다. 그리하여 정인의 임신은 「제야」가 보여주는 문제의 복잡성을 이완시키는 기준점이 된다. 정인의 일탈적 행각은 어쨌거나 단죄받아야 한다는 데서 문제의 복잡성은 해결의 기준점을 찾는 것이다.

정인의 일탈적인 삶에 대한 단죄는 불의의 생명을 안겨준 애인 E의 배신에 그녀가 치명적인 타격을 입는 데서 구체화된다. 주관성의 절대적 자유를 추구했던 정인은 6년간의 동경 유학기간 동안 교만과 허영과 일탈의 생활을 계속한다. 유학기간 수많은 남성들을 희롱하고 편력했던 정인은 귀국 후에는 "이번에는 이 편에서 죽으리만치 사랑하야" "못 하고는 살 수 업는 애(愛)! 요컨대 사(死)보다 고가(高價)한 애(愛)를, 자발적·적극적으로 어더보"고자 하는 소망을 지녀 보기도 한다. 그러다가 만난 사람이 E이지만 실제로 E와의 관계는 다시 독일유학의 욕심에 의해 타산적인 것으로 변질된다. 작가는 이 같은 정인의 부도덕한 사랑에 상응하는 가혹한 배신으로 파국을 마련한다. E는 임신 사실을 부정하려 들면서 일말의 동정도 없이 슬그머니 정인의 처지를 외면한다. 뱃속에 아이를 안은 채 유학도 독립도 불가능해진 정인이 집으로 돌아오면서 그동안의 자신을 반추하는 장면은, 주관성의 절대를 주장했던 정인의 주체성이 전복되고 있음을 상징적으로 드러내준다.

이 째까지의 꿈은, 어느덧 슬어지고, 일생에 처음으로 참 정말 무엇을 깨닷고, 어들 것을 어든 것 갓기도 하얏습니다. (…중략…) 머리 속에는 귀국한 후 삼개월 동안의 생활이 활동사진 필림가티 차례차례로 써올랏습니다. / …… 강연회의 광경, 첫 인사할 째의 E씨의 태도, E씨의 서제, 노래를 쓰다가 쌔앗기든 날, 어둑어둑하야가는 서제의 무언극, 온천, 용산서의 형사실, 악가 집에서 쮜어나올 째의 결심, E씨의 거동이며, 대화, 컴컴한 속으로 밋그러져가는 듯이 슬어져 버린 E씨의 뒤ㅅ모양, …… 낫나치 눈압헤 보이는 듯 귀에 들리는 듯, 차례차례로 머리 속에 명료히 비초이어 나왓습니다. 그 다음에는, 자기의 일이 아니라, 마치 극장에 안젓는 것 가튼 생각이 또 머리에 불숙 소사나서, 꿈속가티 극장의 광경을 그려보며, 정신업시 거러갓습니다. / …… 씽씽 돌던 무대가 짝 그치자, 관객이 제각금 써들며 북적어리고 쏘다저 나가는 모양이 눈압헤 현연히 보입니다. 「흥! 돈이 앗갑지!」 하며, 눈을 흘기고 쮜어다라나가는 사람도 잇고, 또 어썬 사람은 「통쾌하다. 참 자미 잇섯다!」고 부르지지며 쌀쌀쌀 웃는 사람도 잇습니다. …… 그제야 비롯오 정신을 차리고 사방을 돌려다 보니까, 나는 텅 비인 관객석을 등지고, 발 끗까지 나리운 장막에 코를 박고 눈을 감은 채, 아모도 업는 속에 혼자 섯는 것을 째닷고[213]

인용문에서 드러나는 정인의 자의식의 각성은 『무정』과 「마음이 여튼 자여」 등에서 드러났던 저 근대적 주체의 자각 장면과 현격한 대조를 이룬다. 형식과 K가 기차 밖 풍경을 보면서 세계의 조화와 사물의 아름다움을 만끽하던 것과는 대조적으로, 정인은 반쯤 정신이 나가는 고통의 상태에서 그동안의 일들을 하나의 연극처럼 떠올린다. 형식과 K가 스스로의 힘으로 세계를 인식하는 보는 주체로 다시 태어났다면, 정인은 자기 자신을 무대 속 인물로 연출하는 보여지는 인물로 스스로를 자각한다. 냉혹한 타자의 시선에 노출된 정인은 타자들의 시선에 내맡겨진 채 '자기'를 연출했던 사람이 된다. 그리고 그녀의 무대는 비난과 야유로 얼룩져 있다. 타인에게 보여지는 정인은, 시선의 주인들의 판단에 내맡겨져 더 이상 자기 삶의 주인일 수 없는 대상화된 인물이 된다. 이 순간 정인은 타인이 요구하는 윤리와 도덕의 기준으로 자신을 다시금 바라보고 평가하게 되는 것이다. 이는 오만하고 당당했던 절대적 주체성의 퇴거에 다

---

213) 위의 책, 93면.

름 아니다. 정인의 시선은 이제 일정정도 타인의 시선과 동일한 경로를 따르지 않을 수 없게 된다.[214]

주관의 절대성을 주장했던 과거의 자신감을 상실하고 비주체화된 정인은 임신한 자신에게 던져질 세상의 비난을 피하기 위해 얌전히 A와 결혼한다. 그리고 남편으로부터 진실한 사랑을 발견하게 된다. 정인이 남편에게서 진정한 사랑을 발견했다고 느끼게 된 것은, 사랑이란 원래 그렇게 예기치 않은 곳에서 찾아진다는 소위 사랑의 불가해성 때문일 수도 있고, 정인이 이제 그녀를 감시하는 '세상'과 어느 정도 동일한 시선을 지니게 되었기 때문일 수도 있다. 중요한 것은 이 새로운 사랑의 발견으로 말미암아 정인과 남편 A의 성격이 근본적으로 변화하게 된다는 사실이다.

사실상 정인과 A는 서로 화해할 수 없을 만큼 대립적인 성격과 가치관을 지닌 사람들이다. 정인이 유아독존적인 성격의 소유자로 관습적 삶을 거부했던 인물이라면, 정인의 남편은 어릴 적 정혼하고 함께 자랐던 아내가 배신하는 한 번의 불행을 겪고도 아무런 내면적 변화없이 여전히 구습에 따라 정인과 결혼하려 했던 무반성적이고 수동적인 인물이었다. 소설의 전반부에 정인은 남편이 불행한 첫 번째 결혼에서 "정신적 즉 내면적으로 하등의 이해가 업섯다는 것이 개성의 공명합치점(共鳴合致點)과 영혼의 결합선(結合線)을 엇지 못하게 하고 딸아서 진정한 애(愛)가 존재치 못한 결과 애(愛)의 결핍이 파정(破精)을 선고(宣告)하얏"[215]다는 사실을 반성적으로 사유하지 못하였음을 비판한다. 이러한 남편과 비교할 때, "긴중(緊重)한 것은, 자기 자신이 강하게 되는 것이라 하겟습니다. 자기가 위선(爲先) 강자(强者)가 되지 안코서는, (⋯중략⋯) 숭고한 도덕적 동

---

214) 임신이 알려지고 나서 남편에게 쫓겨난 이후로도 정인은 여타의 신여성들과 자신을 비교해보면서 재기를 벼르기도 하지만, 이는 궁지에 몰린 인물의 자구적인 위악의 태도에 불과한 것으로 보인다. 유아독존에 가까웠던 정인의 절대적 주관성은 E의 배신을 경험한 이후로 근본적으로 굴절되었다고 할 수 있다.

215) 염상섭, 「제야」, 앞의 책, 65면.

기도, 불의에 정반대의 결과를 현출(顯出)하게 되겠지요"216)라고 말하는 정인은, 사물에 대한 정확한 이해와 판단을 통해 자기준거적인 근대인으로 깨어남이 무엇보다도 긴급한 시대적 요청임을 자각하고 있는 지식인이었다. 여기서 "강자(强者)"란 당대인들에게 가장 긴급한 선취과제로 인식되었던 근대적 주체의 다른 이름이었다.217)

그런데 불의의 결혼과 파탄은 정인과 남편의 관계를 역전시킨다. 이는 정인이 잉태한 아이에 대한 책임의식에서 출발한다. 용인하기 어려운 불의의 아내를 축출했던 정인의 남편은, 그러나 생명에 대한 존중의 태도에 의해 지금까지의 수동적인 태도를 극복하고, 정인과 아이를 받아들이고자 하는 능동적인 선택을 하기에 이른다.

> 나에게 對한 貞仁氏는 全이오 愛냐 名譽냐의 問題가 아니라, 愛냐 死냐의 問題요. (…중략…) 貞仁氏를 엇는 것! 그것이 나에게는, 굿세게 그리고 眞情하게 生에 부드쳐 보랴는 最初의 努力이요. (…중략…) 나는 弱하오 그러나 弱하기 째문에, 强者가 되랴 하고, 쪼 될 수 잇소 弱한 나는 名譽를 버리고, 强한 나는 愛의 信仰을 어드랴고, 全을 바쳐서 苦鬪하랴 하오.218)

명예라는 외적인 판단의 기준을 버리고, 정인과 아이의 생명을 구하는 것에서 자신의 새로운 욕망을 발견함으로써 정인의 남편은 '강자'가 된다. 이는 물론 기성도덕의 극복이라기보다는 신앙심에 더 큰 비중을 두

---

216) 위의 책, 66면.

217) 김동인의 「약한 자의 슬픔」이 '강한 자'로서의 재탄생을 촉구하면서 끝맺고 있음은 제3장 2절에서 간략히 지적한 바 있다. 나도향 역시 「옛날 꿈은 창백하더이다」에서 "누구에게든지 하느님은 계신 것이야! 다 각각 자기 마음속에 하느님이 계신 것이야! (…중략…) 예수, 예수 하고 아주 기도를 하고! 그것은 모두 약자의 짓이야. 사람은 강자가 되어야 해!"(나도향, 「옛날 꿈은 창백하더이다」, 『나도향 전집』 상, 집문당, 1988, 80면)라고 역설하는 아버지를 그려냄으로써 외적 기준에 의존하지 않는 자기준거적 개인의 필요성을 드러낸 바 있다. 이처럼 주체성의 자각을 강자와 약자의 수사로 표현했던 것은, 근대성의 획득이라는 시대적 요구가 식민자와 피식민자의 불평등한 관계를 극복하려는 의지와 밀접하게 관련되고 있었음을 알려준다.

218) 염상섭, 「제야」, 앞의 책, 109면.

고 있는 사고의 전환이다. 때문에 용서와 포용이 이루어지기 위해서는 크리스마스 이브라는 상징적 장치가 필요했다. 그러나 어려서부터 함께 자랐던 첫 번째 아내의 배신에도 불구하고 또 다시 동일한 절차로 정인과 결혼했던 남편이, 정인과 아이를 위해 "진정하게 생에 부드쳐 보랴는 최초의 노력"을 시작한 것은, 어쨌거나 "강자가 되랴 한다"는 그의 선언에 적합한 창조적인 주체성의 발현이다. 이 같은 A의 변화는, 비록 소설의 끄트머리에 간략히 첨가되어 충분한 객관화의 과정을 보여주지는 못했지만, 소설의 전반을 지배했던 정인의 주체성의 논리와 맞물리면서 진정한 주체의 의미에 대한 새로운 성찰의 지평을 열어 준다.

아이러닉하게도 이 주체성은 그가 사랑했던 아내 정인의 주체성을 완전히 소모함으로써 획득된다. 남편의 포용적 태도는 전날의 정인을 지탱해오던 유아독존적이었던 태도를 압도해버린다. 절망적인 상황에 몰려 그동안의 독선적 주장의 끄트머리를 잡고 위악적 태도로 버텨오던 그녀에게 포용과 교섭의 가능성이 주어졌을 때, 오히려 정인은 자기방어의 명분을 잃어버리게 된다. 스스로를 보호하던 아집과 독선을 잃어버린 정인에게 남는 것은 예의 전면적인 타자들의 시선이다. 남편의 관용적 태도로 말미암아 관습적 질서 앞에 무방비하게 노출된 정인은, 다시금 자신을 용서받을 수 없는 부도덕한 여인으로 깨달을 수밖에 없다. 정인의 자살은 주관성의 절대적 자유를 주장하던 이단아에 대한 기성도덕의 승리의 확인이다. 그러나 정인의 죽음은 기성질서와 윤리에 대한 완전한 항복으로 단순히 끝나지는 않는데, 이는 그녀가 끝까지 지켜내지 못했던 그녀의 신념들이 여전히 의미 있는 성찰의 하나로서 사랑과 결혼을 둘러싼 현실의 관계망에 문제를 제기하기 때문이다.

그리고 그녀가 안일하고 관습적인 삶에 표명했던 비판과 저항의 자세는, 온건한 관습적 삶을 표상했던 남편의 변화로 이전 계승된다. 관습적 도덕으로는 도저히 수용할 수 없었던 아내의 일탈적 삶을 그러나 사랑하고 포용하기 위해, 정인의 남편은 고착화된 윤리를 고수하는 것이 아니라, 자신이 부딪힌 특수한 현실과 교섭하면서 삶의 원리를 스스로 발견해 나가는 새로운 자세를 획득하게 되는 것이다. 이러한 의미에서 「제야」의 주인공들은, 근대 지식의 완전한 체득을 통해 자신의 불완전성을 극복하고자 했던 『무정』의 형식이나 '자기 삶을 자기의 힘으로 살아야 한다'는 이념의 단순한 확인에 그쳤던 「약한자의 슬픔」의 강엘니자벳트와는 달리, 주어진 특수한 현실 속에서 자신의 진정한 욕망을 찾아가는 가운데 구체적으로 '자기'의 의미를 확인해 나가는 새로운 주체의 가능성을 제출했다고 할 수 있다. 그러나 정인과 남편의 역할 전도를 통해 구현되는 이 새로운 주체성의 가능성은, 소설의 전경이 정인의 복잡하고 혼란한 내면성의 고백에 압도되어 있기 때문에 아직 충분히 객관화되었다고 보기 어렵다. 염상섭이 분열증적 내면성의 압도적인 전경화에서 물러나 상대적으로 안정된 객관적 거리화의 형식적 장치를 확보하고, 인물의 성격과 소설구조의 긴밀한 상관성을 통해 새로운 주체의 가능성을 본격적으로 그려낸 것은 「해바라기」에 이르러서이다.

(2) 「해바라기」와 탈식민적 주체의 가능성

중편 「해바라기」 역시 진실한 사랑이란 일단 발견되기만 하면 영원하다는 낭만적 신화의 실현이 불가능할 수밖에 없는 관계를 바탕으로 스토리를 전개한 소설이다. 이순택과 최영희의 결혼 장면으로 시작하는 이 소설에서 주인공 최영희는 3년 전 첫사랑이었던 홍수삼을 병으로 잃는 아픈 경험을 했던 인물이다. 자신의 예술을 깊이 이해해주던 홍수삼의 죽음으로 말미암아 최영희에게는 오직 하나뿐이어야 할 '영원한 사랑'을 실현해내는 일이 이미 불가능하다. 이처럼 제한된 조건 위에서 최영희가 자신을 지순하게 사랑하는 이순택의 구애를 받아들이고 신혼여행으로 옛 애인 홍수삼의 묘를 찾아가는 일화가 이 소설의 줄거리를 이룬다. 잘 알려진 바와 같이 「해바라기」는 나혜석과 김우영의 신혼여행을 소재로 한 작품

이다. 나혜석은 1934년 『삼천리』에 발표된 「이
혼 고백장」에 김우영과의 신혼여행을 회상하면
서 "나의 요구하는 대로 신혼여행으로 궁촌 벽
산에 있는 죽은 애인의 묘를 찾아 주었고 석비
까지 세워준 것은 내 일생을 두고 잊지 못할 사
실이외다. 여하튼 씨는 전 생명으로 사랑하였던
것은 확실한 사실일 것입니다"[219]라고 쓰고 있
는데, 여기에서 확인되듯, 「해바라기」는 실제로
있었던 사실을 그대로 스토리의 뼈대로 삼고 있
다. 그러나 이 글에서 주목하는 것은 염상섭이

나혜석의 자화상

나혜석의 일화에 대해 어떤 의견을 지니고 있었느냐가 아니라, 이 일화를
소재로 하여 염상섭이 그려낸 이야기가 연애의 모델을 어떤 식으로 변화
시키고 있는가라는 문제이다. 염상섭은 주인공 최영희를 초점인물로, 남
편 이순택을 부초점인물로 설정하고 기이한 신혼여행을 단행하는 이들의
심리를 객관적 필치로 묘사하는 가운데, '영원한 사랑'을 추구하는 연애
의 모델을 현실적인 관점에서 새롭게 검토한다. 비록 영희에게 중점이 주
어져 있기는 하지만 「해바라기」는 남편 순택의 관점을 균형 있게 배치함
으로써 내면성을 전경화한 고백체의 형식에서 벗어나 소설의 구조적 형
식의 측면에서 기술의 객관적인 거리를 확보하고 있다.

이 소설에서 주요한 갈등을 이루는 것은 두 가지이다. 하나는 영희의
진보한 사상과 시아버지 순택 父, 주례목사 등의 주변 인물들이 요구하
는 제도적 격식의 대립(①)이다. 이는 혼례 예식의 진행을 그리고 있는
소설의 초반부에서 중점적으로 드러나는데, 평소 일체의 형식적인 격식
을 거부하던 영희가 혼례 예식을 거행하는 가운데 보이는 내면적 긴장
과 갈등의 형식으로 구현된다. 나머지 하나는 영희와 순택이 영희의 첫

---

219) 나혜석, 「이혼고백장」, 『나혜석 전집』(이상경 편), 태학사, 2000, 401면.

사랑 홍수삼의 기억을 어떻게 처리하느냐 하는 문제(②)로서, 곧 '영희－
순택'의 현실적인 새 사랑과 '영희－수삼'의 낭만적인 옛 사랑 사이의 갈
등이다. 죽은 인물을 포함하는 ②의 갈등은 사실상 인물 간의 갈등이라
기보다는 초점 인물 영희의 내면 안에서 일어나는 갈등이라 할 수 있다.
수삼이라는 과거의 인물에 대한 기억을 적절히 극복하고자 하는 데서
순택과 영희는 궁극적으로 공통의 이해를 가지고 있다.

갈등 ①은 갈등 ②의 극복과정 속에 용해된다. 전투적이고 급진적인
진보 사상의 소유자인 영희가 영원한 사랑이라는 낭만적 신화를 극복하
는 과정이, 신식이든 구식이든 제도적 격식을 요구하는 타자들과의 대립
을 극복하는 과정을 포함하기 때문이다. 따라서 일견 관련이 없어 보이
는 두 갈등은 모두 영희가 자신의 이념을 현실적 여건과 접합시켜 굴절,
성숙시키는 과정 속에 함께 용해되고 있다.

주인공 최영희는 예술적 재능과 포부를 지닌 인물로, 홍수삼과의 관계
역시 예술에 대한 상호간의 깊은 이해에서 출발한다. 그녀는 또한 비타
협적인 급진적 사상의 소유자이다. 그녀는 "대톄 무슨 까닭으로 신식은
의미가 잇고 구식은 쓸데가 업다고 하는가. 의미가 업기로 말하면 신구
식이 매한가지가 아니냐"[220]라
는 주체적 사고의 소유자이고,
"자각 잇는 사람은 모든 의식
이나 관습에서 버서나야 한다"
는 뚜렷한 신념을 지닌 인물
로, 그런 점에서 「제야」의 최
정인과 흡사하다. 때문에 영희
는 폐백과 다례를 생략하려 함
으로써 시아버지의 노염을 사

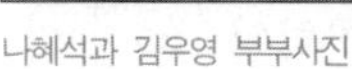
나혜석과 김우영 부부사진

220) 염상섭, 「해바라기」, 『염상섭 전집』 1, 민음사, 1987, 114~115면.

고, 마지못해 올린 예식의 피로연에서는 모든 의식이나 관습의 무의미성
에 대해 연설함으로써 주례목사의 반감을 산다. 영희의 뚜렷한 신념 및
주체적 사고와 비교할 때 남편 순택은, 전통적인 '구식' 관례의 허례성을
비판하지만 '신식'의 혼례나 법률은 철저히 신봉하는 인물로, 제도나 관
습의 본질보다는 신구의 구별에 따라 옳고 그름을 가리는 인물이다. 두
사람의 차이는 법률혼의 유의미성에 대한 언쟁에서 뚜렷하게 드러난다.

「(…전략…) 흐흥! 저런 큰소리를 하다가 내가 리혼을 하자면 엇졀려구? 하하」
「그야 아니되지 법률이 잇는데」 「네? 뭐예요? 법률이 어째요? 그래 법률이 나하고
결혼을 하라구 명령을 하니까 하셧군요? 하하하, 원 내 참 별소리를 다 듯겟군!」
「그야 말이 아니되지, 그럼 목사가 결혼을 하라구 해서 하얏나? 모든 게 이 사
회의 조직이요 형식이지」 순택이는 영희를 익엿다는 듯이 상쾌히 우스며 (…중
략…) 「그건 안 될 말이애요 예수교식으로 결혼식을 한다는 것부터 나는 인정
치 안치만 해두 조코 안해두 조흔 것을 한 째의 편의로 례식을 햇다기루서니
조금도 불합리할 거야 무어 잇세요, 하지만 법률이란 것은 사람의 신령을 구속
하고 절제하는 것이니까 피할 수 잇는 대로 피하여야 할 게 안애요? 법률이 인
정해 주지 안는다구 잇든 정이 업서질 리두 만무할 것이오, 인정해 준다구 업
든 정이 금세루 생길 수도 업지 안어요? 네? 그러치 안어요? 인재 지셋지요? 하
하하」 (…중략…) 「그래 법률의 수속두 업구 남편의 승낙두 업시 난 리혼햇소
하면 고만야?」 비웃는 듯이 우서가며 입을 쏑긋거리엇다. 「그럼요, 그리게 누가
결혼햇다구 민적이니 무어니 하시라우? (…중략…) 어쩌튼지 오늘날 쓰는 법률
이라는 것은, 여자를 넘우 무시한 뎜으로 보아두 나는 암만해두 찬성할 수 업
세요」221)

영희가 제도나 형식의 본질을 따져 물으면서 필요 이상의 격식을 거
부하는 데 반해, 순택은 일단 제도와 형식의 필요와 유의미성을 강조한
다는 점에서 두 사람의 본질적인 차이가 있다. 그런 점에서 영희가 이상
주의적 합리주의자라면 순택은 현실주의적 합리주의자이다. 순택의 현실

---

221) 위의 책, 143~144면.

주의는, "총독부 토목과 촉탁"이라는 그의 직품에서 드러나듯, 제도 순응적인 측면을 지닌다. 그러나 이데올로기의 문제와는 별도로 순택의 융통성 있는 성격은, 영희의 꼬장꼬장한 신념과 태도가 타인들과 충돌하지 않도록 적당한 완충지대를 만들어 줌으로써 두 사람의 결혼과 신혼여행이 순조롭게 진행될 수 있는 여건을 마련한다. 그리고 "영희가 업고는 자기도 업고 영희가 업는 데에는 다른 세계를 쏘다시 생각할 수도 업"다는 순택의 사랑은, 옛사랑에 장례를 치르고자 하는 아내의 태도를 존중하고 아내에게 협력하는 과정을 통해 원론적 이념에 집착했던 영희의 태도를 이완시킴으로써, 새로운 주체성의 기반을 마련한다.

꼿꼿한 신념의 소유자인 영희는 혼례 예식과 같은 형식적 제도를 근본적으로 반대하지만, 자신의 주장이 무릅써야 할 현실적 문제들을 도외시할 만큼 독단적인 성격의 소유자도 아니다. "이 째까지의 주장대로 하면 물론 례식을 아니하는 게 올켓지만, 그리하랴면 남의 첩쟁이란 말을 달게 드를 결심이 잇어야 할 것"222)임을 짐작하는 그녀는 적당한 선에서 혼례의 예식을 받아들인다. "인제는 사랑이니 째몽둥이니 하며 꿈 속 가튼 생각만 할 째가 아니라, 일평생 몸을 의탁할 곳을 차지랴는 말하자면 주판질도 다 해 보고 압뒤 경우도 다 살펴"223)보는 분별을 지니고 있기 때문이다. 일종의 이념의 포기처럼 보이는 이 같은 타협적 자세가 가능할 수 있었던 것은, 그녀가 "첫사랑에 얼이 빠져서 미처 도라다니든 삼년 전"과는 달리 시간의 흐름을 경험했기 때문이다. 염상섭에게 있어 시간은 사랑의 문제에서 열정 이상으로 중요한 고려의 대상이었다.

장편 『너희들은 무엇을 어덧느냐』에서 염상섭은 연애와 성의 본질에 대한 자신의 생각을 직접적으로 토로한 바 있는데, 성욕이라는 연애의 본질을 미화하고 정화해야 한다는 그의 주장의 내적 근거는 시간의 존재에 있었다.

---

222) 위의 책, 116면.
223) 위의 책, 같은 면.

  연애라는 표상

사랑의 꽂은 성욕의 충동이라는 원소(元素)의 동화작용으로 피우는 것이다. 다시 말하면 련애라는 심덕 현상을 일으키는 원동력이 생명톄의 뎨일 밋층에서 굿세게 움직이는 성욕에 있다는 말이다. 하지만 그러타고 성욕이 련애의 전톄가 아닌 것은 물론이다. 만일 성욕에만 편벽된다 할 디경이면 마치 피어나는 꽂에 독한 거름을 만히 주는 것과 가튼 결과를 어들 것이다. 성욕을 다만 성욕대로 밧거나 그것을 충족식힘에 넘어 급하야서 이것을 능히 미화하고 정화할 줄을 모를 디경이면 그것은 개 돼지에 지날 게 업슬 뿐만이 아니라 정열의 랑비나 사랑의 힘의 발산밧게 아모 소득이 업는 것이다. 하기 때문에 이런 경향을 가진 남녀의 관계는 다만 추악할 뿐 아니라 오래 계속하지를 못하고 마는 것이다.224)

인용문에서 염상섭은 사랑을 육체적인 생명의 본성에서 비롯된 것으로 간주하고 성욕을 사랑의 동력으로 설명한다. 그러나 그는 사랑의 육체성은 반드시 '정화'되어야 함을 강조하는데, 이는 무엇보다도 그가 '오래 계속'하는 관계를 추구하는 인물이기 때문이다. 사실상 '시간'은 쾌락의 적대자로서 낭만적인 사랑의 이념에 가장 위협적인 존재라고 할 수 있다. 사랑이라는 강도 높은 열정의 순간에 영원을 약속하는 결혼의 형식을 부여하는 낭만적 사랑의 이념, 곧 연애결혼의 이념은 혼인이 맺어지는 그 순간에 최고의 합리성을 발휘하지만, 강도 높은 열정이란 본질적으로 시간성을 견디기가 어렵다. 쾌락과 시간의 불일치는 인간의 가장 오래된 고민이자 문명을 가능하게 하는 토대라고 할 수 있다. 인간이 쾌락 원칙에 종속된 본능을 억압하고 승화시켜 지속적 존속을 위해 문명을 건설했던 이유는 시간과 쾌락의 갈등에 있는 것이다.225) 해방의 논리가 무조건적인 자유론으로 진전되기 이전에 일정한 윤리·제도적 틀로 재빨

---

224) 염상섭, 「너희들은 무엇을 어덧느냐」, 앞의 책, 292면(강조는 인용자).
225) 마르쿠제는 문명이 가능했던 것은 인간이 쾌락 원칙을 따르고자 하는 본능의 일부를 억압하고 승화시켜 노동을 가능하게 하는 현실 원칙의 세계로 이입하기 때문이라고 설명했다. 본능의 승화는 삶의 시간적 영속을 위한 것이다. 허버트 마르쿠제, 김인환 역, 『에로스와 문명』, 나남, 1989 참조

리 포섭되는 이유가 여기에 있다.

열정의 순간으로부터 삼 년의 시간을 떠나 온 영희에게, 중요한 것은 이제 '삶의 지속'이다. 그러므로 순택과의 혼인을 선택하는 영희의 '주판 질'은 '계산속'이라기보다는 '분별'에 더 가까운 것일 것이다. 그러나 이 '분별'은 이념적 원칙과 순수성의 상실을 의미한다는 점에서 영희의 내면에서 끊임없는 의심과 회의의 대상이 된다. 염상섭은 소설의 전반부에 신식이니 구식이니 하며 혼인의 형식적 절차와 타협하는 가운데 지속적으로 파고드는 영희의 심리적인 갈등을 묘파한다.

> 리지덕 자긔 비판력과 명민한 자긔 반성력을 가진 영희에게 대하야 사상과 실행 사이에 틈이 번다는 것, 다시 말하면 자긔가 밋는 바의 사상대로 실행하지 못한다는 것은, 진정으로 량심에 부끄러운 일이요 일종의 고통이엇다. 그러면 어느 째든지 자긔의 사상대로 용감하게 실행하느냐 하면, 그러치는 못하얏다. 이것이 이 여자에게 대하야는 무엇보다도 괴로운 일이지만, 이 괴롬에서 버서나랴면 하는 수 업시 다른 리치를 쓰러대어서 변명이라도 하는 수 밧게 업다. (…중략…) 이째것 내가 주장하야 온 것은 진리가 아인 것은 아니다. 다만 세상과 싸워나갈 용긔가 업서서 실행할 수가 업슬 쑨이다. 더구나 순택군의 의견을 존중하는 것은 순택군을 사랑하기 째문이니까, 이 경우에 자긔의 주장을 희생하고 저 편의 소원대로 신식 례식을 하얏슬 쑨이다. 이것까지를 허영심이 식히는 일이라고 하는 것은 넘어 심한 말이다. …… 영희는 속으로 이러한 변명을 자긔에게 하얏다.226)

본래의 신념을 그대로 실천하지 못하는 자기 자신을 스스로 책망함으로써, 영희는 자의식적 불안을 노출한다. 순택과의 결혼은 그 자체가 신념의 완전무결한 실천에 대한 포기를 의미했다. 홍수삼과의 첫 사랑에 영원을 다짐하고, 그가 죽고 나자 "나의 예술덕 생명을 도아주겟다는 널심을 가지고, 모든 것을 희생하고라도 쏘차 오는 사람이 잇다면 혹 몰라

---

226) 염상섭, 「해바라기」, 앞의 책, 115~116면.

도 그러치 안으면 결혼생활이란 단념하얏습니다"227)라고 그의 동생 홍수철에게 단언했던 영희에게 순택과의 결혼이란 비겁한 현실 타협이자 나약한 자신의 누설에 다름 아니었다. 그러므로 홍수삼의 무덤을 찾는 신혼여행은 자신의 현실 타협을 속죄하고 과거의 사랑과 이별을 고하는 통과의례의 의미를 갖는다. 순택과의 결혼은 "물질의 보수가 잇는 사랑을 밧고서, 명신덕 보수가 잇는 예술을 이 편에서 사랑"228)하려는 계획이며, "가슴에서 솟아나오는 뼈에서 우러나오는 피의 방울방울이 끌어오르는 사랑은 아니"지만 "감사하다 가엽다 불상하다는 감정에서 나오는" 순택에 대한 다른 차원의 '사랑'을 실질적인 삶을 통해 유의미화해 보고자 하는 시도라고 할 수 있다. 때문에 작가는 "어쩌한 것이 영희의 길이 되고 아니 될짜는 영희의 피가 얼마나 깨겟느냐는 문뎨로 결뎡될 것이다"229)라고 서술하면서, 영희의 선택이 지속적인 생활의 과정을 통해 의미를 부여받아야 할 새로운 사랑의 국면임을 분명히 한다. 이 선택은 이상적인 이념에 완고하게 고착된 삶을 포기하고 주어진 여건과 소통하면서 성실한 노력과 생활을 통해 주체가 스스로 의미를 찾아나가야 할 삶의 시작이다. 여기서 사랑은 일정한 틀로 정형화된 모델을 자신의 신체와 정신에 새겨 넣는 것이 아니라, 주어진 여건과의 교섭을 통해 주체가 스스로 창조해나가야 할 '생성'적인 활동이 된다.

소설의 후반부는 남편에게 목적지를 알리지 않은 채 영희의 주도 아래 진행되는 신혼여행의 과정으로 이루어진다. 영희는 여행의 목적지까지 지혜롭게 순택을 인도하고, 뒤늦게 영희의 의도를 알게 된 순택은 "자식 사랑에 눈이 어두은 늙은 부모가 자식의 모든 잘못을 쓸걱 참고 보채는 대로 무슨 청이라도 드러주마는 듯한 유순하고 온정에 가득한 소리"230)로 수삼 묘의 방문에 찬성을 표한다. 신혼여행으로 남편과 함께

---

227) 위의 책, 122~123면.
228) 위의 책, 123면.
229) 위의 책, 128면.

옛 애인의 무덤을 방문하여 묘비를 세운다는 것은 상식적으로 쉽게 받아들여지기 어려운 일이었지만, 이 낯선 행위는 순택의 융통성 있는 태도로 인해 H군 사람들의 도움을 받으며 오히려 순조롭게 진행된다. 여기서 순택의 융통성은 영희의 꼿꼿한 성격을 적절히 이완하며 주변 환경과 조화를 이루게 해주는데, 이는 영희의 완강한 신념이 현실적 조건들과 적절히 교섭하면서 새롭게 태어날 수 있게 해주는 계기를 마련한다.

영희의 관점에서, 홍수삼의 무덤을 방문하는 일은 과거와의 상징적인 이별을 거행하는 일이다. 영희는 과거의 편지들을 태운 재와 자신의 사진을 수삼의 묘비 밑에 매장함으로써 과거의 사랑과 이별하는 의식을 치른다.

> 이와 가치 하야 영희의 사랑의 전량과 반생의 청춘을 석냥 한 개피로 살라 버리고 난 검은 재와 사랑의 절정에 이르럿슬 째의 긔념이든 영희의 사진은 영희의 정성으로 세이는 한 조각 돌멍이의 비석 미테 턴변디리가 잇슬 그 째까지 고요히 감춰어지게 되엇다. 홍수삼의 살과 뼈가 시신도 업시 녹아 버리고 최영희의 몸이 이 세상에서 자최를 감초이는 날에도 털 끗만치 변함 업시 이 쌍 우에 아즉 남아 잇슬 것은 백지에 싼 이 괴요 이 괴ㅅ 속에 내 사진이며 그 재 뿐일 것이다.231)

사진과 재를 담은 "괴"는 홍수삼과의 "미처 도라다니든" 사랑의 물질화된 상징물이다. 이 "괴"를 땅에 묻음으로써 영희의 첫사랑은 완전한 죽음을 맞는다. 영희의 낭만적 사랑은 수삼의 묘비 아래 영원히 묻혀 있을 물질의 형태로 구현되어 상징적인 영원성을 획득함으로써 비로소 무덤 아래 갇힌 과거가 되는 것이다. 따라서 홍수삼의 묘를 방문하고 묘비를 세우는 영희의 신혼여행은 '영원한 사랑'의 신화를 재로 불살라 물질성의 형태로 감금하여 무덤 아래 묻어버리는 상징적인 통과의례가 된다.

---

230) 위의 책, 155면.
231) 위의 책, 175면.

이 행위는 마치 '연애의 시대'의 상징적 죽음을 알리는 것처럼 보인다. 감정의 자유와 해방의 의미에서 출발하여 대대적인 시대적 유행을 불러일으켰던 '연애'는, 1920년대 전반을 지나는 가운데 이제 시간성 앞에 노출됨으로써, 낭만적 환상의 단계를 지나 현실화의 길로 접어들게 된 것이다.

작가는 이 과정에서 영희에 대한 순택의 깊은 사랑을 부각시키고 순택에 대한 영희의 신뢰와 애정 또한 더욱 깊어짐을 보여준다. 순택은 "영희의 원을 푸러주는 그 일이 자긔가 살아 잇는 첫재 조건"[232]

해바라기를 개작한 단행본 『신혼기』의 표지

임을 확인하고, 영희는 "넘어도 무조건으로 어쩌한 청구든지 드러주마는" 남편의 태도에 감동하여 남편이 "벌써 목불의 승리를 얻"을 수 있는 감정의 변화를 일으키기 때문이다.[233] 그리하여 소설의 마지막 장면은 이념에 경도되어 있던 영희의 궁극적인 변화를 상징적으로 드러내준다.

영희는 향이 타서 올으는 것을 잠간 보다가 일어섯다 몸이 부르를 떨렷다. 동시에 눈에는 눈물이 긋득히 고이엇다⋯⋯ 억개가 쏘 한 번 흔들엿다. 그러나

---

232) 영희에 대한 순택의 애정을 작가는 다음과 같이 길게 서술하고 있다. "영희의 원을 푸러주는 그 일이 자긔가 살아 잇는 첫재 조건이기 째문이다. 사라잇는 보람이 여긔에 잇기 째문이다. 이 경우에 리순택이라는 사람이 이 세상에 잇는 것은 리순택이를 위하야 잇는 것도 아니요 사회를 위하야 잇는 것도 아니다. 그러하면 영희를 위하야 잇는 것이냐 하면 그것도 아니다. 다만 영희의 사랑을 엇기 위하야 잇는 것이다. (⋯중략⋯) 련애하는 사람은 모든 것을 희생하기를 깁버하며 쏘 그리함으로 만족하다. 그러하지만은 그 희생은 그 「사람」을 위하야 하는 것이 아니라 사랑으로써 갑허지기를 미리 짐작하고 바치는 희생이다—필경 엇더한 의미로 자긔를 위하는 것이요 자긔의 만족을 위하는 것이다." 위의 책, 155~156면.
233) 염상섭, 「해바라기」, 앞의 책, 156~157면. 이 부분은 「신혼기」를 게재·발간되면서 영희가 "남편의 깊은 사랑과 관대한 처사에 대한 감사와 감격이 넘쳐서 새로운 애정이 가슴속에 홍건히 고이는 것을 깨"(염상섭, 「신혼기」, 『신한국문학전집 2—염상섭 선집』, 어문각, 1976, 276면)닫게 되는 것으로 개작된다. 「해바라기」는 「신혼기」로 개작되면서 영희와 순택의 관계를 더욱 긍정적으로 그리게 되는데, 이 개작의 의미와 효과는 앞으로 더 연구되어야 할 과제이다.

그 눈물은 수삼이에게 대한 애도의 정에서 나온 것이라 하는 것보다는, 긴장한 긔분에 쓸리어서 나온 것이다. 순택이는 영희의 거동을 일일이 바라보며 겨테 다가 영희의 억개가 쩔니는 것을 보고 외면을 하얏다…… 한숨이 저절로 휘— 하며 나왓다. 그러나 한 번 썰썰 웃고 십흔 생각이 낫다. —순간에 별안간 자긔 부친이 폐빅도 안이 드리고, 다례도 지내랴 하지 안엇다고, 화를 내이고 쩌 나든 혼인 날 밤의 광경이 눈에 쩌올낫다. / …… 순택이는 다시 썰썰썰 우서 보 고 십헛스나 쌩쌩한 볏헤 비치어서 아즈렁이 가치 날아오르는 향로에 연긔를 바라보며 잠잣고 섯다.234)

옛 애인의 무덤 앞에서 어깨를 떠는 아내를 바라보는 순택의 씁쓸한 감정을 표현하면서 소설은 끝을 맺는다. 이 같은 순택의 심리 묘사는 그의 이해와 포용력의 한 편에 남아 있는 질투심을 드러냄으로써 다시 한 번 작가의 균형 있는 시각을 확인해준다. 순택의 씁쓸함은 후회의 표현이라기보다는 오히려 영희에 대한 순택의 사랑을 다시 확인해주는 기표에 가깝다. 사랑이란 본질적으로 배타적인 것이며235) 질투는 사랑의 다른 얼굴이기 때문이다. 주목되는 것은 씁쓸한 감정 이전에, 순택이 떠올리는 혼인 날 밤의 광경이다. 부친이 "폐빅도 안이 드리고, 다례도 지내랴 하지 안엇다고, 화를 내이고 쩌나든 혼인날 밤의 광경"을 떠올리는 순택에게서 확인되듯, 영희는 애초 혼인 예식에서 폐백도 다례도 거부했던 꼿꼿한 신념의 소유자였다. 그런 영희가 홍수삼의 묘에서 다례를 주도했다는 것은, 일체의 제도적 격식을 거부했던 영희의 급진적인 신념이 현실의 필요와 접합하는 과정에서 일종의 타협점을 찾게 되었음을 은밀하게 드러낸다.236) 영희가 지내는 다례는 전통 의식과의 일종의 화해식

---

234) 염상섭, 「해바라기」, 앞의 책, 177면.
235) 옥타비오 파스는 사랑의 근본 요소를 '배타성', '자유롭게 선택한 운명인 끌림', '영혼임과 동시에 육체인 인간'으로 요약하고 있다. 옥타비오 파스, 황병하 역, 『이중불꽃』, 이레, 1996, 158면.
236) 「해바라기」에서 낭만적 사랑의 현실화를 지적한 선행연구로 김우창의 "The extravagance of romantic love"(*Korea Journal*, Winter 1999)가 있다. 동화되어야 할 기준 집단이 파괴된 식민지 상황에서는 동화 대신에 급진적 거절의 방식을 선택하는 부정적 정체성

이다. 여성이 직접 주도하는 이례적 형식을 띠는 이 다례는, 전통적 격식을 변형 수용하는 동시에 이 격식을 진정한 자발성의 형식으로 바꾸어 준다. 따라서 이 같은 격식의 변화는 영희가 지녔던 이념의 변화와 타협의 양상을 명확히 드러내는 상징적 장치가 된다. 영희의 급진적인 신념이 자발성의 통과의례를 거쳐 전통적 격식과 다시 만난 것은, 영희가 소망했던 '연애'가 추상적인 '신성'의 틀을 극복하고 주어진 여건과의 교섭을 통해 새로운 형식을 찾아가기 시작한다는 사실과 무관하지 않다.

이처럼 「해바라기」의 주인공은 옛 사랑과 새 사랑 사이의 갈등과 관련된 이야기의 전개과정에서 현실적 경험을 축적하는 가운데 내면성의 변화를 맞는다. 낭만적 연애의 이념을 간직하고 있던 영희는 제한된 현실여건에 부딪히는 과정에서 이념화·정형화된 사랑의 '이행'을 포기하고, 자신의 신념과 그 신념을 거부하는 현실여건 양자에 일정한 거리를 취한 채, 주어진 삶의 조건과 충실히 교섭한다. 이 같은 영희의 현실적 경험이 핍진하게 전개되는 가운데 소설이 그려내는 연애의 표상은 일정한 시대적 정형화의 틀에서 벗어나게 된다. 과거의 사랑과 이별하는 영희와 남편 순택의 현실적 관계가 전경화되는 가운데, 연애는 외적으로 주어지는 '신성'의 의미를 벗어나 '삶의 지속'을 통한 '창조'의 형식으로 새롭게 제기되는 것이다.

연애는 이제 정형화된 이념에의 귀속이나 고착에서 벗어나 주어진 여

이 지배적으로 등장한다는 에릭슨의 정체성 이론 전제에서 출발하는 이 논문은, 식민지 초기 소설에서 낭만적 사랑은 이 같은 부정적 정체성과 새 문화에 대한 동화 욕망이 결합한 지점에 존재했던 것으로서 허황된 성격을 띠었다고 본다. 이러한 맥락에서 김우창은 낭만적 사랑은 주관적 상태가 아니라 적절하게 안정된 사회적 윤리적 관계망에 통합될 때만이 진정성을 지닐 수 있다는 것을 보여준 작가가 염상섭이며, 「해바라기」는 개별적 정체성을 지닌 개인들이 상호이해하고 교감하는 가운데 현실적 극복점을 찾은 사례라고 평가하고 있다. 본고는 김우창과 기본적인 시각을 같이하면서, 사회적 윤리적 관계망이라는 전반적이고 추상적인 질서와의 관련성보다는 정형화된 연애모델이라는 좀 더 구체적인 표상과의 관련성 안에서 염상섭의 작품들이 지니는 당대적 위상을 자리매김하고자 했으며, 낭만적 사랑의 '현실화'보다는 정형화된 모델의 '균열과 해체'의 관점에서 「제야」와 「해바라기」를 읽고자 했다.

건과 성실히 소통함으로써 주체가 스스로 의미를 찾아나가야 할 역동적 표상으로 개방된다. 이 같은 역동성에 이르러 근대적 사랑으로서의 연애는 비로소 이분법적 윤리로의 귀속을 탈피하고 진정한 자기 찾기로서의 의미를 획득한다. 사랑은 신성이라는 이름 아래 정형화되고 있던 어떤 추상을 경험적 현실로 재현하는 것이 아니라, 자신을 둘러싼 삶의 조건들과 소통함으로써 주체가 스스로 창조해나가야 할 '생성'적인 활동이 되는 것이다. '연애'가 이처럼 생성적인 활동으로서 개별 주체에 의해 그 의미가 발견되어야 할 어떤 것으로 주어질 때, 신문명 사회를 살아가야 할 '주체'의 의미 역시 미리 주어지는 것이 아니라 생성적인 가능성의 형식으로 제기된다. 그것은 이념에 고착되지 않고 현실과 소통함으로써 참 자기의 의미를 찾아가는 새로운 주체의 탄생이다.

이처럼 현실과 교섭하는 새로운 주체의 탄생을 예고한다는 점에서 「해바라기」는 서로 상반되는 결말 구조에도 불구하고 「제야」와 닮아 있다. 그러나 「제야」와 「해바라기」에서 염상섭이 제시한 새로운 주체는 아직은 매우 제한적인 단계에 머물러 있다. 정인은 죽음으로써 현실 교섭의 필요성을 상징적으로 요청했을 뿐 그 구체적인 형식을 보여주지 못했고, 영희는 총독부를 위해 일하는 부유하고 힘 있는 남편의 영향력에 의지하여 자신의 문제를 해결하고 있기 때문이다. 그러나 자유롭고 낭만적인 사랑의 원론적 이념에만 천착해 있던 두 주인공이 남편 A와 순택이라는 타자의 시각을 수용하고 그들과 대화하는 가운데 새롭게 사랑의 의미를 찾는 것은 이념에의 고착에서 벗어나 실질적인 삶과의 긴밀한 상관을 통해 새롭게 태어나는 주체의 가능성을 제출한다는 점에서 의미를 지닌다. 이 새로운 주체의 성립과정은 소설이 분열증적 내면성의 일방적인 토로를 벗어나 객관적인 관찰과 묘사의 시각을 획득하는 과정과 일치한다. 사랑의 문제를 둘러싸고 염상섭이 보여주는 이 새로운 주체의 성립 과정은 또한, 연애의 이념을 일방적으로 적용하고 재생산하는 데 고착되어 있던 많은 여타 작가들의 소설들이 보여주던 경직성을 벗어나,[237] 한

국 근대소설이 구체적인 현실의 토대로 시선을 돌리고 객관적인 거리감
각을 확보하게 되었음을 의미하는 일이기도 하다. 그런 의미에서 이 새
로운 주체는, 사랑의 감정과 실천적 형식을 서구의 영향에 의해 정형화
된 틀로 바꾸는 일을 자아의 해방이라고 생각했던 시대적 인식의 식민
성을 탈피하여, 현실 토대와 긴밀하게 상관하면서 진정한 자유와 자아의
의미를 찾아나가고자 하는 탈식민적 주체의 가능성을 보여준 것이라고
할 수 있다. 이념적 이상과 일정한 거리를 유지하고 타자와 대화하며 현
실과 교섭하는 이 새로운 주체의 탄생은 사랑이라는 사적 영역의 활동
과 그것의 공적인 의미를 재조정한다. 그것이 구체적으로 어떤 방식의
조정을 의미하는 것인지는 이후의 작품들을 통해 앞으로 더 연구되어야
할 과제이다.

---

237) 정형화된 연애모델에의 고착에 의한 초기 근대소설들의 구성상 취약성에 대해서는
　　　제4장 2.2절에서 집중적으로 다루었다.

제5장··· 결론

　　식민지 초기, 서구적인 사랑의 형식을 전달하는 개념으로 유입된 '연애'라는 말은 우리의 근대가 경험해야 했던 특수한 역사의 질곡을 반영한다. '연애'는 유교질서의 자장 아래 있던 우리 사회에 사랑의 방식에 대한 전폭적인 변화를 요구하는 새로운 표상으로 등장했다. 가문의 존속과 혈통의 재생산을 목적으로 하는 조선사회의 결혼제도는, 감정으로서의 사랑과 본능으로서의 성을 공식적 논의의 장에서 배제하고 있었다. 자유로운 감정이자 욕망으로서의 사랑이 정당화될 수 있는 합당한 자리가 부여되지 않았던 문화적 풍토 속에서, 낯설고 새로운 사랑의 형식을 전달하는 매개체로 등장한 '연애'는, 전통적인 사유의 방식으로는 이해하기 어려웠던 낯선 개념이었다. 그런데 '연애'라는 어휘는 이처럼 생경했기 때문에, 전통사회에서는 언급을 기피했던 남녀 간의 열정을 공적인 언표의 장으로 부각시킬 때 수반되는 거부감을 줄일 수 있었고, 그 때문에 애(愛)·사(思)·상사(相思)·연(戀) 등의 전통적인 어휘들을 이겨내고 이성애적 사랑을 가리키는 가장 유력한 용어로 살아남았다. '연애'라는 새 말은, 비공식의 영역 속에 숨어 있던 이성애적 감정을 공적인 논의의 영역으로 해방하는 전략적 장치가 될 수 있었던 것이다.

낯설고 이국적인 사랑의 형식을 의미함으로써 '연애'는, 추하고 점잖지 못한 것으로 취급되어 왔던 남녀 간의 사랑을 '신성'하고 의미 있는 일로 변화시켰다. '연애'가 그 자체로서 '신성'하게 여겨질 수 있었던 것은 그것이 발달한 문명을 상징했던 서구적 사랑의 형식을 표상했기 때문이었다. 연애라는 어휘의 유입과 의미화 과정의 배후에는 동양과 서양, 제국과 식민지라는 정치적 힘의 관계가 은밀하게 작동하고 있었던 것이다. 1920년대 초까지 연애는 남녀 간의 '관계'보다는 사랑의 '감정'을 가리키는 어휘에 가까웠다. 종종 '신성한'이라는 수식어를 달고 다녔던 '연애'라는 어휘에는 정신적인 측면이 강조되어 있었고, 관념적인 성격을 지니고 있었던 만큼 이 어휘가 표상하는 새로운 사랑의 의미는 추상적이고 모호했다. 따라서 '연애'는 이미 존재하고 있는 사랑을 가리키는 용어가 아니라, 앞으로 있어야 할 사랑을 가리키는 표상이었다고 할 수 있다. '연애'라는 표상 안에는 전통사회에서부터 축적된 자유로운 사랑의 요구와, 낯설고 이국적인 사랑에 대한 동경이 함께 함축되어 있었으며, 새로운 사랑의 방식으로서 '연애'의 의미는 '형성'되고 있었다.

근대문학의 첫 소재가 되었던 연애는 이와 같이 특수한 역사적 지평 위에 놓여 있는 표상이었다. 문학은 '연애'라는 새로운 사랑의 표상에 자극받았으며, 또한 이 표상의 구조화와 확산에 능동적으로 기여했다. 근대문학은 인간에 대한 새로운 의미부여와 더불어 시작되었다. 인간의 정신을 지·정·의의 세 영역으로 나누고, 문학을 '정'의 영역으로 분립시킴으로써, 춘원은 세계를 감각하고 세계를 만들어가는 주체로서 인간을 사고하고 언술하는 장르로 문학을 정립하였다. 춘원에게 '정'은, 인간을 '무정'한 자연과 구분시켜 주는 인간만의 특색이면서, 다양한 스펙트럼을 지님으로써 인간이 스스로 고양하고 키워가야 할 가치였다. 춘원이 '정'에 부여했던 의미와 가치는 이성과 감정의 이분법을 초월하는 감성적 계몽의 형식으로 문학의 성격을 확립시켰다. 인간이 세계를 감각하고 욕망하고 움직이는 방식에 관심을 기울이는 근대문학의 기획 속에서 '감정'은 새롭게 조명되기 시작했다. 감정과 욕망의 관점에서 인간에 접근할 때, '연애'는 강렬하고도 순수한 감정으로 높이 평가되었다. 연애는 자발적인 감정이자 순도 높은 강렬성을 지니는 정념으로서 다양한 '정'의 스펙트럼 가운데서도 높고 숭고한 위치를 점했다. 타율성을 거부하고 자신의 내부에서 행동의 지침을 찾아내는 순수한 감정으로서 연애를 자각하고 실천하는 일은, 그 자체로서 근대인으로의 성숙을 의미했다. 연애감정의 자각과 실천은 계몽적 삶의 실천과 분리되지 않았던 것이다.

춘원의 뒤를 이은 1920년대 동인지 문인들은 자아를 외적인 질서에 구속된 존재가 아니라 세계의 중심으로 정립했던 춘원의 발상을 계승하였다. 나아가 동인지 문인들은 춘원이 강조했던 독립된 자아와 감정의 의미를 극단화시켰다. 동인지문학에서 자아는 선험적인 세계의 진리를 함축하고 있는 자연의 일부로 절대화되었다. 인간 내부의 자연 안에 영원한 세계의 진리가 숨어있다고 생각할 때, 중요한 것은 이 진리를 발견하고 표현하는 일이었다. '창조'를 의미하는 예술의 가치가 부각되고, 예술 창작행위가 최상의 삶과 동일시 될 수 있었던 것은 이 때문이다. 동인지문학에서 참 예술을 하는 일은 참 자기를 발견하고 참 인생을 살아가는 일과 분리되지 않았다. 이때 연애는 절대적인 자아를 발견하고 표현하는 또 하나의 방법으로 부각되었다. 전통적인 규범과 형식을 거부할 때 사랑의 열정은 순수하게 개인의 감각 취향에 따를 수밖에 없는 영역이었고, 연애의 강렬한 감정에 빠지는 순간은 예술 창작행위와 마찬가지로 창조적인 주체성이 절정에 설 수 있는 순간이었기 때문이다. 그러므로 동인지문학에서 '연애'는 예술과 마찬가지로 '참 자기의 표현'으로 간주되었으며, '연애'를 경험하는 일은 진정한 예술적 감각을 획득하는 일과 구별되지 않았다.

동인지문학에서 절대화 된 자아는, 자유롭게 자신의 '생명'을 표현하고 향유하는 무한한 활동성을 지향하고 있었다는 점에서, 이성과 감정의 이분법을 초월하면서도 다시 윤리적인 삶의 합리적인 재질서화로 뚜렷이 귀속되어야 했던 춘원의 '정'적 자아와는 궁극적인 지향을 달리했다. 그러나 동인지 문인들의 낭만적 예술관과 미의식은 전통적인 유교질서의 이념 안에 자동적으로 예속되지 않는 주체로서의 '개인'에 대한 요구를 기반으로 한다는 점에서 춘원의 기획과 동일한 계몽의 연속선 위에 있었다. 자발적인 정서의 표현과 능동적인 삶의 실현을 가장 긴급한 신문명의 과제로 생각했던 춘원과 동인지 문인들의 공통된 관심사에 의해, 연애는 개인의 내면으로부터 사회발전의 원동력을 찾는 계몽적 실천의 하나로 부각되었으며, 그런 의미에서 가장 유력한 소설의 소재였다.

그러므로 초기 근대소설에서 '연애'는 주체로서의 자아 발견과 세계 인식 틀의 전환을 표방하고 일깨우는 강력하고 구체적인 소재로 이용되었다. 초기 근대소설에서 사랑은 '연애'라는 문제적 이름을 얻으면서, 고전소설에서의 그것과 같이 규범적인 윤리에 귀속되지 않고, 그 자체로 하나의 문제적 대상으로 부각되었다. 그러나 근대문학 형성기 '연애'는, 자유롭고 순수한 실험 이전에, 선험적으로 미리 구획되고 구조화되어 있는 특정한 인식 방법에 의해 접근되고 있었다. 그 인식의 방법은, 제국주의가 앞세웠던 우열의 논리에 의해 격자화되어 있는 것이었으며, 자신의 삶을 둘러싸고 있는 토대에 대한 고려 이전에 제국주의가 제공하는 모델에 먼저 압도되는 것을 의미했다.

혼인과 가족의 개혁에 관한 신지식인들의 관점은 당시 가장 유력한 과학적 세계관으로 전파되었던 진화론에 기반을 두고 있었다. 새로운 사랑의 방식에 대한 관념은 진화론적 세계관의 바탕 위에 엘렌 케이의 영육일치의 사랑론과 외국소설의 독서 체험에 의해 형성되고 있었다. 서구적인 지식과 담론의 권력작용 위에서 '연애'라는 표상은 전통사회에서부터 발생한 자유로운 사랑에 대한 요구를 서구적 관점 안에 포섭했다. 이 관점 위에서 사랑은 우등한 사랑과 열등한 사랑으로 분리되었다. 생식과 생존만을 염두에 두고 육체적이고 본능적인 만족만을 추구하는 열등한 사랑에 비해, 우등한 사랑은 상대의 개성과 이해를 바탕으로 하여 영혼의 만족을 얻은 후에 비로소 육체로까지 접함으로써 완전함을 얻는 것이었다. 그리하여 새로운 사랑은 성과 사랑과 결혼을 하나의 관계 속에 통일시키는 일정한 모델로 정형화되고 있었다. 우등과 열등의 이분법적 인식 구도 위에서 조선의 가정은 '불화와 원망과 비애의 소굴'로, 전통적 혼인 양식은 '식과 색에 집착'하는 부모의 가치관을 강요하는 행위로 일방적으로 매도되었다. 이 같은 정형화작용에 의해 연애의 모델은 전통 속에서 개선과 진보의 동력을 찾을 수 있는 가능성을 근본적으로 차단하였으며, 전면적인 부정과 단절을 통해서 완전히 새로운 신종족의 창출을 요구하고 있었다.

초기 근대소설들은 이처럼 특정한 방식으로 정형화되고 있던 연애를 실질적인 삶의 과정 속에 형상화함으로써 그 의미를 더욱 구체화했다. 그런데 연애를 소재로 한 초기 근대소설들은 많은 경우, 인물의 개성과 환경의 긴밀한 상관관계 속에서 자유로운 사랑의 의미를 찾아가기보다는 사랑에 관한 정형화된 사유의 일면들을 직접적으로 이야기 속에 인용하고 적용했다. 연애를 지향하는 서사의 주인공들은 주어진 환경의 특수성과 무관하게 사랑의 권리를 주창했고, 연애의 자유를 주장하는 가운데 빚어지는 갈등과 문제들을 부모 세대나 부도덕한 상대 여성의 탓으로 돌림으로써 자신의 정당성을 회복했다. 감정의 자유를 선언하는 개인적 사건에 거창한 의미를 부여하고, 신여성과의 자유로운 결혼을 위해 조혼한 아내에게 이혼을 요구하는 것을 "거치른 조선을 위하야 선도자가 되"는 일로 생각하는 인물들의 등장은, 이와 같은 특수한 시대적 조건 위에서 가능했다. 사랑의 갈등과 고통을 겪은 소설의 주인공들은 자연과 세계의 아름다움을 새삼스레 발견하면서, '무언가'를 깨닫는 것으로 나타났다. 그러나 이 '무언가'는 모호하고 추상적인 관념에 머물러 있었으며, 이 같은 인물의 변화는 서사적 사건의 전개와 긴밀하게 상관하지 못함으로써 소설이 작가의 조작적인 이념의 체현으로부터 완전히 독립하지 못했음을 드러내고 있었다.

이러한 맥락에서 『무정』은 새로운 주목을 요했다. 『무정』은 '정'의 자각에서 주체화의 가능성을 찾는 춘원의 신념을 그대로 소설화한 작품이었다. "사랑에 대한 태도로 족히 인생에 대한 태도를 결정할 수 있다고 믿"는 인물인 형식은 영채를 잃은 후, 김장로의 청으로 선형과 약혼하고, 곧바로 선형에게 자발적 감정을 요구하면서 '생명과 같'은 사랑을 고백한다. 충분한 동기화의 과정이 드러나지 않는 형식의 갑작스러운 고백은, 인물의 성격과 행동이 소설 속 환경과 긴밀하게 상관하지 못하고, 작가의 이념의 직접적 반영에 그치고 있었음을 드러낸다. 형식의 고백은 자연스러운 사랑의 표현이라기보다는 사랑한다는 '믿음'의 표현이었다. 아내란 생물학적 파트너가 아니라 사랑하는 사람이 되어야 한다는 춘원의 신념이, 아내가 되기로 결정된 선형을 "생명보다 더 사랑"한다는 '믿음'을 만들어낸 것이다. 그렇기 때문에 나중에 영채가 나타나자 형식은 "대체 자기는 누구를 사랑하는가 선형인가 영채인가" 하고 갈등할 수밖에 없었다. 여기에서 수차례에 걸친 내면적 '정'의 발견으로 스스로를 자각한 사람으로 생각했던 형식의 주체성이, 사실상 진정한 개인성의 발현이 아니라 신교육에 의해 습득된 지식과 담론의 효과였음이 드러난다. 이론적 신념이 소설적 형상화 과정 속에서 드러내는 이 같은 균열은, 관념적인 진공에서 구성된 이념의 맹점을 짚어내는 소설적 성과라고 할 수 있다. 그러나 춘원은 이 같은 형식의 깨달음을 "옳다 그러므로 우리들은 배우러 간다"는 학업 욕망을 통해 해결한다. 춘원은 연애에 대한 그의 정형화된 모델을 의심하고 해체하여 재구성하기보다는, 오히려 모델을 제공했던 서구로부터 더욱 철저하고 완전한 배움을 얻음으로써 문제를 해결하려 했던 것이다. 그리하여 『무정』은 사랑의 문제를 형상화하는 가운데 근대적 주체로 깨어나고자 했던 인물의 욕망이 식민자와 피식민자의 우열관계를 바탕으로 한 식민적 주체성으로 귀결되고 있음을 드러내고 있었다.

　감정의 자유에 대한 선언에서 출발했던 연애의 모델은, 해방된 감정을 일부일처의 법률혼적 관계로 귀속시킴으로써, 연애를 '결혼을 목적으로 하는 자유'로 제한시켰다. 연애의 유행은 새로운 문화를 접하고 추구했던 청년 지식인들의 정치사회적 지향을 배후로 일어난 집단적 사건이었던 만큼, 결혼에 적합한 연애의 상대에 대한 기호(嗜好)는 집단적 취향의 형태를 띠었다. 초기 근대소설에서 이상적인 연애의 상대는 근대적 지식과 예술적 이해를 갖춘 여학생들이었으며, 그 가운데에서도 순수한 혈통을 갖추지 못했거나 물질적 욕망에 현혹되는 여성들은 진실한 사랑을 배신하고 청년들을 절망에 빠뜨리는 악마적 존재로 형상화되었다. 순수한 혈통, 근대적 지식과 교양, 그리고 도덕성을 갖춘 특정한 인간형을 이상적 연애의 상대로 상정함으로써, 연애의 유행은 새로운 방식으로 인간을 계열화하고 재분류하는 결과를 빚었다. 동일성으로 환원되는 청년들의 집단적 취향은, 자유로운 사랑의 소망이 고착된 사회구조로부터 '이탈'하여 새로운 삶의 질서를 찾아가려는 생산적인 욕망으로 진전되기보다는, 서구적 물질문화가 제공하는 획일적인 기호(嗜好)에 수동적으로 '적응'하는 수동적 주체들을 양산하는 데 이용되고 있었음을 드러낸다. 연애를 지향하는 청년들의 획일적인 취향은, 연애라는 문화현상이 새롭게 형성되어 가던 자본주의적 사회구조에 개인을 수동적으로 적응시키는 효과를 낳고, 동일성으로 환원되는 표준적 주체들을 양산하는 데 이용되고 있었음을 증명한다.

　한편 식민지 조선사회를 휩쓸었던 '연애'의 열풍은 사랑의 은폐된 영역이었던 성에 대해서 전면적으로 새로운 관점을 제기했다. '연애'의 유행은 성을 단지 주어진 것이 아니라 인간이 결정하고 선택하는 문제로 새롭게 인식하는 계기가 되었다. 그러나 '연애'의 관념을 계기로 시작된 성에 대한 관심은 성에 대한 자유로운 인식을 해방하는 것처럼 보이면서도 실질적으로는 성에 대한 특정한 방식의 규율을 부과하고 있었다.

'연애'를 시대적 유행현상으로 부각시켰던 지식과 권력은 성을 인식하고 실천하는 특정한 방식을 조장함으로써, 특정한 방식으로 규율화되는 개인을 요구하고 있었던 것이다.

자유연애의 담론에 의해 성에 대한 언급이 공식적인 장의 표면으로 부각되면서, 초창기 근대소설들은 대담하고 적나라한 성적 묘사들을 보여주었다. 그런데 성 묘사는 전통적인 삶의 양식을 비판하는 이야기 구조 안에 배치될 때는 인간 내부에 있는 자연으로서 긍정적으로 그려졌지만, 새로운 사회를 일구어나가야 할 근대적 개인의 욕망을 들추어낼 때는 엄격한 도덕적 가치 판단 아래 종속되어야 했다. 소설의 서사 구조 안에 성 묘사가 배치되는 방식의 이 같은 이중성은, 식민지 초기 소설에서 성이 표면적인 묘사와 언급의 대상으로 부각되기는 했지만, 여전히 인간생활의 어둡고 추악한 일면으로 간주되고 있었음을 드러낸다. 이중적이고 모순적인 시대적 성 인식으로 인해, 성의 묘사는 이념과 제도로부터 결락된 삶의 요소들을 새롭게 조명해내기보다는 완강하게 주어진 이념적 윤리를 반복 강화했다. 한편 소설에서 드러났던 대담한 성 묘사는 여성의 성 욕망을 들추어내는 계기가 되고, 그것은 여성을 자발적 욕망을 지닌 능동적 주체로 등장시킴으로써 젠더의 성 역할을 동요시켰다. 불온한 존재였던 섹슈얼리티는 젠더와 결합하여 연애모델이 제시한 근대적 삶의 이념을 위협했고, 남성적인 시각에서 형성된 근대 주체는 신여성의 불온한 성적 물질적 탐욕과 대치되는 위치에서 자신의 도덕성을 강조함으로써 근대적 주체로서의 자기 동일성을 회복했다. 이와 같은 방식으로 동일성을 회복하는 근대 주체는, 식민주의적 관점과 결합하여 열등한 민족성 내의 더욱 열등한 요소로 여성의 성 욕망을 규정하고 거기에 도덕성의 물리적 규제를 가하고자 했다. 그러나 근대적 주체성을 남성 젠더의 전유물로 차별화하는 여성에 대한 이중적 식민화는, 식민화의 현실을 그대로 수용하는 수동적인 주체로 근대적 개인을 구성하는 결과를 빚는다.

1917년부터 1925년까지의 많은 소설들은 이와 같은 지식인의 차별적이고 억압적인 성 인식을 반영하는 동시에 생산했다. 초기 근대소설들은, 새로운 사랑에 대한 소문을 접하고 계몽된 삶에 대한 기대를 공유했던 청년 지식인들에 의해 시작되었던 만큼, 많은 경우 연애의 추상적인 이념을 그대로 노출하고 이를 둘러싼 인식과 담론의 흐름을 직접적으로 반영했다. 이일·박영섭·방인근·이태수·한병도 등 초기 문단에서 활동했던 많은 작가들이 사랑의 문제에 천착하면서 작품활동을 시작했다. 그런데 이들의 소설에서 중심사건인 연애는 그것을 소망하고 실천하는 인물이 봉건적 인습에 맞서 신문명적 삶을 지향하는 세계관의 소유자임을 표방하는 하나의 방법으로 나타날 뿐, 주인공의 인식틀에 아무런 영향을 끼치지 못했다. 연애 사건은 소설에서 주요한 갈등을 불러일으키는 계기로 작용했지만, 이 갈등에서 주인공과 대립하는 적대자는 전근대적이거나, 성격적으로 부도덕한 인물로 고정화되었기 때문에, 주인공이 지닌 '연애'에 대한 소망과 연애라는 관념 자체는 언제나 정형화된 형태로 보존되었다. 이때 연애는 바람직한 새 사회의 사랑이라는 추상적 표상으로 견지되면서, 연애를 지향하는 주인공이 그와 대립하는 다른 적대적 존재를 비판하고 그에 대결하는 기능을 수행할 수 있도록 만들어 주는 매개체로 기능했다. 이러한 맥락에서 '연애'는 자유로운 탐구의 대상이 아니라 억압과 배제의 기호에 가까웠다. 이처럼 소설이 사랑에 관한 선험적 생각의 일면들을 직접적으로 이야기 속에 인용하고 적용함으로써 작품은 구조적 취약성을 노출할 수밖에 없었다. 자아와 환경의 상호작용 및 구체적인 관계의 특수성에 충분히 천착하지 않고 서사 밖에서 미리 규격화되고 있던 인식의 방법이 강조될 때, 소설은 사랑의 문제에 천착하면서도 깊이 있는 성찰을 통해 새로운 진실을 포착해내는 자율적인 미학을 성취해내기 어려웠으며, 구조적인 안정성을 확보하기도 어려웠다. 소설이 인물의 성격을 입체적으로 구성하는 데 실패하고 사건을 해석하는 시각이 일면성에 머물러 있을수록, 소설이 천착했던 사랑은 연애모델이 배제시킨 감성의 진실이나 현실적 문제들을 드러내기보다는, 정형화된 모델의 이념상을 확인하고 강화하는 데 복무하고 있었다.

그러나 이념은 구체적으로 실현되는 과정에서 필연적으로 현실적 삶의 토대에 기반한 저항적 요소들과 부딪힐 수밖에 없다. 여기에서 비롯되는 현실적 문제들은 이념의 고정화작용에 저항하여 정형화된 이념적 인식틀 위에 틈새와 균열을 형성하고, 강요되고 부과된 위계질서가 없이 차이를 변주해내는 새로운 가능성의 지평을 열어놓는다. 소설이 이념에 대한 집착과 경도에서 벗어나, 인물과 환경의 상호관련성 및 구체적인 사건의 추이에 천착할 때, 그 소설은 고정화된 인식틀에 내재한 모순들을 짚어내는 새로운 가능성의 공간을 열게 되는 것이다. 소설적 형상화를 통해 작가의 이념과 차이를 빚어내는『무정』의 공간이 지니는 의의가 여기에 있다.

김동인·나도향·염상섭의 소설들은 각각 독자적인 방식으로 연애모델의 추상적인 고정화작용에 이의를 제기했다. 연애를 재현했던 여타의 소설들이 모델의 동일성을 회복하려는 권력작용의 틀 안에 머물러 있었던 데 반해, 김동인과 나도향의 소설은 각기 연애모델의 전면적 거부와 허무주의적 세계관을 통해 연애모델의 동일성을 동요시키고, 연애의 표상을 미결정성의 상태로 개방했다. 김동인은 춘원의 공식적인 논의들에서 사실상 소외되고 있었던 성의 문제를, 진정한 연애의 의미를 찾아가려 하는 인물들의 실천적 사랑을 통해 본격적으로 그려냈다. 김동인 소설의 주인공들이 겪는 사랑의 갈등과 파탄의 역정은 감정해방 이전에 개인의 충분한 인격적 성숙을 가능하게 해주는 사회적 조건이 마련되어야 한다는 작가의 문제의식을 드러냄으로써 정형화된 연애모델에 이의를 제기했다. 순수한 영혼의 낭만적 사랑을 지향했던 나도향의 소설은, 성이 제외된 순수 열정의 세계를 지향하고 있었지만, 사랑을 추구하는 과정에서 주체가 논리적 이념적으로 통제할 수 없는 성의 영역에 부딪힘으로써 성의 사회적 배치에 의문을 제기했다. 나도향 소설의 독특한

점은 연애모델이 감추고 있는 근대성의 모순을 눈치채지만, 그것을 명료히 문제화함으로써 새로운 진실의 인지가능성을 열어주는 것이 아니라, 참된 사랑의 실현가능성을 근본적으로 포기함으로써 허무주의적 전망을 얻게 된다는 점이다.

김동인·나도향과 같은 선상에서 염상섭은 연애의 모델을 부분적으로 전유하고 모방함으로써 연애에 대한 새로운 성찰과 가능성을 보여주었다. 염상섭은 자유로운 사랑의 해방을 의미하는 연애의 근본적인 이념만을 수취하고 연애모델이 제공하는 사랑의 정형화된 '형식'은 거부하는 인물들을 주인공으로 삼음으로써 무형식의 공간에서 연애의 이상을 재검토했다. 그 결과 염상섭의 주인공들은 현실적 토대로부터 분리되어 있는 연애모델과 이상적 연애를 불가능하게 하는 현실 양면으로부터 일정한 거리를 유지했다. 이 같은 거리감각을 바탕으로 염상섭의 주인공들은 연애 해방을 촉발한 '자유'와 '자기표현'의 원래적 이념을 견지하면서, 주어진 사건 및 환경과 긴밀히 교섭하는 새로운 주체의 가능성을 보여주었다. 그것은 타자와 대화하고 자신에게 주어진 현실과 긴밀히 소통하면서, '창조'적인 '생성'으로서 연애의 의미를 스스로 만들어나가는 주체이다. 이처럼 현실과 소통하는 주체의 탄생이 가능했던 것은 무엇보다도 염상섭이 이상적 사랑의 이념을 위협하는 시간의 존재를 자각하는 작가이기 때문이었다. 사실상 쾌락과 시간의 불일치는, 감정해방의 논리가 무조건적인 자유론으로 진전되지 않고 일정한 윤리·제도의 틀로 재빨리 포섭되는 이유가 된다. 여기서 중요한 것은 쾌락욕망이 포섭된다는 사실 자체가 아니라 무엇에 의해 어떻게 포섭되느냐에 있다. 당대의 많은 소설들은 성/속, 남성/여성, 신문명/야만의 중층적 이분법에 의해 차별적으로 이 쾌락의 욕구를 억압하려 했던 권력작용을 반영하고 있었다. 그리고 이 같은 지식 권력의 작용은 새로운 조선 사회의 주체를 서구적·남성 중심적 이념에 적합한 형태로 일정하게 틀 지워내는 일과 직결되고 있었다. 염상섭의 소설들 역시, 장편 『너희들은 무엇을 어덧느냐』

에서 그 단면이 드러나듯, 근대 주체를 차별적으로 구성하는 권력작용에 일면 부응했다. 그러나 「제야」와 「해바라기」에서 염상섭은 합리적 이성과 성찰을 바탕으로 한 개인적인 윤리의 실현을 통해 보다 자율적으로 시간에 맞서나가는 주체를 보여주었다. 두 소설에서 이 새로운 주체는 아직 폐쇄된 상황에 적응하는 자족적 주체의 상태에 머물러 있었다. 그러나 두 소설의 주인공들은, 식민화된 이념의 일방적 인용이 되기를 거부함으로써, 한국적 현실에 기초하면서도 자유와 인간성의 실현이라는 근대의 근본이념을 견지하는 새로운 주체의 가능성을 정초했다. 그런 의미에서 염상섭이 보여준 현실 교섭적 주체는, 사랑의 감정과 형식을 서구적으로 바꾸는 일을 자아 해방과 근대인으로의 성숙이라고 생각했던 시대적 인식의 식민성을 탈피하여, 주어진 현실의 토대와 긴밀하게 상관하면서 진정한 해방과 자아의 의미를 새롭게 찾아나가고자 하는 탈식민적 주체의 가능성을 보여주었다고 할 수 있다. 이는 우리 소설이 일방적이고 직접적인 이념의 표백에서 벗어나 현실을 객관적으로 관찰하는 시선을 확보하게 된 결과였다.

참고문헌

1. 기본 자료

『소년』, 『청춘』, 『학지광』, 『개벽』, 『신여성』, 『독립신문』, 『매일신보』, 『동아일보』, 『조선일보』 해당 부분.
『조선문단』 1호부터 13호(1925.11)
『조선문사의 연애관』, 설화서관, 1926.
『창조』, 『백조』, 『폐허』, 『폐허이후』

『김동인 전집』, 조선일보사, 1988.
『김동인 평론 전집』, 삼영사, 1984.
『나도향 전집』, 집문당, 1988.
『무정』(김철 교주), 문학동네, 2003.
『염상섭 전집』, 민음사, 1987.
『이광수 전집』, 삼중당, 1961~1962.

2. 국내 논저

강영안, 『주체는 죽었는가』, 문예출판사, 1996.
강헌국, 「한국 근대소설의 서사유형 연구」, 고려대 박사논문, 1995.
고미숙, 『비평기계』, 소명출판, 1999.
______, 『한국의 근대성, 그 기원을 찾아서—민족·섹슈얼리티·병리학』, 책세상, 2001.
구인모, 「『무정』과 우생학적 연애론—한국의 근대문학과 연애론」, 『비교문학』 28호, 한국비교문학회, 2002.
______, 「학지광의 문학론과 민족주의」, 『한국 근대문학연구』 1호, 한국근대문학회, 2000.
권명아, 『가족이야기는 어떻게 만들어지는가』, 책세상, 2000.
권보드래, 「'정'의 발견과 근대성」, 『문학과 교육』, 2000.
______, 「연애의 형성과 독서」, 『역사문제연구』 7호, 역사문제연구소, 2001.
______, 「열정의 공공성과 개인성—신소설에 나타난 '일부일처'와 '이처'의 문

제」,『한국학보』99집, 2000년 여름호.

권보드래,『연애의 시대』, 현실문화연구, 2003.

______,『한국 근대소설의 기원』, 소명출판, 2000.

권택영,「욕망에서 사랑으로―라깡과 크리스테바의 타자」,『문학으로 보는 성』, 김
　　　영사, 2001.

김경수,「염상섭의 초기 소설과 개성론과 연애론―「암야」와 「제야」를 중심으로」,
　　　『어문학』77호, 한국어문학회, 2002.

김경일,『한국의 근대와 근대성』, 백산서당, 2003.

______,「일제하의 신여성 연구―성과 사랑의 문제를 중심으로」,『사회와 역사』57
　　　호, 한국사회사학회, 2000.

김동식,「연애와 근대성」,『민족문학사연구』18호, 민족문학사학회, 2001.

______,「한국의 근대적 문학 개념 형성과정 연구」, 서울대 박사논문, 1999.

김두헌,『한국가족제도연구』, 서울대 출판부, 1969.

김미영,「1920년대 여성담론 형성에 관한 연구」, 서울대 박사논문, 2003.

김미지,「염상섭 소설에 나타난 연애의 의미 연구」, 서울대 석사논문, 2001.

김미현,「이브, 잔치는 끝났다―젠더 혹은 음모」,『문학동네』, 1999년 봄호.

김상봉,「감성의 홀로주체성」,『감각작용과 의미작용』(한국기호학회 편), 월인,
　　　2003.

김성연,「한국 근대문학과 同情의 계보」, 연세대 석사논문, 2002.

김영민,「1920년대 소설의 근대적 특성 연구」,『현대문학이론연구』15호, 현대문학
　　　이론학회, 2001.

김우창,「감각·이성·정신」,『한국문학이란 무엇인가』(이남호 외편), 민음사, 1995.

______,「한국 현대소설의 형성」,『궁핍한 시대의 시인』, 민음사, 1977.

김윤선,「나도향 소설과 낭만적 사랑의 문제」,『한국문학과 낭만성』, 국학자료원,
　　　2002.

김윤식,『김동인 연구』, 민음사, 2000.

______,『염상섭 연구』, 서울대 출판부, 1987.

______,『이광수와 그의 시대』1~3, 한길사, 1986.

김윤식·정호웅,『한국소설사』, 예하, 1993.

김인환,『한국 문학이론의 연구』, 을유문화사, 1986.

______,『다른 미래를 위하여』, 문학과지성사, 2003.

김진균·정근식 편저,『근대 주체와 식민지 규율권력』, 문화과학사, 1997.

김진송,『서울에 딴스홀을 허하라』, 현실문화연구, 1999.

김진수,『우리는 지금 왜 낭만주의를 이야기하는가』, 책세상, 2001.

김춘식, 「근대적 문인 집단의 형성과 청춘의 감각」, 『한국어문연구』 40권 1호, 한국
　　　어문학연구학회, 2003.
＿＿＿, 『미적 근대성과 동인지 문단』, 소명출판, 2003.
김행숙, 「근대시 형성기에 있어서의 '감정'의 의미」, 『어문논집』 44호, 민족어문학
　　　회, 2001.
＿＿＿, 「1920년대 동인지문학의 근대성 연구」, 고려대 박사논문, 2002.
김현·김윤식, 『한국문학사』, 민음사, 1973.
김현미, 「식민권력과 섹슈얼리티－19세기 서구 여성의 여행기에 나타난 담론들을
　　　중심으로」, 『비교문화연구』 9, 서울대 비교문화연구소, 2003.
김홍규, 「1920년대 초기시의 역사적 성격」, 『문학과 역사적 인간』, 창작과비평사,
　　　1980.
＿＿＿, 「이광수의 신문학 이념과 반유교주의적 성격」, 『어문논집』 28호(고려대 국
　　　어국문학연구회 편), 국학자료원, 1989.
나병철, 『탈식민주의와 근대문학』, 문예출판사, 2004.
노지승, 「1920년대 초반 편지 형식 소설의 의미」, 『민족문학사연구』 2호, 민족문학
　　　사학회, 2002.
류시현, 「1910~20년대 일본유학 출신 지식인의 국제정세 및 일본인식」, 『한국사학
　　　보』 7호, 고려사학회, 1999.
문옥표 외, 『신여성』, 청년사, 2003.
문학과사상연구회, 『염상섭문학의 재인식』, 깊은샘, 1998.
문학사와비평연구회, 『염상섭문학의 재조명』, 새미, 1998.
문학사와비평학회, 『김동인문학의 재인식』, 새미, 2001.
박순영, 「개인」, 『우리말 철학 사전』 3, 지식산업사, 2003.
박일용, 『조선시대의 애정소설』, 집문당, 1993.
박정순, 「감정의 윤리적 사활」, 『감성의 철학』, 민음사, 1996.
박찬승, 『한국 근대 정치사상사연구』, 역사비평사, 1992.
박현수, 「1920년대 초기 소설의 근대성 연구」, 성균관대 박사논문, 1999.
＿＿＿, 「염상섭 초기 소설 연구」, 『근현대문학의 사적 전개와 미적 양상』(Ⅰ) 해방
　　　전편(반교어문학회), 보고사, 2000.
백　철, 『조선신문학사조사』, 수선사, 1948.
상허학회, 『1920년대 동인지문학과 근대성 연구』, 깊은샘, 2000.
＿＿＿, 『1920년대 문학의 재인식』, 깊은샘, 2001.
서동욱, 『차이와 타자』, 문학과지성사, 2000.
서영채, 「한국 소설과 근대성의 세 가지 파토스」, 『문학동네』, 문학동네, 1999년 여

름호

______, 「『무정』 연구」, 서울대 석사논문, 1992.

______, 「한국 근대소설에 나타난 사랑의 양상과 의미에 관한 연구—이광수·염상섭·이상을 중심으로」, 서울대 박사논문, 2002.

서종택, 『한국 근대소설의 구조』, 시문학사, 1982.

설혜심, 「제국주의와 섹슈얼리티」, 『역사학보』 178호, 역사학회, 2003.

손정수, 「한국 근대 초기 소설 텍스트의 자율화 과정 연구」, 서울대 박사논문, 2001.

______, 「자율적 문학관의 기원」, 『민족문학사연구』 20호, 민족문학사학회, 2002.

송민호, 『한국 개화기소설의 사적 연구』, 일지사, 1975.

송성욱, 「혼사장애형 대하소설의 서사문법 연구」, 서울대 박사논문, 1996.

송하춘, 『1920년대 한국소설연구』, 고려대 민족문화연구소, 1985.

______, 『탐구로서의 소설독법』, 고려대 출판부, 1996.

______, 「한국 현대소설에 나타난 작중인물 연구」, 고려대 박사논문, 1980.

신명직, 『모던뽀이 경성을 거닐다』, 현실문화연구, 2003.

신수정, 「한국 근대소설의 형성과 여성의 재현 양상 연구」, 서울대 박사논문, 2003.

신영숙, 「일제하 신여성의 연애·결혼문제」, 『한국학보』 12권 4호, 1986.

심진경, 「한국 근대문학에 나타난 성담론 연구」, 『어문연구』 113호, 한국어문교육연구회, 2002.

양운덕, 『미셸 푸코』, 살림, 2003.

오미정, 「현대 국어 어휘의 의미 변화」, 『현대 국어의 형성과 변천』 3(홍종선 외 공저), 박이정, 2000.

오양진, 「낭만적 주체성의 형성과 전개」, 『우리어문연구』 19호, 우리어문학회, 2002.

윤석달, 「한국 현대가족사소설의 서사형식과 인물유형 연구」, 고려대 박사논문, 1991.

윤채근, 「「주생전」과 「절화기담」의 사랑의 방식」, 『한국문학연구』 4호, 2003.

______, 「「절화기담」에 나타나는 환유적 사랑」, 『한국고전연구』 8호, 한국고전연구학회, 2002.

윤홍노, 「'사랑'의 해석」, 『동양학』 21호, 단국대 동양학연구소, 1991.

______, 「개화기 진화론과 문학사상」, 『동양학』 16호, 단국대 동양학연구소, 1986.

윤효녕 외, 『주체 개념의 비판』, 서울대 출판부, 1999.

이경훈, 「무정의 패션」, 『민족문학사연구』 18호, 민족문학사학회, 2001.

______, 『오빠의 탄생—한국 근대문학의 풍속사』, 문학과지성사, 2003.

이광규, 『한국 가족의 사적 연구』, 일지사, 1977.

이기인, 「1920년대 소설의 심미성과 그 소설사적 의의」, 고려대 박사논문, 1990.

이기훈, 「독서의 근대, 근대의 독서-1920년대의 책 읽기」, 『역사문제연구』 7호, 역
　　사문제연구소, 2001.
이동환, 「조선 후기의 미학사유 '천기론'과 그 문예·사상사적 함의」, 한국한문학회
　　재중조선한국문학연구회 국제학술세미나, 2000.7.
이미향, 『근대 애정소설 연구』, 푸른사상, 2001.
이배용, 「개화기, 일제시기 결혼관의 변화와 여성의 지위」, 『한국근현대사연구』 10
　　호, 한국근현대사학회, 1999.
이상경 편, 『나혜석 전집』, 태학사, 2002.
이상구 편, 『17세기 애정소설』, 월인, 1999.
이숙인, 「유교의 부부윤리와 그 현대적 전망」, 『유교사상연구』 9호, 유교학회, 1997.
＿＿＿, 「정음과 덕색의 개념으로 본 유교의 성담론」, 『철학』 67호, 한국철학회,
　　2001.
이승원·오선민·정여울 공저, 『국민국가의 정치적 상상력』, 소명출판, 2003.
이영아, 「이광수 『무정』에 나타난 '육체'의 근대성 고찰」, 『한국학보』 28권 1호, 일
　　지사, 2002.
＿＿＿, 「신소설의 개화기 여성상 연구」, 서울대 석사논문, 2000.
이원수, 『가정소설 작품세계의 시대적 변모』, 경남대 출판부, 1997.
이주형, 「1920년대 소설에서의 지식인의 고뇌와 작품형식」, 『국어교육연구』 20호,
　　국어교육학회, 1990.
이진경, 「근대적 주체와 정체성」, 『경제와 사회』 35호, 한국산업사회연구회, 1997.
이형대, 「사설시조와 성적 욕망의 지층들」, 『민족문학사연구』 17호, 2000.
이혜령, 「한국 근대소설의 섹슈얼리티 연구-1920~30년대를 중심으로」, 성균관대
　　박사논문, 2001.
장병인, 「조선시대 성범죄에 대한 국가규제의 변화」, 『역사비평』 56호, 역사문제연
　　구소, 2001년 가을호.
전복희, 『사회진화론과 국가사상』, 한울아카데미, 1996.
정덕준, 「1920년대 소설의 시간구조에 관한 연구」, 고려대 박사논문, 1988.
＿＿＿, 「1920년대 소설의 정신사적 연구」, 『어문논집』 40호, 안암어문학회, 1999.
정한숙, 「대중소설론」, 『현대 한국소설론』, 고려대 출판부, 1977.
정혜영, 「'연애'에의 동경과 좌절-김동인의 「약한 자의 슬픔」과 「마음이 옅은 자
　　여」를 중심으로」, 『현대소설 연구』 11호, 한국현대소설학회, 1999.
＿＿＿, 「고백의 형식과 자아의 발견-김동인 소설 연구」, 『문학과언어』 20호,
　　1998.
＿＿＿, 「근대를 향한 시선-이광수 『무정』에 나타난 '연애'의 성립과정을 중심으

로」, 『여성문학연구』 3호, 한국여성문학학회, 2000.

______, 「김동인의 소설과 평양이라는 도시공간」, 『현대소설연구』 13호, 현대소설
학회, 2000.

______, 「나도향과 환영의 근대문학―장편 「어머니」를 중심으로」, 『어문논총』 37
호, 한국문학언어학회, 2002.

______, 「기생과 문학―김동인의 「눈을 겨우 뜰 때」를 중심으로」, 『한국문학논총』
30호, 한국문학회, 2002.

조은 외, 『근대 가족의 변모와 여성 문제』, 서울대 출판부, 1997.

조동일, 『한국문학사상사 시론』, 지식산업사, 1978.

조영복, 「동인지시대의 담론과 '내면―예술'의 계단」, 『한국 현대시와 언어의 풍경』,
태학사, 1999.

차혜영, 「1930년대 한국소설의 근대성과 모더니즘적 전망」, 『1930년대 후반 문학의
근대성과 자기 성찰』, 상허문학회, 1998.

______, 「1920년대 한국소설의 형성과정 연구」, 한양대 박사논문, 2001.

천정환, 『근대의 책 읽기―독자의 탄생과 한국 근대문학』, 푸른역사, 2003.

최봉영, 「감각」, 『우리말 철학 사전』 3, 지식산업사, 2003.

최영석, 「근대 주체 구성과 연애 서사」, 연세대 석사논문, 2002.

최원식, 「『장한몽』과 위안으로서의 문학」, 『한국근대문학사론』, 한길사, 1984.

최유찬, 『문예사조의 이해』, 실천문학사, 1998.

최현희, 「『창조』지에 나타난 '자아'와 '사랑'의 의미 연구」, 『한국현대문학연구』 15
호, 한국현대문학회, 2004.

최혜실, 『신여성들은 무엇을 꿈꾸었는가』, 생각의나무, 2000.

하정일, 「염상섭 혹은 탈식민문학의 세계성」, 『실천문학』 66호, 실천문학사, 2002년
여름호.

한금윤, 「1920년대 전반기 소설의 문학사적 특성 연구」, 연세대 박사논문, 1997.

한기형, 「1910년대 단편 소설과 낭만성」, 『민족문학사연구』 12호, 민족문학사학회,
1998.

______, 『한국 근대소설사의 시각』, 소명출판, 1999.

한점돌, 『한국 현대소설의 형이상학』, 새미, 1997.

한승옥, 『이광수 연구』, 선일문화사, 1984.

______, 『한국 현대 장편소설연구』, 민음사, 1989.

홍일식, 『한국 개화기의 문학사상 연구』, 열화당, 1980.

황 경, 「나도향 소설의 사랑에 대한 고찰」, 『작가연구』 9호, 새미, 2000.

황종연, 「문학이라는 역어」, 『한국문학과 계몽담론』, 새미, 1999.

3. 번역서 및 국외 논저

가라타니 고진(柄谷行人), 박유하 역, 『일본 근대문학의 기원』, 민음사, 1996.
가토 슈이치(加藤周一), 김태준·노영희 역, 『일본문학사서설』 2, 시사일본어사, 1996.
강상중(姜尙中), 이경덕·임성모 역, 『오리엔탈리즘을 넘어서』, 이산, 2002.
나카무라 미쓰오(中村光夫), 고재석 외역, 『일본 메이지 문학사』, 동국대 출판부, 2001.
더글러스 로빈슨, 정혜욱 역, 『번역과 제국』, 동문선, 2002.
레이먼드 윌리암스, 「낭만주의 예술가」, 『문예사조』(김용직·김치수 외편), 문학과 지성사, 1977.
로빈 메이 쇼트, 허라금·최성애 역, 『인식과 에로스』, 이화여대 출판부, 1999.
롤랑 바르트, 김희영 역, 『사랑의 단상』, 문학과지성사, 1991.
루이 알튀세르, 이진수 역, 「이데올로기와 이데올로기적 국가기구」, 『레닌과 철학』, 백의, 1991.
뤽 페리, 방미경 역, 『미학적 인간』, 고려원, 1994.
리타 펠스키, 심진경·김영찬 역, 『근대성과 페미니즘』, 거름, 1998.
릴리안 프루스트, 이상옥 역, 『낭만주의』, 서울대 출판부, 1978.
마루야마 마사오(丸山眞男)·가토 슈이치(加藤周一), 임성모 역, 『번역과 일본의 근대』, 이산, 2000.
마이클 로빈슨, 김민환 역, 『일제하 문화적 민족주의』, 나남, 1990.
미셸 푸코, 오생근 역, 『감시와 처벌』, 나남, 1994.
미셸 푸코, 이규현 역, 『성의 역사』 1, 나남, 1990.
미셸 푸코, 이정우 역, 『지식의 고고학』, 민음사, 1992.
미셸 푸코, 장은수 역, 「계몽이란 무엇인가」, 『모더니티란 무엇인가』(김성기 외편), 민음사, 1994.
바트 무어 길버트, 이경원 역, 『탈식민주의! 저항에서 유희로』, 한길사, 2001.
발터 리제 쉐퍼, 이남복 역, 『니클라스 루만의 사회사상』, 백의, 2002.
발터 벤야민, 박설호 역, 「독일 낭만주의에서의 예술 비평 개념」, 『베를린의 유년시절』, 솔, 1992.
발터 벤야민, 반성완 편역, 『발터 벤야민의 문예이론』, 민음사, 1983.
베네딕트 앤더슨, 윤형숙 역, 『상상의 공동체―민족주의의 기원과 전파에 대한 성찰』, 나남, 2002.
볼프강 리트, 장혜경 역, 『사랑, 그 딜레마의 역사』, 이끌리오, 1999.

스즈키 사다미(鈴木貞美), 김채수 역, 『일본의 문학 개념』, 보고사, 2001.
스튜어트 홀, 전효관 외역, 「계몽주의와 사회과학의 탄생」, 『현대성과 현대문화』, 2001.
아도르노, 호르크하이머 공저, 김유동 역, 『계몽의 변증법』, 문학과지성사, 2001.
알랭 르노, 장정아 역, 『개인—주체 철학에 관한 고찰』, 동문선, 2002.
앤소니 기든스, 권기돈 역, 『현대성과 자아정체성—후기 현대의 자아와 사회』, 새물결, 2001.
앤소니 기든스, 배은경·황정미 역, 『현대사회의 성, 사랑, 에로티시즘—친밀성의 구조 변동』, 새물결, 2001.
야나부 아키라(柳父章), 서혜영 역, 『번역어 성립 사정』, 일빛, 2003.
에두아르 푹스, 이기웅·박종민 역, 『풍속의 역사 IV—부르조아의 시대』, 까치, 1995.
에드워드 사이드, 박홍규 역, 『오리엔탈리즘』, 교보문고, 1991.
에른스트 카시러, 박완규 역, 『계몽주의 철학』, 민음사, 1995.
옥타비오 빠스, 황병하 역, 『이중불꽃』, 이레, 1996.
우스이 요시미(臼井吉見), 고재석 외역, 『일본 다이쇼 문학사』, 동국대 출판부, 2001.
위르겐 하버마스, 이진우 역, 『현대성의 철학적 구조』, 문예출판사, 1994.
이언 와트, 전철민 역, 『소설의 발생』, 열린책들, 1988.
이토 세이(伊藤整), 고재석 역, 『근대 일본인의 발상형식』, 소화, 1996.
재클린 살스비, 박찬길 역, 『낭만적 사랑과 사회』, 민음사, 1985.
제프리 윅스, 서동진·채규형 역, 『섹슈얼리티—성의 정치』, 현실문화연구, 1994.
조르쥬 바타이유, 유기환 역, 『에로티즘의 눈물』, 문학과의식, 2002.
조르쥬 바타이유, 조한경 역, 『에로티즘』, 민음사, 1995.
줄리아 크리스테바, 김영 역, 『사랑의 역사』, 1995.
쥬디스 버틀러, 김윤상 역, 『의미를 체현하는 육체』, 인간사랑, 2003.
지그문트 프로이트, 김석희 역, 「문명 속의 불만」, 『문명 속의 불만』, 열린책들, 1997.
지그문트 프로이트, 정장진 역, 「창조적인 작가와 몽상」, 『창조적인 작가와 몽상』, 열린책들, 1997.
파비엔 카스타—로자, 박규현 역, 『연애, 그 유혹과 욕망의 사회사』, 수수꽃다리, 2003.
프란츠 파농, 이석호 역, 『검은 얼굴 하얀 가면』, 인간사랑, 1998.
프리드리히 니체, 김대경 역, 「비극의 탄생」, 『비극의 탄생 / 바그너의 경우 / 니체 대

바그너』, 청하, 1982.

피에르 부르디외, 하태환 역, 『예술의 규칙』, 동문선, 1999.

피터 브룩스, 이봉지 외역, 『육체와 예술』, 문학과지성사, 2000.

한나 아렌트, 이진우·태정호 역, 『인간의 조건』, 한길사, 1996.

허버트 마르쿠제, 김인환 역, 『에로스와 문명』, 나남, 1989.

호미 바바, 나병철 역, 『문화의 위치』, 소명출판, 2004.

Benjamin, Walter, *Theses on the Philosophy of History*, Illuminations, ed by Hannah Arendt, trans. Harry Zohn, New York : Schokenbooks, 1988.

Binswanger, Ludwig, "Extravagance", *Being-In-The-World*, trans. Jacob Needleman, New York & London : Basic Books Inc., 1963.

Key, Ellen. *Love and Marriage*, trans. Arthur G. Chater, New York & London : Knickerbocket Press, 1911.

Kim, Uchang, "The Extravagance of Romantic Love", *Korea Journal*, Seoul : Korean National Commission for UNESCO, Winter 1999.

Liu, Lydia, *Translingual Practice*, Stanford University Press : California, 1995.

Luhmann, Niklas, *Love as Passion*, trans. Jeremy Gaines and Doris L. Johnes, California : Stanford University Press, 1998.

McClintock, Anne, *Imperial Leather*, New York & London : Routledge, 1995.